ÉTINCELLES

ÉTINCELLES

ÉTOILES DU NORD #3

SARINA BOWEN

TRADUCTION PAR
LAURE VALENTIN

TUXBURY PUBLISHING LLC

Pour les survivants partout dans le monde

AOÛT, DOUZE ANS PLUS TÔT

Une jeune fille de seize ans regarde par la vitre de la Dodge toute cabossée de sa mère. On ne fabrique même plus ce modèle de voiture. Rien n'est neuf dans la vie de cette fille. Ni ses vêtements ni le sac de sport à ses pieds.

Seulement le paysage. Il est toujours nouveau, car elles ont déménagé cinq fois en trois ans, quittant chaque fois la maison du dernier petit ami de sa mère. Quelques mois plus tard, elles font à nouveau leurs valises.

Cette fois, la campagne qui défile derrière la vitre est plus jolie que d'habitude. C'est déjà ça. Il y a des fermes et des champs de maïs. Des vaches à la robe fauve paissent à côté d'une grange rouge foncé. Au loin, elle aperçoit de temps à autre le lac Champlain, entre les sommets des collines.

— L'école est bien meilleure ici, tu verras, dit sa mère, ses mots pincés autour d'une cigarette suspendue à ses lèvres. Et l'air est propre. Tu aimais le Vermont quand tu étais petite.

Mais notre jeune fille sait se faire sa propre opinion. De toute façon, sa mère ne dit jamais la vérité. Et malgré le paysage, elle est déjà inquiète. Elles se dirigent vers la maison de l'ex-mari de sa mère, celui qu'elle aime le moins.

Sa mère a connu cinq mariages. Et cinq divorces. C'est un chiffre stupéfiant pour une femme de quarante-six ans à peine.

Skye ne se mariera jamais. Elle est vaccinée contre cela.

— Tu es sûre que Rayanne ne sera pas là ? demande-t-elle à sa mère.

La dernière fois qu'elles vivaient chez Jimmy Gage, Skye avait une demi-sœur. Cela remonte à une douzaine d'années, mais c'était la seule fois de sa vie qu'elle a eu une sœur.

— Non, elle n'est pas là, répond sa mère en reniflant. Cette idiote s'est enfuie en Californie. Mais maintenant, Jimmy a une chambre rien que pour toi.

Sur ce, elle quitte l'autoroute.

Ce n'est pas rassurant, car Skye aime Rayanne bien plus que Jimmy, le second mari de sa mère. Elle avait cinq ans quand elles sont parties. C'était bien d'avoir une sœur de sept ans. Merveilleux, même. Mais elle avait peur de Jimmy. Il avait des yeux effrayants, et il empestait l'alcool et le tabac à mâcher. Quand Skye disait quelque chose qu'il n'aimait pas, il lui assenait une gifle du revers de la main. Elle avait appris à garder ses distances.

Il s'est peut-être adouci avec l'âge.

Elles tournent dans une rue plus étroite et Skye sait que le terrain de caravanes est tout proche. Ça se sent, ça se voit. Même dans le Vermont immaculé, on trouve ces routes dégoûtantes avec de vieux pneus dans le fossé. Personne n'est fier de ces coins-là. Elles passent devant une baignoire rouillée au bord de la route. Enfin, un panneau apparaît : PARC D PIN VIEW.

La fille fronce le nez en voyant la lettre manquante.

— La dernière fois, il habitait dans une maison, souligne-t-elle.

Les jeunes de seize ans ont tendance à souligner les vérités douloureuses. C'est leur rôle.

Sa mère s'engage dans le parc de caravanes, ignorant cette critique.

— Skye, regarde les numéros, ordonne-t-elle. Où est le treize ?

Le treize porte-bonheur.

— Là, grogne-t-elle.

Naturellement, c'est le mobile-home le plus délabré d'un endroit délabré. La terrasse de devant repose sur des parpaings et les vitres ont besoin d'un bon nettoyage.

— C'est magnifique.

— Fais attention à ce que tu dis, petite. Au moins, tu as un toit au-dessus de la tête.

Sa mère s'arrête dans une allée minable et sort de la voiture. Après avoir claqué la portière, elle prend un moment pour ajuster son chemisier et se recoiffer avec les doigts.

Skye ne fait pas un geste. Elle attend dans la voiture. Après tout, rien ne presse. Parfois, là où sa mère s'arrête, elles ne sont pas aussi bien accueillies qu'elle le pensait. Elle regarde sa mère frapper à la porte branlante. Au bout d'un moment, on ouvre et elle disparaît à l'intérieur.

Ce n'est pas mauvais signe. Mais notre héroïne lui accorde quelques minutes de plus, histoire d'en avoir le cœur net. Comme aucun cri ne se fait entendre, au bout d'un moment, la curiosité prend le dessus. Elle sort son sac et s'avance vers la porte. Sa mère est là, à l'intérieur. Elle discute avec Jimmy. Le visage de l'homme est aussi sévère que dans ses souvenirs.

Et ses yeux, tout aussi effrayants. Il porte un uniforme de soldat. C'est nouveau.

— Chérie, viens ici, lance sa mère sur un ton encourageant qui sonne faux. Ce sera ta chambre. Là-dedans.

Elle désigne un couloir étroit quand Skye entre dans le mobile-home.

La jeune fille doit d'abord passer devant Jimmy Gage. Mais il ne s'écarte pas. Elle sent le glissement lent de son regard sur son corps.

— Tiens, tiens, quelqu'un est devenu terriblement joli, souffle-t-il. Seize ans, mais elle en fait vingt-six.

Notre jeune amie ne sait absolument pas que répondre. Alors, elle ne dit rien. Elle se presse, retient son souffle. Il ne lui reste plus que deux pas à faire avant de découvrir une petite chambre en mauvais état. Il y a un poster de Kanye West qui se décolle sur le mur. Cette petite chambre était celle de Rayanne, à n'en pas douter.

Skye est toujours triste que Raye ne soit pas là. C'est une fille sympa, ce qui se rapproche le plus d'une sœur pour elle. Cela dit, elles n'auraient jamais pu partager ce cagibi. Le lit jumeau tient à peine à l'intérieur.

La voix de Jimmy se fait entendre dans la cuisine.

— Vous restez combien de temps ?

Notre fille se fige en posant son sac polochon sur le lit. La question de Jimmy n'est pas bon signe.

— Je ne sais pas trop, répond timidement sa mère. Le temps de mettre un peu d'argent de côté.

Il grommelle.

— Bon, mais il faudra mettre la main à la pâte.

— Bien sûr, trésor.

Notre héroïne ne veut pas en savoir plus. Abandonnant son sac, elle se glisse hors de la pièce et passe devant les deux adultes, toujours dans la cuisine exiguë.

— Je parle du ménage, précise-t-il.

Elle a passé la porte d'entrée avant d'en entendre davantage.

C'est une bonne idée de sortir. L'air est doux et frais, avec un parfum de pin. Contrairement à certains terrains de camping immondes qu'elle a connus, celui-ci est petit. Il est disposé en demi-lune, non loin d'une forêt ancienne. Le sol est jonché des premières feuilles orangées de la saison.

Skye se promène derrière le mobile-home numéro treize. En tournant le dos à ces boîtes de conserve où vivent les gens, elle se retrouve seule face à la nature.

Pas mal.

Elle s'avance entre deux grands pins et s'aventure dans la forêt. Ses yeux sont attirés vers le haut, à la cime des arbres, tandis qu'elle progresse à pas lents à travers bois. Combien d'années faut-il à un arbre pour devenir aussi grand ? Soixante-quinze ans ? Cent ans ? Si elle ne fait que lever les yeux, il n'y a pas de caravane, pas d'ex-beau-père à la mine revêche. Seule la canopée verdoyante qui se détache sur le ciel bleu de fin d'été.

— Attention à la marche.

Skye pousse un cri de surprise étranglé. Puis elle baisse la tête jusqu'à repérer la source de la voix.

Quel n'est pas son étonnement quand elle découvre que cette voix appartient au plus beau garçon qu'elle ait jamais vu. Avec ses épais cheveux noirs et ses yeux sombres, il lui sourit, étendu sur une chaise longue surdimensionnée. Elle est faite pour deux personnes, en plein milieu d'une clairière.

— Qu'est-ce que tu fais ici, toi ? demande-t-elle bêtement.

Il la dévisage en silence pendant un moment. Cela pourrait lui faire peur avec certains garçons, mais pas avec lui. Ses yeux n'ont rien de commun avec ceux de Jimmy Gage. Il ne la lorgne pas, il la regarde.

— La même chose que toi, j'imagine, répond-il enfin. Je prends mes distances avec ça.

Il penche la tête vers le camping.

— Oh, dit-elle, dans une nouvelle démonstration de son esprit brillant.

— Oh, répète-t-il en souriant. Tu as un nom ?

Pendant une seconde, elle ne peut pas répondre, déconcentrée par la fossette de son menton. Elle voudrait la mesurer avec son pouce.

— C'est Skye, a-t-elle enfin la présence d'esprit de répondre.

— Bienvenue dans les caravanes, Skye. Je m'appelle Benito Rossi.

Notre amie sourit intérieurement, car le Vermont vient de s'illuminer un peu. Mais son visage demeure impassible. Elle a l'habitude de garder les choses pour elle.

— Tu vas au lycée ? Ça commence demain, non ?

Il hoche la tête.

— Terminale. Heureusement. Et toi ?

— Première.

— Ah. Tu as déjà ton emploi du temps ?

Elle secoue la tête. La mère de Skye ne prend jamais la peine de l'inscrire à l'avance. Le temps qu'elle la conduise sur place demain et remplisse les papiers nécessaires, Skye aura déjà manqué les deux ou trois premières heures de cours.

Elle lui demande s'il y a un bus scolaire. Sa mère n'est pas douée pour ce genre de détails.

Benito Rossi hoche la tête.

— Il s'arrête devant le parc à sept heures moins dix.

Il se pousse sur le large siège et tapote la place libre à côté de son jean.

— Mon salon de jardin, dit-il avec un sourire. Il faut bien plaisanter...

Elle sourit.

— Assieds-toi.

Skye adorerait s'asseoir à côté de ce beau spécimen sur le coussin de la chaise et s'y étendre pour regarder la cime des arbres. Mais elle est encore nouvelle ici, elle doit rester sur ses gardes. Les garçons s'imaginent un tas de choses. Depuis que Skye a eu quatorze ans et que ses seins sont passés au bonnet B, les hommes la reluquent et les garçons essaient de se servir.

À seize ans, elle sait qu'elle est séduisante. De temps en temps, elle trouve cet atout utile. Elle sait que les garçons de sa classe lui donneront toutes les informations dont elle a besoin au lycée, demain. Ils lui offriront une place à la cantine, parce qu'elle est agréable à regarder, ce qui lui évitera l'embarras de manger seule.

Mais la plupart du temps, c'est un frein d'être sexy. Les yeux qui s'attardent sur sa poitrine. Les sourires et les mains aux fesses indésirables.

Voilà pourquoi Skye évite la chaise longue, optant pour une souche à côté. Il y a aussi une sorte de foyer, un cercle de pierres au centre duquel s'effritent les charbons noirs.

— C'est ici que tu fais la fête ? demande-t-elle.

— Non, répond Benito en secouant sa magnifique tête. Ce serait déprimant. C'est ici que je viens pour m'éloigner des gens. Je les aime bien, mais il y en a trop dans mon mobile-home. J'ai trois frères aînés et une sœur jumelle...

Skye étouffe un cri.

— Waouh, ça fait du monde !

Il sourit une fois de plus et elle sent son estomac faire des sauts périlleux.

— Un de mes frères est parti à l'entraînement de base de l'armée et ma sœur est chez une amie cette année. Alors, je suis seul avec maman, Damien et Matteo. Ça fait toujours beaucoup. On n'est pas chétifs, dans la famille. J'avais besoin de mon propre salon.

Il lève les deux bras comme un roi qui montre son palais.

— Mais si tu gardes mon secret, tu peux y venir à tout moment. Seulement, ne perds pas la télécommande.

Il lui fait un clin d'œil et Skye sourit malgré elle.

— Je n'en parlerai à personne, dit-elle.

Il met les mains derrière sa tête.

— Bon, qu'est-ce que tu veux savoir d'autre sur le lycée ?

SKYLAR

La voiture de location est une Jeep Grand Cherokee flambant neuve, rouge cerise, et j'en suis complètement dingue.

Je n'ai jamais possédé de voiture. Au rythme où je vais, ce n'est pas près d'arriver. Quand on vit à New York et qu'on joint à peine les deux bouts dans le pire job de journalisme au monde, l'idée de payer cinq cents dollars par mois rien que pour le stationnement donne envie de rire. Sans parler du coût de la voiture elle-même.

D'où mon plaisir d'enfoncer l'accélérateur au volant d'un 4x4 de luxe d'une valeur de quarante-cinq mille dollars. C'est *grisant*.

Et tant pis si je dois rester sur la voie de droite parce qu'il y a un kayak sanglé au toit. La stéréo dernier cri diffuse mes morceaux préférés et les sièges en cuir laissent une sensation de fraîcheur sous mes genoux nus. En prime, l'habitacle est spacieux et s'adapte sans problème à ma grande taille.

Il y a même une odeur de voiture neuve.

J'ai besoin de ça, de cette parenthèse loin de New York après la semaine difficile que j'ai passée. Dommage que je doive passer mon court séjour dans le Vermont. Malgré la beauté légendaire du Vermont, je n'en suis pas fan. Je suis née là-bas. J'y ai vécu deux fois quand j'étais jeune.

La dernière m'a brisé le cœur.

Je n'aurais jamais choisi le Vermont comme destination pour le week-end, mais ma foldingue de demi-sœur m'a demandé de venir.

En plus, elle a payé la Jeep parce qu'elle avait besoin que je lui apporte le kayak sur le toit. Je logerai chez elle, ce qui me fait une excursion gratuite à la campagne.

Mon téléphone sonne. Pour parler à ma tante Jenny, il me suffit d'effleurer un bouton sur l'écran d'affichage du tableau de bord.

— Allô ! Je suis sur la Wilbur Cross Parkway !

— Et moi sur la promenade de Palm Beach. Le trajet se passe bien ?

— Je suis toujours dans le Connecticut, Jenny.

— Je sais. Mais comme tu détestes le Vermont, je me suis dit que je pourrais poser la question plus tôt. Comment as-tu convaincu ton patron de t'accorder ces petites vacances ? Je le prenais pour le Scrooge des actualités locales !

— Oh, c'est exactement ça. Mais en ce moment, je suis la risée de *New York News and Sports*. Et de YouTube. Et peut-être aussi de Twitter.

Je n'ose même pas regarder les réseaux sociaux en ce moment, cela ne ferait que m'angoisser.

— La station reçoit un tas de courrier à cause de ma boulette. Ils préfèrent que je ne passe pas à l'antenne en attendant que ça se tasse, dans deux semaines à peu près.

J'ai parlé avec légèreté, mais à vrai dire, je suis terrifiée à l'idée que ça ne passe *pas*. Mon producteur, John McCracken, n'a même pas voulu me laisser emporter mon ordinateur portable aujourd'hui. Et ça me fiche la trouille. Est-ce qu'ils vont me virer ? D'habitude, il exige que cet ordinateur soit constamment collé à mes mains.

— Oh, chérie.

Tante Jenny soupire.

— Ça peut arriver à n'importe qui.

— Mais pourquoi a-t-il fallu que ça tombe sur *moi*, nom d'un chat de gouttière ?

Regardons la vérité en face : il faut avoir la pire malchance du monde pour tracer sans le faire exprès le contour parfait d'un pénis en érection, en direct à la télévision.

Je me suis retrouvée à « dessiner » – par le miracle de la technologie – avec mon doigt sur un plan numérique de Manhattan, et des dizaines de milliers de téléspectateurs m'ont regardée tracer le contour d'un embouteillage dans l'Upper West Side. Avec assurance, mes pixels violets ont ainsi formé un anneau autour de Columbus Circle, désignant l'origine du problème. Puis j'ai suivi le tronçon de Broadway en direction du nord-ouest jusqu'à la soixante et unième rue.

Il se trouve que Broadway décrit un angle très net à cet endroit. Je l'ai dessiné, bien comme il faut, en *gros plan*. Puis, tout en parlant posément devant la caméra n° 6, j'ai souligné à nouveau les contours de Columbus Circle, pour tenter de montrer à quel point la circulation avait ralenti.

Qui aurait cru que le résultat ressemblerait à un pénis et deux belles boules de profil ? Je ne faisais que mon travail. Comme mon esprit n'est jamais en dessous de la ceinture, il ne m'est pas venu à l'idée que je dessinais accidentellement une érection très ambitieuse sur la carte routière.

En revanche, il faut croire que les cinq millions de téléspectateurs de YouTube ont l'esprit en dessous de la ceinture. C'est le nombre de vues de la vidéo sur YouTube ces sept derniers jours. En tout cas, c'est ce qu'on m'a dit.

Certaines de ces vues doivent être répétées, même si, personnellement, je n'ai regardé qu'une seule fois les vingt secondes de ma propre humiliation. Bon, d'accord, deux fois. Et au deuxième passage, j'ai réalisé que cela n'aurait pas paru aussi sexuel si je n'avais pas ajouté la silhouette de Central Park qui donnait l'impression de former des abdominaux. Ou si je n'avais pas couronné le *nœud* de ce problème de circulation, à la soixante et unième rue, par une flèche en forme de champignon.

Si seulement. Si seulement. Rien que d'y penser, j'ai envie de me cogner la tête contre ce volant hors de prix.

— Je sais comment ça va se passer, dit Jenny.

J'entends le cri d'une mouette près d'elle – décidément, les haut-parleurs de la Jeep sont excellents.

— Comment ça va se passer ?

Je suis impatiente de le savoir, car je devrais être au travail en ce moment même, à me démener pour le prochain sujet. Comme je travaille pour des connards, chaque fois que j'ai une piste intéressante, ils ne me laissent jamais faire le reportage. Tous mes scoops sont confiés à des journalistes plus expérimentés. Ils ne me laissent couvrir que les résultats des réunions d'arrondissement les plus insipides. Sans compter la circulation et la météo, bien sûr.

— Tu t'absentes du bureau pendant deux semaines, n'est-ce pas ? Tu leur manques sans doute déjà. C'est quasiment toi toute seule qui fais tourner la boutique, je me trompe ? Ton patron va t'appeler en pleurant d'ici lundi.

Au fond de mon cœur, j'espère qu'elle a raison. Ça a été un vrai choc d'entendre mon producteur, en sueur, me dire :

— Vous avez soixante-douze jours de vacances de côté. Et si vous en preniez dix à partir de demain ?

Ce n'est pas bon signe. Personne ne prend jamais de congé chez *NYNS*. Et quand ils le font, ils emportent leur ordinateur et travaillent sur la route.

— J'espère que tu as raison, avoué-je. Et j'espère qu'ils ont pris mon ordinateur juste pour m'éviter de recevoir des e-mails obscènes.

C'est ma théorie préférée. De toute façon, ce n'est pas comme si je voulais avoir des nouvelles de mes nouveaux fans. Certaines femmes seraient sûrement capables d'en rire, mais pas moi. Je ne fais pas de blagues sexuelles. Jamais. Tout cela me donne envie de ramper sous un lit et d'y rester.

Mais je ne peux pas. Primo, c'est difficile de se cacher sous un lit quand on mesure un mètre quatre-vingt. Deuxio, j'ai *besoin* de ce poste chez *New York News and Sports*. Je dois convaincre Transpi McCracken que je suis une journaliste sérieuse. Après cette brève escapade à la campagne, je compte bien retourner dans son bureau et exiger de reprendre mon travail à la caméra. Ça me terrifie d'avance, mais je le ferai.

— Bon, allez, respire. Et appelle-moi quand tu y seras, dit Jenny. Non, oublie-moi. Je veux que tu passes un bon moment. Ne pense pas au travail. Ne pense pas à moi. Contente-toi de profiter des attractions du coin et laisse Rayanne te divertir.

— Les attractions ? Il n'y a pas d'attractions dans le Vermont.

— Les montagnes. Les bûcherons. Le bon fromage. Toutes les spécialités du Vermont, quoi.

Qu'est-ce que j'en sais ? Quand j'y vivais à l'adolescence, nous avions tout juste de quoi manger, alors le bon fromage ! Et ne me parlez même pas des hommes.

Bien sûr, je ne fais pas part de ces doutes à Jenny, car elle s'inquiète pour moi.

— Je t'appellerai dès que possible, lui dis-je. À plus !

— Je t'aime ! répond-elle. Bye !

Je raccroche avec le sourire. Jenny est ma seule vraie famille. Avec ma presque belle-sœur un peu folle du Vermont. À elles deux, elles constituent tout mon univers.

Elle ne m'a pas dit *pourquoi* elle avait besoin du kayak sur le toit de cette Jeep. Et moi, je ne le lui ai pas demandé. Raye a toujours un plan ou un autre sur le feu pour gagner beaucoup d'argent rapidement. Ça rate à tous les coups, mais elle ne se laisse pas décourager.

Autrefois, ma minable de mère était mariée à sa raclure de père. Rayanne est une fille géniale, un miracle quand on voit combien son père est un taré psychopathe.

Nous nous sommes rapprochées, ces dernières années, alors que Raye, âgée de trente et un ans aujourd'hui, essayait de se mettre au travail et de faire quelque chose de sa vie. À vingt ans, elle faisait de l'auto-stop sur la côte ouest, à servir dans des bars et à faire la fête. C'est là qu'ont commencé ses plans foireux pour s'enrichir facilement. Elle a déjà enchaîné sans succès la torréfaction de café gourmet, la peinture de fresques murales et le one-woman-show comique.

Chaque fois que Rayanne passe par New York, deux fois par an environ, pour rendre visite à sa bande d'amis tout aussi dingues qu'elle, elle me régale de ses aventures. Je me suis toujours un peu inquiétée pour elle.

Mais ensuite, elle a découvert le yoga. Je pensais que ce ne serait qu'une phase d'une semaine, comme le reste de ses lubies, mais non. Maintenant, le yoga, c'est toute sa vie. Elle l'enseigne deux fois par semaine dans un centre de vacances, et elle rêve d'ouvrir son propre studio.

J'adore Raye, mais ça n'a pas été facile pour elle de me convaincre de lui rendre ce service.

— S'il te plaît, Skye ? m'a-t-elle suppliée hier. Je vais te louer la voiture. La compagnie de kayak mettra le bateau sur le toit. Tu n'auras rien à faire. Je vais même payer l'essence.

J'ai trouvé que cette expédition lui demandait beaucoup d'efforts.

— Pourquoi ne pas simplement acheter le kayak dans le Vermont ?

Elle a gardé le silence pendant un moment, ce qui ne lui ressemble pas du tout.

— Je ne veux pas qu'on sache que je l'ai acheté. Je t'expliquerai quand tu seras là.

À ce moment-là, je n'étais pas encore convaincue. Après tout, elle me demandait de me revenir à l'épicentre de mon chagrin. Tous mes pires malheurs d'adolescence ont eu lieu dans le même coin du Vermont où Raye habite maintenant. Je n'aime pas y penser, et encore moins en discuter.

J'ai ouvert la bouche pour refuser, quand Raye m'a interrompue avec l'unique argument capable de me convaincre :

— Il y a une enquête pour toi. Un excellent sujet. Du genre à lancer une carrière.

— Quoi ? ai-je murmuré.

Raye n'est pas le genre de demi-sœur à prêter attention à ma carrière. On s'appelle une fois par mois, et chaque fois, elle me demande plutôt si j'ai découvert de nouveaux bars où sortir quand elle reviendrait en ville chez ses amis.

Ma réponse est invariable : les journalistes en herbe ne sortent pas le soir. Ils vont au boulot, fréquentent une salle de sport dont l'abonnement coûte les yeux de la tête, puis ils rentrent chez eux.

— Un *sujet*, Raffie ! Une sujet formidable.

C'est le surnom qu'elle m'a trouvé. C'est le diminutif de *girafe*. J'ai droit à beaucoup de plaisanteries sur ma grande taille.

— Il se passe quelque chose à la frontière ici, tu dois absolument en entendre parler.

— Tu parles de… quelque chose d'illégal ?

Dans le métier, tous les meilleurs scoops portent sur des activités illégales. *Flash info : Un scandale de premier plan découvert par notre Emily Skye nationale ! Reportage à onze heures.*

On peut toujours rêver.

— Je te raconterai tout quand tu seras là, a insisté Raye. Tu ne sauras rien de plus pour l'instant.

J'ai besoin d'un sujet, après cette histoire de sexe à l'écran. Cruellement besoin, même. Alors me voilà, à conduire un kayak jusqu'au Vermont.

— J'espère que ça ne va pas virer au fiasco, l'ai-je prévenue. Il y a des gens dans le Vermont que je ne veux pas revoir.

Comme tous les membres de la famille Rossi. Et Jimmy Gage. Et à peu près chaque personne avec qui je suis allée au lycée.

La liste est longue.

— Ça va aller, Skye ! Je te le promets. Tu ne le regretteras pas. Je prendrai bien soin de toi.

Elle n'aurait pas dû ajouter cette dernière partie. Raye n'a jamais pris soin de moi. Cette fille n'a pas de chance, pas de jugeote et pas les pieds sur terre, mais elle s'en fiche éperdument.

J'aime son éternel optimisme. Elle et moi, on en a bavé des ronds de chapeau, entre son père et nos mères respectives. Contrairement à moi, Raye a su rester rayonnante et garder son âme d'enfant. Elle croit toujours que le bonheur l'attend au coin de la rue.

Moi, en revanche, je suis la sœur maussade et négative. J'imagine toujours que tout va mal tourner – et c'est généralement le cas, avec en prime une louche d'autres embrouilles que je n'ai pas prévues. Le pénis à la télévision, par exemple. Qui aurait pu prévoir une chose pareille ?

Si mes quelques jours dans le Vermont aboutissent à un scoop exploitable, j'en serai la première surprise. Mais mon plan est de livrer le kayak à Raye, de passer deux ou trois jours avec elle pour la première fois en un an, puis de quitter Colebury comme je suis venue.

Au moins, je n'ai pas à passer par notre ancien camping. Raye habite maintenant dans une maison qu'elle loue, au centre de Colebury. Je suis censée la retrouver là-bas, du moins, c'est ce que je crois.

En m'arrêtant dans le Massachusetts pour une salade à emporter, je découvre un message provenant d'un numéro inconnu commençant par 802. *Raffie, c'est moi ! On se retrouve à l'office du tourisme du comté d'Orange, sur la 89*, m'a-t-elle écrit. *Je dois te montrer un truc intéressant.*

Mon premier réflexe est de m'agacer. C'est typique de Raye, changer de plan à la dernière minute. Mais je n'ai signé que pour quarante-huit heures avec elle, alors je peux bien supporter son inconstance. De toute façon, il faut choisir ses batailles. *Très bien. Je reprogramme le GPS dernier cri. Apparemment, j'arriverai à 8 h 15.*

Super, répond-elle immédiatement. *Je t'aime !*

Tu as intérêt ! Je n'irais pas m'embourber dans le Vermont pour n'importe qui.

Elle répond avec l'émoji des mains en prière, puis celui d'une licorne. Du pur Rayanne.

Vous voyez ? Je peux gérer sans problème. Je peux aller dans le Vermont en voiture, comme l'adulte que je suis, pour rendre service à ma famille. Ce n'est qu'un endroit comme un autre, après tout. Je peux bien y passer le week-end, voir Raye et tourner définitivement la page.

Le Vermont ne m'a pas brisée. Il a essayé, mais il n'a pas réussi.

Je me sens encore sûre de moi tant qu'il reste cent cinquante kilomètres à parcourir. Mais quand le GPS annonce que la destination n'est plus qu'à cinquante kilomètres, je commence à me sentir nerveuse et déprimée. Tout cela à cause d'un garçon qui ne vit même plus dans le Vermont.

Benito Rossi.

Il y a douze ans, je l'ai tellement aimé que j'aurais fait n'importe quoi pour l'avoir, y compris la plupart des choses que mon connard d'ex-beau-père m'accusait de faire chaque fois qu'il se saoulait. Mais Benito m'a reléguée au rang d'amie pendant tout le temps où je l'ai connu, ou presque.

Il y a bien eu quelques jours de rêve, avant que je ne quitte définitivement le Vermont, au cours desquels j'ai cru que mes aspirations romantiques pourraient enfin se concrétiser. Mais non. À la dernière seconde, il m'a plantée de la plus douloureuse des manières.

J'ai mal au cœur rien que d'y penser, même après tout ce temps. J'ai beau savoir qu'il n'est plus là, je lui en veux toujours, à lui et à cette maudite région où je suis tombée amoureuse de lui.

Quand il ne reste que quelques kilomètres entre moi et la sortie de l'autoroute, j'appuie sur l'accélérateur. Maintenant que je suis proche, l'écho de ma naïveté d'adolescente résonne dans ma tête. Cette année-là a été si dure. J'avais seize ans et je n'avais presque aucun ami. Chaque fois que j'allais au lycée avec mes chaussures achetées à la friperie, j'avais honte.

Je peux au moins me reposer sur une pensée réconfortante : si je croise un ancien du lycée, il pourrait ne pas me reconnaître. Cela fait des années que je n'ai pas porté de vêtements d'occasion. Pour ces quelques jours, j'ai choisi une tenue que j'appellerais « excursion dans les bois avec une touche d'élégance ». Mon chemisier en soie violet épouse mes courbes. Par-dessus, je porte un cardigan en cachemire vaporeux. Et ma jupe courte se termine plusieurs centimètres au-dessus de mes chaussettes montantes ultraconfortables et de mes cuissardes en cuir.

J'ai une allure grand luxe. Un look dévastateur. *Dans tes dents, le Vermont.*

L'un des avantages de travailler à la télévision, c'est le service de coiffure et de maquillage. Les maquilleuses n'ont pas leur pareil pour vous refourguer des échantillons ou des produits gratuits. Et Taz, le coiffeur, m'offre une coupe toutes les trois semaines parce que, selon lui, je ne suis pas une salope prétentieuse. Alors ce soir, j'arbore de longs cheveux ondulés et des cosmétiques hors de prix que je n'ai pas payés.

La vie pourrait être pire, me dis-je.

La voix désincarnée du GPS m'ordonne de prendre la prochaine sortie. J'obéis, car je meurs d'envie d'aller aux toilettes. L'office du tourisme se trouve juste à la sortie de l'autoroute. Le parking est presque vide.

« Vous êtes arrivé à destination », annonce la voix du GPS.

— Même pas vrai, dis-je à voix haute en éteignant la Jeep, histoire d'avoir le dernier mot.

Je sors, prends mon sac à main et me rue à l'intérieur du bâtiment bien éclairé. Je ne vois Raye nulle part. J'espère qu'elle n'est pas en retard. Mes bottes claquent sur le sol carrelé alors que je passe devant un distributeur automatique qui vend des t-shirts sur lesquels on peut lire « 802 » – l'indicatif régional du Vermont.

Voilà bien un vêtement que je ne porterai jamais !

Je fais ma petite affaire dans les toilettes des dames, puis après m'être lavé les mains, je retouche mon rouge à lèvres dans le miroir.

— Je ne t'aime toujours pas, Vermont, chuchoté-je dans le silence.

Toujours aucun signe de Raye quand je sors des toilettes. Je m'achète donc un paquet de bretzels et flâne devant les panneaux sur l'histoire agricole de l'État tout en l'attendant.

Encore... et encore.

Nom de *Dracula*, mais où est-elle ?

Alors que je commence à m'énerver, mon téléphone tinte. C'est encore un autre numéro en 802. *Sors sur le parking. Je suis vraiment désolée de te planter pour ce week-end. Je t'aime.*

Un frisson dévale le long de ma colonne vertébrale. Elle n'a pas osé !

Je cours aussi vite que mes bottes de créateur me le permettent. Raye n'est pas sous la lumière des lampadaires, de l'autre côté des portes. Et je ne vois personne dans le parking.

Il manque autre chose. La Jeep rouge. Ma voiture ! Elle a disparu. À sa place, aussi incroyable que ce soit, je découvre… mon sac pour le week-end. Il est posé là, sur le bitume, avec un bout de papier dessus, lesté par un objet inconnu.

En m'approchant, je constate que l'objet n'est autre qu'un vieux téléphone en mauvais état avec l'écran rayé.

Le cœur battant, je prends le téléphone et le papier. C'est un message.

Skye. Je suis vraiment désolée de te poser un lapin comme ça. C'est le seul moyen que j'ai trouvé. J'ai besoin d'aide, mais je ne peux pas te mêler à tout ça. Le téléphone est pour toi. C'est un jetable. J'ai payé d'avance en liquide, et on ne peut pas me retrouver. Utilise ton propre téléphone et prends un Uber jusqu'à Colebury. Ensuite, va au Gin Mill et demande au barman d'aller chercher Benito Rossi.

— Quoi ? me récrié-je avant de prendre une vive inspiration. Hors de question.

Si, si. Je sais que tu n'avais pas l'intention de voir Benito ce week-end. Mais je t'ai dit qu'il était de retour au Vermont depuis peu, non ? Oups ! Au temps pour moi.

Bref, il est de retour. Et lui et moi, nous allons devoir discuter. Mais pour le moment, j'ai besoin que tu lui dises quelque chose de ma part. Voilà : Ce qu'il attend est en train de se produire plus tôt qu'il ne le pensait. Je vais vous envoyer des preuves par texto dès que je les aurai. Skye, laisse-le s'occuper de toi pendant quelques jours, d'accord ? J'utiliserai ce téléphone pour partager des infos avec toi et Benito quand j'en aurai besoin.
Ne m'envoie aucun message depuis ton vrai téléphone. Ils pourraient le voir.

En fait, ne m'envoie pas de message du tout. Attends que je te contacte.

La clé de ma maison est sous la statue de Bouddha, sur le porche.

Cela dit, il vaudrait peut-être mieux que tu n'y ailles pas. On pourrait venir me chercher là-bas.

Surtout, pas de panique. Tout ira bien. Je gère.

Je t'aime vraiment très fort, mais tu dois être fâchée contre moi en ce moment.

Raye

P.S. Benito est devenu encore plus canon ces douze dernières années. Profite bien du spectacle.

Je lâche un cri d'horreur pure.

— Espèce de petite sorcière manipulatrice !

Je relis le message par trois fois, de plus en plus furieuse. Rayanne et ses mises en scène. J'aurais dû m'en douter. Je l'adore, mais elle est égoïste et un peu cinglée sur les bords.

Comment ose-t-elle m'envoyer chercher Benito ? Et d'abord, de quoi est-ce qu'elle parle ? *Une preuve ?* Elle est prof de yoga. Et Benito est…

En fait, je ne sais même pas ce que fait Benito. La dernière fois que je l'ai cherché sur les réseaux sociaux, j'ai appris qu'il était en Afghanistan, qu'il travaillait pour la défense. Il y avait une photo de lui en uniforme de combat dans le désert. Mais ça doit remonter à cinq ou six ans.

Quand j'ai fui le Vermont à l'âge de dix-sept ans, j'ai fait des recherches en ligne. Il n'était pas très actif sur les réseaux sociaux, alors je n'ai pas trouvé grand-chose. Mais à cette époque-là, je le voyais partout dans la foule, ou du moins, je le croyais. Mon subconscient était toujours à la recherche du garçon qui m'avait brisé le cœur.

Ce n'est qu'en voyant cette unique photo de lui, à des milliers de kilomètres de là, que j'ai pu me faire une raison. Depuis, je n'ai pas beaucoup pensé à lui. Sauf dans mes rêves, mais ça ne compte pas.

Foutue Rayanne. Elle doit être quelque part, à bien se marrer. Je ne sais pas si je dois la frapper ou craindre pour sa sécurité. Son mystère fumeux m'a l'air plutôt sérieux. Si ce n'est que Rayanne n'est jamais très sérieuse.

Quoi qu'il en soit, ce serait une mauvaise idée de passer la nuit sur une aire de repos. Ma veste est restée sur la banquette arrière et j'ai déjà froid. Les clés de la voiture étaient dans cette veste – et la Jeep démarre automatiquement si la clé est à proximité –, si bien qu'elle n'a même pas eu à traficoter les fils du contact.

Je déteste ma vie.

À contrecœur, je fais ce que Rayanne m'a suggéré : j'ouvre l'application Uber sur mon téléphone. Quand j'ai quitté le Vermont, il y a douze ans, Uber n'existait pas et je suis un peu étonnée que ça se soit développé jusqu'ici, dans les bois. À ma grande surprise, je découvre qu'un chauffeur disponible se trouve à une centaine de mètres. Comme le chauffeur a une cote à cinq étoiles, je m'empresse de lui écrire.

Immédiatement, des phares s'allument dans un coin sombre du parking. Je vois la voiture relâcher ses freins et se diriger vers moi.

Waouh, c'est un peu flippant. Je consulte l'écran du téléphone pour vérifier le nom du conducteur et le modèle de la voiture. *Damien R. Toyota RAV4 noire.*

Damien R ? Ça ne peut pas être…

La Toyota RAV4 noire s'arrête juste devant moi. J'ouvre la portière arrière et plisse les yeux en direction du conducteur.

— Damien R ? dis-je à mi-voix.

Le frère de Benito Rossi tourne la tête pour me regarder.

— Votre visage me dit quelque chose, commente-t-il. On s'est déjà rencontrés ?

Une fraction de seconde s'écoule, le temps que je me remette de ma stupeur. Enfin, j'opte pour un mensonge :

— Non. Je dois aller au *Gin Mill.*

Il fronce les sourcils.

— C'est bizarre. Rayanne a parié dix dollars que ma prochaine course irait au *Gin Mill.*

— Elle a triché ! m'exclamé-je en entrant et refermant la portière. Ne la payez surtout pas.

— Tu m'étonnes…

Il ricane en s'éloignant du trottoir.

— Vous avez amené Rayanne ici à l'instant ?

— Oui. Il y a dix minutes, peut-être, explique-t-il en accélérant pour s'engager sur l'autoroute.

— Et savez-vous où elle est allée, après ?

— Non. Je n'ai pas demandé.

— Vous n'avez pas trouvé que l'office du tourisme, c'était une demande bizarre ? dis-je d'une voix aiguë.

Il hausse les épaules.

— J'ai connu plus bizarre que ça. Et puis, Rayanne est un vrai personnage. Ce soir, elle a essayé de me dire que mon aura était trop bleue et que je devrais boire du thé au gingembre pour essayer de stabiliser mes chakras. Enfin, bref. Elle m'a aussi donné un conseil.

Ce portrait très précis de ma quasi-demi-sœur me tape sur les nerfs. Je suis tellement survoltée que j'ai du mal à rester assise à l'arrière de la voiture. Je ne *veux* pas voir Benito Rossi. Ce n'est peut-être pas nécessaire. Je pourrais prendre une chambre de motel quelque part et attendre que Rayanne m'envoie un texto. Je dois vraiment comprendre ce qui se passe avec elle.

— Excusez-moi. Y a-t-il de nouveaux hôtels à Colebury ?

— Ça dépend de votre point de référence, répond Damien. Ils étaient nouveaux dans les années quatre-vingt.

Oh. Dommage. Au moins, ils ne seront pas chers.

Quelques minutes plus tard, Damien sort de l'autoroute et roule encore pendant deux minutes sur la nationale. Enfin, il s'arrête sur le parking d'un magnifique bâtiment en briques.

— C'est ici ?

— Oui. Il n'y a qu'un seul *Gin Mill*.

— Est-ce que Benito est à l'intérieur, à votre avis ?

Prononcer son prénom à haute voix est encore plus difficile que je le pensais.

Damien tourne la tête, visiblement surpris, puis il claque des doigts.

— Je savais que je t'avais reconnue. Notre voisine d'à côté ! Toi et Benny, vous avez eu une petite aventure au lycée.

— Non, rétorqué-je d'un ton glacial.

Un baiser, ce n'est pas une aventure. Même si c'était le meilleur baiser du monde.

— Est-ce qu'il travaille dans ce bar ?

Je regarde l'ancien moulin, magnifiquement rénové en bar. Même sa façade est dix fois plus classe que tous mes souvenirs de Colebury.

— Pas souvent, répond Damien de façon énigmatique. Va à l'intérieur et demande au barman de l'appeler.

C'est exactement ce que le message de Rayanne me conseille de faire. Peut-être que Benito est un habitué des lieux.

Comme j'en ai assez de poser des questions, je sors de la voiture, mon sac de voyage sur l'épaule, et fais signe à Damien de partir.

Une fois qu'il s'est éloigné, je regarde la bâtisse. Elle est grande, même si je ne compte que trois niveaux. Les plafonds doivent être hauts. Il y a une jolie enseigne au néon qui illumine les environs. On peut lire *Gin Mill* en lettres d'époque. J'entends de la musique à l'intérieur, les rires et le brouhaha des noctambules du vendredi soir.

Rien ne me semble familier, par ici. La dernière fois que je suis venue à Colebury, je crois bien que ce bâtiment était abandonné et morose. Maintenant, il est magnifique et il grouille de vie. Soudain, j'éprouve un élan de rage inattendu. Comment la nuit à Colebury ose-t-elle avoir un nouveau lieu de rassemblement et sentir aussi bon ? Comment Benito Rossi ose-t-il revenir dans le Vermont et profiter de cette ville qui m'a tant tourmentée ?

Et enfin, comment Rayanne ose-t-elle orchestrer mon retour ici et me forcer à en être témoin ?

Je vais la tuer, une fois que je serai certaine qu'elle va bien.

3

SEPTEMBRE, DOUZE ANS PLUS TÔT

Notre jeune fille prend ses marques au lycée de Colebury, si par prendre ses marques, on entend découvrir toutes les façons d'être royalement snobée par ses camarades.

Elle n'a aucune tenue convenable, car le dernier petit ami de sa mère vivait en Géorgie, où il faisait toujours chaud. Elle n'est pas assez riche pour acheter des vêtements chauds dans un magasin digne de ce nom, alors elle est coincée avec ce que Rayanne a laissé derrière elle dans la petite chambre dont elle a hérité.

À savoir pas grand-chose.

Le principal problème de Skye, c'est le transport. Le lycée n'est pas à proximité du camping. Le bus scolaire s'arrête à l'entrée du parc Pine View à sept heures et onze minutes exactement. Le terrain de mobile-home est le terminus – de la ligne comme de la vie, pourrait-on dire – et le trajet en bus dure une heure.

Le premier matin, elle attend que le chauffeur bourru s'arrête. Six jeunes montent à bord, mais le beau Benito n'est pas parmi eux.

Le deuxième matin, Skye est à vingt mètres du bus et elle agite les bras en criant : « Attendez ! » alors que le dernier passager monte.

Mais le chauffeur n'attend pas. Le temps d'arriver, elle crache ses poumons, mais les portes jaunes se sont refermées d'un coup sec et le bus accélère déjà.

Skye reste plantée là, folle de rage, à regarder la route. Le lycée est à une quinzaine de kilomètres. Elle n'a pas d'amis à appeler, et pas de téléphone non plus. Sa mère est déjà au travail – elle travaille de six heures à midi à la cafétéria ouverte vingt-quatre heures sur vingt-quatre, à la périphérie de Colebury. C'est un emploi que Jimmy lui a dégotté. Apparemment, il a bien compris la psychologie de sa mère, une championne quand il s'agit de jouer la carte « je ne trouve pas de job ». Il est fort possible qu'en trouvant un travail à sa mère, Jimmy s'assure de pouvoir les mettre à la porte le plus rapidement possible.

Mais notre héroïne a d'autres soucis en ce moment, coincée sur le bord de la route, loin du lycée. Hors de question qu'elle demande à Jimmy de l'accompagner. Son regard est toujours déplacé et il lui donne la chair de poule.

Le désespoir menace quand le vrombissement d'une moto en approche se fait entendre. Elle s'écarte du passage au moment où une Triumph étincelante apparaît. Son conducteur porte un jean, ses longues cuisses pressées autour de la bête.

La moto s'arrête à côté d'elle et le conducteur enlève son casque.

Benito. Même avec ses cheveux en bataille, il est beau au-delà des mots. Tout d'un coup, notre jeune fille en a des palpitations.

— Tu as raté le bus ? demande-t-il avec un petit sourire.

— Oui, répond-elle, soudain muette.

Il retire son sac à dos et en sort un second casque.

— Monte. Mais tu devras porter mon sac à dos.

— Où as-tu eu cette moto ?

Elle n'en a jamais fait et elle ne sait pas comment s'y prendre.

— C'est celle de mon frère, mais il est parti dans la marine. Tu te dépêches ? Je dois arriver tôt au lycée. Ma sœur a une petite urgence qu'elle me demande de résoudre avant la première sonnerie.

Skye réussit à enfoncer le casque sur sa tête, mais elle a du mal à le boucler sous son menton.

— Attends.

Benito lui fait signe d'approcher et, de ses grandes mains, il fixe la sangle.

— Voilà.

Il lui prend son sac à main et le fourre dans son propre sac à dos, qu'il lui remet. Elle le passe sur ses épaules.

— Grimpe. Allons-y.

Elle ne sait pas comment monter sur la moto. Quand elle tente de jeter une jambe par-dessus la selle, il s'avère que ça fonctionne plutôt bien. Parfois, c'est utile d'être une grande liane.

Il se penche en arrière et saisit l'une de ses mains, qu'il attire devant son ventre.

— Accroche-toi, Skye. Tu es prête ?

Elle est on ne peut moins prête. Elle essaie de s'habituer à la sensation du corps ferme de Benito contre le sien, de ses abdominaux d'acier sous ses paumes. Le moteur tourne et, par instinct de survie, elle referme son autre bras autour de lui.

La moto prend de la vitesse et elle se perd dans les sensations du vent et de la route. Elle vole, agrippée au plus beau garçon du monde.

Elle tombe amoureuse de lui. C'est inéluctable, tout comme tombent des arbres les feuilles dorées sur la route.

Ils arrivent au lycée après quinze minutes haletantes. Skye descend sous le regard médusé d'une demi-douzaine de filles. Elle récupère son sac, remet le casque à Benito et le remercie.

— Il n'y a pas de quoi, lui dit-il.

Mais les rumeurs ne l'entendent pas de cette oreille. Le nom de Skye circule dans les couloirs pendant toute la semaine. Et la suivante aussi, car elle rate à nouveau le passage de son bus plusieurs jours plus tard. Ce n'est pas un stratagème. Rien que sa malchance légendaire.

Une fois de plus, il la tire d'affaire, et une fois de plus, les filles de terminale s'arrachent les cheveux en voyant leur bad-boy préféré arriver avec la nouvelle fille discrète de première.

Elles vouent à Skye une haine viscérale.

Mais Skye a l'habitude d'être sans amis. De toute façon, elle n'a jamais passé plus d'une année scolaire au même endroit. C'est trop court pour mettre en œuvre toute la lèche et les manœuvres stratégiques nécessaires pour gravir les échelons de la notoriété.

Elle s'en fiche. C'est plus facile d'être seul. Elle n'a pas de quoi s'acheter les vêtements qu'il faut, ni l'énergie de supporter qu'on la malmène.

Malheureusement, elle s'apprête à subir les mauvais traitements qu'elle redoute, mais ce ne sera pas au lycée.

Le premier soir où sa mère travaille tard au restaurant, Skye se fait chauffer un dîner au micro-ondes et mange devant la télévision de Jimmy Gage. C'est un rare moment de solitude dans le mobile-home trop exigu. Mais ça ne dure pas. Elle entend la portière de la voiture de Jimmy. En tant qu'agent de patrouille, il a des horaires variables. Skye ne peut jamais prédire quand il va débarquer.

Elle mâche plus vite, envisageant de battre en retraite dans sa petite chambre. Mais il fait irruption dans le mobile-home, une minute plus tard. Il empeste le whisky et les cigarettes. Il s'est sans doute saoulé au bar avec ses amis.

— Tiens, tiens. Regardez qui est là. La petite Miss Coincée, souffle-t-il.

Le froid s'insinue dans tout son corps. Elle habite ici depuis deux semaines, et chaque jour, cet homme la reluque. Elle ne prend sa douche qu'après son départ, une fois convaincue qu'il ne rentrera pas de sitôt. Et elle ferme toujours la porte fragile de sa chambre. Il y a une serrure, mais elle n'est pas très solide…

Une seconde plus tard, il se laisse tomber de l'autre côté du canapé.

— Qu'est-ce que tu regardes ?

C'est une émission de cuisine. Skye est consciente qu'il est très ironique de regarder une émission de cuisine gastronomique tout en mangeant un dîner décongelé, mais elle n'a pas envie d'en parler. Pas avec lui.

— Je t'ai posé une question, grogne-t-il.

— Je regarde ce qu'il y a, c'est tout.

Elle a perdu l'appétit. Elle pose son assiette sur la table basse, puis elle lui tend la télécommande.

— Tiens. Choisis.

Skye sait très bien comment calmer les hommes de sa mère. Elle a l'habitude de vivre dans des maisons où elle n'est pas exactement la bienvenue.

Il ne prend pas la télécommande, n'y jette même pas un œil.

— Qu'est-ce que tu fais quand je ne suis pas là ?

— Euh…

Skye n'aime pas ce genre de questions.

— Pas grand-chose.

— Tu as un petit ami ?

— Non, s'empresse-t-elle de répondre.

— Menteuse.

Il roule de gros yeux injectés de sang.

— Tu n'es pas la fille de ta mère si tu n'as pas un petit ami dans chaque ville.

Le pouls de Skye redouble de vigueur. Elle regarde le couloir de sa chambre, mais Jimmy Gage lui barre le passage. Il n'y a que quelques mètres entre la télé et le canapé. Si elle essaie de passer, il pourrait l'attraper. Elle va devoir faire preuve de subtilité pour l'esquiver.

Il ne se tait toujours pas.

— Tu as laissé ton petit ami t'embrasser ?

— Je n'ai pas de petit ami, murmure-t-elle.

Elle ignore comment réagir. On ne peut pas raisonner avec un homme ivre et en colère.

— Tu le laisses te toucher la chatte ?

Son repas tourne à l'aigre dans son estomac.

— Je ferais mieux d'aller faire la vaisselle, dit-elle avec précaution.

Elle prend son assiette et se lève. Il la laisse faire quatre pas avant de lui saisir le poignet.

— Tu es tellement jolie. Laisse-moi te regarder.

Elle se dégage aussitôt.

— Ne me touche pas, dit-elle distinctement.

Son cœur manque s'échapper de sa poitrine, mais elle se dirige à pas lents vers la kitchenette et pose son assiette dans l'évier. Il ne la suit pas. Pour l'instant. Mais elle ne peut pas prendre le risque de se retrouver coincée dans cet espace restreint, alors elle ne prend pas le temps de laver la vaisselle.

Elle fait quelques pas dans le couloir quand elle l'entend derrière lui. Elle se glisse dans la chambre, ferme rapidement la porte et appuie sur le bouton de la poignée pour la verrouiller. S'il veut la suivre ici, ça ne tiendra jamais.

Elle aurait dû sortir par la porte d'entrée.

— Eh, s'écrie-t-il. Je te parle. Reviens ici.

Il abat sa paume contre la porte de pacotille et Skye sursaute. Puis il recommence. La porte vibre.

Il suffira encore de quelques coups pour qu'elle cède. Il le sait forcément.

Skye se tourne vers l'unique fenêtre de la chambre. Comme la journée a été chaude, elle est à demi ouverte. Elle saisit les petites pinces métalliques qui maintiennent la moustiquaire en place et l'enlève prestement.

L'avantage avec les mobile-homes, c'est qu'on ne tombe pas de très haut. Elle est à l'extérieur et détale vers la lisière lorsqu'elle entend à nouveau sa voix. Forte.

— Eh, petite salope...

Skye court à travers bois. Elle n'a aucune destination en tête, mais le plus loin sera le mieux. Pour la deuxième fois, elle déboule dans le « salon » de Benito, les yeux hagards.

Benito lève les yeux lorsqu'elle fait irruption dans la clairière. Il est assis sur la chaise longue, comme à son habitude, un ukulélé sur les genoux. Il désigne le coussin à côté de lui.

Cette fois, Skye n'hésite pas. Elle s'assied sur la toile, les genoux contre sa poitrine, et regarde en arrière vers le mobile-home. Elle se demande si Jimmy va la suivre. Elle n'a aucune idée de ce qu'elle fera s'il la poursuit jusqu'ici.

Benito ne dit rien et elle apprécie le silence. Le soleil s'est déjà couché, les ombres s'étirent. Le ciel s'obscurcit. Enfin, sa respiration finit par ralentir.

— Il est bourré ? demande enfin Benito.

— Hmm.

Il écrase un moustique. L'automne arrive, mais il fait encore chaud et les insectes sont agaçants. Benito se penche sous la chaise et en sort une bombe anti-moustique.

— Je t'offre un échantillon d'eau de Cologne ?

Pour la première fois de la semaine, Skye sourit.

4

BENITO

À genoux sur le tapis, je tisonne les bûches dans ma cheminée. C'est une formidable cheminée à l'ancienne, encastrée dans le mur de briques de mon salon. J'adore ce bâtiment et j'adore cette pièce. Pourtant ce soir, je n'arrive pas à me détendre. Je fais du feu histoire de m'occuper les mains.

En général, je profite de mes soirées de repos. Mais celle-ci tombe mal. Je suis à un cheveu de procéder à d'importantes arrestations et je ne pense pas pouvoir me changer les idées tant que ces connards ne seront pas derrière les barreaux.

Alors ce soir, je ne sais pas trop comment m'occuper. Je me contente de faire les cent pas sur le tapis, en attendant que le téléphone sonne. Mais il n'a toujours pas sonné. Je devrais appeler un de mes plans cul et prévoir quelque chose, ou descendre au bar prendre une bière. L'ennui, c'est que même l'alcool et le sexe ne m'intéressent pas en ce moment.

J'aurais mieux fait de donner sa soirée à l'agent de patrouille et assurer la surveillance moi-même.

Délaissant le feu, je fais le tour de mon gigantesque salon, tandis que mon esprit ne cesse de tourner autour des suspects. Il y a Jimmy Gage, qui transporte de la drogue dans le Vermont et le reste de la Nouvelle-Angleterre. Et son acolyte. Je m'attends à un autre achat conséquent la semaine prochaine.

Et puis, il y a la fille de Gage. Le policier qui prend Rayanne en filature à ma place ce soir est un esprit vif. Je ne sais pas encore quoi penser de cette fille. Je sais qu'elle est impliquée, même si je n'ai pas encore réglé tous les détails. Ce soir, elle doit rencontrer un certain Raffie.

Qui est Raffie ? C'est ce que je dois découvrir.

À l'évidence, le farniente, ce n'est pas mon fort. Je tourne en rond sur mon tapis, mes pensées obnubilées par cette affaire. C'est l'idée que je me fais de la relaxation.

Finalement, mon téléphone s'allume. C'est un message de l'agent Nelligan. *Mauvaise nouvelle. Elle m'a donné le feu vert.*

Ma réponse est immédiate. *Quoi ? Où ?*

Merde.

Nelligan : *J'ai surveillé la voiture de son petit ami devant le restau de burritos. Mais il est sorti seul et il a filé.*

Rossi : *Tu es entré ?*

Nelligan : *Bien sûr. Elle n'est nulle part. Mais il y a une porte de derrière qui donne sur la ruelle.*

Oh, bon Dieu !

Rossi : *Reste dans le coin.*

Nelligan : *C'est ce que je fais.*

Je lâche un gémissement. D'une part, j'ai la satisfaction de savoir que mon instinct avait vu juste – le mystérieux visiteur du week-end de Rayanne est important. À tel point qu'elle a réussi le tour de force de disparaître.

Cela dit, je suis foutu. Il est très probable que l'organisation de Gage fasse entrer en fraude un nouveau paquet de fentanyl pur en provenance du Canada plus tôt que je ne le pensais.

Tu parles d'une soirée de congé. Je vérifie le feu encore une fois et replace le pare-étincelles. Puis je prends ma veste et enfonce les pieds dans mes bottes. Rayanne est probablement à des kilomètres du restau de burritos, maintenant. Mais je ne peux pas rester là, les bras croisés.

Mon téléphone vibre au moment où je range mon arme. Pendant une seconde, je me dis que Nelligan a rétabli le contact et je m'en réjouis.

Mais non. C'est un texto de mon frère. *Descends ici,* écrit-il. Et par « ici », je suppose qu'il veut parler de son bar, juste en dessous de mon appartement.

Je ne peux pas. Je sors.

En guise de réponse, il m'envoie une photo. Dessus, tout ce que je vois, c'est une femme debout près du bar, au *Gin Mill*.

Je tape sur la photo et j'obtiens un aperçu plus détaillé. Mon pouls s'emballe. *Pas possible*, chuchoté-je.

Des années ont passé depuis la dernière fois que j'ai vu ce visage. Mais les mêmes yeux bleu clair obsédants regardent la caméra de l'appareil photo de mon frère. Les mêmes cheveux blonds lisses tombent en cascade sur ses épaules.

Nous avons tous les deux douze ans de plus que la dernière fois que nous nous sommes vus. Mais la seule chose qui me semble avoir vraiment changé chez Skylar, c'est la tension de sa bouche.

Bon sang ! Skylar Copeland est en bas, dans le bar de mon frère. Et elle a l'air énervée.

Pendant une fraction de seconde, mon cœur s'emballe. *Merci, mon Dieu.* Pendant douze ans, je me suis demandé où elle était, si elle allait bien. Au cours de cette dernière décennie, j'aurais donné n'importe quoi pour avoir la chance de la serrer dans mes bras. Ne serait-ce que m'asseoir dans les bois et discuter avec elle.

Et maintenant, elle est là ?

Alors que je commence à me faire à cette idée, la réalité prend forme.

Skylar Copeland a un vague lien de parenté avec Rayanne Gage. Et Rayanne est soupçonnée par la police d'avoir aidé son ordure de père. Toute l'affaire va éclater au grand jour dans les cinq prochains jours.

Comme par hasard, c'est à ce moment-là que Skye débarque ? Bon sang, mais *pourquoi ? Il a fallu qu'elle choisisse cette semaine entre toutes, Seigneur.*

Je n'en reviens pas de devoir descendre, la regarder dans ses beaux yeux doux – les mêmes qui m'ont toujours fait craquer – et la jouer cool avant de l'interroger sur sa demi-sœur.

Il y a vraiment des soirs où je déteste mon travail.

Je prends ma veste et une grande respiration. *Reste détendu, Rossi.* Cette fille m'a brisé, et elle va sûrement recommencer. Mais j'aurai la tête de Gage sur un plateau avant la fin du mois.

Si mon cœur est à nouveau déchiqueté en cours de route, eh bien, ce ne sera que ma croix à porter.

5

SKYLAR

— On ne se connaît pas ? me demande le barman quand j'approche du bar.

Je suis visiblement trop remontée, parce que je lui réponds sèchement :

— Non, ça pose un problème ?

Je ne suis pas une personne grossière, en temps normal. Mais là, je flippe. Je n'en reviens pas que le seul garçon – devenu un homme – que j'aie jamais aimé soit tout près.

Je ne suis absolument pas prête.

— Vous me dites vraiment quelque chose, insiste-t-il, me dévisageant depuis l'autre côté du bar rutilant.

— Je vous jure qu'on ne s'est jamais rencontrés.

Mais peut-être passe-t-il trop de temps sur YouTube. S'il me demande de lui dessiner un pénis sur une serviette à cocktail, je m'en vais.

— Un bon barman n'oublie jamais un visage, reprend-il.

— C'est bien, rétorqué-je, un peu trop âprement. Pourriez-vous m'aider à trouver Benito Rossi ?

— Oh, *merde* !

Ses yeux s'illuminent, encore plus que l'enseigne au néon à l'extérieur. C'est alors qu'il commence à sourire.

— Je te reconnais. Sur l'album de classe de Benito.

Si tu le dis.

— Il est là ?

— Sans doute. On ne va pas tarder à le savoir.

Il a sorti son téléphone de sa poche et pris une photo de moi.

— C'est quoi, ça ?

— Je fais descendre Benito pour toi. Tu vas voir, ça va fonctionner comme un charme.

Il effleure une nouvelle fois son téléphone et le range à nouveau.

— Bon, donne-lui une minute. Qu'est-ce que je te sers ?

— Hmm.

Évidemment, il veut que je commande un verre. Je fixe sa carte des boissons, les yeux dans le vide.

— Qu'est-ce que tu me conseilles ?

Comme si ça m'intéressait. Je suis trop obnubilée par des questions plus importantes. Est-ce que Benito sera le même ? Admettra-t-il son comportement abject d'autrefois, il y a tant d'années en arrière ? Ou bien va-t-il faire comme si de rien n'était, comme si c'était un plaisir de me revoir ?

Je ne sais même pas ce que j'aimerais qu'il me dise. À moins qu'il ne tombe à genoux pour me demander pardon, les retrouvailles ne peuvent pas se dérouler sans heurts. D'ailleurs, il ne se montrera peut-être pas du tout.

Je devrais même être soulagée s'il ne se présente pas. Alors, pourquoi cette idée me rend-elle presque aussi folle que la perspective de le voir ?

— … une bière pils avec une touche fruitée et houblonnée, me dit le barman. Ou le Cidre Shipley. Ce soir, on propose leur Ambrée de Début de Saison.

— Attends, lui dis-je alors que mon cerveau attrape au vol le nom de Shipley. Comme les Shipley qui cultivent leurs vergers ?

Monsieur Je-suis-canon-et-je-me-la-pète hoche la tête.

— Eux-mêmes.

Je sens un picotement le long de ma colonne vertébrale. Et moi qui croyais pouvoir venir dans le Vermont ni vue ni connue sans tomber nez à nez avec mon passé. Mais je connaissais les Shipley. Quand j'allais au lycée de Colebury, Griffin Shipley était en terminale et sa sœur, May, en première. Une fois, j'ai visité leur verger de rêve.

— Bon, d'accord. Je vais essayer le cidre, s'il te plaît.

J'entends même la voix de Ruth Shipley dans ma tête. *Les chaus-*

settes en laine, c'est magique. Je regarde les chaussettes que je porte en ce moment. Elles sont en cachemire. Je n'ai pas pensé à Madame Shipley depuis très, très longtemps. Mais sa voix douce n'a jamais vraiment quitté mon cœur.

C'est étrange de revoir son passé. Très étrange. Il y a des fantômes tout autour de moi.

Un instant plus tard, un verre à pied apparaît avec un magnifique liquide ambré à l'intérieur. Je sors de mon sac à main un billet de dix dollars et le pose sur le bar. Puis je jette un nouveau coup d'œil vers la porte. Toujours aucun signe de Benito.

Pendant que le barman cherche la monnaie, je scrute la foule, essayant de réconcilier cette scène avec ma vie d'autrefois, à Colebury. Cet endroit grouille de clients heureux et épanouis, qui savourent des bières artisanales en bonne compagnie. À l'exception des chemises en flanelle et des tenues de travail en tissu enduit, on se croirait presque à New York, mais un soir de semaine, quand la foule n'est pas trop dense. Décidément, ce bar est vraiment super.

Non, pas du tout, me rappelé-je. *Le Vermont, c'est affreux.* Je prends une gorgée de cidre et constate que c'est délicieux, et même intéressant, un goût à la fois doux, amer et musqué.

Quel dommage que je déteste le Vermont, parce que ce cidre est tout bonnement incroyable.

Telles sont les pensées qui m'occupent lorsqu'un deuxième homme apparaît derrière le bar, dans un coin de ma vision périphérique. Il a dû passer par une porte dérobée sans que je m'en rende compte. Je sens des picotements sur mon cuir chevelu, parce que cet homme me regarde.

Lentement, je me tourne vers lui. Nom de *Dionysos* ! Du haut de son mètre quatre-vingt, mon chagrin d'amour du lycée me dévisage.

Tout mon sang cesse de circuler. L'homme qui m'a arraché le palpitant de la poitrine et l'a piétiné avec une botte de moto est là, debout devant moi. Je devrais détourner le regard, mais j'en suis incapable. Mon cœur bat à tout rompre et je suis tiraillée entre deux réactions, le combat ou la fuite.

La fuite me semble être une bonne option.

Je dois être la dernière des idiotes, parce que je continue à regarder. Il est bien, *très bien* même. Quand ses épaules sont-elles devenues aussi larges ? Son regard est toujours aussi beau, sombre et ténébreux.

La partie inférieure de son visage, en revanche, a changé. Ce n'est plus le lycéen rasé de près qui m'a embrassée autrefois. Cette version de Benito arbore une barbe hirsute. Et ses cheveux sont un brin trop longs.

Cela ne diminue en rien son sex-appeal. Au contraire, cette allure d'homme des montagnes lui va à ravir.

Bien sûr, ce sont des informations dont je n'ai absolument pas besoin. J'aurais pu passer toute ma vie sans savoir qu'il est toujours aussi sexy, sinon plus, qu'à ses dix-huit ans.

À l'époque, mon monde tout entier tournait autour de cet homme. Aujourd'hui encore, je sens qu'il penche subtilement dans sa direction. Cet homme exerce sa propre force gravitationnelle. Et il a l'air… dévasté. Pendant une fraction de seconde, je perçois la douleur dans ses yeux quand il me regarde. Puis je cligne des paupières et cette impression s'estompe. Son visage est impassible.

Mais il me regarde toujours.

Feignant la décontraction, je porte le verre de cidre à mes lèvres et avale une autre gorgée. Je l'observe attentivement.

— Skylar.

Sa voix est si grave et séduisante que ma main frémit et je renverse une goutte de cidre sur mon poignet. *Du calme, Skye.*

Il passe sous le bar et se redresse juste à côté de moi. Son parfum me parvient, et une fois encore, ça me remue. C'est une odeur de cuir et d'aiguilles de pin.

— Viens ici et parle-moi, dit-il d'une voix douce qui me donne la chair de poule.

Puis il prend mon poignet dans sa grande main et m'entraîne dans la salle.

Tout va trop vite. Sa paume est grande et chaude, et mon cerveau en surchauffe. Si seulement je pouvais aller méditer pendant une demi-heure quelque part, pour me vider la tête. Enfin, personne n'est dupe ! Même une semaine entière dans un spa avec yoga ne me suffirait pas pour rétablir mon équilibre en ce moment.

Benito me conduit vers une banquette, où je m'empresse de m'asseoir, posant mon sac marin contre le mur et mon verre sur la table. J'ai le souffle court lorsque Benito retire sa veste en cuir et l'abandonne sur le siège opposé.

Je n'ai pas d'autre choix que de lever les yeux. La première chose que je vois, c'est son t-shirt noir moulant sur ses abdominaux impressionnants. Lentement, mon regard remonte le long de son corps, un torse plus sculpté encore que dans mes fantasmes et un bras musclé, posé sur la table.

Waouh. Il a dû passer les douze dernières années à la salle de sport.

Enfin, comme je ne peux pas l'éviter plus longtemps, je regarde son visage. Il est là, ce regard couleur cognac toujours si tendre avec moi. Quand nous étions amis, j'ai regardé mille fois dans ces grands yeux, et ils ne m'ont jamais déçue.

Jusqu'à ce fameux soir.

Je l'ai très mal vécu. Au moment où ce beau garçon devait se présenter sur le pas de ma porte pour la plus belle soirée de ma vie, Benito n'est pas venu. Je suis restée assise sur le porche en tenue de soirée et j'ai attendu. Comme une idiote.

J'y suis restée pendant des heures, incapable de croire que Benito m'avait posé un lapin. Et puis, j'ai fini par comprendre combien sa trahison était profonde.

Ce soir-là, j'ai quitté le Vermont pour de bon et je ne suis jamais revenue.

Aujourd'hui, douze ans plus tard, Benito m'a dit quatre ou cinq mots et déjà mon estomac se noue et mes mains sont moites.

C'était une très mauvaise idée. Il faut absolument que je m'en aille, décrété-je. Abandonnant mon cidre, je remets mon sac sur mon épaule et je file vers la liberté.

Sauf que je n'y parviens pas. Anticipant cette manœuvre, Benito Rossi me barre le passage, penché en avant entre la banquette et la table, sa carrure imposante devant moi.

— Quoi, pas de câlin pour ton vieux pote ? fait-il.

C'est ça. L'ennui, maintenant, c'est que je suis piégée. Les choix sont : A) rester sur place, ou B) grimper sur ses genoux pour m'échapper. Et ce dernier choix me semble bien trop alléchant pour être une bonne idée.

— Mercredi, chuchoté-je.

— Qu'est-ce que tu me fais, Fly-in-the-Sky ? demande-t-il en prenant mes deux mains dans les siennes. Écoute, moi aussi, je suis surpris de te voir. Bon, si je commençais par une question facile… Qu'est-ce que tu viens faire ici ?

Ses grandes mains serrent doucement les miennes et mon cœur bat la chamade. *Maudites émotions.* Il me faut une seconde pour me rappeler que j'ai horreur de ce surnom. Et maintenant que la fuite n'est plus une option, je n'ai pas d'autre choix que me battre. C'est facile, parce que tout à coup, je suis tellement furieuse que je n'y vois plus clair.

— Ne m'appelle pas comme ça, m'exclamé-je.

Je n'ai *jamais* apprécié que mon surnom fasse allusion à ma grande taille. Même si, jusqu'au fameux soir des mille et une déceptions, c'était la seule chose qui me déplaisait chez lui.

À l'époque, j'aurais fait n'importe quoi pour entendre sa voix grave à mon oreille. Mais je dois prendre mes distances avant qu'il ne puisse faire remonter cette douleur à la surface. J'ai pleuré toute une rivière de larmes pour cet homme et il est hors de question de rouvrir les vannes. Je retire donc mes mains des siennes.

— Il n'y aura pas de câlin, et je ne veux pas bavarder. Laisse-moi partir.

— Non, décrète-t-il avec un simple hochement de tête. On va d'abord avoir une petite discussion.

Bon, alors, je vais vivre une expérience de décorporation. Parce qu'il est si douloureusement familier, assis là juste à côté de moi. À seize ans, j'ai appris par cœur la courbe de ses pommettes, la forme masculine de son nez. J'ai mémorisé les contours de sa bouche bien dessinée lorsqu'il souriait.

Chaque fois qu'il me touchait, je me laissais aller contre lui, loin de vouloir m'en éloigner.

— J'aimerais d'abord te présenter mes excuses en retard, dit-il sur un ton bien trop posé. Je suis désolé de t'avoir laissée tomber ce dernier soir au lycée, il y a douze ans. Tout est ma faute et je le regrette depuis. Je suis vraiment désolé.

Les bras m'en tombent, car ses excuses sont à la fois inattendues et terriblement insuffisantes. A-t-il la moindre idée du chagrin qu'il m'a causé ?

Cela dit, je n'y pense plus depuis longtemps.

En temps normal, du moins.

— Et maintenant, poursuit-il, n'hésite pas à me dire pourquoi tu as disparu pendant douze ans sans me dire au revoir.

Je ne peux pas le faire. Parce que je ne veux pas qu'il sache combien il m'a blessée. Ce qu'il devrait déjà savoir. Il m'a posé un lapin pour l'unique nuit magique de ma jeune vie. Peut-être lui étais-je simplement sortie de la tête…

— Skye, j'ai failli devenir dingue en me demandant ce qui t'est arrivé. Alors, vas-y, parle-moi.

Ma tête manque exploser. Parce que s'il a failli devenir dingue, c'est sûrement l'effet de la culpabilité.

— Non ? Bon, poursuit-il. Je comprends que tu aies été fâchée de rater la soirée. Mais tu ne m'as pas donné l'occasion de me rattraper.

— Waouh.

Je n'en reviens pas qu'il traite une trahison aussi cuisante comme si cela avait aisément pu être arrangé avec un bouquet de fleurs ou un autre trajet au lycée, à l'arrière de sa moto. Non seulement j'avais raté la soirée, mais surtout, il avait invité une autre fille à ma place.

Aujourd'hui encore, j'éprouve une vague d'humiliation. Je ne peux pas revenir à ce moment. Je ne veux plus jamais y penser.

D'ailleurs, j'ai déjà changé de plan. Ce petit coup monté de Rayanne me déplaît fortement, et ce depuis que j'ai lu son curieux petit message. Après tout, ce n'est pas parce qu'elle veut m'envoyer à la chasse au dahu ce soir que je suis obligée de jouer le jeu.

Nouveau programme. J'irai chez Raye et je trouverai la clé sous le Bouddha. Je prendrai le temps de souffler en attendant que Rayanne me contacte. Si je décide que j'ai besoin d'aide, je serai toujours à temps de trouver Benito plus tard.

— Excuse-moi, dis-je aussi résolument que possible. C'est bon, j'ai entendu. Tu es désolé. Mais je n'ai pas fait deux cent cinquante kilomètres pour parler du bal de promo.

La mention de cette soirée fatidique me vient naturellement, comme si elle avait eu lieu pas plus tard qu'il y a dix minutes.

Pfff, je crois que je perds pied, là. Il est trop proche. Et son odeur, capiteux mélange de cuir et d'air pur, m'est si familière que j'ai envie de pleurer.

— Ce n'est rien, ajouté-je en jetant un œil vers le bout de la banquette – je suis à deux pas de la liberté. Si tu veux bien m'excuser…

Il fronce les sourcils, dardant sur moi son beau regard couleur chocolat.

— Ce n'est rien, répète-t-il lentement.

— Voilà.

Oh, la menteuse, elle est amoureuse !

— Alors, si ce n'est rien, reprend-il, pourquoi es-tu partie comme ça ? Pas même un *mot*, Skye. Pendant douze ans.

Hmm… Bien vu.

— Sur le moment, j'en ai souffert. Mais plus maintenant.

— Je vois, dit-il.

Pendant un instant, nous nous regardons droit dans les yeux – ses yeux si expressifs, en comparaison avec mon regard de présentatrice télé. Le bar bondé semble disparaître autour de nous. Malgré mon avantage professionnel, je risque sérieusement de perdre ce duel et de sombrer tête baissée dans son beau regard brun. C'est comme ça qu'il me regardait, à l'époque, comme s'il pouvait voir tout ce que je cache aux autres. Autrefois, cela me convenait très bien.

Non, Skye, pensé-je. *On ne va pas recommencer.*

Je détourne enfin le regard.

— Bon, je dois y aller. Tu peux me laisser passer, s'il te plaît ?

— Non, rétorque-t-il du tac au tac. Pas tant que tu ne m'auras pas dit ce que tu fais ici ce soir.

— Impossible, dis-je en écho, provoquant son rire rauque.

Cette sonorité est si familière que mes mains se mettent à trembler. Voilà exactement pourquoi j'ai évité le Vermont pendant tant d'années. Super, j'aurai le rire de Benito dans la tête – et son visage toujours aussi dévastateur – quand je rentrerai à New York lundi.

Foutu Benito. J'aurais préféré ne jamais le rencontrer.

— Skye, est-ce que tu es ici pour voir ta demi-sœur ?

Je lève les yeux vers les siens.

— Pourquoi ? Tu l'as vue ce soir ?

Je m'attends à un autre sourire dévastateur, mais son visage est maintenant très sérieux.

— Non, ma belle. Et toi ?

Ce « ma belle » dans sa bouche m'empêche presque de comprendre le reste de ses mots.

— Euh, non… Mais si tu bouges ton corps, que je n'aurais jamais cru aussi grand et carré, je pourrais peut-être sortir et essayer de la trouver.

Figurez-vous qu'il choisit ce moment précis pour révéler son sourire aveuglant. Aucune armure n'est de taille contre cela. Je sens mes genoux flageoler alors que ses lèvres – véritable ode au baiser – remuent, la fossette de son menton à peine visible sous sa barbe primitive.

— Aussi grand et carré ?

Oh, là là !

— C'est… Tu es… en travers de mon chemin, bredouillé-je en lui poussant l'épaule.

Autant essayer de déplacer un mur. *Tout doux, Skye.*

À ma grande surprise, Benito s'extirpe de la banquette et déplie sur grand corps de rêve, me permettant de passer devant lui. Mon cœur a un dernier soubresaut quand je songe à m'éloigner de lui.

— Merci, murmuré-je, récupérant mon sac de sport sur la banquette pour me diriger vers la porte.

Ne te retourne pas, m'intimé-je en évitant les clients du bar. Les lieux se remplissent à vue d'œil. Difficile de s'échapper quand des buveurs de bière débonnaires se trouvent sur votre chemin.

— Eh ! s'écrie un homme en m'arrêtant. C'est vous.

Je cligne des paupières pendant une seconde. Mais je ne le reconnais pas de l'époque du lycée.

— Euh, salut ?

— Joli pénis, lâche-t-il. Du haut niveau.

— Merci, grommelé-je.

C'est plus simple que de le frapper. L'instant d'après, je l'esquive et continue. La porte est dans ma ligne de mire. *Ne regarde pas en arrière*, me rappelé-je. Quelques pas de plus et je serai dehors, avec le pouls au galop et un tas de regrets comme seuls souvenirs de Benito. *Ne te retourne pas.*

Malheureusement, je suis *faible*.

Ralentissant le rythme, je jette un œil par-dessus mon épaule pour capter un dernier souvenir de Benito Rossi. Sans succès. Je me heurte à un mur chaud et de dur. Un parfum de pin me rattrape alors que je bascule en avant.

Au même moment, un bras fort s'enroule autour de ma taille pour me maintenir en équilibre.

— Attention, Skye.

Sa voix gronde à mon oreille. Le bras qui me soutient est étonnamment fort. Je retiens mon souffle pendant une fraction de seconde.

Enfin, Benito me libère. Il me précède et m'ouvre la porte, qu'il tient ouverte.

Sérieusement ? Il ne peut même pas m'autoriser une sortie digne ?

Décidément, quel enfoiré !

Je sors, la tête haute. L'air frais de la nuit me fait un bien fou. Je dois retrouver mes esprits, trouver la maison de Rayanne et voir si je peux entrer en contact avec elle. Je traverse le parking en prenant de grandes inspirations purificatrices.

Des chaussures se font entendre derrière moi.

Je presse le pas.

Lui aussi. Benito me suit, mais je refuse de le prendre à la légère.

— Ça fait *suer* ! m'écrié-je en faisant volte-face.

— Quoi donc, ma belle ? demande Benito.

Ses bras musclés sont croisés devant son torse et il fronce les sourcils.

— Je vais *tuer* Rayanne. Un aller simple pour l'enfournage. Et toi, tu es le prochain sur la liste !

Le front de Benito se plisse.

— Ce n'est pas très clair, Skye. C'est quoi ce charabia ?

— On ne peut pas dire de gros mots à la télévision ! m'exclamé-je.

Je commence à paniquer. Ma demi-sœur m'a plantée là, dans la ville que j'aime le moins au monde, sans rien d'autre qu'un message énigmatique et un téléphone de pacotille. Elle a peut-être des ennuis, ou alors elle me fait marcher.

— On ne peut pas dire de gros mots à la télé. Alors, je n'en dis jamais. Pas même quand ma timbrée de sœur me laisse tomber à Colebury, dans cette *mercerie* de Vermont, avec un téléphone, des fringues de rechange et quarante malheureux dollars.

J'en ai déjà par-dessus la tête.

La voix de Benito est douce et grave, comme on parlerait à un fou.

— Et tu penses que tu pourrais être à la télé ?

Il s'approche de moi et pose une main sur mon épaule, comme on le ferait avec un fou.

— Oui, bien sûr ! Tous les jours, bafouillé-je – une fois de plus, la proximité de Benito me met sur les charbons ardents. Sauf cette semaine, parce que j'ai dessiné un pénis sans le faire exprès.

— Pardon ?

Je crois que j'ai un peu dérivé, là. Je m'éloigne de Benito.

— Laisse-moi partir, je dois traquer Rayanne et la massacrer.

La maison de ma sœur n'est qu'à un demi-kilomètre d'ici. Je peux très bien y aller à pied.

— Pas si vite, dit Benito, le visage soudain dénué de toute trace d'humour. Rayanne ne t'appellerait pas *Raffie* par hasard ?

— Si...

Ce fourmillement est de retour le long de ma colonne vertébrale.

— Pourquoi cette question ? Et d'abord, comment tu le sais ?

Ses lèvres pincées forment une ligne fine avant qu'il ne me pose une autre question.

— Ça veut dire quoi, Raffie ?

Je lève les yeux au ciel comme une ado boudeuse.

— Bon sang, Benito ! C'est l'abréviation de *girafe*, tu es content ? Encore une blague de *merle* en rapport à ma taille, comme si je n'en avais pas assez reçu dans ma vie. Bon, allez, bouge !

Je lui assene une claque sur son torse ferme. Mais comme la version trentenaire de Benito semble composée de parpaings, il ne bouge pas. L'esquivant sur la gauche, je regagne ma liberté. Enfin, je lui tourne le dos et détale sur le gravier du parking, traversant la rue au-delà.

6

OCTOBRE, DOUZE ANS PLUS TÔT

Alors que l'année de Skye dans le Vermont s'achève, éviter Jimmy Gage devient sa préoccupation principale après l'école.

Heureusement, c'est la saison de football américain. Il est souvent trop concentré sur les matches pour s'occuper d'elle. Elle est capable de rentrer sur la pointe des pieds dans sa petite chambre, de fermer la porte à clé et de réussir à se faire oublier. Certains soirs, Skye fait du baby-sitting chez les Carrera dans la caravane numéro deux. Ainsi, elle évite Gage et gagne dix dollars en même temps. Parfait.

Le reste du temps ? Elle n'a pas autant de chance.

Comme ce soir, par exemple. Skye est distraite. Elle est penchée à la fenêtre de sa chambre, à discuter avec Madame Rossi. La mère de Benito porte un tablier, comme une mère de livre d'images.

— Un problème ? demande Skye, intriguée par la femme agenouillée avec une lampe de poche, derrière le mobile-home. Vous avez perdu quelque chose ?

— Non, ma chérie ! Je cueille des feuilles de sauge. Avec la ciboulette, ce sont deux plantes qui sont encore bonnes jusqu'à l'hiver, explique-t-elle à Skye. Tu devrais venir dîner ce week-end. Dimanche, peut-être ? Mes garçons seront sûrement à la maison.

C'est une très bonne idée et Skye la remercie chaleureusement pour son invitation, si bien qu'elle n'entend pas Jimmy Gage rentrer. Quand son rire lui parvient, il est trop tard. Il est déjà devant la porte ouverte de sa chambre.

Skye se cogne le cou contre le cadre de la fenêtre en essayant de se redresser rapidement.

— Tu parles à ton petit ami ? demande-t-il.

Il a une bouteille de whisky à la main, et apparemment, il est déjà à moitié ivre.

Elle habite chez un agent de police qui conduit en état d'ivresse. Voilà pourquoi cette gentille fille de seize ans est aussi l'une des personnes les plus cyniques au monde. Rien ne lui échappe, mais elle ne peut rien y changer.

— Non, dit-elle lentement. Il y a Madame Rossi, là dehors.

Il ricane.

— Bien essayé. Alors, lequel d'entre eux va te baiser ? Celui avec la moto ? Ou l'autre, qui conduit le taxi ?

Skye réprime un frisson, mais elle garde le silence. Elle fait travailler ses méninges pour trouver une échappatoire à ce policier ivre mort devant sa porte.

— Tu les laisses se relayer, peut-être ? Je parie que oui. Tu es une vicieuse, toi, pas vrai ?

Une vicieuse. Certainement pas. Mais elle est incapable de le prouver. C'est peine perdue.

— Maman t'a laissé un sandwich aux boulettes de viande, dit-elle. Je suis censée le réchauffer pour toi.

Sa mère ne cuisine pas, mais parfois, elle rapporte des plats du restaurant où elle travaille. Skye a apprécié sa portion, tout à l'heure, mais soudain, la nourriture tourne à l'aigre dans son estomac.

— Bon, eh bien, va me le préparer, alors, dit-il en ricanant.

Elle attend.

Il s'écarte lentement du chemin et retourne dans le salon.

Les mains tremblantes, Skye réchauffe les boulettes de viande restantes au micro-ondes et les dispose dans un pain à sandwich coupé en deux. Elle aimerait pouvoir y ajouter un sédatif qui l'assommerait pour la nuit. Mais ce n'est qu'un fantasme, suscité par une émission qu'elle a vue un jour à la télévision.

Cette rêverie de quelques instants la déconcentre. C'est une erreur. Gage arrive derrière elle et Skye se tend. Lorsqu'il lui met la main aux fesses, elle devient glaciale.

— Tu es une petite pute, hein ? Comme ta mère.

Son rire la démange de l'intérieur.

Elle manque d'air. Il empeste le whisky et l'humiliation. Son cœur s'emballe dans sa poitrine.

La main intimidante descend un peu plus bas, son pouce caresse la poche arrière de son jean. Les doigts de Skye blêmissent sur les bords de l'assiette.

— Tiens, ton dîner, dit-elle enfin d'une voix blanche. Tu manges où ?

Il ricane, comme si elle venait de faire quelque chose de drôle, et Skye sent que ses yeux commencent à brûler. Retenant son souffle, elle se retourne rapidement, plaçant l'assiette entre leurs deux corps. La main de Gage quitte aussitôt ses fesses. Mais c'est un risque. S'il tente autre chose, ce n'est plus son dos qu'il touchera...

Après les trois secondes les plus longues de sa vie, Jimmy prend l'assiette. Pinçant le goulot de sa bouteille de whisky entre deux doigts, il emporte son repas vers le canapé.

Skye compte jusqu'à dix, le plus lentement possible. Quand la télévision s'allume, elle reprend le décompte. Enfin, elle se glisse en silence dans sa chambre et ferme la porte. Le verrou est bien tiré, mais elle sait qu'il ne servira à rien s'il décide d'entrer.

Il fait froid, ce soir, et sa veste est hors de portée, suspendue derrière la porte d'entrée du mobile-home. Skye fouille dans le petit placard et enfile l'une des chemises en flanelle de Rayanne, puis elle y ajoute un pull et une écharpe. Elle n'attendra pas que Jimmy frappe à la porte ni qu'il l'appelle. Hors de question qu'elle sente une fois de plus cette main sur son corps ce soir.

Il l'a traitée de *cochonne*. En un sens, il n'a pas tort. Ce soir, à cause de lui, elle se sent dégoûtante.

Armée contre le froid, elle ouvre la fenêtre jusqu'au bout. Puis elle s'y hisse avant de se laisser prudemment tomber sur les feuilles, évitant la souche.

La souche était l'idée de Benito. Il l'a placée là pour l'aider à remonter, les nuits où elle aurait besoin de fuir. Elle y monte et referme la fenêtre, comme pour tenter de brouiller les pistes.

Puis Skye s'éloigne à pas lents dans l'obscurité, en direction du jardin improvisé de Benito. Elle distingue à peine la chaise longue quand elle arrive, recouverte d'une bâche avec une pierre au centre pour maintenir cette protection en place. Elle retire la pierre, puis la bâche, et s'assied.

Qui aurait cru qu'être assise seule dans les bois glacials, la nuit, serait plus attrayant que d'être à la maison ? L'atmosphère est froide et silencieuse. Il n'y a pas d'insectes, cette fois. C'est déjà ça.

Dix minutes plus tard, elle entend des bruits de pas et voit une lampe de poche s'orienter dans sa direction. Les pas qui s'approchent sont peut-être terrifiants, mais elle sait que c'est Benito. Il fredonne tout bas, une voix familière.

— Bonsoir, dit-il doucement en arrivant, un instant plus tard.

Comme si c'était un endroit tout à fait banal pour une fraîche nuit d'automne.

— Bonsoir.

Elle espère qu'il ne lui demandera pas pourquoi elle est ici, car elle ne peut pas le dire à voix haute. C'est trop répugnant. Elle se sent répugnante, rien qu'en pensant à Jimmy et à sa main sur elle, dans la cuisine.

Benito ne lui demande rien. Il pose son sac à dos à côté d'elle, mais ne s'assied pas. Au lieu de ça, il se promène aux abords de la clairière, ramassant des bâtons qu'il casse. Puis il prend quelques grosses bûches sur un tas, au pied d'un pin.

Il dispose soigneusement ses trouvailles au centre du foyer, retire de son sac à dos quelques pages de journal, qu'il roule en boule et glisse sous son monticule de bois. Enfin, il sort une boîte d'allumettes de la poche de sa veste, en allume une et l'ensemble prend feu.

Il reste un moment à genoux, à regarder prendre son feu, le tisonnant de temps à autre. L'odeur de fumée monte dans l'air et la lueur orange des flammes illumine la clairière.

Skye ne peut quitter Benito des yeux. La lumière chaude fait étinceler son regard. C'est le plus beau garçon qu'elle ait jamais vu. Mais elle ne le lui dira jamais. Elle n'aurait même pas les mots adéquats.

Au bout d'un moment, il semble satisfait de son travail. Il ajoute une bûche supplémentaire au feu et vient s'asseoir à côté d'elle sur la chaise longue à deux places. Il lève les pieds et se penche en arrière, les mains croisées derrière la tête, les yeux vers le ciel.

— Des chamallows, dit-il à mi-voix. Je devrais penser à en apporter.

— Hmm, fait-elle, en parfait accord.

Skye se sent infiniment plus en sécurité, assise près de ce garçon dans les bois, que dans ce qui est censé être chez elle. Il est juste à côté d'elle, dans le noir, mais il ne la touche pas.

Elle est surtout reconnaissante pour cela. Mais elle éprouve l'envie irrésistible de poser son visage contre son sweat-shirt, juste au-dessus de son cœur. Elle voudrait savoir ce qui se passerait si elle essayait. De bonnes choses, peut-être. Il pourrait passer un bras autour d'elle et ils resteraient assis ensemble, comme ça, à écouter le crépitement du feu.

Mais le risque est trop grand. Ce n'est déjà pas si mal. Skye sait qu'il ne faut pas faire de vagues.

— Ma sœur Zara habite chez une autre fille de sa classe, dit soudain Benito. Jill Sullivan.

— Je m'en souviens.

Benito le lui a déjà dit. Ils parlent tout le temps, maintenant.

— Parce qu'il y a plus de place pour elle chez Jill, ajoute-t-elle.

— Ce n'est pas vraiment pour ça qu'elle habite de l'autre côté de la ville, explique Benito d'un ton posé. C'est à cause de Jimmy Gage.

— Oh.

Oh. Une fois de plus, son cœur se serre.

— Il a commencé à harceler Zara l'année dernière. Gage essayait toujours de la coincer toute seule. Ce n'est pas facile, on est très nombreux dans la famille. Mais il a persévéré, alors mon frère Damien est allé au poste de police et s'est plaint à son chef.

— Et ça n'a pas marché ?

Benito secoue lentement la tête, les yeux empreints de compassion.

— Le chef n'a même pas dressé de procès-verbal. Ensuite, Gage a menacé de mettre le feu à notre caravane si on osait encore porter plainte. C'était il y a cinq mois, en mai. Depuis, on a reçu douze contraventions. Tous les flics de Colebury nous arrêtent. Maman économise de l'argent pour déménager, mais ça va prendre du temps.

Les poumons de Skye se vident brutalement. Elle ne sera jamais en sécurité. Et Benito risque de s'en aller.

— Je n'essaie pas de te faire peur, reprend-il d'une voix douce. Mais il faut que tu saches comment ça se passe ici. Le chef croit que tous ceux qui vivent dans le camping sont des minables qui méritent ce qui leur arrive. Comme il s'en fiche complètement, Gage fait ce qu'il veut. Mais ça ne veut pas dire que tu dois l'accepter.

Skye lui fait comprendre qu'elle l'écoute poliment, mais intérieurement, elle est effondrée.

— Ta mère, est-ce qu'elle sait tout ce qu'il te dit ? demande-t-il.

Skye secoue la tête.

— Tu dois le lui dire.

Elle sait qu'il a raison. Et elle sait aussi que cela peut très bien n'avoir aucune incidence.

7

BENITO

Skye s'éloigne d'un pas. Je lui laisse une avance de dix mètres avant de commencer à la suivre.

Au même moment, mon téléphone annonce l'arrivée d'un message. Devant moi, Skye regarde des deux côtés de la route de campagne à deux voies et s'apprête à traverser.

Le texto vient de Nelligan. *J'ai appelé des renforts et je ne trouve toujours pas la suspecte. Je suis vraiment désolé. Elle est dans la nature.*

Bien reçu, je réponds. *Nouveau rebondissement. Je sais qui est Raffie, et je la suis au centre de Colebury. Il s'avère que c'est une vieille copine à moi. Reste à l'écoute.*

Reste sur tes gardes, me répond-il.

Toujours.

Mais je suis un menteur. Cette soirée m'a déjà mis à plat. Revoir Skye au *Gin Mill*, c'était comme voir un fantôme. Un fantôme d'un mètre quatre-vingt aux longues jambes, la fille de mes rêves. Qui m'a aussi brisé le cœur.

Notre petite discussion autour de la table m'a laissé sur ma faim. Et maintenant, elle traverse la route à grandes enjambées. Elle parvient rapidement de l'autre côté, avec ses longues jambes, celles-là mêmes qui ont défilé dans mes fantasmes d'adolescent pendant toute l'année où nous étions amis.

Bon sang, elle évolue encore dans mes fantasmes à l'heure

actuelle. Et je la suivrai, quoi qu'il arrive. Enquête ou pas. Ce n'est même pas un choix conscient. Où qu'elle aille, c'est là que je dois être.

Apparemment, sa destination se trouve sur les hauteurs. Je suis à une trentaine de pas derrière elle. Mon esprit hébété ne cesse de revenir sur ce jour-là, la première fois que j'ai posé les yeux sur Skylar.

À dix-huit ans, j'étais à l'aube de ma dernière année de lycée, imaginant qu'elle passerait comme sur des roulettes, plus que prêt à partir à l'armée et découvrir le vaste monde.

Je n'étais qu'un sale gosse qui traînait dans les bois, en se disant qu'il serait mieux ailleurs. Et puis, elle est apparue comme une nymphe des bois tombée du ciel dans la forêt, juste devant moi.

Je peux affirmer sans exagération que je n'avais jamais vu d'aussi belle fille – ni dans ma ville ni dans toute ma *vie*.

Stupéfait, je l'ai regardée approcher en me demandant si elle était réelle. Elle ne m'avait pas vu, mais avant même que j'ouvre la bouche pour la prévenir de ne pas trébucher sur moi, mon cœur s'est mis à parler.

Elle est à moi, ai-je pensé. Et depuis ce jour-là, j'ai été conquis.

Mais à cette période de ma vie, je savais déjà que le coup de foudre était une malédiction. Tous les membres de ma famille le savaient. Ma mère était tombée amoureuse de mon père dans une salle de danse bondée de Montpelier, avant même de connaître son nom ou d'entendre sa voix.

Belle histoire, n'est-ce pas ? Sauf que ce type lui a brisé le cœur chaque semaine à partir de ce moment. Il lui a donné cinq enfants à nourrir et à élever, sans l'aider le moins du monde. Il couchait à droite et à gauche, jouait avec son affection, puis disparaissait pendant des mois. Quand j'avais quatorze ans, il a disparu pour de bon.

Et pourtant, si vous interrogiez ma mère aujourd'hui encore, elle pourrait vous dire qu'elle l'aime toujours.

Le cœur est un idiot et le coup de foudre n'est qu'un sale vicieux. Il ne se soucie pas de brûler les âmes, de semer la destruction dans son sillage. Il vous dévore et vous recrache sans sourciller.

Et j'en sais quelque chose !

Quand Skye est entrée dans ma vie, je l'ai voulue dès la première seconde. Mais on ne peut pas toujours obtenir ce que l'on veut. J'ai tout de suite compris qu'elle n'avait pas besoin d'un adolescent surexcité qui essaierait de passer sous sa jupe. Elle avait besoin d'un ami et d'un protecteur.

Cela n'a pas été facile d'être son ami, et encore moins de la garder en sécurité. En fin de compte, j'ai échoué sur les deux tableaux, et c'est ainsi que je l'ai perdue. Je ne peux pas échouer à nouveau.

Mais, bon sang ! L'amour de ma vie a un très mauvais sens du timing.

En gravissant la colline, je garde prudemment mes distances. J'ai besoin d'une minute pour formuler un plan. Non seulement mon esprit est bouleversé par son apparition soudaine en ville, mais ma stratégie semble tombée à l'eau.

Je suis certain à cent pour cent que c'est Jimmy Gage qui inonde le marché local de drogues mal coupées. Les décès par overdose augmentent de manière spectaculaire, parce que ce type est négligent.

Je ne peux pas le prouver. Pas encore, du moins.

J'ai passé les dernières semaines à recueillir des faits, mais je n'ai pas encore suffisamment de preuves pour procéder à une opération d'infiltration.

Mercredi matin, j'ai obtenu une avancée inattendue. Je passais au café de ma sœur et Rayanne était assise à une table, à proximité. Je l'ai entendue convaincre une certaine « Raffie » d'apporter un kayak au Vermont.

Qui fait du kayak au mois de mars ?

Mes oreilles se sont vraiment dressées quand Rayanne a dit à Raffie que personne ne devait savoir qu'elle venait. Je n'ai jamais pu faire de lien entre Rayanne et le business de son père, et franchement, je n'en avais aucune envie. Je sais ce que c'est de se voir reprocher les péchés de son père, mais tout de même, cette conversation était très étrange.

Quarante-huit heures plus tôt, je me disais que si je suivais la piste – et Rayanne – je pourrais résoudre l'affaire. Mais si Raffie n'est autre que Skye ?

Je ne sais plus quoi penser.

Je ne savais pas que Skye et Rayanne étaient proches, ni même qu'elles se parlaient. Je pensais que Skye avait quitté le Vermont sans un regard en arrière.

Le trottoir redevient plat au sommet de la colline et Colebury apparaît à notre vue. Skye sait que je marche derrière elle. Ça se devine dans la tension de ses épaules.

Elle ne veut pas me parler, mais elle va le faire. Bientôt.

Je dois découvrir comment Skye est impliquée dans le trafic de drogue auquel se livre sa belle-famille. Je n'imagine pas qu'elle sache précisément ce qu'ils font. D'abord, je ne crois pas que Skye se soit tournée vers une vie de délinquance. Quand bien même, elle ne ferait jamais rien pour Jimmy Gage. Elle préférerait le renverser avec sa voiture plutôt que de l'aider à passer de la drogue à la frontière de l'État.

J'en ai l'intime conviction, mais je suis toujours en service. Et si elle n'est pas impliquée, alors elle est en danger.

Après une belle petite promenade à Colebury, Skye longe le parc de la ville. Elle sort son téléphone de sa poche et consulte l'écran, peut-être pour vérifier l'adresse. Il fait noir malgré les lampadaires et la plupart des vieilles maisons qui bordent le square sont mal éclairées. Il lui faut un moment pour s'orienter.

Je vois l'instant précis où elle comprend. Elle redresse sa colonne vertébrale et marche vers la plus petite maison du quartier. À l'évidence, c'est une location, elle est un peu négligée. Je trottine pour réduire la distance qui nous sépare, afin de ne manquer aucun détail.

Je m'arrête au pied du porche et regarde Skye monter trois marches en bois, puis s'arrêter. Sans mandat de perquisition, je ne peux pas la suivre à l'intérieur. Je ne peux qu'observer. Et ce que je vois, c'est Skylar qui devient absolument rigide, les yeux rivés sur la porte d'entrée.

Merde. C'est entrouvert. Je discerne de la lumière entre la porte et le chambranle.

— Raye ? lance Skye d'une voix chevrotante.

Elle pousse lentement la porte et le rayon de lumière s'élargit. J'aperçois le désordre à l'intérieur : les meubles renversés, les livres éparpillés sur le sol.

Cette maison a été mise à sac.

— Raye !

Sa voix monte lorsqu'elle fait un pas à l'intérieur.

— Attends, m'écrié-je. Attends.

Elle se retourne avec de grands yeux effarés.

— Il s'est passé quelque chose.

— Alors, n'entre pas. Viens, dis-je avec mon intonation d'agent de police, même si elle n'en sait rien.

J'ai beau en avoir envie, je ne peux pas entrer dans cette maison. C'est comme ça que les affaires finissent classées sans suite et que les inspecteurs se font virer. Même si je repère un indice important à l'intérieur, je ne pourrai pas m'en servir comme preuve.

Cela dit, si Skye se retrouve dans une situation dangereuse alors que je suis ici sur le trottoir, je ne me le pardonnerai jamais. Je fais un pas en avant.

Aussitôt, elle quitte le porche d'un bond et vient se mettre à côté de moi, toute tremblante.

Mes vieux instincts se mettent en branle et je passe un bras autour d'elle pour l'attirer contre mon torse. Je sors ma radio.

— Nelligan.

— Monsieur.

— Viens tout de suite au 15, Elmhurst. Je suis devant. Tu en as pour combien de temps ?

— Quatre-vingt-dix secondes.

— C'était quoi ? demande Skye, les yeux écarquillés.

— Un policier est en route, murmuré-je. Dis-moi où tu penses que Rayanne se trouve ce soir.

— Je... je devais la retrouver, répond-elle d'une voix étouffée. Mais elle a pris ma voiture de location et elle est partie. Elle m'a laissé un téléphone et un mot me disant de venir te voir.

— De venir *me* voir ?

Cela n'a aucun sens.

— Où est ce mot ?

Rob Nelligan se gare à côté de nous, juste avant que Skye ne puisse répondre.

— Bonsoir, inspecteur, dit-il en sortant du véhicule de patrouille.

— Inspecteur ? fait Skye.

Nelligan me lance un regard interrogateur.

— Monsieur ?

Je fais pivoter Skye vers mon agent.

— Rob est un policier de Colebury.

Elle frissonne et je prends conscience un peu trop tard que son expérience avec la police de Colebury se limite à Gage et son harcèlement sexuel.

Merde.

— C'est un bon flic, m'empressé-je d'ajouter. Si tu t'inquiètes pour Rayanne, tu peux lui demander d'aller faire un contrôle de routine chez elle. Nous entrerons pour voir s'il y a quelqu'un, nous assurer que tout va bien.

— D'accord, dit-elle précipitamment.

— Comment vous appelez-vous, mademoiselle ? demande Nelligan.

— Skylar Copeland.

— C'est chez vous ? ajoute-t-il, même s'il sait que ce n'est pas le cas.

Nelligan connaît son métier.

— Non, répond-elle en secouant la tête. C'est chez ma demi-sœur. J'étais censée passer le week-end ici, mais elle m'a laissée en plan. La porte d'entrée est ouverte et on dirait que quelqu'un a saccagé sa maison. Raye n'est pas une souillon.

— Alors, vous nous demandez d'entrer pour voir ce qu'il en est, c'est bien ça ? précise Nelligan.

— Oui, s'il vous plaît, répond Skye. Je me fais du souci.

Nelligan s'avance sous le porche, puis il s'annonce devant la porte ouverte et entre sans plus attendre.

Après lui avoir laissé trente secondes d'avance, j'accompagne Skye jusqu'à la porte d'entrée.

— Tu es policier, toi aussi ? demande-t-elle.

— Oui, mais d'un autre genre. Je t'expliquerai plus tard.

Nous franchissons la porte. Les affaires de Rayanne sont éparses sur le sol. Un sac de sport est ouvert, son contenu déversé sur le tapis. Un bambou en pot est renversé sur la table basse, son eau répandue tout autour.

Le silence règne dans la maison, à l'exception des pas de Nelligan à l'étage. D'instinct, je sais qu'il n'y a personne ici. Malgré tout, Nelligan procède à une vérification minutieuse. Je l'entends terminer sa ronde à l'étage, puis redescendre et traverser la petite cuisine en désordre.

— Il n'y a personne, déclare-t-il. Je vais vérifier la cave.

J'emboîte le pas à Skye qui fait le tour du rez-de-chaussée pour allumer toutes les lumières et ramasser quelques objets. Je suis content de ne pas découvrir le corps de Rayanne étendu sur le sol. À en juger par ses fréquentations douteuses, ce ne serait pas à exclure.

Je n'ai aucune hâte d'expliquer cela à Skye. Mais mon travail n'est pas toujours facile.

8

NOVEMBRE, DOUZE ANS PLUS TÔT

C'est dimanche après-midi et la mère de Skye s'apprête à partir au travail. Elle porte son uniforme de serveuse, en polyester orange.

Skye est d'humeur maussade. Gage n'est pas encore rentré, mais cela ne saurait tarder. Il rentre toujours.

— Pourquoi faut-il que tu travailles de six à douze heures ? Il est affreux avec moi.

Elle est bien consciente que son intonation pleurnicharde n'est pas agréable, stridente et désespérée.

Sa mère reste impassible.

— Peut-être que si tu ne faisais pas d'histoires, tu serais plus facile à vivre, grommelle-t-elle en tirant sur la jupe trop courte de son uniforme.

La vie de sa mère est un enchaînement d'emplois sans avenir et d'hommes tout aussi vains. Skye ne suivra jamais, au grand jamais, le même chemin. Elle passera le cap du lycée et fera des études supérieures pour ne pas rentrer à la maison à minuit en empestant la friture et le bacon.

Certains jours, pourtant, même la survie paraît insurmontable.

— Je ne lui dis pas un mot, insiste-t-elle. C'est lui qui me cherche.

Elle a peur d'évoquer la fois où Jimmy Gage lui a touché les fesses. Sa mère va s'imaginer qu'elle a volontairement attiré son attention.

Au fond, Skye craint que ce soit un peu sa faute. Peut-être lui a-t-elle donné un mauvais signal. Elle ne commettra plus cette erreur. Skye ne réclame plus à sa mère de nouveaux vêtements. Les vieux sweat-shirts trop amples de Rayanne font parfaitement l'affaire.

— Tu as une chambre pour toi, Skylar.

Sa mère range ses clés et un paquet de cigarettes au fond de son sac à main.

— Tu as un toit au-dessus de la tête. Ne te plains pas. Et n'utilise plus mon téléphone. Je n'ai pas assez de minutes.

— J'appelais seulement Tante Jenny.

Sa mère renifle en entendant le nom de son unique sœur. Elles ne s'entendent pas – un mystère pour Skye. Elle tuerait pour avoir une vraie sœur, quelqu'un d'autre qui la comprenne. Skye appelle Tante Jenny quand elle se sent déprimée. Et Tante Jenny la rassure toujours.

— Elle a dit que je pourrais habiter chez elle s'il ne me lâche pas, reprend Skye.

Elle se demande presque si sa mère remarquerait son absence.

Mais cette menace fait virer au rouge le visage de sa mère. C'est une réaction bien plus colérique qu'elle ne l'aurait cru.

— Espèce d'ingrate. Tu en as, du culot, pour quelqu'un qui ne paie pas de loyer.

— Tu n'en paies pas non plus ! Et pourtant, c'est moi qu'il traite de pute.

La gifle part si vite qu'elle ne voit même pas la main de sa mère bouger. Il n'y a qu'un claquement retentissant et une douleur soudaine, cuisante sur sa joue.

Skye lève un bras devant son visage pour se protéger, au cas où sa mère recommencerait.

Quelques secondes s'écoulent, puis elle entend la porte d'entrée s'ouvrir et se refermer en claquant. L'instant d'après, au-dehors, sa mère s'écrie :

— Qu'est-ce que tu regardes, toi ?

Sa voiture démarre un instant plus tard. Elle est partie.

Skye expire longuement. Elle n'aurait pas dû lui taper sur les nerfs, mais elle est désespérée.

La proposition de sa tante Jenny tient toujours, mais c'est compliqué, car elle habite dans un appartement avec une seule chambre à coucher, dans le Bronx.

— Les lycées sont mauvais par ici, lui a-t-elle expliqué. Il y a des détecteurs de métaux aux portes et les profs doivent faire attention quand ils sortent de leurs voitures le soir. Mais on pourrait faire en sorte que ça marche, Skye. Si tu débarques chez moi, je saurai que c'est parce que ton foyer te paraît plus dangereux qu'un lycée du Bronx.

Skye ne sait pas quoi faire. Si elle s'enfuit chez Tante Jenny, c'est définitif. Sa mère ne la reprendra jamais.

De petits coups se font entendre à la porte. La pression sanguine de Skye monte en flèche. Elle a les nerfs à fleur de peau en ce moment. Jimmy Gage ne frappe jamais à sa propre porte. Au moins, ce n'est pas lui.

Elle l'ouvre pour découvrir Benito sur le seuil.

— Ça va ? demande-t-il, les dents serrées.

Skye le toise du regard. Il serre les poings et ses yeux sont embrasés par la colère. Mais qu'ont-ils tous aujourd'hui ?

— Ça va, dit-elle rapidement.

Assez de mélodrames pour la journée.

— Quelque chose ne va pas ?

— Skye. Il y a une empreinte de main sur ton visage.

— Oh.

Elle s'empresse de le couvrir.

— C'est juste, euh…

Seigneur, quelle honte !

Il soupire.

— Écoute, ça te dit de passer quelques heures dans un verger ? Les Shipley cherchent de l'aide pour les pommes à cidre.

— Oh, pourquoi pas ?

Tout ce qui lui permet de s'éloigner du mobile-home est toujours une bonne idée.

— Laisse-moi prendre ma veste.

DAMIEN, le frère de Benito, lui a laissé le taxi pour la journée. Ils n'ont pas à prendre la moto.

Skye passe le trajet avec un coude appuyé contre la portière, le menton sur sa main, à contempler le paysage. Elle sait qu'elle n'est pas très agréable à côtoyer et elle ne veut pas se montrer ingrate. Mais Benito a entendu la dispute avec sa mère et elle a du mal à le regarder dans les yeux.

Elle est quand même à l'aise avec lui. Ils ont passé de nombreuses soirées sur la chaise longue, dans les bois, devant le feu. Elle ne sait pas si Benito l'entend descendre par la fenêtre de sa chambre, s'il surveille constamment le chemin conduisant dans la forêt ou s'il a seulement une sorte de sixième sens pour sentir quand elle a besoin de compagnie, mais elle attend rarement plus de cinq ou dix minutes avant qu'il apparaisse avec son ukulélé et son calme si rassurant. Il allume un feu, joue de la musique et se comporte comme s'il était parfaitement normal qu'elle se cache dans les bois pour échapper à un homme qui veut...

En fait, Skye ne sait pas vraiment ce que lui veut Jimmy Gage. Il dit qu'il va lui donner une leçon et lui demande qui a le droit de la toucher entre les jambes, d'y mettre la queue.

Spoiler alert : absolument personne.

Chaque minute passée avec lui la terrifie, mais elle commence à penser que la terreur est peut-être tout simplement le but de la manœuvre. Cet homme est armé et pourrait obtenir d'elle tout ce qu'il veut. Ils le savent tous les deux. Or il n'a rien fait d'autre que lui dire des choses salaces et lui toucher les fesses, et cela ne fait qu'accroître sa peur.

C'est peut-être ce qui lui plaît. Sa peur.

À côté d'elle, Benito fredonne en même temps que la radio. Il lui apporte un réconfort tranquille et elle l'aime tellement. Bien sûr, elle ne le lui dira jamais. C'est trop risqué. Au lieu de quoi, elle passe leurs soirées à le régaler avec les derniers potins du lycée. Skye est un peu invisible, là-bas, ce qui lui permet de tout entendre.

Les filles sont toujours méchantes avec elle, mais Skye ne se plaint pas à Benito. Les garçons n'aiment pas les pleurnicheuses. D'ailleurs, les deux filles les plus cruelles avec elle sont Jill Sullivan et la sœur jumelle de Benito, Zara Rossi.

Skye sait que Zara la déteste parce qu'elle accapare l'attention de son frère. Quant à Jill, elle est amoureuse de Benito et estime avoir des droits sur lui, puisqu'elle était là avant elle. C'est une histoire vieille comme le monde.

Mais Skye ne pense presque jamais à Zara et Jill. Elle est trop occupée à éviter Gage et à voir Benito chaque fois qu'elle en a l'occasion.

— Il y aura beaucoup de monde, explique Benito en s'engageant dans une longue allée de terre. Ils font ça à la fin de chaque saison, et le repas est somptueux. Tout ce qu'il faut faire, c'est déplacer les pommes pour qu'ils puissent en extraire le maximum de cidre.

— Super.

Il se gare derrière une longue file de voitures. Puis il retire les clés du contact et referme brièvement la main autour de son avant-bras avant d'ouvrir sa portière.

Benito est très tactile. Il est toujours en train de taper ses potes dans le dos ou de prendre ses frères et sœurs dans les bras. Skye apprécie ces gestes tendres, aussi déroutant que ce soit.

Comment les attouchements d'un homme peuvent-ils être aussi terrifiants, alors qu'elle désire ardemment ceux de Benito ?

Dans le verger, ils sont accueillis par Ruth et August Shipley. Skye les compare immédiatement aux parents d'un livre d'histoires : souriants et chaleureux. Madame Shipley porte un super tablier et tient une assiette de biscuits dans ses mains.

Personne ne ressemble à cela dans la vie réelle !

Skye déguste le biscuit qu'on lui offre, puis elle suit Benito dans le verger. Il y a des pommes partout et Skye n'a presque rien mangé aujourd'hui.

Leur travail consiste à s'agenouiller sous les arbres pour ramasser les pommes tombées sur l'herbe épaisse et à les placer sur une bâche.

— On les laisse mûrir jusqu'à ce qu'elles se détachent, explique Griffin Shipley.

C'est un élève de terminale au visage avenant, aux épaules larges et au sourire facile.

— Je vais les trier, parce que je sais déjà ce que je cherche.

En effet. Griff classe les pommes dans deux caisses aussi vite que Skye et Benito peuvent les récolter. Une fois la première caisse remplie, il la hisse sur l'une de ses larges épaules et s'en va. Sa sœur May prend la relève. Elle n'est qu'en troisième, mais ses mains sont aussi rapides que celles de son grand frère.

De temps à autre, May Shipley jette un regard timide vers Skye sans cesser de sourire. Il doit bien y avoir un Shipley antipathique quelque part, non ? Elle a l'impression d'avoir été transportée au pays des gens heureux et bien portants. C'est un peu déroutant.

Skye ramasse des centaines de pommes sur le sol, puis dans les arbres. Certains fruits sont d'une drôle de variété, avec une peau bizarre et rugueuse, et une couleur brune de sac en papier. C'est la seule chose dans cette ferme qui n'a pas l'air tout droit sortie d'un livre d'images.

— Elles ne sont pas jolies, mais elles font du bon cidre, explique Griff.

S'il le dit. Skye veut bien cueillir des pommes pendant le restant de ses jours si cela lui permet de travailler au coude à coude avec Benito dans le verger. Ses mains sont gelées et la lumière décline déjà, mais c'est la plus belle journée qu'elle ait vécue depuis longtemps.

Ensuite, Ruth Shipley descend entre les rangées de pommiers pour annoncer que le dîner est prêt.

Accroupie sous un arbre, Skye se redresse et Ruth fronce les sourcils en regardant ses pieds.

— Où sont tes chaussettes, ma chérie ?

— Jour de lessive, répond-elle succinctement.

Elle n'a pas beaucoup de chaussettes. C'est inutile en Géorgie, où sa mère et elle ont vécu dernièrement. Elle n'a pas non plus de manteau d'hiver, mais elle s'en souciera une prochaine fois.

Ruth sourit. Elle lui dit de laisser les caisses de pommes où elles se trouvent et de venir se remplir une bonne assiette.

ZARA ROSSI PASSE l'après-midi à la cidrerie, à faire cuire les pommes au bain-marie chaque fois que Monsieur Shipley le lui demande. Elle transpire malgré le froid, mais il y a un avantage. Griffin passe la voir toutes les dix minutes environ avec une nouvelle caisse de pommes et un sourire pour elle.

Griff joue au football américain. Il ira à l'Université de Boston l'année prochaine. La moitié des filles du lycée sont amoureuses de lui, mais on peut toujours rêver.

Lorsqu'arrive l'heure du dîner, les mains de Zara sont à vif et rouges à force d'avoir trempé dans l'eau froide. Elle frissonne en quittant la cidrerie. La première chose qu'elle voit, c'est Ruth Shipley qui s'agite.

— Prends ça, dit-elle à Skye Copeland en lui fourrant quelque chose dans les mains. Les chaussettes en laine, c'est magique par ce climat. Essaye-les, tu verras, ça va te changer la vie.

— Merci, répond Skye, les joues roses de plaisir.

— Maintenant, allons te chercher à manger, dit Ruth Shipley. Griff ! Tu vas faire une assiette pour Skye ?

— Je m'en charge, répond Benito du tac au tac.

— Bon Dieu, murmure Jill, l'amie de Zara, à côté d'elle. Comme si elle ne pouvait pas le faire toute seule. Ses mains ne fonctionnent pas, ou quoi ?

— Sérieux, soupire Zara.

Cependant, elle sait pourquoi tout le monde s'en prend à Skylar. Cette fille possède une beauté rare et profane, que les autres vendraient leur âme pour avoir.

— J'aimerais qu'elle retourne d'où elle vient, grommelle Jill.

Zara est d'accord. Elle ne supporte pas que son frère jumeau regarde Skye comme si elle était un cadeau venu du ciel. Benito est mordu.

Jill aussi s'en rend compte. En fait, il suffit d'avoir des yeux pour le savoir. Dès que Skye arrive, l'humeur de Jill tourne au vinaigre. Par ricochet, la vie de Zara devient un peu plus désagréable. Jill est folle de Benito. Ces derniers temps, Zara a pris conscience que son jumeau était la seule chose que Jill désirait sans pouvoir l'obtenir.

Elle aimerait que son frère sorte avec Jill un soir, l'invite au bal de Noël ou même se la tape à l'arrière de la voiture de Damien. *Quelque chose, n'importe quoi*. Peut-être que ça rendrait Jill plus gentille.

Si seulement.

— Viens, ronchonne-t-elle Jill.

Zara la suit sans sourciller vers la table. En tant qu'invitée permanente chez Jill, Zara est censée faire tout ce que veut son amie.

Cette fille a besoin d'attention sous toutes ses formes. Elle se considère comme la bienfaitrice de Zara et, par conséquent, elle estime que sa loyauté lui revient de droit. Après tout, Zara n'est que la fille de leur femme de ménage. Zara est hébergée dans la chambre du frère de Jill, qui est parti étudier à Albany. Elle peut emprunter les vêtements de son amie, selon son bon vouloir, et se rendre au lycée dans la Volvo blanche de Jill.

En échange, Zara doit lui lécher les bottes vingt-quatre heures sur vingt-quatre et sept jours sur sept, tout en l'aidant à gagner le cœur de son frère complètement indifférent.

Pas facile, quand Skye accapare tout le temps libre de son frère. Benito n'est jamais seul, alors ils ne peuvent plus parler comme avant. Cette maudite année est en train de tuer Zara à petit feu. Elle habite chez la pimbêche du lycée et son jumeau lui manque.

À qui la faute ? Au beau-père de Skye, ce connard de Jimmy Gage.

Ce type a menacé sa famille, et maintenant, il l'empêche même de vivre dans sa propre maison.

Toute cette famille peut aller *se faire foutre*.

Zara est brûlante de rage quand elles rejoignent Benito, Skye et Griffin à la table de pique-nique.

— Salut, Z, lance Benito, un sandwich au porc dans les mains. Comment ça va ?

— Comme sur des roulettes, répond-elle sèchement.

Son frère ne perçoit même pas le sarcasme. Personne dans sa famille ne se rend compte qu'elle se noie.

— Bon, dit-elle à Benito. Tu as intérêt à m'avoir apporté quelque chose dans le coffre du taxi.

— On est exigeante, dis donc, fait-il en fronçant le nez.

Mais il lève la tête vers l'allée et ajoute :

— Oui, j'ai apporté des affaires. De rien, au fait.

Sa remarque fait rire Jill. Tout ce que dit Benito la fait toujours rire.

— Cool, dit Zara en mordant dans son sandwich.

Elle a horreur du son de sa propre voix.

Peut-être pourra-t-elle parler à Benny plus tard. Les jeunes vont toujours boire dans les bois après une journée chez les Shipley. Comme les parents de Griffin ne veulent pas qu'une bande d'ados se saoulent dans leur verger, ils vont faire la fête un peu plus loin, autour d'un feu de joie.

En face d'elle, Skye dévore le contenu de son assiette. Zara le remarque, mais cela ne fait que l'énerver davantage. Cette fille filiforme a un appétit d'ogre. Zara entretient à son égard un ressentiment d'adolescente, au lieu d'en tirer une conclusion plus logique, à savoir que Skye est affamée parce qu'elle est trop stressée pour manger quand elle est chez elle.

Madame Shipley arrive alors qu'ils terminent le dîner et elle distribue des enveloppes. Skye prend la sienne, le regard perplexe.

— Euh, merci.

Quand Madame Shipley passe à quelqu'un d'autre, Skye jette un coup d'œil dans l'enveloppe.

— Trente dollars. C'était *payé* ?

Les garçons lui sourient, comme si elle était tout à fait adorable. Mais Zara lève les yeux au ciel. Qu'est-ce qu'ils font ici toute la journée dans le froid, d'après cette bécasse, si ce n'est pour trente dollars et du porc braisé ?

À l'exception de Jill, qui a tout l'argent dont elle a besoin. Elle, c'est pour Benito qu'elle est ici, même si sa présence ne semble pas l'intéresser.

— On y va, lance Griff à la table d'à côté. J'ai déjà empilé le bois pour le feu.

Zara se lève de table et s'empresse de jeter son assiette en papier dans le bac à compost avant de suivre Griffin. Mais le temps qu'elle se retourne, il est déjà dans la prairie en compagnie d'une autre fille.

9

SKYLAR

Benito est un flic. Voilà quelque chose que je n'avais pas vu venir.

Il est à côté de moi, dans le salon de Rayanne. Il me tient la main sans dire un mot.

— Il n'y a personne ici, déclare son collègue après une inspection approfondie.

— J'avais compris, dis-je d'une voix presque normale. Mais on dirait qu'elle a été cambriolée.

L'agent de police échange un regard éloquent avec Benito. Et je suis complètement perdue.

— Aucun signe d'effraction, précise-t-il en tapotant son bloc-notes contre sa paume. Sauriez-vous reconnaître que quelque chose a disparu ?

— Non, dis-je en secouant la tête. Je ne suis jamais venue dans cette maison. Généralement, Rayanne vient me voir à New York, mais cette visite a vraiment quelque chose de bizarre.

— Tu veux bien m'en parler ? demande Benito.

— Bien sûr, dis-je avec un soupir.

Rayanne m'a conseillé de prendre contact avec Benito, et maintenant que j'ai la preuve qu'elle a de sérieux problèmes – et que je sais qu'il fait partie de la police –, ça me semble être la bonne décision.

En revanche, s'il s'agit d'une sorte de farce, je la tuerai à mains nues.

— Sauf à pouvoir vous aider d'une autre manière, je ferais mieux de m'en aller, annonce l'agent en uniforme.

Benito le remercie et le policier le salue avant de s'éloigner vers la porte.

— Viens, ma belle. Allons-y, dit Benito.

— Où ça ? demandé-je dans un souffle.

Je suis trop vieille pour que Benito résolve mes problèmes à ma place, même si je lui tiens toujours la main, que je ne me souviens pas d'avoir prise. Oh, et puis, zut ! Ça me fait du bien, car en ce moment, je suis terrifiée.

— Tu viens avec moi, déclare-t-il d'une voix terriblement autoritaire.

À moins que ce soit juste mon désespoir qui parle. Malgré cela, je le suis sur le porche.

— On retourne au bas de la colline, à l'ancien moulin. Je dois te poser quelques questions.

Je ferme la porte de Rayanne et le verrou s'enclenche derrière moi. Benito me surveille attentivement, mais il n'est pas le seul à avoir des questions.

— Alors, comme ça, tu es *flic* ? demandé-je dès que les feux arrière de la voiture de patrouille disparaissent. Vraiment ?

— Oui. Je suis inspecteur pour un département spécial de la police d'État.

— Waouh.

Décidément, je vais de surprise en surprise ce soir, mais si j'avais quelques minutes pour y réfléchir, je me dirais qu'en fin de compte, c'est cohérent. Déjà à l'adolescence, Benito avait un fort penchant pour la sécurité des autres.

Et la mienne en particulier.

— Première question, fait Benito en quittant le porche pour se diriger vers le square. Veux-tu porter plainte pour le vol de ta voiture de location ?

— Non, dis-je aussitôt. D'ailleurs, ce n'est pas tout à fait exact. Rayanne a payé la location. Techniquement, c'est la sienne. Ce qu'elle a volé, c'est plutôt… mon week-end.

Et ma confiance, ce qui est encore plus douloureux.

— Elle m'a demandé de la retrouver à l'office de tourisme sur la

89. Mais quand j'étais à l'intérieur, elle a pris la Jeep. Elle ne m'a laissé qu'un téléphone et un message vraiment flippant.

Benito paraît incrédule.

— Comment ça, flippant ?

— Je te le lirai en chemin, dis-je avec un frisson.

La température a beaucoup baissé, tout comme l'adrénaline dans mon organisme. Soudain, j'ai très froid dans ma jupe et mon petit pull en cachemire. Je presse le pas.

Sans un mot, Benito enlève sa veste en cuir et la passe sur mes épaules.

Je m'arrête immédiatement sous un lampadaire.

— Non, dis-je en secouant les épaules, les yeux sur son t-shirt noir au tissu fin. C'est la tienne.

Il me prend la veste des mains, mais ne l'enfile pas. Au lieu de quoi, il me surprend en s'avançant dans mon espace, enroulant son autre bras autour de moi dans une étreinte chaleureuse.

Étonnée, je le regarde droit dans les yeux. C'est possible, parce que je suis une fille d'un mètre quatre-vingt juchée sur des talons. Nous sommes au même niveau, les yeux dans les yeux. Comme au bon vieux temps. Et je ressens la même excitation que j'ai toujours ressentie en sa présence.

Oh là là, tous aux abris.

— Skye, chuchote-t-il. Je ne sais pas ce qui se passe avec toi ou Rayanne. Je ne sais pas où tu travailles ni qui sont tes amis. Mais je veux te protéger, dans la mesure du possible.

Je cligne des paupières, peinant à me concentrer sur ce qu'il dit alors que nos corps se touchent. Il est peut-être plus grand et plus âgé qu'autrefois, mais il est toujours le même. À l'exception de cette barbe qui me frôle le menton.

— Contre quoi, au juste ?

— Tout, répond-il d'une voix vibrante de tension. Peu importe. Je suis là pour ça. Je suis là pour *toi*.

Soudain, j'ai la gorge nouée. Il y a douze ans, je me demandais ce que j'avais bien pu faire pour mériter Benito. C'était le plus beau cadeau que l'on m'ait jamais fait. Sa trahison était d'une banalité affligeante, bête peine de cœur d'adolescence. Il m'a posé un lapin pour le bal de fin d'année. Et alors, la belle affaire !

Cela m'a pourtant anéantie, car c'est le garçon le plus formidable que j'aie jamais rencontré – avant et depuis. L'*homme*, devrais-je dire. C'était déjà un homme à dix-huit ans, bien plus mature que la plupart ne le sont jamais dans toute une vie.

Au bout d'un moment, il recule et me prend les mains – les deux –, qu'il garde dans ses paumes, les yeux baissés.

— Qu'est-ce que tu fais ? dis-je d'une voix cassée, une boule dans la gorge.

— Je cherche une alliance.

Mon cœur bat la chamade.

— C'est ça. Tu sais, tu peux aussi demander.

— Vraiment ? fait-il en laissant retomber mes mains. Douze ans que je n'ai pas entendu parler de toi. Les nouvelles sont rares. Je ne savais même pas que vous étiez toujours en contact, Rayanne et toi.

— Seulement une fois par mois, à peu près. C'est la seule famille qu'il me reste, ou plutôt la moitié. Je n'ai qu'elle et Tante Jenny.

— Ta mère est décédée ?

Il soulève la veste et la déplie à nouveau sur mes épaules. Cette fois, je le laisse faire.

— Mais tu vas avoir froid, protesté-je.

— Non, répond-il avec un petit sourire. Je viens du Vermont.

Il pose une main dans mon dos et nous reprenons notre marche. Une fois de plus, je suis frappée par le caractère surréaliste de cette soirée.

— Ma mère n'est pas morte, expliqué-je. Mais je ne lui parle plus.

— Ça me semble être un choix raisonnable.

— Je ne lui ai pas parlé depuis le soir où j'ai quitté le Vermont. Elle m'a appelée une fois, en tout et pour tout, après avoir appris que j'avais décroché un poste au journal télévisé. Elle voulait de l'argent.

Benito lâche un grondement de dépit.

— J'espère que tu ne lui en as pas donné.

— Même pas en rêve. En plus, elle a frappé à la mauvaise porte. J'ai le pire job de la télévision. Je suis tout en bas de l'échelle et je suis payée au lance-pierre.

Il part d'un grand éclat de rire.

— Difficile de s'habituer à l'interdiction de dire des gros mots.

— Pas vraiment. Je croyais que ça m'empêcherait de faire une énorme bourde ou de me ridiculiser en direct. Il s'avère qu'on n'a pas besoin de mots pour s'humilier.

Il se tourne pour me regarder alors que nous abordons la pente que j'ai gravie une demi-heure plus tôt.

— C'est-à-dire ?

— Laisse tomber. Trop gênant.

Si Benito n'est pas l'une des cinq millions de personnes qui m'ont déjà vue dessiner un pénis sur la carte routière, évitons de l'aiguiller.

Tout en descendant, je prête attention aux places de stationnement à la recherche d'une Jeep rouge cerise, avec ou sans kayak sur le toit.

Pas de chance.

— Est-ce qu'il y a un parking à l'arrière ? demandé-je.

— Non, répond Benito, anéantissant mes espoirs. La rivière passe derrière. C'est pour ça que mon frère a acheté cet endroit. Il y a une super terrasse. C'est parfait pour l'été.

— Ton *frère* ? Lequel ?

— Tu as raté beaucoup de choses, Skye.

Il sort des clés de la poche de sa veste alors que nous traversons la rue.

— Alec a acheté ce vieux moulin aux enchères.

— Alec...

C'est le frère que je n'ai jamais rencontré, à l'époque où je vivais à côté des Rossi.

— Attends. Il tient le bar ce soir ?

— C'est ça. Il y travaille la plupart des soirs.

Pas étonnant qu'il m'ait paru si familier.

— Ça te dirait un verre de vin pendant qu'on discute ? me demande-t-il.

— Eh bien...

Je suis un peu déboussolée en ce moment.

— Avec plaisir. Et je dois aussi me trouver une chambre d'hôtel quelque part.

Benito me lance un regard sombre.

— Ma belle, tu n'as pas besoin d'aller à l'hôtel.

— Si, si, j'y tiens.

J'espère toujours que Rayanne se pointera avec une explication plausible, ou mieux, en prétextant une blague, mais je commence à perdre espoir. Avec sa réputation de fauteuse de troubles, je pourrais aussi bien souhaiter un poney rose et la paix dans le monde.

Et puis, je n'ai aucune envie de passer la nuit seule dans sa maison saccagée.

— Viens, me dit Benito.

Il sort un trousseau de clés et se dirige vers l'extrémité du bâtiment, loin de l'entrée du bar. Il saisit un code de sécurité à la porte, qu'il m'ouvre.

— Qu'est-ce que c'est ? Je croyais qu'on allait boire un verre ?

— Oui. Le moulin a aussi un premier et un deuxième étages. J'ai acheté, alors le premier est à moi. Monte.

Il s'élance dans l'escalier, devant moi, m'offrant un aperçu charmant de ses fesses moulées par son jean.

Je n'en reviens pas que Benito m'affecte encore. En temps normal, je ne reluque *jamais* le fessier de ces messieurs. Je les ignore, comme s'ils n'étaient même pas là. Mais Benito me suscite des pensées auxquelles je ne consacre jamais de temps, habituellement.

Heureusement que je ne compte pas m'attarder dans le Vermont.

Je le suis dans les escaliers et nous entrons dans un superbe loft.

— Waouh, m'exclamé-je malgré moi. C'est tout à toi ?

Je me trouve dans un salon spacieux aux murs de briques et hauts plafonds traversés de poutres apparentes. Les hautes fenêtres en verre plombé sont arrondies au-dessus, surmontées d'arches de pierre. Il y a même un feu qui crépite dans la cheminée, conférant une teinte rosée aux vastes parquets.

— Benny, c'est tellement plus sympa que le camping.

Il ricane tout en sortant un pistolet de son étui, à l'arrière de son jean.

— Ce truc-là reste ici, d'accord ? dit-il en déverrouillant un placard au-dessus du réfrigérateur.

Sa cuisine occupe tout un côté de la grande pièce. Il y a un plan de travail en pierre noire qui délimite l'espace.

— D'accord. Je ne toucherai jamais à ton arme. Ni à n'importe quel flingue, d'ailleurs.

— Simple précaution, me dit-il. Ma nièce vient souvent ici et c'est la seule chose qui m'inquiète vraiment.

— Ta… nièce ?

Ça alors !

— Qui a eu des enfants ?

— Devine, fait-il avec un sourire amusé.

Je tente une réponse :

— Alec ?

Benito secoue la tête.

— Zara. Juste un enfant.

— Oh, waouh !

Zara, qui me détestait autrefois. Je n'ai pas pensé à elle depuis longtemps.

— Alors… tu es Tonton Benito.

— C'est ça.

Il sourit et je me rends compte que cela pourrait bien me faire fondre de le voir avec un enfant dans les bras. Les gros titres dans ma tête : *Grand costaud et petit bout de chou. Les femmes s'évanouissent à trente kilomètres à la ronde.*

Oui. C'est un bon titre.

Je m'empresse de changer de sujet, car je n'ai pas envie de parler de Zara.

— Tu vas m'aider à trouver un endroit où loger ?

Il ouvre un autre placard, avec des verres à vin cette fois.

— Reste ici, Skye. Avec moi.

— Oh.

Non, cela ressemble trop à la fille que j'étais, celle qui laissait Benito résoudre tous ses problèmes.

— Ta copine risque de ne pas apprécier.

— Je n'ai pas de copine.

Je suis soulagée, mais aussi un peu gênée. Ai-je été assez subtile ?

— Tu n'es vraiment pas obligé, tu sais.

Il pose deux verres sur le plan de travail en pierre et soupire.

— Ça ne me pose aucun problème, d'accord ? Sérieusement.

C'est moi que ça dérange, me dis-je. Ça fait mal de le revoir, comme une douleur sourde au niveau du sternum. On pourrait penser que douze années sont suffisantes pour se remettre de quelqu'un, mais c'est faux. Et le pire, c'est que je croyais avoir bel et bien tourné la page. Je ne mène pas ma vie à New York en ruminant la déception d'avoir été larguée sans explication à l'adolescence.

Ou du moins, c'était ce que je *pensais*. Mais maintenant, je me demande si mon cœur ne souffrirait pas encore de cette vieille blessure. Je ne suis pas mariée. Je n'ai même pas de petit ami.

Ce week-end remplit peut-être un objectif plus important. Comme si Dieu voulait me faire savoir que je suis dans une impasse et que je dois passer à autre chose. Ce serait un appel du destin.

En temps normal, je ne remercie le destin qu'en tombant sur des échantillons gratuits de rouge à lèvres Chanel chez Sephora. Et pourtant, je prends une décision, ici même, dans le salon de Benito. Je vais profiter à fond de cette soirée en sa compagnie. Je ne veux me souvenir que des bons moments.

Au moins, quand je retournerai à New York, je saurai que je l'ai revu, regardé dans les yeux, et que j'ai survécu.

— Tu as déjà dîné ? demande-t-il.

— Oui. Je te le promets.

— Un verre de vin ?

— Avec joie.

Voilà comment je vais me la jouer ce soir. Une bonne dose de vin et de souvenirs. C'est parti.

— Tu ne crois pas que toutes ces soirées sur ta chaise longue auraient été bien meilleures avec du vin ?

— Clairement, répond-il en ouvrant un tiroir de la cuisine pour en sortir un tire-bouchon. Je n'ai que du rouge.

— Mon préféré.

Je ne suis pas une grande buveuse, mais j'apprécie un bon verre de vin de temps en temps.

Il prend une bouteille sur un support mural et l'ouvre pendant que j'essaie, sans succès, de détourner le regard des muscles bandés de son avant-bras. C'est le même bras que j'essayais d'ignorer lorsque nous étions assis côte à côte, qu'il jouait du ukulélé en fredonnant tout bas pour m'apaiser…

Mon estomac fait un nouveau saut périlleux et je prends une grande respiration.

— C'est tellement civilisé ici, dis-je, me forçant à faire la conversation. Je suis un peu sous le choc. Où est le tonneau caché dans les arbustes ? Et le spray anti-moustique ?

Le sourire jusqu'aux oreilles, il traverse la pièce avec nos deux verres. Sa barbe lui donne une allure plus âgée, mais il est rayonnant. Je lui rends son sourire.

Vous voyez ? J'en suis capable.

— Je sais qu'il n'y a plus l'ambiance d'autrefois, dit-il en me tendant un verre. Mais il faut faire avec.

— Je ferai de mon mieux.

Il s'assied d'un côté du canapé en velours couleur anthracite. À son signal, je prends place près de lui, mais pas trop. Je suis assise à sa gauche, exactement là où je m'asseyais sur notre ancienne chaise.

J'ai l'impression d'être dans une distorsion temporelle et je ne sais même pas si je veux en sortir.

— Bon, dit-il en sirotant son vin. Commençons par le début. Quand Rayanne t'a-t-elle contactée pour la dernière fois, et quand avez-vous convenu que tu viendrais passer le week-end dans le Vermont ?

Je lui raconte toute l'histoire à nouveau, y compris mes spéculations.

— Je me suis dit qu'elle lançait peut-être une entreprise de kayak ou quelque chose comme ça. Je ne sais pas, du kayak yoga, par exemple ? Ça existe ? Je sais qu'il y a du yoga avec des chèvres. Et sur des paddles aussi.

Son front se plisse et il répond :

— Pas à ma connaissance. Tu veux bien me montrer le téléphone et le message ?

— Bien sûr.

J'ouvre mon sac à main, que je fouille avant de déposer le mot sur le coussin entre nous. Benito commence sa lecture. C'est alors que je me remémore le post-scriptum...

— *P.S.*, lit-il alors que mon visage s'empourpre. *Benito est devenu encore plus canon ces douze dernières années. Profite bien du spectacle.*

Il me regarde.

Mince alors.

— Eh bien, il faut croire que Rayanne t'admire, dis-je en me sentant virer à l'écarlate. Bon, alors, qu'en penses-tu ? Tu as remarqué la partie sur le téléphone, les textos et les *preuves* ?

Son rire est plutôt neutre, mais j'éprouve quand même des picotements là où je n'ai pas l'habitude d'en ressentir.

— C'était juste pour voir si *tu* suivais. Maintenant, j'ai quelques questions supplémentaires. Quand as-tu parlé de moi à Rayanne pour la dernière fois ?

— Hmm...

À vrai dire, c'est une question plus difficile qu'on pourrait le croire. Rayanne sait combien j'étais amoureuse de Benito au lycée.

Mais nous ne mentionnons jamais son nom. D'habitude, son nom n'est évoqué que lorsque j'essaie d'expliquer à Raye pourquoi je ne sors pas avec lui.

— Pas récemment.

— Dirais-tu que vous avez parlé de moi ces trois derniers mois ?

Je secoue la tête.

— Non. Rayanne et moi n'avons pas beaucoup parlé dernièrement.

— Jusqu'au coup de fil du 9, dit-il.

— C'est ça. Quand j'ai lu ton nom dans son message, je suis tombée des nues. Je ne savais pas que tu étais flic et je n'ai pas compris qu'elle parlait de preuves. Vous êtes en contact, tous les deux ?

Un courant électrique désagréable me traverse. Serait-il possible que Benito et Rayanne soient plus que des amis ? Je vais mourir de jalousie.

Il se frotte l'arête du nez à deux doigts. Puis il ferme les yeux, comme s'il souffrait.

— Écoute, une grande partie de ce que je fais au travail est secret.

— Je vois.

— Moins tu en sais, plus tu es en sécurité.

— Oh.

Il ne va pas m'en dire plus.

— Mais je vais être transparent sur un point : la mention de mon nom par Rayanne dans ce message me surprend autant que toi. Je ne lui ai pas parlé depuis des mois, sauf pour la saluer quand je la croise au café à l'occasion.

— Et les… euh, les preuves qu'elle mentionne ?

Il secoue la tête.

— Je passe mon temps à recueillir des preuves. Mais elle n'est pas impliquée dans ces affaires et je ne sais pas pourquoi elle donne l'impression que nous collaborons, tous les deux. Zara suit ses cours de yoga. À part ça, je ne peux pas dire que les Rossi soient spécialement amis avec Rayanne.

— Bon, d'accord.

Je ressens une vague de soulagement franchement inappropriée.

— Alors, si tu vois une raison pour laquelle ta demi-sœur me mentionnerait, ça m'intéresse.

— Elle n'a jamais parlé de toi jusqu'à présent. Sauf… Sauf quand je parlais du lycée.

— Je vois.

Heureusement, il ne m'interroge pas à ce sujet.

— J'ai une autre question et elle est assez importante. Quand as-tu vu Jimmy Gage ou parlé avec lui pour la dernière fois ?

Aussitôt, mon estomac se noue. Cela fait une éternité, mais je vois encore son visage de fouine dans mon esprit. Il me fait toujours peur.

Ça doit se voir, parce que Benito tend la main par-dessus le coussin et me prend la main.

— Il te suffit de me répondre, c'est tout.

— Eh bien…

Je me racle la gorge.

— Ça remonte à ma dernière soirée dans le Vermont.

Il écarquille les yeux.

— Il y a douze ans ?

Je hoche la tête.

— Oui. J'attendais sur le porche que tu viennes me chercher. Tu n'es pas venu, mais lui, si.

Je pourrais jurer voir le visage de Benito devenir cendreux à vue d'œil. Il me lâche la main.

— Que s'est-il passé cette nuit-là ?

Je ne dois pas être très altruiste, car une petite partie de mon être aimerait qu'il s'inquiète. J'ai toujours détesté affronter Gage seule, et ce soir-là, Benito m'a forcée à le faire. Cependant, en voyant la tête qu'il fait maintenant, comme s'il avait envie de vomir, j'opte pour la vérité.

— Il s'est montré odieux comme à son habitude, mais il ne s'est rien passé d'extraordinaire.

Ses yeux se ferment et je le vois prendre une inspiration.

— Je suis désolé de t'avoir mise dans cette position. Je sais que tu ne me crois pas, mais je regrette vraiment.

— Merci, dis-je à mi-voix.

Quel est le délai de prescription pour les peines de cœur ? Parce que j'ai bien l'impression que la mienne n'est pas encore terminée.

Ce soir-là, Gage est rentré chez lui et m'a trouvée assise là, dans ma robe de bal et mes chaussures d'emprunt. Je me sentais si petite, si seule.

« Je ne sais pas qui tu attends, mais ce gamin à moto ne viendra pas », m'a-t-il dit. Et puis, il a remué le couteau encore plus fort dans la plaie…

Chaque fois que je pense à cette fille pathétique sous le porche, je me mets en colère. Mais je n'en veux pas seulement à Benito, je suis aussi fâchée contre moi. J'étais tombée amoureuse de lui. Je lui avais tant donné qu'il a réussi à me mettre plus bas que terre en une seule soirée.

— Skye, chuchote Benito. Que s'est-il passé d'autre, cette nuit-là ? Pourquoi es-tu partie sans jamais revenir ?

— Rien, dis-je d'une voix étranglée. J'avais *fini*, c'est tout. J'ai fermé la porte de la chambre et j'ai fait mes valises. Puis j'ai escaladé une fenêtre et j'ai fait du stop jusqu'à l'arrêt de bus de White River Junction.

Benito prend une gorgée de vin.

— Et d'abord, pourquoi ces questions sur Gage ? ai-je la présence d'esprit de demander. Je ne veux pas penser à lui.

— Bon, très bien.

Il soupire en posant son verre.

— Malheureusement, c'est mon travail de penser à lui. J'enquête sur Gage pour trafic de drogue.

— Oh non, soufflé-je.

En guise de réponse, Benito se contente de hocher la tête. Et comme je ne suis pas bête, ma prochaine question est aussi douloureuse que nécessaire :

— Et tu crois que Rayanne est mêlée à tout ça ?

Son expression est sinistre.

— Ce n'est pas à exclure. Je ne t'en parlerais même pas, bien sûr, si tu n'avais pas ce téléphone et l'instruction de le garder. Ce n'est pas le comportement d'une personne innocente, si tu veux mon avis.

Je prends le téléphone et le retourne dans mes mains. Je l'allume d'une simple pression du pouce, mais l'écran n'affiche aucun nouveau message.

— D'après le mot, le téléphone est intraçable.

— C'est sans doute vrai, dit-il. Si j'avais un mandat, je pourrais essayer de découvrir où elle a acheté la carte SIM et remonter jusqu'au numéro.

— Alors, je vais devoir attendre qu'elle m'envoie un message ? Soit c'est sinistre, soit c'est un poil excessif.

J'espère qu'elle en fait trop.

— Oui. Tu me préviendras si elle te contacte ? demande-t-il. C'est important.

Il a l'air terriblement sérieux.

— Rayanne sait que tu es flic ? Ça ne se voit pas.

— Bien sûr, répond-il sans hésiter. Je ne conduis pas de voiture de patrouille et je ne porte pas d'uniforme, mais c'est une petite ville. Ce n'est un secret pour personne que je travaille pour l'État. D'ailleurs, c'est pour cette raison que je travaille généralement dans des villes où personne ne me connaît. C'est aussi pour ça que j'ai les cheveux plus longs et que je ne me rase pas très souvent.

Il passe une main sur son menton barbu, et soudain, j'ai envie d'en effleurer la texture sous mes doigts.

J'ai horreur de savoir que Benito fréquente des drogués et des dealers.

— Ton métier est toujours dangereux ?

— Non, bébé, fait-il en souriant. Mais attention, je vais finir par croire que c'est important pour toi.

Je me cache derrière mon verre de vin, honteuse qu'il ait vu juste. C'est plus fort que moi. Mais je me suis promis d'être heureuse de le voir. Juste pour cette fois. Alors, je lève mon verre et l'entrechoque avec le sien.

— Ça me fait plaisir de savoir que tu vas bien.

Il penche la tête sur le côté et me dévisage.

— Moi de même.

Nous sirotons notre vin. Il est savoureux. Je bois rarement, tout simplement parce que je n'ai pas assez d'argent ni personne avec qui en profiter. Je travaille d'arrache-pied, sans quitter le bureau avant vingt heures la plupart du temps. Et je n'ai pas beaucoup d'amis parce que je n'ai jamais développé cette compétence. Pendant toute mon enfance, j'étais toujours la fille de passage. J'ai raté ma chance d'apprendre à me faire des amis pour la vie. Et même si j'occupe mon poste actuel depuis cinq ans, on ne peut pas dire qu'il règne un esprit de franche camaraderie au bureau.

Tout le monde a trop peur d'être le prochain à prendre la porte.

Le premier tiers de mon vin disparaît assez rapidement et Benito le remplit.

— J'ai une idée, me dit-il. Tu devrais demander à Rayanne de t'envoyer un texto toutes les douze heures, que tu saches qu'elle va bien. Comme ça, tu t'inquiéteras moins.

— Ce n'est pas une mauvaise idée.

Je prends le téléphone qu'elle m'a donné et commence à écrire un message. *Raye, si tu ne m'envoies pas un texto toutes les douze heures, je n'accepterai pas ce plan bizarre.*

J'avale une gorgée de vin et j'attends. Elle répond à peine deux minutes plus tard.

Je t'avais dit de ne pas me contacter ! Je t'enverrai un texto demain matin et demain soir, mais sinon, laisse-moi tranquille. D'accord ?

D'accord, je réponds, alors que Benito se penche sur mon épaule pour lire. *Mais si tu manques un seul texto, j'envoie la police te chercher.*

Certainement pas. Si on apprend que je suis sur le radar de la police, ça pourrait me faire tuer.

— Par qui ? demandé-je, tournant le menton vers Benito.

Ses grands yeux noirs sont juste là, devant les miens.

— Aucune idée.

— Si, tu le sais, chuchoté-je.

Il m'adresse un sourire patient.

— Excuse-moi de ne pas te faire une présentation PowerPoint du réseau criminel du comté. Ne pose pas de questions auxquelles je ne peux pas répondre.

— D'accord.

Je soupire. Décidément, entre Rayanne et lui, ma patience est mise à rude épreuve.

— Tu dois être fatiguée et avoir envie de te changer les idées, dit-il. Tu veux regarder un film à la télé ?

Je jette un regard circulaire.

— Où la caches-tu ?

— Eh bien… commence-t-il en se frottant la nuque. Elle est dans la chambre. Mais comme tu restes dormir, on va bien finir par y aller de toute façon.

— Je vais dormir sur le canapé, dis-je doucement. C'est ce que font les gens quand ils viennent en visite, non ?

— Skye, on dormait sur une chaise longue en pleine neige. Si tu ne veux pas dormir de l'autre côté de mon grand lit, je prendrai le canapé. Mais je sais que tu n'as pas peur de moi.

Bien sûr que non. Mais ma *Tournée Revival* a ses limites. Si je me blottis à côté de Benito, je risque bien de me brûler les ailes.

Non, décrété-je, me surprenant par ma force d'âme. Ça ne me brûlera pas. Peut-être ai-je besoin de ressentir cette douleur encore une fois avant de m'en défaire pour de bon.

— Je n'ai pas peur de toi, dis-je avec assurance. Même si tu es deux fois plus grand, et représentant des forces de l'ordre, je me sens à la hauteur.

Il me sourit par-dessus le bord de son verre de vin.

— Viens, je vais te montrer la salle de bain. Ensuite, on regardera un peu la télé pour te changer les idées en attendant d'en savoir plus.

10

SKYLAR

Nous sommes assis sur le lit de Benito, propre et bien carré. Je porte une chemise de nuit Natori qui m'a semblé parfaitement pudique quand je pensais que seule Rayanne la verrait. Mais maintenant, j'ai l'impression d'être nue. Et à moins de friser la folie, j'ai bien l'impression que les yeux de Benito ne cessent de revenir de mon côté du lit.

Il y a une comédie à la télévision, mais j'ai du mal à me concentrer. Je suis trop occupée à analyser tout ce qui s'est passé ces trois dernières heures. La disparition de Rayanne. La réapparition de Benito.

C'est exaltant d'être si proche de lui. Chaque fois qu'il éclate de rire devant la télé, c'est un son qui résonne dans ma poitrine. J'ai passé tant d'heures, assise à côté de lui, comme ça. Je connais le son de son rire aussi bien que le mien.

À l'écran, deux personnages s'échangent des plaisanteries à caractère sexuel. La femme est sexy et élégante, avec un rouge à lèvres brillant et un décolleté plongeant. Les séries comiques d'une demi-heure par épisode n'ont pas le temps de s'attarder sur des subtilités. La fille se déhanche en lançant un commentaire, récompensée par des rires enregistrés.

Quand j'étais ado, je regardais les femmes dans des séries comme celles-ci en me disant qu'un jour, je pourrais atteindre une confiance similaire. Je savais que j'étais un peu en retard dans le domaine du sexe, mais je pensais que c'était une question de style. Si je pouvais m'offrir des vêtements et des produits capillaires grand luxe, la confiance suivrait immanquablement.

Il faut croire que cela ne fonctionne pas de cette façon.

Je ne suis plus la gamine effarouchée que j'étais à seize ans, mais les hommes me déconcertent toujours. Certes, je suis capable de les apprécier. J'admire les beaux visages et les corps bien sculptés autant que n'importe quelle autre fille.

Si je n'ai jamais maîtrisé l'art d'obtenir ce que je désire, c'est parce que je ne pourrais même pas déterminer ce que je désire vraiment.

J'en veux pour preuve mon premier petit ami. C'était mon professeur de journalisme d'investigation. Je trouvais que c'était un génie, et peut-être était-ce réellement le cas. Il signait des articles dans tous les grands journaux de la presse.

En novembre de ma première année, je me suis laissé séduire. J'étais éblouie par son cerveau, mais aussi ses cheveux ondulés et son regard intelligent. Je passais chaque conférence à l'admirer, alors qu'il allait et venait sur l'estrade devant moi. Et j'étais toujours la première à faire la queue devant son bureau entre les cours.

Et puis, un jour nuageux, alors que j'enfilais mon manteau pour partir après une réunion, il m'a embrassée.

Au début, j'ai été surprise par sa douceur. Il m'a appuyée contre la porte de son bureau et a posé sa bouche sur la mienne. Au bout d'un moment, j'ai réagi en lui rendant son baiser.

— J'ai pensé que tu en avais besoin, m'a-t-il dit après le deuxième plus beau baiser de ma vie.

Il était d'une tendresse rare, et moi, j'étais sans voix. Toujours abasourdie, j'ai pris le métro pour rentrer chez ma tante Jenny, essayant de comprendre.

La semaine suivante, j'y suis donc retournée pour approfondir la question. Nous avons parlé pendant une heure de la tradition journalistique des sources anonymes, puis il m'a fait signe. Alors, j'ai contourné son bureau, il m'a prise sur ses genoux et c'était reparti.

Il a passé sa main sous ma jupe.

Encore une fois, j'ai été prise de court. C'était la première fois que je laissais un homme faire cela. Ses doigts me caressaient entre les jambes et je gémissais dans sa bouche, refrénant ma panique.

Avec lui, tout était une première fois, mais je ne voulais pas qu'il le sache. Et j'aimais ses caresses. Jamais auparavant ne m'étais-je sentie aussi désirable. Même si je ne savais pas ce que je faisais, le professeur de rêve n'avait pas l'air de s'en soucier.

Cela ne le dérangeait *absolument* pas. Quelques minutes plus tard, je me suis retrouvée accoudée sur le sous-main de son bureau. Ma culotte est tombée et j'ai entendu sa fermeture éclair.

Il a ouvert le tiroir du bureau pour y prendre un préservatif. Plus tard, je me poserais des questions sur cet emplacement stratégique. Mais pas sur le moment. J'allais enfin rejoindre le club. J'allais apprendre tous les secrets que connaissaient les autres filles.

En essayant de respirer posément, j'ai fixé le sous-main des yeux. Apparemment, il avait un rendez-vous vendredi avec son podologue. J'étais nerveuse, et c'est peut-être pour cela que j'ai tant souffert quand il m'a pénétrée une minute plus tard.

J'ai détesté chaque seconde. Mais j'avais entendu les autres filles dire que les premières fois n'étaient pas géniales. Ça s'améliorerait peut-être.

Alors, bien sûr, j'y suis retournée. Cet homme était toujours un génie et j'aimais ce que je ressentais lorsqu'il fermait la porte de son bureau et m'embrassait. Comme si le soleil ne brillait que sur moi.

Malheureusement, le sexe ne s'est pas amélioré par la suite. Apparemment, ce n'est pas ma nature. Je n'ai jamais vu de feux d'artifice.

Nous avons continué ainsi pendant la majeure partie de l'année. Et puis, un jour, je suis arrivée en avance à son bureau. Il y avait trois personnes qui en sortaient, tout sourire. Une femme avec un bambin de maternelle qui lui tenait la main et un bébé sur sa hanche.

Mon prof de rêve avait une femme et deux garçons. Ils lui ressemblaient beaucoup.

Au lieu d'entrer dans son bureau, je suis passée devant sa porte, sous le choc. Plus tard, j'ai cherché son nom dans Google. Les dix premières pages de résultats portaient toutes sur ses articles, mais j'ai fini par trouver l'annonce du mariage.

Bien sûr, je ne suis jamais retournée le voir. J'ai supprimé tous ses e-mails et ignoré les textos qu'il m'a envoyés par la suite.

En fin de compte, ça a été une belle leçon de journalisme d'investigation. Jusqu'à cette violente surprise, je n'ai vu que ce qu'il voulait me montrer et j'ai fait tout ce qu'il m'a demandé.

Depuis, je suis sortie avec d'autres hommes. Mais je n'ai plus jamais trouvé quelqu'un qui semble en valoir la peine. Même s'ils étaient gentils, je me suis toujours demandé ce qu'ils cachaient. Quant au sexe, je ne comprends toujours pas pourquoi on en fait tout un plat.

Le seul homme que j'aie jamais vraiment aimé est assis à côté de moi, en ce moment même, sur le lit. Pas étonnant que le Vermont ait encore une telle emprise sur mon âme.

La comédie que nous regardons se termine à peu près au même moment que mon deuxième verre de vin rouge. Nous avons fini toute la bouteille. J'ai beau être grande, deux verres, c'est beaucoup pour moi. Je me sens agréablement pompette.

— Eh, où est ton ukulélé ? demandé-je brusquement. Je ne le vois pas.

— Ça fait un moment que je n'ai pas joué.

Il me prend mon verre vide et l'emporte dans la cuisine. Lorsqu'il revient, je remarque à peine l'instrument dans ses mains, trop éblouie de le revoir. Enfin, il ne s'est absenté que trente secondes, mais ce visage, ces larges épaules et…

J'ai encore du mal à m'y faire. Rester ici ce soir est soit une très mauvaise idée, soit une étape essentielle dans le cours de ma vie.

Cela pourrait basculer dans un sens comme dans l'autre.

— Ça fait un bout de temps.

Il s'assied à nouveau sur le lit, son ukulélé dans les mains.

— Je vais avoir les doigts engourdis. Cette année-là, quand j'ai joué souvent pour toi, je crois que c'était à peu près le point culminant de ma carrière musicale.

Pour moi. Je me demande si c'est bien ce qu'il a voulu dire. Il tâtonne un peu maladroitement et il lui suffit d'un seul accord pour me donner la chair de poule.

— Pourquoi as-tu arrêté de jouer ? demandé-je tout bas.

Benito hausse les épaules.

— Je me suis engagé dans l'armée. J'ai manqué de temps. Honnêtement, je n'ai jamais beaucoup joué avant de passer de longues soirées assis près de ce feu avec toi.

Ses doigts changent de position sur le manche de la guitare et il recommence à gratter. L'accord vibre jusque dans mon ventre.

— Ça m'a plu que tu m'écoutes jouer.

— Et moi, ça m'a plu de t'écouter.

Sa musique était un élément calme et paisible dans ma vie infernale. Il ne m'arrivait jamais malheur quand Benito jouait.

Ses doigts restent sur les cordes.

— J'ai aimé jouer pour toi. Et puis, j'avais besoin de m'occuper les mains.

Il pince une nouvelle corde.

— Pourquoi ?

Il rit en effectuant un changement d'accord.

— Un garçon excité de dix-huit ans, assis près de la plus jolie fille du Vermont ? J'ai passé toutes les nuits à me retenir de te toucher. Le ukulélé m'a donné autre chose pour me concentrer. Et j'en avais besoin. Vraiment.

Mon rythme cardiaque s'emballe. Parce que Benito ne m'a jamais rien dit de tel quand nous étions adolescents. Je le trouvais impénétrable, même si toutes mes pensées tournaient autour de lui.

Aujourd'hui encore, je sens que mon monde penche subtilement dans sa direction. Douze ans plus tard, il exerce toujours sa propre force gravitationnelle.

Et il est assis à côté de moi, à jouer un air de Clapton comme s'il ne venait pas de me faire un aveu important.

— Pourquoi on ne l'a pas fait ? lâché-je de but en blanc.

— Hein ?

Les accords qu'il joue glissent sur moi comme de l'eau. Je peux les sentir partout.

— Pourquoi n'a-t-on jamais…

Ce n'est pas facile à dire pour moi. J'ai vingt-huit ans et je n'ai jamais compris à parler de sexe, ni même à l'apprécier. C'est sans doute pour cette raison que cela m'arrive rarement.

Soudain, je me sens profondément triste. Peut-être est-ce les deux verres de vin, ou bien le tourbillon de sentiments qui m'assaille ce soir.

Benito s'est arrêté de jouer, et à présent, il me regarde.

— Si on n'a jamais fait l'amour, c'est pour une centaine de raisons, dit-il avec un sourire désabusé.

— Ça fait beaucoup.

Je me demande si je ne devrais pas changer de sujet. L'ancienne Skye l'aurait fait. Mais pas la nouvelle. Je me suis promis de regarder le passé droit dans les yeux ce soir.

— Et si tu me donnais au moins les dix premières ?

Son sourire s'agrandit.

— D'abord, tu avais seize ans. Tu ne voulais peut-être pas que ta première fois soit sur une chaise de jardin abandonnée derrière un camping.

— Tu ne me l'as pas demandé, souligné-je.

— C'est juste.

Il fait courir sa paume sur les cordes de son instrument et je ne parviens pas à en détacher mes yeux. J'aimerais que cette main soit sur moi.

— Il y avait aussi un certain policier en uniforme qui n'aurait pas vu ça d'un très bon œil. Et je devais faire attention. Toute ma famille était toujours sur le qui-vive avec lui.

— Oh.

Voilà qui est *très* compréhensible.

Je n'aurais jamais pensé que Benito soit intimidé par Jimmy Gage. Il n'a jamais *paru* effrayé, en tout cas, pas une seule fois. Benito était mon roc.

— Tu sais, il m'en accusait tout le temps, dis-je.

Je me rends compte trop tard que je n'ai aucune envie de parler de Jimmy Gage.

— Il me demandait lequel des Rossi je me tapais…

Je m'éclaircis la voix.

— Comme je ne lui répondais pas, il insinuait que je vous prenais les uns après les autres.

Benito tressaille.

— Je savais qu'il te disait ces horreurs. Je l'entendais te parler quelquefois. Je n'ai jamais voulu te rendre la vie plus difficile, Skye. Tu n'étais pas prête. Je n'ai jamais pu te toucher, parce que c'était trop compliqué pour nous deux. Ça ne voulait pas dire que je ne pensais pas constamment à toi.

— Mais non, chuchoté-je. Ce n'est pas vrai.

— Oh, que si, fait-il en souriant. Mais je dois te rappeler que tu n'as jamais demandé. Tu n'as jamais dit : Eh, Benito, pose ce ukulélé et prends-moi.

Je pouffe de rire.

— Ça ne ressemble clairement pas à ce que je dirais.

— Non, admet-il en secouant la tête, en effet. Je ne pouvais me permettre aucun malentendu. Mon seul but était de te protéger, et si j'avais pensé une minute que je pouvais te faire peur, alors ça n'en valait pas la peine. Si tu craignais d'être seule avec moi comme tu craignais d'être seule avec *lui*, je ne pouvais pas prendre ce risque. J'étais heureux d'attendre. Pour toi.

— Oh.

C'est si beau que, pendant une minute, je ne dis rien. Je ne m'autorise même pas à m'énerver parce qu'il ne m'a pas vraiment attendue. Je mets cette pensée de côté.

— Alors, c'est pour ça que je jouais aussi souvent.

Ses doigts reprennent sur le ukulélé.

— Pour cacher ma trique. Cette année-là, je portais souvent mes chemises par-dessus mon pantalon et j'ai maîtrisé l'art de placer stratégiquement certains objets.

Je ris, parce que le mot *trique* est plutôt amusant. Cela dit, mon regard s'est réchauffé. Je ne savais pas que j'avais un tel effet sur lui. En un sens, j'avais vraiment besoin de l'entendre. C'est réconfortant de savoir qu'un gentil garçon me désirait et qu'il ne s'est pas empressé de me le faire savoir.

— Quand on dormait près du feu, sur ma grande chaise longue, ajoute-t-il, je devais te tenir loin de mes genoux. J'en avais tellement envie. C'était presque douloureux.

C'est du passé, me fait remarquer mon cerveau. Mais j'aimerais qu'il ait toujours envie de moi en ce moment.

— Les ados, dis-je avant de glousser pour dissimuler mon désir.

Il tend la main et me lisse les cheveux. C'est comme ça qu'il me touchait – des caresses brûlantes, mais pas sexuelles. Il me manque tant.

— On devrait dormir un peu, dit-il.

— D'accord, acquiescé-je, même si je n'ai absolument pas sommeil.

— Je peux dormir sur le canapé si ça peut te mettre plus à l'aise.

Je secoue la tête avant même d'y penser. La vérité, c'est que dormir à côté de Benito m'a toujours apporté un grand réconfort. Et mon cœur le désire toujours à mes côtés.

— Alors, je reviens tout de suite, déclare-t-il.

Quelques minutes plus tard, il éteint la lumière et tire les couvertures de son côté du lit. Il monte, et pendant un moment, nous restons allongés dans un lourd silence. Je sens le poids de toute notre histoire s'abattre sur nous.

— C'est tellement plus confortable que la chaise de jardin, murmuré-je.

Il rit, allégeant la tension.

— C'est quoi, déjà, le vieux dicton ? Bien vivre est la meilleure des vengeances.

— J'espère que c'est vrai. Mais la vengeance d'un autre genre me plaît tout autant.

— C'est quoi, l'autre genre ?

Il se tourne sur le côté pour me le demander.

Je roule, moi aussi. Nous sommes face à face dans son lit et j'apprécie ce moment d'intimité paisible.

— Mon pied sur la trachée de Gage, dis-je. Sauf que je ne veux pas aller en prison. Alors, disons, Gage en combinaison orange. Oh, et le prisonnier dans la cellule d'à côté ne la bouclerait jamais. Il n'arrêterait pas de demander à Gage lequel des gardiens l'accompagne à tour de rôle dans les douches. Rien qu'une envie d'humiliation pour le restant de ses jours.

Benito cligne des paupières.

— Dis donc, il ne faut pas te chercher, toi.

— Non, tu as raison.

Mais ce ne sont que des fanfaronnades. Ma peur de Gage est encore très profonde.

— Bonne nuit, Fly-in-the-Sky, dit-il avec un sourire taquin.

— Bonne nuit, ducon.

Son sourire se rapproche et je me rends compte qu'il va m'embrasser pour me souhaiter bonne nuit. Avant que je puisse me préparer, des lèvres chaudes et fermes rencontrent les miennes.

Cela aurait pu être un baiser chaste. Benito voulait peut-être m'embrasser une fois avant de s'écarter. Si mon cerveau était responsable de cette situation, peut-être en serions-nous restés là. Mais non. Douze années de chagrin d'amour enfoui sautent sur l'occasion, quelque chose en moi se réveille pour rencontrer son baiser. J'adapte ma bouche à la sienne, comme pour réclamer mon dû.

Benito émet un grondement grave de surprise. Il se penche, inclinant la tête pour mieux s'unir à moi. Ses douces lèvres me caressent, se fondent avec les miennes.

Et soudain, je deviens la fille dévergondée que j'ai toujours voulu être. Je l'embrasse comme si ma vie en dépendait. Entrouvrant les lèvres, je le goûte, comme si je faisais cela tous les jours. Il a un goût de dentifrice, le goût de Benito. Ses doigts glissent dans mes cheveux tandis que sa langue virevolte avec la mienne.

Je suis un fil conducteur, un bourdonnement, un imbroglio inextricable. Je l'embrasse sans relâche, et puis…

Son téléphone sonne.

Benito recule rapidement.

— Seigneur, lâche-t-il en quittant le lit. Oh, je suis vraiment désolé. C'était…

Il émet un gémissement consterné en se ruant vers le téléphone, sur sa commode.

— Ici Rossi. J'écoute, aboie-t-il au téléphone.

Après une brève pause, il demande :

— Où ça ? D'accord. J'arrive tout de suite.

Il laisse tomber le téléphone puis baisse son pantalon de flanelle. Mes yeux manquent sortir de leurs orbites quand ses cuisses musclées apparaissent, avant de disparaître dans un pantalon.

— Le bureau du shérif du comté d'Orange a trouvé une Jeep abandonnée, m'annonce-t-il en passant un sweat-shirt sur sa tête. La voiture n'est pas en bon état. Je dois vérifier.

Ces paroles percent enfin la brume résiduelle de nos baisers.

— Quoi ? dis-je en bondissant hors du lit. Je viens aussi.

— Non, décrète-t-il sur un ton sans appel. Pas question. Je t'envoie un texto si je découvre que c'est la sienne. Donne-moi ton téléphone.

Je le déverrouille et le lui remets.

— Voilà, dit-il en s'envoyant un texto depuis mon numéro. Maintenant, je ne pourrai plus te perdre aussi facilement.

Oups.

— Repose-toi, dit-il avant de franchir en trombe la porte de la chambre.

Je le rattrape dans la cuisine, où il range son arme à l'arrière de son pantalon.

— Benny ! Tu ne peux pas me laisser ici !

J'imagine déjà le corps de ma demi-sœur dans les bois et je frissonne.

— Si, et c'est ce que je vais faire. À plus tard, Skye.

Il disparaît de l'autre côté de la porte, qui se referme d'un coup sec.

Mon cœur bat la chamade pendant un moment avant que je revienne de ma torpeur.

— Oh, espèce de...

Je n'irai pas plus loin, car je n'ai aucun juron fantaisiste pour remplacer « connard autoritaire ».

En retournant dans la chambre, je trouve mon téléphone. Je me connecte à Uber pour la deuxième fois de la soirée et j'appelle une voiture.

Puis, sur Internet, je cherche la radio de la police du comté. Où que les flics se dirigent, je vais les suivre.

Mais je fais chou blanc. Aucune piste audio disponible en ligne ne correspond au bureau du shérif du comté d'Orange. Soudain, mon téléphone sonne. C'est un numéro qui commence par 802.

— Bonsoir, c'est Damien Rossi, fait une voix quand je décroche. J'appelle de la part d'Uber.

— Je sais qui tu es, Damien, dis-je au frère de Benito. Tu es en bas ? Sais-tu où Benito est allé ?

— Tout ce que je sais, c'est que ta course est annulée, répond-il. Benito m'a demandé de ne plus venir te chercher dans le Vermont.

— Quoi ? m'écrié-je. Il ne contrôle tout de même pas Uber. Et toi non plus.

— Ah oui ? En tout cas, je suis le seul chauffeur Uber dans l'est du Vermont, dit Damien. Désolé, je ne peux pas t'aider.

Sur ce, il me raccroche au nez.

Scandalisée, j'ouvre l'application et consulte la carte. Aucune voiture n'y figure ! J'agrandis l'échelle pour voir le Vermont dans son ensemble.

Toujours rien.

— Il se fout de ma *ganache* ! pesté-je.

Je suis donc coincée ici. Et je suis furax. Un peu ivre, aussi, à cause du vin rouge et de ce baiser avec Benito, le deuxième de ma vie.

Je passe les vingt minutes suivantes à faire les cent pas dans le bel appartement de Benito. J'ouvre les tiroirs et les placards, à la recherche de...

Bon, d'accord, je ne sais pas ce que je cherche. Mais je suis piégée ici et je suis curieuse de connaître la vie de Benito. Quoi qu'il en soit, ma recherche est infructueuse. Je crois qu'il m'a dit que Zara habitait ici encore tout récemment. Ce doit être pour cela que ses placards sont vides. Je découvre des équipements de ski et une paire de raquettes. L'armoire à pharmacie contient des antiacides et du baume à lèvres.

Dans la chambre d'amis, il y a quelques jouets de bébé qui doivent appartenir à sa nièce.

Je retourne dans la chambre de Benito, la conscience lourde. Je cesse de fouiner et monte dans son lit. Mais je ne suis pas détendue. Rayanne est en danger.

Au bout de quarante-cinq minutes, mon téléphone s'allume. Il m'a envoyé un message. *La Jeep est orange, pas rouge. Elle a des plaques du Vermont et elle est enregistrée au nom d'un agriculteur du comté d'Orange.*

Ce n'est pas ça, je réponds.

Non. Je me suis dit que tu voudrais le savoir.

Je veux le savoir, en effet, et c'est gentil de sa part de me le dire. Je parviens enfin à fermer les yeux, intimant à mon corps de se calmer. L'ennui, c'est que ce baiser a réveillé des parties de mon corps dont j'ignorais l'existence. Et le lit sent bon Benito. Je m'allonge sur l'oreiller, emplissant mes poumons tout en essayant de trouver une raison pour laquelle Benito et moi ne devrions pas reprendre ces délicieux baisers quand il rentrera à la maison plus tard.

Oh, c'est vrai. Parce qu'alors, il s'attendrait à coucher avec moi. Je ne suis pas douée pour le sexe et je n'aime pas particulièrement cela.

Cependant, pour lui, je veux bien essayer. Si je n'étais pas contrariée en ce moment. Tout est si confus dans ma tête. Je m'inquiète pour Rayanne et mon cœur est en feu.

Tout comme mes reins. Ce baiser ! Il résonne encore en moi comme une cloche. Je peux en sentir les réverbérations dans ma poitrine.

Tant bien que mal, je finis par trouver le sommeil.

MES RÊVES SONT DOUX. *Vraiment* très doux. Je rêve que Benito et moi sommes emmêlés dans le lit. *Je t'aime,* me chuchote-t-il à l'oreille. *Je t'aime, Skye. Toi, rien que toi.*

Et ici, au pays des rêves, le sexe est fantastique. Tout est blanc, comme si nous faisions l'amour sur un nuage au paradis. Les baisers de Benito sont magiques et ses mains me touchent sans retenue. Je vois mille feux d'artifice. Le corps nu de Benito est ferme et chaud. Mes mains s'agrippent à ses fesses pendant qu'il ondule contre moi.

Soudain, la peau de mon cou me démange et Benito émet un petit gémissement. C'est donc ça, la sensation de sa barbe. Et son t-shirt est froissé dans mon poing. Mais je jurerais qu'il ne portait pas de haut il y a encore une minute.

Mes paupières s'ouvrent en frémissant. Il fait sombre dans la chambre, à l'exception d'une bande de lumière grise provenant de la fenêtre. C'est bientôt l'aube. Et la barbe drue de Benito est bien réelle. Il est ici, dans le lit avec moi, me serrant contre son corps.

Je ferme à nouveau les yeux. Je dois retourner dans ce rêve doux et sensuel d'où je viens.

Cela dit, je suis tout aussi bien ici. Je commence à paniquer contre son corps tonique. Je ne sais pas comment j'en suis arrivée là, étendue sur le côté, mon visage contre sa poitrine. Plus gênant encore, l'une de mes jambes est posée sur sa cuisse musclée, et l'une de mes mains sur ses fesses fermes.

— Skye, me murmure-t-il à l'oreille. Ma chérie. Dis-moi que tu es réveillée.

Une grande main me caresse le dos.

— Non, chuchoté-je.

Il ricane.

— C'est vrai, ma chérie ? Pourvu que tu sois réveillée, parce que j'adore ça.

— Tais-toi, ordonné-je.

Il me semble que mon subconscient a pris le contrôle de mes actions. Quand Benito est entré dans le lit avec moi, j'ai dû me tourner spontanément vers lui. Et à un moment donné, dans la nuit, j'ai commencé à faire des rêves érotiques à son sujet.

Je devrais être mortifiée. Me coller à Benito, ce n'est pas mon genre. Pourtant, je l'ai fait. Et c'est si bon.

— Skye, fait-il à mi-voix.

On dirait une prière. Un baiser brûlant, bouche ouverte, atterrit sur ma pommette.

— Donne-moi ta bouche, ma chérie.

C'est aussi simple que de lever le menton et de poser mes lèvres sur les siennes. Il gémit lorsque sa bouche effleure la mienne. Nous ne perdons pas de temps en enfantillages. Le baiser devient tout de suite intense, torride. C'est un baiser qui sait exactement ce dont j'ai envie.

La langue de Benito prend possession de la mienne. La chaleur nous envahit et mon cerveau est en feu.

Il me fait rouler sur le dos et s'adonne à notre baiser. Son poids sur mon corps est un délice. Je relève les genoux, accueillant ses hanches fines, et je le serre contre moi pour qu'il ne me quitte jamais. Sa bouche m'inonde de baisers profonds et moites. Ses hanches s'avancent, pressées contre moi d'un seul coup de reins.

— Oh, gémis-je dans sa bouche.

J'en ai envie. J'en avais envie quand je dormais, et maintenant, c'est encore plus évident maintenant que je suis réveillée. Ma chemise de nuit est retroussée et ma culotte détrempée. Cela ne m'arrive absolument jamais.

C'est donc pour cela qu'on en fait toute une histoire.

Benito vénère ma bouche. Sa barbe abrase mes lèvres et j'adore cette sensation. J'ai l'impression d'être fougueuse, libre et débridée. Mes mains avides errent sur son corps. Je touche ses bras, son dos, puis je passe sous son t-shirt. Sa peau est douce. Je veux la sentir contre la mienne.

Je suis passée du sommeil au plus actif des corps-à-corps en deux minutes à peine. C'est incroyable. Et cela ne me laisse pas le temps de réfléchir. J'ai du mal à analyser l'effleurement de sa langue sur la mienne et les baisers qui s'enchaînent à un rythme effréné.

C'est parti et c'est exactement ce que je veux. J'agrippe son corps dur comme le roc, essayant de mémoriser chaque nouvelle sensation.

Mais Benito prend tout son temps. Il m'embrasse avec ferveur, comme s'il avait toute la matinée. C'est certainement le cas, puisque nous sommes ici, dans son lit, tous les deux. C'est moi qui suis impatiente. Je veux savoir s'il peut me faire ressentir ce que personne d'autre n'a jamais su me donner.

C'est donc moi qui passe les mains sous son t-shirt pour le toucher davantage. Et c'est moi qui dénude ce torse d'une perfection presque inouïe.

Wa-ouh ! Même si le sexe finissait par me décevoir, le spectacle est déjà bien meilleur qu'avec n'importe quel autre homme.

Benito abandonne son t-shirt, puis il dévore mon corps des yeux.

J'ai toujours voulu qu'il me regarde comme ça, comme si j'étais sexy et excitante, et pas seulement comme un être fragile qui a constamment besoin de son aide.

Entre-temps, mes mains se sont animées de leur propre initiative. Je ne peux pas m'empêcher d'explorer la ligne de poils qui commence au niveau du sternum et descend le long de son ventre. Quand j'avais seize ans, je mourais d'envie de le toucher à cet endroit précis, et il a l'air d'apprécier. Quand il se penche pour m'embrasser à nouveau, sa bouche est à la fois douce et exigeante.

Je me perds dans ces baisers. J'en oublie d'être nerveuse, même quand la chemise de nuit disparaît au-dessus de ma tête dans un bruissement vaporeux.

— Ça va ? demande aussitôt Benito.

— Oui, dis-je d'une voix traînante.

L'instant d'après, je ne peux plus parler du tout, parce que sa bouche chaude et avide prend le relais. Il m'embrasse sous le menton, dans le cou.

J'ai la chair de poule sur tout le corps.

Il insiste, goûte ma clavicule, puis il descend sur le renflement de mes seins. Quand il aspire mon téton dans sa bouche, je retiens mon souffle. J'aurai sans doute un peu honte plus tard.

Mais… *oh, là là.* Je n'ai jamais été aussi excitée. La sensation de ses lèvres sur ma poitrine est exquise. Je croyais que mes seins n'étaient bons qu'à mettre en valeur mes chemisiers à strass devant la caméra.

Comme j'avais tort ! Chaque coup de langue de Benito sur mon mamelon me fait plonger plus profondément dans le lit. J'enfouis mes doigts dans ses cheveux et je lâche un gémissement que je ne reconnais même pas.

Et puis, Benito *gémit.* C'est un son guttural qui monte de sa poitrine et résonne au plus profond de la mienne. J'empoigne la couette, puis sa tête, sans refréner mes soupirs de plaisir. Est-il possible qu'il se sente aussi fou que moi en ce moment ?

11

BENITO

Nous ne devrions pas. Je ne devrais pas vénérer le corps de Skye avec ma bouche. Le timing est mal choisi, il y a trop de non-dits entre nous.

J'enquête sur sa sœur pour...

Je ne sais même plus quoi. Seigneur ! Ses tétons sont comme deux cailloux fermes qui attirent mes lèvres. Je les caresse avec ma langue et elle halète presque. Un frisson la parcourt lorsque j'embrasse son corps. Je ne me maîtrise plus. Les paumes sur ses mains, je la repousse contre les oreillers. Sa peau a ce goût que j'ai toujours désiré.

Et la chaleur dans ses yeux ? C'est pour moi. Cette femme est un cadeau que je n'ai jamais déballé. Et à présent, elle me regarde comme si j'avais décroché la lune et les étoiles. Je ne peux pas m'arrêter.

Après tout, c'est elle qui a commencé. Du moins, je crois, difficile de savoir qui a roulé vers qui, quelles mains se sont aventurées en premier.

Tout ce que je sais, c'est que le dernier pan de tissu qui me sépare encore du septième ciel doit disparaître. Je tire sa culotte vers le bas et la jette sur le côté du lit. Enfin, je réalise mes fantasmes : Skye est nue sur mon lit. Je glisse une main sur sa poitrine lisse. Quand mes doigts effleurent le petit triangle de poils entre ses jambes, elle retient son souffle.

— Skylar, dis-je dans un souffle, entre deux baisers sur son ventre.

Je suis à court de mots, mais apparemment, son prénom est assez éloquent. Les cuisses de Skye se détendent, s'écartent pour moi. Quand ma main découvre son entrejambe, j'y trouve une chaleur moite. Je gémis et elle penche la tête en arrière avec un soupir.

Je suis vraiment foutu. Sa poitrine se soulève lorsque je la caresse, et ses doigts s'enfoncent dans mon bras quand j'entreprends de l'attiser. Je vagabonde à nouveau sur son corps, fou de désir. J'ai toujours voulu passer une nuit entière à l'explorer. Mais en ce moment, j'ai du mal à y aller lentement. Je quitte mon boxer par un dernier coup de pied, sous le regard éperdu de Skye.

Hissé sur mes coudes, je baisse le menton et passe lentement ma langue sur l'intimité de miel de ma jolie femme.

— Oh, Ben ! crie-t-elle, les doigts dans mes cheveux. Oh, mon Dieu.

Elle est pantelante et je fais pleuvoir de tendres baisers entre ses cuisses. Ses hanches se décollent du matelas pour tenter de se rapprocher de ma langue.

J'en rirais bien, mais je suis trop excité. Ma peau est en feu et mon sexe est déjà humide contre le lit. Je m'efforce de prendre tout mon temps, léchant et suçant doucement sa chair sucrée. Skye gémit et se trémousse sous mes attentions. Le désir commence à me faire trembler.

— S'il te plaît, m'implore-t-elle, tous ses muscles contractés entre mes bras comme si elle essayait de se libérer.

Je veux être là quand ça se produira. Je suis trop gourmand. Alors, je m'assieds entre ses jambes et je me caresse, une seule fois, mon sexe à la main. Je suis incroyablement dur. Elle me regarde, les yeux obscurcis par la convoitise.

— Ça va ? dis-je d'une voix rocailleuse.

Je me penche vers la table de chevet et ouvre le tiroir. Il y a une boîte de préservatifs entamée.

Skye ne dit rien. Avant de détacher un préservatif du chapelet d'emballages, je jette un œil à son visage. Quelque chose a mal tourné. Son regard est fixé sur le tiroir ouvert, sur la boîte. Ses yeux sont écarquillés avec surprise et tous les muscles de son corps sont tendus.

— Skye ? demandé-je.

Ma voix est rauque, mais son air alarmé me ramène aussitôt à moi.

— Qu'est-ce qui ne va pas, ma chérie ?

Je remets les préservatifs dans le tiroir.

— Rien, fait-elle en secouant rapidement la tête.

Mais elle esquive le contact visuel.

— Eh… dis-je, m'étendant à côté d'elle. Regarde-moi.

Elle s'y refuse, me donnant une petite pichenette sur le torse.

— Allez, prends-le…

Elle s'éclaircit la gorge.

— Fais-le.

— Non, pas avant que tu me dises ce qui ne va pas.

Cela se traduit par un grognement, bien malgré moi. Je suis trop excité.

— Il n'y a rien du tout.

Oh, bon sang. À d'autres.

— C'est moi, tu sais ? Tu n'as pas le droit de faire ça.

— Faire quoi ?

Elle me regarde à présent, la mine soucieuse.

— *Mentir*. Quelque chose t'a fait peur et je dois savoir quoi.

Skye a traversé une période très difficile à l'adolescence. Et maintenant, je me gifle mentalement pour avoir supposé qu'elle était prête à coucher avec moi sans vraiment le lui demander.

Elle insiste :

— Je me suis juste… rappelé une chose stupide que j'ai faite, une fois. Mais c'est bon. Tout va bien.

On ne dirait pas. C'est même tout le contraire. Je sais reconnaître la peur quand je la vois. Elle a déjà remonté le drap sur son corps pour couvrir sa nudité. Elle se dérobe.

J'ai besoin de me refroidir. Je passe la main sur ses cheveux en signe d'affection puis, la respiration laborieuse, je me lève du lit et je me dirige vers la douche.

Comment ai-je pu en arriver là ?

Sous l'eau chaude, je me reproche mon comportement indélicat. L'année de mes dix-huit ans, j'étais un parangon de vertu. J'avais beau désirer Skye à en mourir, je ne me suis jamais autorisé à quoi que ce soit avec elle. J'ai passé une année entière à me faire violence, mais jamais je n'ai brisé cette distance.

Maintenant, j'ai trente ans, et il faut croire que je n'ai pas plus de plomb dans la cervelle.

Bien joué, Rossi. Espèce d'idiot. Je me lave les cheveux pour me retenir de me cogner la tête contre le carrelage comme j'aurais envie de le faire.

QUAND JE SORS de la douche, le lit est fait et la chambre est vide. Pendant un long moment, je panique, craignant que Skye soit partie. Mais ensuite, j'entends l'eau couler dans la cuisine et je me détends à nouveau.

Skye et moi, nous allons avoir une discussion approfondie. Très bientôt.

Mais elle m'évite. Quand je retourne dans la chambre chercher des vêtements propres, elle se faufile dans la salle de bain pour prendre une douche.

Bon sang, elle y reste une éternité. J'attends sur le canapé du salon et il s'écoule au moins une demi-heure avant qu'elle n'émerge, fraîchement vêtue d'une autre jupe courte qui fera certainement griller quelques cellules de mon cerveau. Des chaussettes montent sur ses longues jambes jusqu'aux genoux. Son pull a l'air doux et épouse toutes les courbes de son buste.

Quand elle m'adresse un petit sourire timide, je le lui rends instantanément.

Mon Dieu, j'ai l'impression d'avoir retrouvé mes dix-huit ans. J'avais oublié ce que l'on ressent avec le cerveau embrumé à parts égales par le désir et la tendresse. C'est un miracle que je puisse encore fonctionner. Je me souviens très bien de ce que j'ai ressenti quand elle a passé les bras autour de moi, à l'arrière de ma moto, ses mains sur mon torse. C'était une torture à la fois merveilleuse et horrible.

— Benny, dit-elle à voix basse. Tu n'as pas de cafetière ? J'ai cherché partout.

— Il y a un café à une vingtaine de pas de la porte, expliqué-je, les yeux sur son doux visage.

Je suis dans la panade.

— On pourrait y aller. J'ai du mal à démarrer sans café.

Je me lève.

— D'accord, mais avant, tu pourrais venir ici une seconde, s'il te plaît ?

— Pourquoi ?

— Ramène ta jolie personne par ici, juste une seconde. Je ne te ferai aucun mal.

Lentement, elle se rapproche, les yeux écarquillés.

— Plus près, dis-je en ouvrant les bras. Je peux te serrer contre moi, s'il te plaît ? Ça ne prendra qu'une minute de ton temps.

— Bien sûr. Si tu insistes.

Elle s'avance dans mon espace personnel et je la prends dans mes bras. Le menton sur son épaule, je soupire. C'est tellement agréable de la sentir contre mon corps. Il lui faut environ deux secondes pour se détendre enfin.

— C'est mieux.

Je dois le dire à voix basse, car je n'ai même pas confiance en ma voix.

— Tu n'as pas à avoir peur de moi. Pas une seule seconde.

— Je n'avais pas peur, chuchote-t-elle.

— Non ? Alors, que s'est-il passé tout à l'heure ?

— Je ne peux pas en parler avec toi.

Elle se dégage et m'adresse un sourire penaud.

— Bien sûr que si, tu peux.

Elle secoue la tête et sourit.

— Trop gênant.

— Mais non, voyons. Viens ici et assieds-toi avec moi, comme avant. Je dois de te demander quelque chose, de toute façon.

Elle s'assied et je me joins à elle, sa main dans la mienne.

— Écoute, j'aurais préféré que tu ne gardes pas tes distances pendant douze ans, mais je comprends tes raisons.

Je caresse sa paume avec mon pouce et choisis mes mots avec soin.

— Juste après ton départ, j'ai passé des semaines à essayer de savoir qui était ta tante Jenny, pour pouvoir t'appeler, m'assurer que tu allais bien.

Je lui serre la main.

— En devenant policier, j'ai pu obtenir les outils pour te trouver. Mais je ne les ai pas utilisés.

— Pourquoi ? s'enquiert-elle avant de détourner le regard, comme si elle regrettait de m'avoir posé la question.

— Parce que je pensais que tu voulais peut-être rester cachée. Je savais combien ta vie ici avait été difficile et je ne voulais pas te rappeler Colebury, si cela te faisait souffrir. De toute façon, je ne pouvais pas t'appeler pour t'annoncer que Gage était parti. J'aimerais tellement que ce soit le cas. Mais il est toujours là.

— Je sais. Ce n'est pas ta faute.

En retour, elle me serre la main.

Si, c'est ma faute, rectifié-je en pensée. Mais cette conversation est pour plus tard.

— En tout cas, je me disais que tu étais quelque part dans le monde, à vivre une vie formidable qui n'était plus assombrie par ce connard.

— Je me débrouille bien, admet-elle.

— Je l'espère. Sauf pour la partie sexuelle de ta nouvelle vie, que j'imaginais au lit, à prendre un pied fantastique avec quelqu'un qui t'aime.

Toujours à côté de moi, elle répond lentement :

— Pas tellement. Je n'ai rien vécu de fantastique…

Elle se racle la gorge avant d'ajouter :

— Mais ce n'est pas parce que je suis traumatisée ni rien.

— Non ? Alors, pourquoi ?

— Hmm… Je n'aime pas beaucoup ça.

— Quoi donc ? Le sexe ?

Ses pommettes rosissent lorsqu'elle hoche la tête.

— Je n'aime pas ça. Parfois, je gâche l'ambiance, comme je l'ai fait avec toi. Sinon, je prends sur moi et je serre les dents.

— Tu… serres les dents.

Je sais que je ne fais que répéter sa phrase, mais je ne comprends vraiment pas.

— Tu ne serrais pas les dents, tout à l'heure, quand tu gémissais dans mes bras.

— Eh bien… fait-elle avant d'expirer un souffle chaud. J'avoue que c'était plutôt génial. Les préliminaires sont parfois agréables. C'est peut-être de ça que parlent toutes les chansons. Mais le reste…

Elle retire sa main de la mienne.

— C'est une déception, comme ces desserts extravagants qui ont l'air délicieux dans leur écrin de verre, mais en réalité, qui ont un goût de sucre, de simples calories vides. Tu vois ce que je veux dire ?

— Euh…

Je suis perplexe.

— Les desserts originaux et les parties de jambes en l'air explosives, ça fait partie de ce que je préfère au monde.

— Oh. Eh bien…

Elle fait mine de retirer des peluches invisibles sur son pull.

— Chacun son truc, j'imagine.

— Aide-moi à comprendre, insisté-je. Quelle partie tu n'aimes pas, exactement ?

— La partie sexuelle.

La partie sexuelle. Maintenant, je ne pense plus qu'au sexe. Me glisser en elle. La faire gémir. *Merde.* Je me donne une gifle mentale.

— J'en déduis que tu as fait une étude approfondie de la question ? Avec des gens qui t'aiment et qui veulent que tu en profites ?

Elle fronce les sourcils.

— Non, ils n'étaient pas aussi consciencieux que ça. Enfin, juste assez pour que je comprenne que ce n'est pas pour moi. Je ne vois jamais de feux d'artifice. Je crois tout simplement que je ne suis pas une personne très sexuelle.

Je me rappelle pourtant une vingtaine de minutes où Skye m'empoignait les cheveux pendant que je la faisais jouir avec ma langue. *Pas une personne sexuelle*, c'est ça.

Et je sais que je ne peux pas me contenter de cela. Hors de question. Après tout ce temps, je ne peux pas être si proche de Skye sans connaître un moment ensemble, rien qu'à nous.

Ou plus encore.

— Bon, d'accord, dis-je d'un air désinvolte. Je vais te croire sur parole. Mais seulement après une autre petite expérience.

— Une autre *quoi* ?

Elle me regarde avec de grands yeux de biche.

Je me racle la gorge et réfléchis à la meilleure formulation.

— J'aimerais avoir l'occasion de te prouver que tu as tort. Une chance. Une nuit.

— Une nuit, dit-elle lentement. Pour…

Elle ne termine même pas sa phrase. La jeune Skye de seize ans n'a jamais prononcé le mot *sexe* et ne pouvait même pas s'y référer sans rougir. Il semblerait qu'à vingt-huit ans, elle en soit au même point.

— … des feux d'artifice, dis-je à mi-voix pour ne pas l'effaroucher. Avec moi.

— Oh.

Sa bouche forme un O parfait et j'ai envie de l'embrasser.

— Mais pour l'instant, on devrait se concentrer sur autre chose. Retrouver Rayanne, par exemple, ajoute-t-elle.

— Bien vu. Je te promets que nous irons au fond de cette situation. Et ensuite, j'aurai ma chance. Dis-moi oui.

— Peut-être, concède-t-elle. Je peux y réfléchir ?

— Elle doit y *réfléchir*.

Rejetant la tête en arrière sur le canapé, je souris aux poutres du plafond.

— Bien sûr, ma chérie. Et maintenant, allons prendre un café.

NOVEMBRE, DOUZE ANS PLUS TÔT

Après le dîner en plein air chez les Shipley, tous les lycéens se dirigent vers le feu de joie dans les bois.

Skye marche lentement à côté de Benito, regrettant qu'ils ne puissent pas rentrer chez eux. Les autres filles ne lui parleront probablement pas. Skye ne s'en soucie pas au lycée, mais à l'occasion d'une fête, c'est plutôt gênant.

Benito reste à ses côtés, du moins jusqu'à ce que ses amis viennent lui lancer un ballon de football.

— Allez, viens, insistent les cousins Shipley.

Mais il hésite.

Skye sait ce qu'elle doit faire. Elle lui fait un sourire pour lui signifier que ça ne la dérange pas.

— Je vais rester ici, dit-elle.

C'est alors que Jill Sullivan s'exprime.

— Elle peut venir avec nous.

— Bien sûr, ajoute Zara avec un sourire malveillant.

Elle prend le bras de Skye et l'entraîne de l'autre côté du feu.

Skye n'est pas dupe. Jill et Zara ne sont pas soudain devenues ses meilleures amies. Mais elle se laisse entraîner. Elle préfère subir des insultes pendant une heure plutôt que d'être un boulet pour Benito.

— Tu habitais où avant le Vermont ? lui demande Jill.

— La question est de savoir où je n'ai *pas* habité… grommelle Skye.

Là où on a posé nos valises en dernier, c'était la Géorgie. Avant ça, Kansas City.

— Gamine de militaire ?

— Non, gamine tout court.

Jill rit, mais Zara fait la grimace.

— Moi, j'ai vécu toute ma vie ici, dit-elle d'un ton geignard. Il ne se passe jamais rien.

Elle louche vers Griff Shipley tout en parlant.

— Déménager systématiquement au bout de quelques mois, crois-moi, c'est une corvée, assure Skye.

— Et pourquoi bougeais-tu aussi souvent ?

— Ma mère quitte le minable avec qui elle sort, et voilà, il faut repartir.

— La grande classe, commente Jill.

Skye se contente de hausser les épaules. Après tout, c'est la vérité.

— Allez, on boit un coup, propose Zara.

Elle fouille dans son sac à main et en sort la bouteille de rhum que son frère lui a offerte. Jill a apporté des gobelets en plastique rouge et un énorme bidon de cidre fraîchement pressé, qu'elle a pris dans la chambre froide des Shipley.

Skye ne boit jamais. Ce serait mal venu de la part de la nouvelle. Trop dangereux. Mais Benito n'est pas loin, il ne peut rien lui arriver. Alors, elle accepte le verre que Zara lui offre.

Le cidre est doux, le rhum relevé. Il brouille le sourire méchant de Zara et fait taire le froid qui s'infiltre à travers ses vêtements trop fins.

Elle vide son gobelet et laisse Jill lui en servir un autre.

PENDANT CE TEMPS, Benito échange quelques passes, puis boit une bière avec Griffin et son cousin Kyle.

— Tu te tapes la nouvelle ? demande ce dernier.

— Non, répond-il aussitôt. Elle n'a que seize ans.

Ce n'est pas le seul argument, bien sûr. Mais il n'est pas prêt à en dire plus.

— Mais tu en *meurs* d'envie, dit Griffin avec un sourire. Ça se comprend.

Benito plaide coupable. À présent, il passe en revue les visages autour du feu de joie à la recherche des cheveux chatoyants de Skye. Mais elle n'est pas là.

— Bon, amusez-vous bien, lance-t-il en rendant le ballon à Griff.

— Merci pour la bière ! répondent ses amis.

— Il n'y a pas de quoi...

Sur ce, il contourne le feu à la recherche de sa fille préférée. Mais elle n'est nulle part. La panique fait battre son cœur alors qu'il s'avance entre les arbres, trébuchant sur les couples qui se pelotent dans les aiguilles de pin.

Si quelqu'un profite de Skye, il va perdre la tête.

Enfin, il la repère, affalée contre un tronc d'arbre. Jill et Zara rient, penchées sur elle.

— Salut ! lance Jill Sullivan en se redressant. Quoi de neuf, Benny ? Tu veux une gorgée ?

Elle lui offre une flasque en argent qui contient Dieu sait quoi. Les Sullivan sont pleins aux as, c'est sans doute l'alcool de son père.

Il aperçoit une bouteille de rhum vide sur le sol.

Ses yeux se tournent aussitôt vers Zara, qui sourit, puis Skye, qui le regarde avec un sourire en coin. Ses yeux sont vitreux.

— Qu'est-ce que tu as fait ? s'exclame-t-il, furieux contre sa sœur. Qu'est-ce que tu lui as donné ?

Le visage de Zara se ferme.

— Ce n'est que de l'alcool. Il n'y a pas mort d'homme. Ce n'est pas ma faute si elle tient l'alcool comme un gosse. Pas très sexy, si tu veux mon avis.

Skye baisse le menton pour tenter de dissimuler son expression meurtrie.

— Pourquoi faut-il que tu te comportes comme une garce ? lance-t-il à sa sœur.

— Et toi, pourquoi faut-il que tu sois si chiant maintenant ? rétorque-t-elle.

Benito devra régler cette question plus tard.

— Bon, viens, dit-il à Skye en lui tendant la main.

Elle l'attrape et se redresse lentement. Ses doigts sont glacés.

— J'ai froid, chuchote-t-elle en tremblant.

Incapable de regarder Zara, il serre Skye contre sa hanche et la guide à pas lents jusqu'à la voiture, un bras autour d'elle. Elle n'a même pas de vrai manteau.

— Je ne me sens pas très bien, dit-elle alors qu'ils approchent du taxi de son frère.

— Tu m'étonnes.

— Attends…

Elle le repousse brusquement et se rue vers la limite des arbres. Pliée en deux, elle s'enfonce dans l'herbe.

— Eh ! dit-il alors qu'elle est saisie de haut-le-cœur.

Il rassemble ses cheveux soyeux dans une main et les écarte.

— Tout va bien…

— Je *sais*, lâche-t-elle en se redressant. Mon Dieu. Fiche-moi la paix une minute.

Quand elle se retourne, il y a de la colère sur son visage.

Il recule d'un pas rapide. Cela dit, la fureur dans ses yeux ne devrait pas le surprendre. Il faut du cran pour survivre dans cette maison infernale où elle vit.

Benito lui donne l'espace qu'elle réclame. Elle est malade et c'est entièrement sa faute. Zara lui en veut pour Dieu sait quelle raison. Cette année, elle s'est laissé entraîner dans l'enfer des pestes du lycée par cette pimbêche qui l'héberge.

Il aurait dû se douter qu'elles s'en prendraient à Skye. Il aurait dû l'empêcher.

Skye réveille un farouche instinct protecteur chez Benito. Il a toujours su qu'il avait cela en lui. Il prendrait une balle pour sa mère, sa sœur ou n'importe lequel de ses frères. Mais, bon sang, Skye le rend fou. Au moins une fois par jour, il doit prendre le temps de respirer, calmement et longuement, pour éviter de prendre à partie son idiote de mère ou cette racaille de flic avec qui habite Skye.

Il regarde Skye se ressaisir. Le dos tourné, elle crache par terre. Elle s'essuie la bouche sur un papier qu'elle a trouvé dans sa poche, puis elle se redresse de toute sa hauteur et se tient bien droite.

C'est une fille discrète, mais elle n'a jamais l'air abattue. Voilà pourquoi les autres sont intimidées. Il n'y a pas que son joli visage. Elle dégage une dignité silencieuse.

— Bon, excuse-moi, dit-elle enfin. On peut y aller maintenant.

Sa démarche est encore un peu instable, mais il se garde de tout commentaire. Il se contente de l'installer dans la voiture, puis monte du côté du conducteur et démarre le moteur. Mais il ne part pas tout de suite.

— Tu as besoin d'une minute ?

— C'est une bonne idée, soupire-t-elle.

Il fait si sombre que le ciel au-dessus de leurs têtes est rempli d'étoiles. Benito tend la main par-dessus le siège et prend ses doigts froids. Quand ceux de Skye se referment autour des siens, il est perdu. Il en voudrait infiniment plus, et pourtant, c'est déjà merveilleux.

Elle ne semble plus malade, mais elle commence à s'assoupir. Alors, il prend la route du camping. Quand ils arrivent à Pine View Park, il est onze heures et quart. La voiture de la mère de Skye n'est toujours pas là et Benito sait qu'il faudra encore une heure avant qu'elle ne rentre de son service au restaurant.

Malheureusement, la température extérieure chute rapidement. Il reste assis dans la voiture avec Skye endormie, pendant quelques minutes, mais bientôt, le froid s'infiltre.

— Viens, chuchote-t-il. Je vais nous faire un feu.

Skye s'éveille. Elle louche sur les caravanes obscures et gémit.

— Je veux juste aller me coucher.

— Je comprends, mais ta mère n'est pas encore rentrée.

Skye sort de la voiture. Elle marche vers son mobile-home.

Benito la suit à la hâte.

— Qu'est-ce que tu fais ?

Ses yeux s'enflamment et elle porte un doigt à ses lèvres.

— La télé est éteinte, dit-elle. Il fait nuit. Il dort déjà.

Elle a peut-être raison, mais il ne peut pas la laisser entrer seule. Pas comme ça. Il la suit sur les marches branlantes et elle se retourne, les sourcils levés.

— Je veux en avoir le cœur net, dit-il dans un murmure.

Skye hésite. Enfin, elle déverrouille la porte avec sa clé et entre.

Tout est calme. On entend Gage ronfler dans l'une des chambres.

— Tu vois ? articule Skye.

En effet. Mais on n'est pas très silencieux quand on a bu, et Skye est visiblement éméchée. Atterré, Benito imagine que Gage la découvre dans cet état et...

Il ne peut même pas finir sa pensée sans avoir la nausée.

Skye entre sur la pointe des pieds dans sa chambre, Benito sur les talons.

— Prépare-toi à te mettre au lit, lui dit-il à l'oreille. J'attendrai ici jusqu'à ce que tu sois couchée.

Elle lui répond avec un froncement de sourcils furieux, mais il s'en fiche. Il s'assied sur le lit et tend la main pour déverrouiller sa fenêtre, au cas où il aurait besoin de s'échapper rapidement. Il pourrait toujours faire le guet à l'extérieur, l'oreille tendue.

Skye passe un moment dans la salle de bain. Comme il le soupçonnait, elle n'est pas très discrète.

Mais les ronflements de Gage ne diminuent pas. Il a dû lever le coude, lui aussi.

Enfin, sa fille préférée revient, vêtue d'un t-shirt ample de Caroline du Nord et d'un short de nuit. Elle ferme à clé sa porte fragile et Benito se lève pour la laisser se glisser dans son lit deux places.

— Comment vas-tu sortir d'ici ? murmure-t-elle en se mettant au lit.

— Par la fenêtre, à ton avis !

Elle lui sourit.

— Tu es dingue.

— Sans doute.

Il pose une main sur sa joue, son pouce caressant sa pommette. En temps normal, il ne se permet pas de la toucher comme ça, mais Skye ainsi allongée dans son lit fait de l'effet à son corps. Elle s'abandonne au contact de sa main.

— Je partirai quand tu seras endormie. Comment va ton estomac ?

Elle fait la grimace.

— Je m'en remettrai. Par contre, je ne boirai plus jamais.

— Tout le monde dit ça, sur le moment…

Ils chuchotent si doucement que Benito doit se pencher pour l'entendre. Il aimerait monter dans ce lit et l'étreindre, mais il n'en fera rien. Il jette un œil dans la pénombre de la chambre pour se changer les idées.

— Tu es un grand fan de Kanye ?

— C'est le poster de Rayanne. Tu dois la connaître.

— Bien sûr. C'est une gentille fille.

Skye affiche un sourire ensommeillé.

— Gentille, ce n'est pas le premier mot qui me viendrait à l'esprit. Drôle. Fofolle. Survoltée.

— Oui, chuchote-t-il. C'est vrai. Mais comment se fait-il que tu la connaisses ?

— On a déjà vécu avec Gage avant. J'avais cinq ans et elle sept. Grâce à elle, c'était supportable.

— Je comprends.

Difficile d'imaginer que Gage puisse être le père de quelqu'un. Pas étonnant que Rayanne se soit tirée d'ici juste après l'obtention de son bac.

— Je crois qu'il a supporté ma mère juste pour avoir quelqu'un qui s'occupe de sa fille, chuchote Skye. Je me demande pourquoi il l'accepte maintenant. Sauf que...

Skye s'éclaircit la voix et ses yeux s'orientent vers le mur, celui qui sépare sa petite chambre de l'autre. Elle grimace et change de sujet.

— Qu'est-ce que tu comptes faire après le lycée ?

— L'armée, chuchote Benito. Ils m'aideront à payer mes études ensuite.

— *Oh*, fait lentement Skye. C'est... bientôt.

— Oui, admet-il.

Le bac est dans six ou sept mois. Ils se regardent dans les yeux pendant un long moment. Benito ne peut pas s'imaginer partir en laissant Skye ici.

Lui dire au revoir ? Impensable.

Il chasse cette pensée pour l'instant. Au même moment, le bruit d'une voiture se fait entendre sur le chemin de gravier, à l'extérieur. Les yeux de Skye s'élargissent. C'est certainement sa mère.

— C'est bon, dit-il.

Et c'est le cas. Sans un mot, ils écoutent sa mère entrer dans la maison. Le robinet du lavabo coule dans la salle de bain, puis on tire la chasse d'eau.

Skye lui tient la main. Le silence retombe dans le mobile-home.

Benito attend un peu plus longtemps, pour s'assurer que sa mère soit endormie quand il sortira en douce. Il caresse les cheveux de Skye et ses paupières se ferment en frémissant. Sa respiration se stabilise enfin.

Benito attend encore dix minutes, puis il se penche et dépose un baiser à la racine de ses cheveux.

C'est tout. Juste un. Enfin, il saute par la fenêtre et rentre chez lui.

13

SKYLAR

J'ai vraiment besoin de café. Mon cerveau est au point mort. Sinon, je n'aurais pas frotté mon corps nu sur celui de Benito et j'aurais paniqué quand il a décidé qu'il était temps de faire l'amour.

Franchement, je n'en reviens toujours pas. Il a toujours été *si* gentil avec moi. Et maintenant, il dit qu'il veut réessayer ? Manifestement, cet homme aime les punitions.

— Tu as une veste ? demande Benito en enfilant la sienne.

— Non, dis-je avec un soupir. Rayanne est partie avec.

— Tu peux prendre la mienne. Ou un sweat-shirt, que tu mettras par-dessus ce pull. Je t'offrirais bien un pantalon de survêtement à la place de cette petite jupe, mais je ne pense pas que la Skye 2.0 aimerait se montrer en public habillée comme ça.

— La Skye 2.0 ?

Il sourit et, une fois de plus, je me sens flotter.

— Tu es très élégante, ma chérie. J'aimais bien l'autre Skye, mais la nouvelle ne porte pas de sweat-shirt, même dans un café le samedi matin, n'est-ce pas ?

— Non, en effet.

Je n'ai aucun problème avec les tenues décontractées, mais je suis toujours sur mon trente-et-un, et en général, je ne me pose pas de questions. Après tout, le style se passe de raisons, n'est-ce pas ?

Pourtant, en cet instant, je crois comprendre que j'ai passé les douze dernières années à essayer de ne pas ressembler à une gamine de mobile-home. Avec du recul, ça fait beaucoup d'efforts pour fuir mon passé.

Ça n'arrête pas. Je suis dans le Vermont depuis moins de douze heures et mon cerveau a manqué exploser une douzaine de fois. Je ne sais pas combien d'autres révélations je peux supporter sans en garder de vraies séquelles.

— Tiens, qu'en penses-tu ?

Benito me tend une chemise en flanelle doublée de molleton.

— Pour te tenir chaud. Qu'est-ce que je peux te donner d'autre ? Un bonnet ? Des gants ?

— Je ne dirais pas non à une paire de gants.

Il m'en dégotte, puis je le regarde mettre son arme dans son étui et nous descendons ensemble. Quand nous franchissons la porte, je remarque que l'air est frais et embaume le pin et le feu de bois.

J'éprouve un assaut de sentiments auxquels je ne m'attendais pas. Le Vermont sent bon. C'est à peu près la seule chose agréable que je puisse dire sur cet endroit.

Oh, et le paysage est magnifique. Je ne parle pas des Green Mountains, mais bien du beau spécimen sexy avec une veste en cuir qui pose une main dans mon dos pour m'accompagner de l'autre côté du parking en gravier.

Le trajet est bref. Benito ne plaisantait pas en disant que le café est à deux pas. Ça s'appelle le *Busy Bean*, et quand Benito m'ouvre la porte, j'en tombe immédiatement sous le charme. La décoration est adorable, avec des meubles dépareillés, mais chaleureux, et un long comptoir où sont empilées d'alléchantes pâtisseries.

Il y a aussi un mec très mignon avec un tablier de boulanger derrière le comptoir. Et il parle avec...

Oh, oh.

Mercredi.

Au moment même où je la vois, Zara Rossi tourne la tête et m'aperçoit, elle aussi. Alors que la jeune fille de seize ans en moi commence à tressaillir, quelque chose d'inattendu se produit. La bouche de Zara s'ouvre et elle nous accueille, son frère et moi. Benito s'arrête, un bras sur mon épaule.

Et ensuite ? Les yeux de Zara *s'embuent*. Peut-être que j'hallucine, car elle détourne rapidement le regard.

C'est la chose la plus bizarre que j'aie jamais vue de toute ma vie.

— *Bimbo !* s'écrie une petite voix, me faisant sursauter.

Quand je baisse les yeux, je découvre une petite créature aux cheveux très roux qui étreint les genoux de Benito.

Il se penche et la soulève du sol.

— Salut, Nicky. Dis bonjour à mon amie, Skye.

La petite personne me dévisage en louchant, avec des yeux bruns si semblables à ceux de Zara que c'en est troublant.

— Joujou, fait la fillette, désinvolte.

J'éclate de rire.

— Waouh, et moi qui croyais que le clonage était illégal.

— Tu l'as dit !

Benito l'embrasse sur la tête et je sens pratiquement mes ovaires danser la samba.

— Comment t'a-t-elle appelé ? demandé-je. Elle a dit *bimbo* ou je rêve ?

— Non, je crois que c'était Benbo, corrige-t-il.

— *Bimbo*, répète la petite avec un sourire amusé.

Je l'aime déjà.

De sa main libre, Benito tend le pouce.

— Viens, commandons un café. Ma sœur ne mord pas, tu sais.

Je n'en suis pas si sûre. Mais Zara s'est essuyé les yeux après cette étrange crise et son visage affiche ce qui est censé passer pour un sourire. Je m'avance.

— Skylar, dit-elle en reniflant. Je suis si heureuse de te voir.

Alors là, c'est encore plus inattendu que de me retrouver au lit avec son frère.

— Moi aussi, dis-je avec emphase.

Son sourire devient plus réaliste.

— Tu m'étonnes. Bon, qu'est-ce que je te sers ?

— C'est chez toi ?

Je regarde autour de moi le bois sombre et les jolies fenêtres anciennes.

— C'est vraiment magnifique.

— Merci ! Mon associée et moi, on a travaillé dur. Je te présenterais bien Audrey Shipley, mais elle est en congé maternité.

— Shipley, répété-je lentement. Je ne me souviens pas d'une Audrey.

Le sourire de Zara devient ironique.

— Non. C'est une fille des plaines. Elle est arrivée ici il y a trois ans et elle est tombée follement amoureuse de Griffin.

— *Oh.*

C'était Zara qui était follement amoureuse de Griffin, à l'époque. Apparemment, quand on s'absente pendant douze ans, on rate certains événements.

— Audrey est formidable, dit aussitôt Zara. C'est sa merveilleuse recette de muffin à la citrouille qu'on sert aujourd'hui.

Elle se penche vers un étalage de muffins généreux avec un glaçage à la crème fouettée.

— Le bretzel bagel au saumon fumé est délicieux aussi. Et nous avons du pain aux pépites de chocolat et à la banane, si tu aimes ça. Mais personnellement, je trouve que les pépites de chocolat n'ont pas leur place dans un pain aux bananes.

— Moi veux, dit la fillette dans les bras de Benito.

— Toi, tu as déjà le tien, dit Zara. Skylar ?

— Le… euh, le muffin à la citrouille, s'il te plaît. Et un grand café. Merci.

— Même chose, lance Benito en sortant son portefeuille.

Zara refuse tout net.

— Occasion spéciale, c'est pour la maison.

— Attends, quoi ? se récrie Benito.

Je crois qu'il plaisante jusqu'à ce que je voie son visage.

— Qui êtes-vous, madame, et qu'avez-vous fait de Zara ? À moins que les muffins ne soient pas bons ? Une mauvaise fournée ?

— Non ! Franchement !

Elle se mord la lèvre.

— Il faut accepter les cadeaux sans rechigner.

— Bon, merci, dit-il. Tu es ma sœur préférée.

Sa *seule* sœur. Elle s'éloigne pour aller servir notre café sans commentaire.

— D'habitude, tu payes, c'est ça ? demandé-je.

Je trouve toujours son comportement étrange.

— C'est normal. Quand on a quatre frères qui adorent les pâtisseries, il faut bien imposer des règles. À elles deux, Zara et Audrey sont proches de la moitié du comté.

— Ça se comprend, dis-je en regardant à nouveau autour de moi. Cet endroit est vraiment fabuleux. Et ce bébé est tellement adorable.

— *Pas* bébé.

La petite fille fait la moue. Elle ne m'apprécie pas beaucoup, apparemment. Ce doit être génétique.

— Je sais que tu es une grande fille, dit Benito.

Puis il fait semblant de tituber sous son poids, provoquant ses grands éclats de rire. Une fois de plus, mes ovaires se manifestent. Même quand Benito était ado, un bad-boy à moto, il n'en était pas moins doux. Je n'ai jamais eu beaucoup de mal à l'imaginer avec des enfants.

Décidément, je suis dans le pétrin.

Zara pose deux tasses pleines et deux assiettes sur le comptoir.

— On échange, dit-elle en tendant les bras à sa fille. Je dois monter la confier à Alec.

— Maman ne fait pas de baby-sitting aujourd'hui ?

— Plus tard. Elle est chez le coiffeur.

Zara prend sa fille et quitte la boutique.

Je la regarde partir, un million de questions en tête. Comment se fait-il qu'elle soit encore si belle ? Quel homme roux est le père de son bébé ? Et comment sont-ils tous devenus des adultes responsables, propriétaires de café et de bar, alors que moi, je galère encore dans mon premier emploi après la sortie de la fac ?

Ce retour dans le passé me fait tout drôle.

Benito emporte nos achats appétissants sur un joli petit canapé devant une table en marbre. En allant le rejoindre, je passe devant une poutre de soutien qui fait office de tableau noir. Un plaisantin y a écrit une réflexion à la craie : *Si tu aimes quelqu'un, libère-le. S'il revient avec une tasse de café, garde-le.*

Benito s'assied et tapote le coussin à côté de lui. Quand je le rejoins, il passe un bras autour de moi.

— Tu vas bien ?

— Oui. Je suis admirative.

Avec un sourire, il me tend une tasse de café.

— Ça doit te faire bizarre de tous nous revoir. Si tu m'avais demandé, il y a neuf mois, qui était le père de Nicole, je n'aurais pas pu te répondre.

— Je n'aurais pas demandé, dis-je aussitôt. Je ne suis pas indiscrète.

Oh, la menteuse ! Je suis une authentique curieuse.

Il sourit comme s'il pouvait entendre mes pensées.

— Non, je voulais dire que je n'aurais pas pu te le dire parce que je ne savais pas. Zara a eu une aventure avec un sportif professionnel. Ensuite, ils ont pris des chemins différents et ils ne se sont pas revus pendant deux ans. C'était tout un mélodrame. Mais il est revenu l'été dernier, et maintenant, ils sont ensemble.

— Ça alors !

Je mords dans mon muffin avant de gémir.

— Oh, mon Dieu. C'est tellement bon.

— Ça se voit, fait-il en riant.

— Non, vraiment.

Je prends une autre bouchée, tout aussi incroyable.

— Euh, ma chérie, dit Benito en changeant de position sur le canapé. Je suis très excité, là. Si tu continues à faire ce bruit, on va devoir terminer le petit déjeuner tout nus.

— Quoi ? Oh.

Je réprime un frisson en prenant conscience de ce qu'il veut dire. À la bouchée suivante, je parviens à me contenir.

— Écoute, explique Benito en me regardant avec ses grands yeux si chaleureux. Ça m'attriste, mais je dois aller travailler pendant quelques heures. Tu peux rester ici ou remonter chez moi.

Il pose un jeu de clés à côté de mon téléphone, sur la table basse.

— D'accord, dis-je, la bouche pleine de muffin. Tu n'es pas obligé, tu sais, je pourrais, euh…

J'essaie de trouver quelque chose à faire, sans succès.

— S'il te plaît, prends mes clés. Le code de la porte d'entrée, c'est la date d'anniversaire de May Shipley.

Il me la donne.

— Six chiffres. Tu me tiens au courant si tu as des nouvelles de Raye ? Si elle t'envoie un texto, essaie de lui poser des questions. Si je pouvais la trouver et l'interroger, tout cela pourrait bien être éclairci.

— Mais elle n'en a pas envie, objecté-je. De toute façon, je sais qu'elle ne se drogue pas.

Vraiment ? Les profs de yoga peuvent-ils se droguer ?

— C'est de l'herbe ? demandé-je.

Il hausse les épaules, impassible.

— Ben !

— Tu ne veux pas savoir. Je te demande de me faire confiance. C'est possible ?

— Oui.

Je lui ai toujours fait confiance.

— Mais si Rayanne est impliquée, d'une manière ou d'une autre, n'oublie pas que ce n'est peut-être pas son choix.

— Je comprends. Sincèrement. Laisse-moi faire mon travail et la retrouver.

Il avale la dernière bouchée de son muffin, vide son café et se lève.

— Envoie-moi un message quand elle te contactera.

— Ça marche.

— Je ne pourrai certainement pas te répondre tout de suite si je suis en service. Mais écris-moi si tu as besoin de quoi que ce soit. Le mot de passe Wi-Fi du café est *busybean*. Chez moi, tu le trouveras sur un autocollant, sous la box. Si tu as des questions sur mon appartement, demande à Zara. Elle y a vécu l'été dernier.

— Merci. J'y penserai.

Mais c'est un mensonge. Même si je me noyais, je ne demanderais pas à Zara un canot de sauvetage. Elle risquerait de m'écraser avec.

Benito m'embrasse sur le dessus de la tête.

— Passe un bon moment. Je serai de retour à temps pour un déjeuner tardif. Enfin, j'espère.

— Ça va aller.

J'agite la main, dans un geste un peu maladroit, puis je lui reluque les fesses alors qu'il s'éloigne. Vraiment, les jeans lui vont à merveille.

Ah, là là. Même si le sexe, ce n'est pas mon truc, je peux quand même profiter de la vue.

Je termine mon excellent café. Zara est peut-être une peste, mais elle sait faire du bon café. Sur la table, je découvre une édition quotidienne du *Colebury Standard*. Comme je n'ai rien d'autre à faire, je le prends, m'installe sur le canapé et le feuillette.

Pour un canard local, ce n'est pas mal. Je commence à devenir une experte de la presse. Cette année, j'ai envoyé mon CV à tous les médias de New York et du New Jersey, dans l'espoir de trouver un meilleur poste. J'adorerais travailler pour un journal local en difficulté, à condition qu'on me laisse réaliser de vrais reportages.

Pour être honnête, je déteste faire la circulation et la météo en décolleté. Mais les emplois sont rares et je n'ai pas signé d'articles de premier plan pour prouver ma valeur. Chaque fois que je postule, c'est toujours pourvu en interne. Il est même rare que j'atteigne le stade de l'entretien.

Les actualités régionales de cette semaine sont plutôt sinistres. La une est la suivante : *Douze overdoses en un mois, nouveau record au Vermont.* L'article est accompagné par la photo d'un garçon de ferme souriant, décédé la semaine passée. Il a été retrouvé sur le sol de la salle de bain de ses parents, où il s'était injecté une dose. Il y avait du fentanyl et de l'héroïne dans son sang.

« *Le fentanyl est une substance très mortelle,* déclare le conseiller local en matière de sensibilisation aux drogues, dans une citation. *Même les consommateurs expérimentés présentent un risque élevé de surdose accidentelle.* »

Malheureusement, ce n'est pas la première fois que je lis cette histoire. C'est un fléau national. Les nouveaux usagers deviennent accros aux analgésiques sur ordonnance. Quand ils deviennent trop chers, ils se tournent vers les drogues de rue, comme l'héroïne et le fentanyl – une drogue de synthèse fabriquée en laboratoire et extrêmement forte. Le fentanyl pur est si puissant qu'une dose de la taille d'un grain de poivre suffirait à tuer plusieurs personnes.

Je relis l'article avant de laisser le journal me glisser sur les genoux. Alors, c'est à cela que travaille Benito ? C'est ce que fait Jimmy Gage en ce moment ?

Au même moment, le téléphone à carte émet un tintement à l'intérieur de mon sac et je bondis. Je ne m'y habituerai jamais.

Je viens au rapport. Rien à signaler, écrit Rayanne.

Eh bien, voilà qui est décevant. Je risque bien de rester plantée ici pendant des jours, à ce rythme. *Tu dois me dire ce que tu fais,* je réponds. *Benito pense que tu es peut-être impliquée dans une situation grave. Si tu t'expliquais, il ne chercherait pas à te retrouver.*

Sa réponse ne se fait pas attendre.

Bien essayé. Mais on fait ça à ma façon. Je ne fais confiance à personne.

Même pas à moi ? je demande. C'est mesquin.

J'ai confiance en ton affection. Mais tu penses que je suis une ratée, comme tout le monde. Si je te racontais toute l'histoire, tu irais tout cafter au Flic Canon et ça me ferait tuer. Je sais ce que je fais et je n'ai pas le temps d'écouter tes objections.

Zut, alors. Pour une fois, je n'ai rien à répondre. *Ça ne me plaît pas du tout. Sois prudente.*

Promis. Raffie ?

Oui ?

Alors, vous l'avez fait ? Il est doué ?

Et maintenant, je suis mortifiée, car Benito va forcément voir ce message. Quand bien même, je ne saurais pas quoi répondre. Parce que la vérité, c'est qu'il y a eu un rapprochement avant que je ne me défile. *Je ne vois pas du tout de quoi tu parles*, je réponds.

Elle m'envoie un émoji d'aubergine. Et un autre, un visage hilare. Rayanne est terrible. Mais c'est ma seule famille.

Maintenant, je suis de mauvaise humeur, et ma mauvaise humeur exige une deuxième tasse de café. Je sors un billet de cinq dollars de mon portefeuille, laissant mon sac à main sur le canapé. Je ne ferais jamais cela à New York, mais les sept autres clients du *Busy Bean* sont trop occupés par leurs propres conversations pour chercher à me voler mon Kate Spade.

Le beau gosse est au comptoir.

— Je peux vous aider ?

— Pourrais-je avoir une tasse de café ? dis-je en glissant mon billet vers lui.

— Bien sûr.

Mais il repousse l'argent.

— Zara a dit que vous ne deviez rien payer.

— Pourquoi ?

C'est incompréhensible. Il hausse les épaules.

— Profitez-en, car c'est la première fois que je reçois cette instruction.

Il remplit ma tasse avec un sourire.

Je ne comprends pas pourquoi Zara tient soudain à m'offrir mon café. Décidément, c'est très bizarre.

Mais j'ai d'autres mystères à résoudre. Je retourne donc à ma place pour siroter mon café tout en réfléchissant à Jimmy Gage. Depuis mon siège confortable, dans le café le plus douillet du monde, je peux le considérer comme une énigme à élucider et non comme la terreur de ma vie passée.

L'ennui, c'est qu'avec mes douze ans d'absence, je manque de données. Je sais qu'il n'est plus policier. Rayanne m'a dit qu'il avait perdu son poste il y a deux ans, quand le chef de la police de Cole-bury est allé en prison et que le nouveau responsable a fait le ménage. Elle ne m'en a pas dit plus, car elle sait que je n'aime pas entendre parler de lui, mais elle a pensé que j'aimerais savoir qu'il avait été viré.

Elle avait raison. Ça m'a fait plaisir. Or maintenant, je regrette de ne pas lui avoir posé plus de questions.

C'est une mission pour l'inspecteur Google.

Je sors mon téléphone, mais une recherche sur son nom n'est pas très éclairante. Il n'y a qu'une seule ligne qui mentionne son départ des forces de police. Et quand je cherche son nom dans le département-ment correctionnel du Vermont, je n'ai rien trouvé. Il n'a donc jamais été incarcéré.

Si j'avais mon ordinateur du bureau, je pourrais effectuer une véri-fication de ses antécédents. Mais à cause de McCracken, je ne l'ai pas.

Tout ce que je trouve, ce sont des articles en ligne sur le problème de fentanyl en Nouvelle-Angleterre. Il y en a beaucoup et je passe les deux heures suivantes à me renseigner sur le flux de drogues en provenance des grandes villes de la côte est. Les dealers l'acheminent dans le Massachusetts, le New Hampshire et le Vermont, faisant la tournée des petites villes comme un groupe de rock à petit budget qui se produirait dans des clubs modestes de province. En infiltrant la drogue en zone rurale, les dealers peuvent faire payer deux ou trois fois plus cher que dans les rues d'une grande ville.

Peut-être Jimmy Gage y a-t-il vu une opportunité commerciale ? Un ex-flic doit bien connaître tous les voyous de la région. Même sans son badge, ils pourraient encore avoir peur de lui.

Ce ne sont que des spéculations, bien sûr, mais cet homme est capable de *tout*. Et il y a trop de morts à déplorer dans le journal du coin.

Je me lève, vide mon café froid et enfile l'épaisse chemise molle-tonnée de Benito. Il est temps de faire une promenade.

— Besoin de quelque chose ? me demande Zara quand je lui rapporte ma tasse et mon assiette. Tu peux rester aussi longtemps que tu voudras.

— C'est gentil, lui dis-je avec un sourire méfiant.

J'aime croire que tout le monde peut grandir et changer, mais cette fille me détestait vraiment, à l'époque.

— Je sors me dégourdir les jambes.

— Amuse-toi bien, dit-elle d'un ton amical.

Je ne lui fais pas confiance.

Dehors, je traverse le parking et monte au pas de course ranger mon sac dans l'appartement de Benito. Puis je mets mon portefeuille et ses clés dans ma poche et je ressors.

Je gravis la côte, comme la veille au soir. La perspective d'entrer dans la maison saccagée de Rayanne me paraît moins effrayante sous le soleil de mars.

Quand j'y arrive, la clé se trouve toujours sous la statue de Bouddha, comme elle l'avait dit. J'ouvre la porte.

— Ohé ! lancé-je avec espoir.

Seul le silence me répond.

J'entre, referme la porte derrière moi et pose les yeux sur le désordre. C'est surprenant de voir les affaires de ma demi-sœur éparpillées au sol. Mais Rayanne n'a pas grand-chose, il ne me faudra pas longtemps pour tout nettoyer. Je fais le tour du salon et range tous les magazines sur la table basse. Les tapis et les briques de yoga s'empilent facilement.

La seule chose cassée dans la pièce est un diffuseur d'huiles essentielles. Elle devra le remplacer. Je prends le temps de ranger ses livres, de les mettre en ordre sur les étagères. Leurs couvertures mettent en scène des yogis aux visages calmes et éclairés. Personnellement, je les trouve un peu hautains. Peu importe.

J'évolue avec tendresse dans la maison, rangeant les affaires de Rayanne tout en glanant des indices. Où se trouve ma demi-sœur, qui a fouillé sa maison, et pourquoi voulait-elle ce kayak ?

À l'étage, dans la chambre de Rayanne, le sol est jonché de vêtements et les tiroirs sont tous ouverts. Mais je ne range pas, soudain intéressée par un objet sur la commode. C'est un ordinateur portable. Je tape sur le clavier et l'écran s'éveille. Il n'est même pas protégé par un mot de passe.

Benito semble penser que Rayanne pourrait tremper dans des affaires louches. Alors, sérieusement ? Pas de mot de passe ?

Là, debout dans sa chambre sens dessus dessous, j'ouvre le navigateur. Une carte de l'État du Vermont apparaît. Si j'étais kayakiste, je crois que le lac Champlain serait la destination idéale. Il est immense et permet d'accéder facilement à l'État de New York.

Mais un trafiquant de drogue n'a que faire des belles expéditions. Pour se rendre à New York, on peut passer par un pont ou prendre le ferry. Et j'imagine que l'on peut dissimuler des quantités moindres dans un kayak que dans une voiture.

J'aimerais vraiment croire que Rayanne est innocente. Mais qui sort faire du bateau par dix degrés ? J'admets que ce n'est pas à exclure.

L'abruti qui a saccagé cette maison a renversé les ordures de Rayanne sur le sol de la cuisine. Apparemment, ma sœur aime le kimchi, les bananes et les tortillas au blé entier. Ça sent déjà mauvais. Je ramasse les détritus et les fourre dans un nouveau sac poubelle, que j'emporte au-dehors par la porte de derrière.

Là, je jette un œil au garage. Il y a un pick-up garé, tourné vers la route. Mais il n'y a pas de place pour les ordures. En me retournant, je repère deux poubelles en métal contre le mur arrière de la maison. L'une d'elles est déjà débordante et dégage une odeur nauséabonde. Mais l'autre est vide, à l'exception d'une boîte en carton tout au fond. Avant que je puisse y déposer les déchets, la photo sur la boîte attire mon attention.

Je sors le carton de la poubelle. On se croirait dans un reportage d'enquête. Puis je jette mon sac avant de m'intéresser aux mots sur la boîte. C'est l'emballage d'une petite caméra d'action, du genre que l'on peut attacher à un casque. La boîte très enthousiaste en décrit tous les usages possibles. *Ski ! Bateau ! Où que la vie vous emmène !*

La caméra est étanche et livrée avec une sangle et une attache pour casque. *Intéressant.* Maintenant, Rayanne possède une embarcation et une caméra de sport. Soit elle laisse tomber le yoga pour tourner des vidéos de rafting, soit elle souhaite filmer tout autre chose…

Des coups contre une porte m'arrêtent net. Trois coups, lointains et étouffés, probablement sur la porte d'entrée de Rayanne.

— Raye ! lance une voix rauque. Tu es là ?

Il ne serait pas exagéré de dire que je suis soudain pétrifiée de peur. Parce que cette voix appartient à Jimmy Gage. Et j'ai eu la bêtise de lui laisser la porte d'entrée ouverte.

Plus tard, je me rendrai compte qu'en m'élançant vers l'arrière de la propriété, je serais sortie de là plus rapidement. Mais j'ai retrouvé mes seize ans et je suis terrorisée, comme un lapin qui essaie d'échapper au loup, recroquevillée contre le mur extérieur, agrippée au carton de la caméra.

Ma seule initiative, c'est de m'accroupir pour éviter que l'on m'aperçoive par la fenêtre de la cuisine.

— Eh, Rayanne ? Où tu es ?

Mon corps est à la fois brûlant et glacé alors que sa voix progresse dans ma direction. J'entends ses pas sur le sol de la cuisine. Je ne pourrais pas respirer, même si je le voulais.

— Sparks, elle n'est pas là, lance-t-il, atrocement proche de moi.

Seul le mur nous sépare.

— Tout est nickel. Pourquoi tu voulais savoir ? ajoute-t-il.

La terreur s'insinue dans ma colonne vertébrale et j'en ai la nausée. Combien y a-t-il de personnes dans la maison de Rayanne ?

Il me faut une minute de plus pour comprendre qu'il est au téléphone.

— Elle n'est pas chez elle. Son pick-up est dans le garage. Ses copains hippies l'ont peut-être emmenée à une retraite de yoga. Mais depuis quand tu poses des questions, connard ? Ma gamine est une girouette, mais *toi*, tu es un connard qui fourre son nez partout. Fais ton boulot et garde ces putains de journaux à distance. Tu me fais perdre mon temps, tu sais ?

La porte de derrière s'ouvre en grinçant, puis se referme aussitôt. Je sursaute comme la jeune vierge effarouchée d'un film d'horreur.

La voix de Gage est moins forte, à présent, comme s'il se détournait de moi.

— Bon, je vais manger, et après…

Je perds le fil de sa conversation, mais j'ai le cœur dans la gorge. J'espère qu'il va s'en aller.

J'attends, mon pouls grondant à mes oreilles. Mais Jimmy Gage ne réapparaît pas à la porte ni nulle part dans le jardin. Un peu plus tard, j'entends une voiture démarrer et s'éloigner, mais je ne regarde pas. Même si on me payait, je ne bougerais pas d'ici.

Le silence retombe, plus pesant que jamais. Bientôt, d'autres bruits lui succèdent dans le quartier. J'entends deux joggeurs bavarder en passant, un vrombissement de camion. Gage est parti, mais il me faut encore un moment pour bouger. Toujours accroupie, je rejoins un pan de mur dépourvu de fenêtres et me lève. Les jambes encore flageolantes, je me précipite vers la limite du terrain. Une haie de pins dissimule la maison voisine. Je reviens au pas de course et descends l'allée pour arriver sur le trottoir.

Là, je ralentis le pas et j'essaie de raisonner plus intelligemment. Je m'éloigne sans avoir où aller. Je me sens trop exposée. J'allume alors mon téléphone et j'envoie un message à Benito, les doigts tremblants. *Appelle-moi quand tu peux.*

Je donnerais n'importe quoi pour retrouver cette vieille chaise longue dans les bois et poser ma tête sur son épaule – le seul endroit de tout le Vermont où je me sois jamais sentie en sécurité.

14

BENITO

Je suis assis à l'arrière d'un pick-up, entouré de matériel de toiture. Le véhicule est garé sur un parking désert à côté d'une ancienne grande surface aujourd'hui disparue, dans une ville du Vermont qui a connu des jours meilleurs. Je bois un café en attendant que le dealer arrive.

Il a cinq minutes de retard, peut-être parce qu'il a dû se garer et prendre une dose pour tenir.

Je peux attendre. Je suis très patient.

Au bout de dix minutes, une voiture cabossée se dirige vers moi. Mon pouls augmente d'un cran, mais je n'en laisse rien paraître. J'ai déjà fait ça des dizaines de fois et je suis paré à toute éventualité.

Il y a deux hommes dans la voiture, un de plus que je n'espérais en voir. Le passager sort. C'est l'individu que j'attendais. Ce n'est pas si bizarre. Je regarde l'autre homme sans sourciller.

Blanc. La trentaine. Une barbe en bataille. Une casquette des Patriots.

Je termine mon café à l'approche du dealer. Comme si de rien n'était.

— J'ai cru que tu allais me poser un lapin, dis-je posément. Mon café est fini et j'ai besoin de quelque chose d'un peu plus fort.

Le maigrichon m'adresse un petit sourire.

— Montre-moi ce que tu as.

Je sors un billet de vingt dollars de la poche de ma chemise en flanelle.

— Voilà.

Il me l'enlève des doigts, un curieux rictus aux lèvres. C'est le premier signe que quelque chose ne va pas.

Mes sens s'emballent immédiatement. J'ai une conscience aiguë de tout ce qui m'entoure. L'autre homme dans la voiture n'a pas coupé le moteur, et maintenant, je constate que son bruit de fond change. Comme s'il venait de passer une vitesse.

— Tu vas m'en donner, oui ou non ? demandé-je.

— Voilà ce qui va se passer, dit le dealer. Tends lentement la main vers ton portefeuille. Donne-le-moi.

— Oh, pitié, soupiré-je.

Cet abruti vient d'allonger la durée de son futur séjour en prison.

— Et si je refuse ?

— Tu vas le faire.

Il soulève légèrement sa veste pour me montrer un pistolet pointé sur moi.

— Seigneur !

L'arme vient d'ajouter des années à sa future condamnation.

— Peut-être que tu ne devrais pas braquer ce truc sur moi pendant que je prends mon portefeuille…

— Alors, fais-le tout de suite. À une seule main, ajoute-t-il.

— D'accord. Prends tout mon portefeuille, je n'ai pas envie de passer la journée avec ton arme pointée sur…

— *Les mains en l'air ! Police du Vermont !* s'écrie mon équipe en surgissant de sa cachette, la vitrine désaffectée. *Au sol ! Les mains au-dessus de la tête.*

À la seconde où il se tourne en direction du mégaphone, je donne un coup de pied dans les noix de mon agresseur. Il tombe comme un arbre arraché par une tempête.

C'est alors que son ami écrase l'accélérateur pour tenter de s'enfuir.

Mes gars laissent la voiture s'éloigner avant de tirer sur un pneu. Pendant ce temps, je passe les menottes à l'auteur du délit qui se tient l'entrejambe, recroquevillé sur l'asphalte froid.

Il a une bonne raison de gémir. Non content de vendre de la drogue à un représentant de la loi, il s'est rendu coupable de vol à main armée.

— Tu vas bien ? me demande un adjoint.

— Oui, allez le chercher.

J'ai connu des matinées moins fructueuses. En tant que membre du groupe de travail sur la question de la drogue au Vermont, je me rends fréquemment dans les villes de l'État pour faire tomber de petits délinquants. Ces deux-là vont être arrêtés. Ils subiront un interrogatoire approfondi pour savoir s'ils peuvent nous fournir des informations sur les plus gros bonnets de leur organisation.

Quand on fait appel à une telle équipe pour un coup de filet, on espère faire avancer les choses. Le fournisseur de ce type nous intéresse bien plus que lui.

C'est le jeu. De modestes arrestations suivies d'un tas de questions, et rebelote. On remonte ainsi la chaîne jusqu'à arriver au type qui approvisionne tout le Vermont.

Ce type, c'est Jimmy Gage. Je suis sur le point d'obtenir des preuves irréfutables. Ce n'est plus qu'une question de temps.

On fait monter les deux délinquants à l'arrière de deux fourgons de police différents à destination du poste. J'ai fini pour le moment. Je me débarrasse de mon micro et de la caméra dissimulée dans le pick-up. Après quelques poignées de mains, je m'en vais.

Il y aura de la paperasserie.

Mais d'abord, il est temps de jeter un œil à un autre projet.

———

CETTE FOIS, c'est plus difficile.

— Apportez-moi des preuves, aboie le chef de la police de Colebury sous sa moustache indisciplinée. Si vous n'avez pas de vidéo, le procureur ne pourra pas monter de dossier. Et si vous ne pouvez pas monter de dossier, alors vous faites perdre son temps à mon officier.

Je le sais. Et il sait que je le sais. Mais cette vieille tête de mule refuse de me donner plus d'effectifs. Je ne travaille pas pour la ville, mais pour l'État. Mon travail consiste à prêter main-forte à des gars comme Lewis pour l'aider à endiguer la circulation des drogues dans leur comté. Mais il faut être deux pour coopérer.

Et certains sont plus coopératifs que d'autres.

— Je vais obtenir cette vidéo, dis-je prudemment. Mais je l'aurai plus vite si vous me donnez Nelligan à plein temps.

— Je ne peux pas, répond-il immédiatement. Vous ne pouvez pas voler mon officier pour travailler sur une affaire dans un autre comté.

Je sens la moutarde me monter au nez. *Attention*, m'intimé-je. Mon tempérament me jouait des tours, quand j'étais plus jeune. Mais maintenant, je réussis à garder mon sang-froid quand des types comme Lewis ne font pas ce qu'il faut. Bon sang, cet homme est aveugle.

Nous savons tous deux que Gage enfreint la loi, ici même, à Colebury. Ce n'est pas parce qu'il récupère sa drogue à quatre-vingts kilomètres au nord que j'abuse des ressources du comté.

— Je cherche à démanteler le réseau de trafiquants de Colebury, dis-je résolument. Il fait passer en douce des produits mortels, ici dans votre ville. Je pourrais l'arrêter plus rapidement avec votre aide.

Il hausse les épaules avec indifférence.

— Même si vous pincez Gage, une semaine après, il y aura de nouvelles têtes et l'héroïne circulera à nouveau dans nos rues. Les abrutis qui font la queue pour acheter cette merde et se l'injecter dans les veines ne manqueront à personne.

Et voilà la raison pour laquelle il s'en fiche. Les forces de l'ordre devraient considérer la dépendance aux opiacés comme une maladie, non comme une faiblesse morale. Mais certains d'entre eux en sont incapables. Ils pensent que les usagers méritent ce qui leur arrive.

Je ne peux pas le forcer. Alors, j'essaie une autre approche.

— Une fille de Colebury a disparu. Je pense qu'il se trame quelque chose dans l'organisation.

Lewis hoche la tête.

— Si une disparition est déclarée, Nelligan enquêtera. Tenez-moi au courant. Et faites-moi savoir si votre caméra repère un habitant de Colebury aux abords de ce lac. On fouillera sa maison et on mettra son téléphone et toute sa vie sur écoute. En attendant, bonne chance à vous.

Merde. J'ai envie de casser quelque chose. Au lieu de quoi, je réponds :

— Merci, monsieur.

C'est ma seule option. Je n'ai aucun moyen de pression sur cet homme. Je suis trop neuf dans le métier et mon affaire est encore en cours.

Furieux, je quitte le bureau.

Mon travail est compliqué. Et depuis hier soir, ma vie aussi. Quelque chose au moins va trouver une conclusion prochaine. Mais pour l'instant, c'est l'heure du déjeuner.

Je consulte mes messages. Skye me demande de la rappeler. *Je suis dispo maintenant. Je t'emmène déjeuner ?*

Sa réponse est presque immédiate. *Tu viens me chercher ?* demande-t-elle. *Je suis en haut de la colline, à Colebury.*

Bien sûr. Où ça ?

Elle saisit aussitôt sa réponse. *Il y a une rue qui passe derrière celle de Rayanne. J'y suis.*

C'est un choix étrange. Mais peut-être a-t-elle fait une promenade ? *J'arrive dans deux minutes*, lui dis-je. Colebury est une petite ville.

Quand j'arrive devant une aire de jeu, dans un petit parc de quartier, je la vois assise sur un bac, le dos tourné à la rue. Sa tête pivote à mon approche.

Une fois de plus, je suis terrassé. Ça me fait un choc de la revoir. J'ai si souvent fait ce rêve, imaginant lever les yeux pour enfin voir son visage.

Il y a dix ans, quand la douleur était encore fraîche, je me surprenais à la chercher dans la foule. Je me demandais constamment où elle était, ce qu'elle faisait. Je voulais savoir si elle avait des amis, s'il lui arrivait de penser à son année difficile dans le Vermont.

Je retrouve cet état de flottement, alors que Skye approche rapidement de la voiture sur ses longues jambes. Elle se glisse sur le siège passager et claque la portière.

— Merci, dit-elle dans un soupir.

— Ce n'est rien. Ça te tente, des burritos ?

— Je l'ai vu.

— Qui ?

Il me faut une fraction de seconde, mais d'un seul coup, je comprends.

— Sérieusement ? Tu as vu Gage ?

— Enfin, je l'ai *entendu*. J'étais chez Rayanne, je jetais un œil. Je suis sortie par la porte de derrière pour mettre quelque chose à la poubelle. Et il est entré par devant, en parlant au téléphone. J'ai entendu sa voix. C'était bien lui. Je l'ai reconnu.

Elle a des trémolos dans la voix.

— D'accord, dis-je.

Je me gare et passe au point mort.

— Tu vas bien ?

Elle déglutit.

— Oui. Bien sûr.

Toujours cette sempiternelle réponse. Quand je la regarde plus attentivement, elle est trop pâle.

— Respire, ma chérie. Je peux prendre des plats à emporter et te ramener à la maison ?

Elle hoche vivement la tête.

— D'accord.

Je serre sa main dans la mienne.

— As-tu une idée de ce que Gage faisait chez Rayanne ? demandé-je.

— Il la cherche. Il a dit à la personne à l'autre bout du fil que c'était une girouette et qu'elle était peut-être partie pour le week-end.

Je digère cette information pendant une minute. Je n'arrive toujours pas à comprendre en quoi Rayanne est impliquée. Mais si Gage ne sait pas où elle est, peut-être est-elle moins mouillée que je le pensais.

À moins qu'elle essaie de lui échapper.

— Mon Dieu, j'ai horreur de me sentir comme ça. C'est comme si... fait-elle d'une voix étranglée. J'ai entendu sa voix et j'ai eu l'impression d'avoir à nouveau seize ans et de me cacher dans ma chambre. C'est pour *ça* que je ne reviens pas dans le Vermont.

Tout ce que je peux faire, c'est tendre la main par-dessus la boîte de vitesse pour lui prendre l'autre main aussi.

— J'ai compris, dis-je.

Elle garde le silence pendant un moment.

— Je suis tellement *furieuse*. Je ne m'y attendais pas du tout. Toute cette rage.

Elle ne veut pas me regarder, se tourne vers la vitre.

Quant à moi, j'ai du mal à respirer. Parce que c'est un tour cruel du destin. Je l'ai retrouvée et le même type malfaisant se dresse toujours entre Skye et moi, entre Skye et le bonheur.

— Je vais l'avoir.

C'est une promesse que je lui fais.

— Je vais l'enfermer. Pour Zara et pour toi, et tous ceux à qui il a fait du mal.

Elle laisse échapper un souffle tremblant.

— Il était sorti de ma vie jusqu'à ce que je revienne.

Mon estomac se noue.

— Tu peux prendre le train pour New York dès ce soir. Je retrouverai la Jeep et Rayanne.

Je fais de nombreuses promesses, en ce moment, mais je les pense sincèrement.

— Tu peux rentrer chez toi.

Elle tourne le menton pour me regarder, les yeux flamboyants de colère.

— Je veux la voir. Et je veux t'aider à la retrouver.

— Tu ne peux pas m'aider.

C'est le moins qu'on puisse dire.

— Mais tu peux rester aussi longtemps que tu le souhaites. Viens, on va déjeuner et régler quelques détails.

— D'accord, dit-elle avec un petit sourire. Tu es quelqu'un de bien, Benito, le meilleur. Je le jure devant Dieu.

Ce n'est pas vrai. Mais ça fait toujours plaisir.

15

SKYE

Ben s'arrête devant un fourgon restaurant, au bord de la route, du nom de *Sally's Soups*. Je m'agite sur le siège avant pendant les six minutes qu'il passe hors de la voiture.

Calme-toi, m'ordonné-je, en vain. Tant que je n'avais pas entendu la voix de Gage, je pouvais me convaincre que Rayanne était une reine du mélodrame qui avait volontairement pourri mon week-end.

Il n'a fallu que soixante secondes de terreur pour me rappeler que certaines personnes dans le monde avaient la capacité de me glacer de peur.

— Eh.

La voix de Benito est douce lorsqu'il se glisse sur le siège du conducteur et me tend un sac chaud.

— Tiens ça pendant une dizaine de minutes. Ensuite, tu pourras choisir entre une chaudrée de palourdes et une tortilla au poulet.

En fin de compte, une fois sur le canapé de Benito, nous partageons les deux plats. Il y a aussi des petits pains frais et du beurre. Après avoir mangé, je me sens presque ragaillardie.

— Ça va mieux ? me demande-t-il en me tendant une tasse de thé à la menthe poivrée.

— Oui.

Sa présence me réconforte plus encore que la soupe. Je ne le lui dis pas, mais c'est vrai. Il a toujours su me donner un sentiment de sécurité, même au fond des bois, dans la brise hivernale.

Les briques et les planchers rutilants de son appartement sont à des lustres de notre ancien point de rencontre. Les murs me semblent impénétrables, même si c'est grâce au policier sexy à côté de moi que je me sens bien, plutôt qu'au verrou de sa porte.

— J'ai besoin de te poser quelques questions, dit-il. À propos de la conversation que tu as entendue.

— Bien sûr.

— Sais-tu à qui Gage parlait ? A-t-il prononcé un nom ?

— Euh, j'ai l'impression, mais…

J'étais tellement terrifiée que je n'ai pas compris grand-chose.

— Je n'essayais pas d'écouter aux portes.

Ben me fait un sourire.

— Je comprends. Dis-moi juste quelle intonation il employait. Il t'a paru joyeux ? Furieux ?

— Grognon, dis-je lentement. Comme s'il ronchonnait. Comme s'il parlait à un subordonné.

Bientôt, ça me revient.

— Le type posait des questions sur Rayanne et Gage n'aimait pas ça. Il lui disait de s'occuper de ses oignons et de revenir à ce que Gage lui demandait de faire.

— Et le nom ? insiste Benito. Était-il long ou court ?

— Non, pas long. C'est…

Je me creuse la tête.

— Une seule syllabe. Pas *Mark*, mais quelque chose de ce genre, une sonorité sèche.

— Est-ce que… ça pourrait être Sparks ?

Le souvenir me revient et je tourne vivement la tête.

— Oui. Sparks. Comment le sais-tu ?

— Une intuition.

Benito me prend la main et la serre.

— Donc Sparks posait des questions à Gage sur Rayanne ?

— On aurait dit qu'il voulait savoir où elle était. Mais Gage essayait de le faire taire. C'est ce qu'il m'a semblé, en tout cas.

Je rapporte à Benito ce dont je me souviens de la conversation, à savoir pas grand-chose. Puis je lui parle de mon échange de textos avec Rayanne.

Il écoute tout en me caressant la main. Même après que j'ai fini de parler, ses longs doigts se pressent contre les miens et son pouce glisse tendrement sur le dos de ma main.

Je n'aime peut-être pas le sexe, mais se tenir la main, c'est génial.

Quand je me tourne vers Benito, il a un regard distant. Il n'est pas concentré sur moi. Il réfléchit.

— C'est mauvais signe que Rayanne ne me demande pas de l'aider, dit-il enfin. Si elle essaie de ne pas se faire tuer, elle pourrait s'y prendre autrement.

— Je sais, acquiescé-je piteusement. Elle a peur de quelque chose. Est-ce que Gage mettrait en danger sa propre fille ?

— Peut-être, si ça peut lui permettre d'éviter la prison. À moins qu'elle ait peur de quelqu'un d'autre. Sparks, par exemple, dit Benito. Je peux voir les messages qu'elle t'a envoyés ?

J'hésite.

— Tu veux l'aider, n'est-ce pas ? Je ne te le demanderais pas si je ne pensais pas que c'est important.

Je lui ai déjà tout dit, sauf la dernière partie…

— Skye, chuchote-t-il. Tu dois m'aider un peu.

Je plonge la main dans mon sac et lui tends le téléphone. Il ouvre les messages et retrouve la conversation, puis il part d'un grand éclat de rire.

Mon visage est rouge vif.

— Arrête, d'accord ?

— Ta demi-sœur a des problèmes avec les limites.

— J'ai remarqué.

Il laisse tomber le téléphone dans mon sac et me sourit.

— Tu n'as pas répondu à sa question.

— Ça ne te regarde pas.

— Pourquoi demande-t-elle ça ?

Ses grands yeux marron sont rivés aux miens.

Parce qu'elle sait que tu es mon plus grand regret. Bien sûr, je ne vais pas l'admettre.

— Parce qu'elle est curieuse.

Benito se penche en avant. Il glisse un bras sous mes genoux et me soulève sur les siens comme si j'étais en apesanteur, un petit brin de femme et non une grande liane de deux mètres. Des bras forts s'enroulent autour de mon corps et des lèvres chaudes se posent sous mon menton.

J'ai la chair de poule partout. Dans le bon sens du terme, rien à voir avec ce que j'ai ressenti tout à l'heure, cachée près des poubelles.

— Tu peux le lui dire, chuchote-t-il en faisant pleuvoir des baisers sur ma joue. Dis-lui que je vais t'étendre sur mon lit et faire de toi une femme comblée, gémissante et frémissante, dès que j'en aurai l'occasion.

Il embrasse un point sensible sous mon oreille et un petit frisson de nostalgie me saisit.

Enfin, il soupire et enfouit ma tête contre son cou.

— Mais d'abord, je dois retourner au travail.

— Vraiment ?

— Oui. Je dois interroger le connard que j'ai arrêté ce matin. Mon but en ce moment, c'est de me débrouiller pour que l'un de ces types me balance des informations que je puisse utiliser contre Sparks, Gage ou contre quiconque est chargé de l'approvisionnement de la région.

— C'est le fentanyl, n'est-ce pas ? Quelqu'un est en train de tuer des gens.

Comme mon oreille est pressée contre son corps, j'entends son rire en stéréo.

— C'est vrai, tu es une petite journaliste de terrain, n'est-ce pas ?

— Est-ce que je te semble petite ? lui demandé-je en enroulant mes bras autour de son cou.

Je n'aime pas paraître étouffante, mais il vient de dire qu'il allait retourner au travail. Cette idée ne me plaît pas du tout.

— Tu es tout ce que j'ai toujours voulu, dit-il en me caressant les cheveux. Et je n'aime pas devoir partir maintenant. C'est très tentant de rester ici et de commencer notre autre projet.

— Projet ?

— Notre aventure sensuelle ? Notre *sexpérience* ? Appelle ça comme tu voudras.

Il me fait glisser sur le canapé en gémissant.

— Tu n'es pas facile à quitter. Mais je vais le faire quand même, avant que ma queue ne devienne plus dure. À plus tard, ma chérie. Envoie-moi un texto si tu as besoin de quoi que ce soit. Ou appelle-moi ici...

Il sort une carte de visite de son portefeuille et la pose sur la table basse.

— Quelqu'un répondra au téléphone du commissariat et on viendra me chercher dans la salle d'interrogatoire si tu leur dis que c'est important.

— Au revoir, dis-je tout bas, regrettant son départ.

Il jette sa veste sur ses épaules, puis il s'arrête, une main sur la poignée de la porte.

— Tu ne crains rien ici, toute seule. Tu le sais, n'est-ce pas ?

Je hoche la tête en essayant de paraître courageuse.

Son regard s'adoucit.

— Tire le verrou derrière moi, d'accord ?

— Je vais le faire.

— Bon. Et maintenant, va regarder la télévision ou télécharger un livre. Change-toi les idées. Je serai de retour avant que tu t'en rendes compte.

Avec un clin d'œil, il ouvre la porte et disparaît.

———

JE NE REGARDE PAS la télévision et je ne lis pas de roman.

Au lieu de quoi, j'appelle un autre journaliste junior du *New York News and Sports*. C'est mon rival, en quelque sorte. Mais il me doit un service. Tout le monde m'en doit un, d'ailleurs.

— Salut, Hooper, dis-je quand il décroche. C'est Skye.

— Salut !

J'ai l'impression qu'il hurle au téléphone.

— Tu n'es pas au travail ! Et d'habitude, tu es toujours au travail !

C'est vrai.

— Ils m'ont fait prendre deux semaines de congé.

— À ce qu'il paraît. Mais quand même, c'est bizarre. C'est de la folie ici, sans toi. McCracken se plaint de ton absence. Apparemment, personne ne peut jongler comme toi entre les scripts et le café, tu lui manques.

Je me hérisse.

— Je suis sûre que tu pourrais, toi aussi, si tu t'y mettais.

— Je *plaisante*, Skye, répond-il en riant. Mais reviens vite, d'accord ? C'est moins pire quand il y a deux chiens au lieu d'un seul pour encaisser les coups de pied.

Je n'en doute pas un seul instant.

— Rends-moi un service. Tu pourrais faire une recherche sur un habitant du Vermont du nom de Sparks ? Je suis intéressée par les dossiers d'arrestation, les condamnations, ce genre de choses.

— Sparks. C'est tout ? Pas de prénom ?

— Non.

J'aurais dû essayer de le soutirer à Benito.

— Tu penses que c'est courant comme nom ?

Il soupire.

— Tu n'as pas idée de tout ce que j'ai à faire aujourd'hui.

— Ça ne te prendra que cinq minutes, insisté-je.

— Qu'est-ce que j'y gagne ?

Pour le coup, je reste sans voix.

— Tu te moques de moi là ? Je t'ai sauvé les miches la semaine dernière en faisant des recherches pour toi à *minuit*. Ne joue pas à ça.

Il y a un silence et je me sens gênée. Je n'ai pas l'habitude de me défendre au travail. Mais en ce moment, mes émotions sont mises à rude épreuve, et je suis à cran. J'ai beaucoup moins de patience que d'habitude pour ce genre de bêtises.

— Écoute, dit-il. Je vais chercher ton gars. Mais tout ce que tu m'as donné, c'est un nom de famille. Tu sais qu'on ne me laisse même pas faire le point sur la circulation pendant ton absence ?

Hmm. C'est intéressant.

— Qui s'occupe de la circulation et de la météo ?

— Smythe.

— Oh.

Smythe est plus doué que Hooper. Ce dernier ne travaillera pas devant la caméra tant qu'il n'aura pas de lentilles de contact, une meilleure coupe de cheveux et une hygiène personnelle moins douteuse.

— Allez, si ça se trouve, la semaine prochaine, toi aussi tu dessineras un pénis à l'antenne. Merci pour ce coup de main, dis-je avec détermination.

— C'est ça, grogne-t-il.

Comme si je devais culpabiliser de faire appel à lui. Mais Hooper a pris dix jours aux dernières vacances et j'ai assuré tout son boulot sans me plaindre.

C'était peut-être une erreur.

Par moments, je déteste les autres. Vraiment.

Nous raccrochons et je poursuis mes recherches sur l'hécatombe d'overdoses. Ça me permet de ne pas penser à Rayanne. C'est déjà ça. Je consulte son téléphone toutes les cinq minutes environ, histoire de m'assurer qu'elle n'a pas envoyé de texto.

Vers dix-neuf heures, on frappe à la porte de Benito. Des picotements électriques me remontent des pieds à la tête. Une seule frayeur et voilà que je me change en vraie poule mouillée.

— Skylar ? fait une voix.

L'intonation ne me dit rien, mais c'est une voix féminine.

Je me dirige vers le judas et jette un œil à travers. De l'autre côté se tient une grande et jolie femme aux cheveux noirs, qui tient une assiette à la main.

Toute penaude, j'ouvre la porte.

— Bonjour. Excusez-moi. J'étais…

Terrée dans un coin.

Elle me sourit.

— Je suis May Shipley. J'habite à l'étage.

— May Shipley ?

Waouh, c'est une femme grande et souriante. Pas la brindille dont je me souviens, la fillette agenouillée dans l'herbe à cueillir des pommes. Je secoue la tête.

— Entre. Excuse-moi, tu as tellement changé. Je t'ai rencontrée une fois il y a longtemps, dans le verger de tes parents.

— Oui, je m'en souviens. Mais on ne s'est pas parlé. Tu étais vraiment très belle et j'avais un peu peur de toi.

J'ouvre la bouche, mais reste sans voix. Cela n'a aucun sens.

— C'est vrai, dit May avec un sourire amical. Je peux te donner ça ?

Elle tend l'assiette.

— Benito vient d'appeler pour me dire qu'il est coincé au travail et que tu étais seule ici.

Je prends l'assiette, garnie de spaghettis et de boulettes de viande. J'ai l'eau à la bouche quand le fumet appétissant de la sauce tomate maison me monte aux narines.

— On t'aurait invitée à dîner plus tôt, mais on ne savait pas que tu étais là. Tu as mangé ?

— Non ! Waouh. Ça a l'air vraiment délicieux. Merci. C'est gentil.

C'est vrai. L'ennui, c'est que maintenant, je lui suis redevable. Je n'aime pas devoir quelque chose à quelqu'un. Malgré ça, je prends une fourchette dans le tiroir de Benito.

— Je peux, euh… t'offrir un verre de…

J'ouvre le réfrigérateur de Benito.

— Il n'y a absolument rien là-dedans, sauf une bouteille de vin à moitié vide et un bocal de moutarde. C'est un réfrigérateur déprimant de célibataire.

May pouffe et s'empare d'un tabouret de bar.

— Je n'ai besoin de rien, et je ne bois pas, de toute façon. Ancienne alcoolique.

— Oh ! dis-je en refermant le frigo. Désolée.

C'est incroyable que May ait eu le temps de grandir, d'abuser de l'alcool et ensuite d'y renoncer, tout cela pendant mon absence. Je me sens comme Rip Van Winkle, ce personnage de littérature qui s'endort pendant vingt ans. Je ne sais pas pourquoi je m'attendais à ce que tout le Vermont soit resté figé dans le temps pendant mon absence.

Elle hausse les épaules.

— Ce n'est rien.

Elle me regarde prendre une bouchée.

— Un délice, bafouillé-je.

Je ne ferais jamais ce plat chez moi et je ne le commanderais pas non plus au restaurant. Il y a bien trop de glucides. La caméra ajoute cinq bons kilos à l'image et les producteurs de *NYNS* sont intraitables quand l'une de leurs vedettes prend du poids.

Mais c'est vraiment trop bon. *Allez, juste une fois*, me dis-je. *Ça passe*. En plus, May ne me quitte pas des yeux.

— Tu dois te demander pourquoi je reste plantée là, dit-elle. Mais on est tous terriblement curieux.

— Curieux ? À mon sujet ?

Elle sourit.

— Bien sûr ! Tu as disparu de la circulation. Tu n'es même pas venue à la dernière semaine de cours. Et Benito avait le *cœur brisé*. Il n'a pas participé à un seul feu de joie cet été-là. Il s'est contenté de tondre les pelouses pour mettre un peu d'argent de côté avant d'être envoyé en mer pour un entraînement militaire. Tout le monde ne parlait que de ça.

J'enfourne des spaghettis dans ma bouche pour ne pas avoir à répondre pendant un moment. Le *cœur brisé*. Fut un temps, quand je suis partie, où j'ai souhaité que Benito ait le cœur brisé. Mais je savais qu'il avait Jill Sullivan pour le tenir au chaud.

Ce souvenir me fait encore mal. Alors, je change de sujet.

— Et qu'est-ce que tu fais, dis-moi, quand tu ne cuisines pas d'excellentes boulettes de viande ?

— Je suis avocate. Et j'aide Alec à monter une autre entreprise. C'est une salle de dégustation et une brasserie qui produit de la bière sans alcool.

Elle se lance dans un récit animé sur les événements qui ont conduit à cette initiative et je continue à manger tout en l'écoutant.

À mon tour, je lui raconte comment je me suis payé mes études en travaillant comme serveuse à New York, squattant le canapé de Tante Jenny.

— Il m'a fallu sept ans pour obtenir mon diplôme. Ça fait maintenant cinq ans que je travaille sur la même chaîne. Tante Jenny a pris sa retraite en Floride, alors au moins, j'ai une chambre à moi. La vie à New York est hors de prix.

Je pense à mon appartement, sombre et silencieux sans moi. Cela dit, ça ne change pas beaucoup. Je ne reçois jamais personne. Je n'ai pas aussi sociable depuis des mois.

— Tu sais, le marché de l'immobilier à Colebury n'est pas aussi florissant qu'avant, dit May. Alec et Zara profitent de la vague d'embourgeoisement dans la vallée. Leurs entreprises donnent envie aux gens d'habiter dans le coin.

— Ce coin de rivière est vraiment sympa, acquiescé-je avant de me rappeler que j'ai horreur du Vermont.

— Je suis bien d'accord, dit May en se levant et s'étirant. Et c'est encore mieux en été. Si tu as besoin de quelque chose, frappe à notre porte à l'étage. Tiens, on devrait se prévoir une soirée tous les quatre. Un de ces jours.

Tous les quatre. À l'entendre, on croirait que je vais rester vivre ici pendant un moment. Une nostalgie inhabituelle s'empare de moi.

— Merci. Ce serait sympa.

Pourtant, je sais très bien que je ne vais pas tarder à retrouver mon bureau à New York. J'ai un travail et une vie là-bas.

Bon, d'accord, c'est un travail au ras des pâquerettes et une vie insipide. Mais je ne vais tout de même pas déménager dans le

Vermont pour la simple raison que tout le monde est soudain plus gentil avec moi.

— Merci pour le dîner, ajouté-je. Je t'en dois une.

Elle balaye ma remarque de la main.

— À bientôt, d'accord ? Peut-être demain, à la soirée d'Audrey et Griff ? Bonne nuit !

Avec un sourire amical, elle se tourne vers la porte.

Je la raccompagne dans le couloir, soudaine pleine de nostalgie et d'inquiétude. Puis je retourne à mon assiette que je termine, raclant jusqu'à la dernière goutte de ce délicieux dîner.

QUELQUES HEURES PLUS TARD, je m'éveille lentement dans la lueur blême de l'aube. Je suis de nouveau dans le lit de Benito. Je m'y suis endormie avec la télé allumée, seule. J'ai réussi à garder les yeux ouverts jusqu'à ce que Raye m'envoie un texto avec son bilan succinct de la soirée. *Je suis toujours là. Rien à signaler.*

J'ai essayé une autre tactique pour lui faire cracher le morceau. *Tu m'as promis un article. Je pourrais y travailler au lieu de me tourner les pouces dans l'appartement de Benito.*

Profites-en, a-t-elle répondu. *Et arrête de faire ta curieuse. Je vois clair dans ton jeu. Tu auras ton article, mais pas avant que ce soit fini. Reste en dehors de ça sinon tu le regretteras. Ce n'est pas une menace, c'est juste un fait.*

Si tu as des ennuis, je prendrai quand même le risque.

Elle avait répondu avec un émoji de cœur. Et rien d'autre.

Après cela, je n'ai pas pu rester éveillée plus longtemps. Mes yeux se sont fermés pendant le monologue d'un animateur télé et j'ai sombré pour la nuit.

À un moment donné, Benito est rentré. Il a éteint la télévision et s'est endormi à côté de moi. J'entends sa respiration régulière et sereine. Je devrais trouver cela bizarre de me réveiller à côté de lui dans son lit. Et Dieu sait que je n'ai rien arrangé, hier, en fantasmant sur son corps avant même que nous soyons réveillés.

Cette fois, je me contente de rouler sur le côté pour pouvoir l'admirer en cachette. Il est allongé sur le ventre, le visage tourné vers moi. Ses cils noirs s'avancent au-dessus de ses joues. Son dos musclé monte et redescend à chaque respiration.

Cet homme est d'une telle beauté !

À seize ans, je rêvais de me réveiller à côté de Benito. Quand je m'endormais dans mon lit le soir, je souhaitais qu'il soit à mes côtés. Je l'aurais suivi n'importe où. Mais ce n'est pas ce qui s'est passé.

En regardant sa silhouette assoupie, je me demande pourquoi.

16

DÉCEMBRE, DOUZE ANS PLUS TÔT

L'hiver s'installe dans le Vermont. Il y a un bal de Noël au lycée. Skye a vu les affiches et noté la date. C'est le genre d'événement qu'elle évite en temps normal. Quand on est nouvelle dans un établissement, on n'a jamais de petit ami pour aller au bal. Et Skye se méfie des garçons qui pensent que la nouvelle est toujours prête à tout.

Mais elle ne peut pas s'empêcher d'écouter les ragots, de savoir qui invite qui. Griffin Shipley a invité Tiffany Douchet. Griffin Shipley a invité Tiffany Douchet. Tout le lycée ne parle que de ça et Zara Rossi est plus morose cette semaine que d'habitude.

Pendant ce temps, Jill Sullivan a fait des pieds et des mains pour obtenir une invitation de Benito. Elle fait peine à voir. Son insistance rappelle à Skye son propre coup de cœur pour Benito. Mais si elle cache soigneusement le sien, Jill, en revanche, saute sur Benito à chaque occasion.

Si sa stratégie porte ses fruits, Skye sera écartée du tableau.

L'après-midi du bal, elle voit Benito entreposer de la bière à l'arrière du taxi de Damien.

— Salut, dit-elle avec désinvolture – ou du moins, elle espère paraître décontractée.

— Salut, répond-il en souriant. Tu vas au bal ce soir ? Je prends la voiture. Ça me ferait plaisir de t'y emmener.

Son cœur bondit pendant une seconde, mais il ne lui a pas vraiment proposé d'être sa cavalière.

— Non, dit-elle. Ce n'est pas trop mon truc. Tu y vas, toi ?

Il hausse les épaules.

— Oui. Le bal en soi, c'est toujours nul, mais des potes veulent faire un feu de joie après. Ça pourrait être sympa.

— Super. Mais je vais rester ici, me caler devant la télé.

En plus, Skye n'a pas de robe. Elle a déjà tout porté dans le placard de Rayanne et il n'y a pas la moindre tenue de soirée. Skye ne peut pas non plus dépenser son argent de baby-sitting pour un motif aussi futile. Elle économise pour se payer un billet de bus jusque chez Tante Jenny.

Benito referme le coffre et s'appuie sur le pare-chocs.

— Ta mère travaille ce soir ? demande-t-il avec précaution.

— Non, s'empresse de répondre Skye. Elle a sa soirée de libre.

Benito acquiesce, satisfait.

— D'accord. Tant mieux.

Le cœur de Skye bat encore un peu. C'est typique de Benito. Il ne laissera jamais rien lui arriver. Mais il n'ira pas non plus jusqu'à l'inviter au bal de Noël.

De toute façon, les filles timides comme elle ne finissent pas avec les Benito de ce monde.

Plus tard, elle jette un œil par la fenêtre et le voit monter dans le taxi et démarrer le moteur. Il porte un pantalon cargo et une belle chemise sous sa veste en cuir. Il est encore plus beau que d'habitude.

Benito s'en va et Skye essaie de ne pas céder à la mélancolie.

Le lundi suivant, elle écoute tous les ragots. May Shipley s'est saoulée au feu de joie et elle a vomi. Son frère a dû la nettoyer et partir tôt. Mais Griffin et Tiffany sortent ensemble maintenant. Ils se tiennent la main à la cafétéria, à l'heure du déjeuner.

D'après les rumeurs, Zara est sortie avec Tommy Boyer et lui a taillé une pipe dans les bois.

Le pire, c'est qu'il paraît que Benito et Jill Sullivan ont passé du temps ensemble, à l'arrière du taxi. Skye ne sait pas quoi penser de cette rumeur, car depuis, Benito n'a même pas accordé un regard à Jill. Plus révélateur encore ? C'est Jill elle-même qui a répandu la rumeur. On dirait qu'elle prend ses désirs pour des réalités.

Peu importe, se dit Skye. Ce ne sont pas ses affaires.

Pendant les vacances de Noël, Skye passe beaucoup de temps avec Benito. À plusieurs reprises, il l'invite à la soirée ciné de la famille. La mère de Benito prépare du pop-corn beurré et des feuilletés à la saucisse, et tous se regroupent devant la télé pour regarder les DVD empruntés à la médiathèque municipale.

C'est magique de traîner avec les Rossi. Skye a toujours voulu une grande famille. Ils se disputent et se taquinent. Matteo se moque de Damien. Damien nargue Benito. Et Benito chipe du pop-corn à Zara et Matteo.

Ils n'échangent aucun mot affectueux, et pourtant Skye se sent toujours plus en sécurité et plus heureuse ici que chez elle. Et quand les frères se traitent mutuellement de « tête de con », c'est dénué de toute méchanceté.

Skye s'y connaît en méchanceté. Les seules ondes négatives qu'elle perçoit lors de ces soirées proviennent de Zara. Malgré les coups d'œil hargneux qu'elle lui lance depuis son côté du canapé, Skye s'amuse bien. À chaque scène comique, Benito rit aux éclats et le son de sa voix réchauffe son petit cœur craintif.

Heureusement, Jimmy Gage fait beaucoup d'heures supplémentaires pendant les vacances, car le chef prend ses congés. Cela convient parfaitement à Skye. Il passe aussi beaucoup de temps dans une cabane, sur le lac Memphrémagog, pour la pêche sur glace. Elle prie pour qu'il tombe à travers la glace et ne revienne jamais.

Mais il revient, juste à temps pour le Nouvel An. Et ce soir-là, sa mère est de garde au restaurant jusqu'à minuit.

Skye se terre dans sa chambre, invisible, toutes lumières éteintes, et fait semblant d'être endormie. Mais Gage se met à boire et à marmonner. Apparemment, ses divagations ne lui semblent pas assez drôles sans public pour les apprécier, car il se lève et donne un coup de pied à la porte.

— Où est le dîner ? hurle-t-il. Petite salope, paresseuse comme ta mère. Qu'est-ce qu'on bouffe ce soir ? Tu es là-dedans ?

Son cœur s'emballe dans sa poitrine. Il est onze heures et demie. La mère de Skye va bientôt rentrer, mais il peut se passer un tas de choses en une demi-heure.

Elle aurait déjà dû s'échapper par la fenêtre. Mais il fait froid dehors et elle pense que Benito est sorti pour la soirée. Son mobile-home est plongé dans le noir et le silence.

Gage est toujours là, à s'époumoner de l'autre côté de la porte.

— Tu es avec un garçon ? demande-t-il en frappant à nouveau. C'est pour ça que tu ne réponds pas ?

La porte tremble visiblement sous la force de ses coups.

— Je veux t'entendre. Je parie que tu cries au pieu. Peut-être qu'il te baise en ce moment même. Ou tu es à genoux devant lui ?

Skye se recroqueville. Si elle se déplace dans sa chambre pour enfiler des vêtements plus chauds, il l'entendra. Et la fenêtre grincera si elle la soulève.

— Et mon tour, c'est quand ? vocifère-t-il d'une voix rauque. Tu sais que tu vas y passer. Tu vas crier pour moi. Bientôt. Tu es une cochonne, Skye. En tout cas, tu le seras quand j'en aurai fini avec toi.

Il secoue la poignée de la porte et Skye ne peut même plus respirer. Sa gorge est brûlante et ses yeux pleurent, à la fois de peur et de colère.

— Ouvre-toi, petite pute !

Soudain, Skye aperçoit l'éclat lumineux révélateur, de l'autre côté de sa fenêtre, des phares tournant dans l'allée des mobile-homes.

Elle supplie l'univers. *Pitié, faites que ce soit maman.* Si sa mère franchit la porte d'entrée, Gage reculera.

Dix secondes insoutenables s'écoulent. Enfin, ses prières sont exaucées, du moins pour l'instant. Les pas de sa mère se font entendre sur le petit porche. Elle est toujours fatiguée après une longue journée de travail.

La voix de Gage s'oriente vers elle. Il se plaint toujours, mais à sa mère maintenant. Elle le fait taire en lui remettant un plat qu'elle rapporte du restaurant, d'après ce que Skye comprend.

Elle s'essuie les yeux et serre son oreiller en se demandant combien de temps encore elle pourra supporter tout cela.

17

BENITO

Quand je me réveille et découvre Skye à côté de moi, dans le lit, je ne peux réprimer un sourire. Combien de fois ai-je dormi seul en rêvant à sa présence ?

Trop souvent.

— Salut, chuchote-t-elle en clignant des paupières.

— Salut, ma chérie, dis-je d'une voix éraillée.

Elle pose une main sur ma tête et ses longs doigts effleurent mes cheveux.

Mon corps réagit comme si elle m'avait caressé ailleurs. Une chaleur électrique grésille le long de ma colonne vertébrale, atteignant mon érection plaquée contre le matelas. Je laisse échapper un faible gémissement de désir pur.

Ses doigts se figent dans mes cheveux.

— Tout va bien ? chuchote-t-elle.

— Oui, dis-je à l'oreiller.

Merde. Encore une autre journée de désir interminable qui s'annonce.

— Un café m'aiderait bien.

— Si tu avais une machine comme tout le monde, j'aurais déjà pu t'en servir un.

Y a-t-il autre chose que tu pourrais me servir, à tout hasard ? Je me retourne et lui souris.

— Je vais acheter une cafetière aujourd'hui. Quelle est ta marque préférée ?

— N'importe laquelle, tant qu'elle fonctionne, répond-elle en étirant les bras au-dessus de sa tête dans un bâillement.

Seigneur. J'ai bêtement envie de lui grimper dessus et de l'embrasser. Je baisse les yeux. Malgré mon boxer, mon short et le drap, aucun doute que mon sexe rigide pointe vers elle.

Skye suit mon regard, ses yeux s'arrondissent et ses joues virent au rouge. Puis elle relève brusquement le menton, comme si je la prenais en flagrant délit.

— Je peux faire un saut sous la douche ? demande-t-elle.

— Je peux me joindre à toi ?

Oups. Ça m'a échappé.

— Je plaisante. Vas-y.

Elle bascule ses jambes sur le côté du lit, mais je me rends compte que j'ai encore une chose à dire. Je prends sa main douce dans la mienne avant qu'elle ne puisse s'échapper. Inconsciemment, ses doigts se referment autour des miens. Elle regarde nos mains jointes et m'adresse un sourire chaleureux qui ne fait rien pour calmer mon corps en feu.

— Désolé, chuchoté-je. J'ai réalisé que j'avais oublié de te dire quelque chose. Même si c'est dimanche, je dois aller travailler quelques heures.

— Oh.

La déception est manifeste sur son visage.

— Mais ensuite, je reviendrai. On achètera une machine à café et, si ça ne te dérange pas, on passera à une fête.

— Une fête ?

— C'est à l'occasion du baptême du bébé d'Audrey et Griffin Shipley. Mais ce n'est qu'une excuse pour organiser une fête dans le grand atelier qu'ils rénovent et transforment en brasserie. C'est juste à côté. Nous ne sommes pas obligés de rester longtemps. Tu te souviens des Shipley ?

— Bien sûr, dit Skye sans me lâcher la main. Nous avons cueilli des pommes chez eux. Elles étaient délicieuses, d'ailleurs. Et j'ai croisé May hier soir. Les Shipley sont *toujours* si gentils.

— En général.

— C'est-à-dire ? demande-t-elle en levant les sourcils.

— Eh bien…

J'ai un petit rire avant d'ajouter :

— Il y a eu une période difficile quand Griffin a rompu avec Zara. On l'a tous détesté parce qu'il avait blessé notre sœur.

— Ils étaient ensemble ? s'exclame Skye, les yeux écarquillés. J'ai manqué beaucoup de commérages, dis donc.

J'éclate de rire, parce que c'est vrai.

— Quelque temps. Mais maintenant, Griffin est marié à Audrey, l'associée de Zara. Et Zara est en couple avec le père de son bébé, un joueur de hockey professionnel. May Shipley habite avec Alec à l'étage. Tu le savais ?

Skye cligne des paupières.

— Waouh. Les petites villes.

— Tu l'as dit !

— Alors, comment se fait-il que tu sois le seul Rossi célibataire ?

Ses grands yeux bleus me dévisagent.

Parce que je t'attendais.

— Je ne suis pas le seul. Damien est célibataire. Et Matteo aussi, j'imagine. Enfin, c'est difficile à dire. Il a déménagé à Aspen et on ne le voit jamais.

— Oh. Hmm.

— Maintenant, va passer ta demi-heure habituelle dans la salle de bain.

Elle lève les yeux au ciel, puis se dirige vers la salle de bain.

Je reste allongé dans mon lit, à l'imaginer nue sous le jet d'eau. Mais je suis un gentleman. Ainsi, quand elle émerge enveloppée dans une serviette, j'évite de la regarder. À mon tour, je vais prendre une douche.

Après un arrêt au *Busy Bean* pour un café et d'excellentes pâtisseries avec Skye, je rejoins le poste de police de Colebury. Nelligan et moi nous livrons à une séance de réflexion.

— Mettons que j'aie raison, proposé-je. Rayanne s'est fait avoir en transportant de la drogue depuis la cabane de pêcheur de Gage jusqu'à Colebury. Maintenant, elle veut arrêter et prouver que son père est le trafiquant – ou Sparks. Ce qui explique son absence.

Nelligan acquiesce, parce qu'il a déjà entendu ma théorie. Nous avons commencé à nous intéresser à Rayanne il y a quelques semaines, quand je surveillais la cabane de pêcheur de Gage. J'ai aperçu Rayanne à l'intérieur, assise sur le canapé, à bouquiner derrière la fenêtre.

Il n'est pas illégal de lire dans une cabane de pêcheur, bien sûr, mais elle y est allée au volant de la voiture de son père. Le lac Memphrémagog a la particularité de se trouver à cheval sur les États-Unis et le Canada. La frontière n'y est pas aussi étanche qu'ailleurs.

Par ailleurs, le fentanyl est aisément transportable. Une loi canadienne interdit au service postal d'ouvrir les enveloppes en dessous d'un certain poids. Ainsi, il est possible d'expédier toute une fortune de Fentanyl en seulement dix ou vingt enveloppes ordinaires.

Je pense que Jimmy Gage a un fournisseur au Canada qui récupère du fentanyl chinois en petits lots, puis le fait passer par la frontière. Gage le revend, mais avant, il le coupe avec d'autres produits sans la moindre précaution.

Je sais que j'ai raison. Je dois seulement le prouver.

Mon téléphone vibre, annonçant un message.

— Désolé, je dois regarder.

— Pas de souci.

Mais le texto n'a aucun rapport avec notre affaire en cours. C'est une copine que je vois de temps en temps. *Où es-tu passé ?* demande-t-elle. *Tu travailles beaucoup ? Tu veux une nouvelle photo ?*

— Putain.

— Des nouvelles ? demande Nelligan.

— Non, non.

Je range le téléphone dans ma poche sans y répondre.

— C'est sans importance.

— Je ne voudrais surtout pas t'empêcher de faire des projets pour le week-end, s'énerve-t-il.

Je secoue la tête. Il se trouve que mes projets ont changé définitivement pour cette copine. Je vais devoir l'appeler et mettre fin à notre relation en pointillé quand j'en aurai l'occasion.

— Où en étions-nous ?

— Tu suggérais que Rayanne gère une opération d'infiltration, répond Nelligan.

— Elle essaie.

L'idée que Rayanne espère faire tomber son père est la seule explication qui me paraisse plausible.

— Ton amie Skylar lui a apporté un kayak, ce qui veut dire que Rayanne pense que le transfert aura lieu sur l'eau.

— Elle a aussi une caméra étanche.

— Mais Sparks et Gage sont ici, à Colebury, objecte Nelligan. En tout cas, ils y étaient vers six heures.

— Que faisaient-ils ?

— Ils sont passés au fast-food et ils ont mangé avec leurs voitures garées côte à côte, les vitres baissées pour pouvoir discuter. Ensuite, ils sont rentrés chez eux chacun de son côté.

— Merde, soufflé-je. Je dois prendre ces voitures en filature. Si seulement un petit dealer pouvait me balancer leurs noms, ou même un…

— Un petit dealer avec des envies suicidaires. Tu lâcherais le nom de Sparks, toi ? Ce type n'est pas un tendre.

— Non. Mais je ne suis pas une ordure droguée jusqu'à l'os.

— C'est juste. Toi, tu es simplement cynique, répond-il avec un sourire narquois.

— C'est l'hôpital qui se fout de la charité.

D'ailleurs, j'ai décidé d'en finir avec les liaisons sans lendemain et le célibat. Si seulement je pouvais convaincre Skye de rester.

— Allons ramper devant le chef pour essayer d'obtenir plus de ressources, dit Nelligan. Si Sparks ou Gage se dirige vers le nord, au moins, nous serons prêts.

— Ça marche.

18

SKYLAR

C'est dimanche après-midi. Je devrais être de retour à New York après un week-end en compagnie de Rayanne. Et pourtant, je suis toujours dans le Vermont. En fait, je suis même vautrée sur le lit de Benito, emmitouflée dans son peignoir, à attendre que mon linge finisse de sécher.

Rayanne a envoyé un texto à midi pour me donner des nouvelles. Comme toujours, je l'ai suppliée. *S'il te plaît, dis-moi ce que tu fais. Comment ça va se terminer ?* J'en passe et des meilleures.

Arrête de pleurnicher, a-t-elle répondu. *Ce n'est pas toi qui es coincée dans une Jeep au fond des bois, à attendre que des connards se pointent.*

Appelle-moi et explique-moi tout.

Cette fois, elle m'a opposé son silence. J'ai passé les dix minutes suivantes à essayer de savoir si son message me donnait des indices sur son emplacement. Savoir qu'elle est « au fond des bois » ne m'aide pas, car cela décrit la majeure partie du Vermont.

Benito est rentré un peu plus tard avec une machine à expresso toute neuve sous un bras et un sac rempli de provisions sous l'autre. Je nous ai préparé des sandwiches pendant qu'il déballait la machine et préparait des cappuccinos.

J'ai failli m'entailler le pouce en découpant les tomates, incapable de détourner les yeux de ses avant-bras contractés tandis qu'il tassait le café moulu pour sa première tentative. Évoluer ainsi dans la cuisine avec lui, c'était enthousiasmant. J'étais presque soulagé quand il m'a dit qu'il devait ressortir pour remettre des documents à la police de Colebury.

Maintenant, je me retrouve à nouveau seule et j'en profite pour laver mes quelques hauts, sous-vêtements et chaussettes. Si j'avais su que je resterais plus longtemps dans le Vermont, j'aurais fait mes valises en conséquence.

Le lit de Benito est très confortable, avec des draps soyeux.

C'est peut-être parce que je m'ennuie un peu, ou parce que je suis nue en ce moment. Je suis étendue, alanguie, sur le lit de Benito, à écouter tourner le tambour du sèche-linge. Pourtant, je sens un bourdonnement inconnu dans mon corps. Mes seins sont lourds contre l'édredon.

Alors, je me roule sur le dos. Mais ce n'est pas mieux. Quand je ferme les yeux, j'imagine les lèvres de Benito sur mon sein nu.

La vibration d'envie s'accentue dans mon corps. J'éprouve une nouvelle sorte d'impulsion électrique dans mon sang, qui se concentre exclusivement dans ma poitrine nue et entre mes cuisses agitées.

D'accord, il y a peut-être quelque chose qui ne tourne pas rond chez moi. Rayanne a disparu et ma vie est en plein bouleversement. Et à quoi est-ce que je pense ? Aux mains de Benito sur ma peau nue. Quand ses doigts ont glissé sur mon ventre, atterrissant délicieusement sur ma...

La sonnerie du téléphone retentit à côté de moi et je m'assieds brusquement, comme si la personne qui m'appelait pouvait lire mes pensées les plus intimes. Malheureusement, le numéro qui s'affiche sur mon téléphone commence par le 212, un numéro de New York.

— Ici Emily Skye, dis-je en employant mon nom de présentatrice. Je peux vous aider ?

— Skylar, tonne une voix grave à l'autre bout de la ligne. J'ai besoin de toi dans la salle de rédaction ce soir pour remplacer Smythe.

C'est McCracken, mon producteur. Il ne prend même pas la peine de donner son nom.

— Mais vous m'avez demandé de prendre deux semaines de congés, protesté-je.

— On manque de personnel, grogne-t-il. On a besoin d'aide.

J'essaie d'encaisser cette étrange directive quand le visage de

Benito apparaît dans l'embrasure de la porte. Il sourit, ce qui ne m'aide pas vraiment à réfléchir. Il me faut une seconde pour répondre à mon producteur.

— Je ne pourrai pas venir ce soir, dis-je avec circonspection. Ni demain. Vous m'avez donné un congé. Vous avez même *insisté*. Alors, j'ai quitté la ville pour aller voir ma demi-sœur, qui a besoin de mon aide.

— Votre sœur ? Vous me faites marcher ? Vous n'avez jamais rendu visite à cette sœur. Vous êtes toujours là, au bureau, où j'ai besoin de vous tout de suite.

C'est vrai. Et qu'est-ce que cela m'a apporté ?

— Je ne vois pas en quoi c'est pertinent.

Pour une fois, je me laisse aller à la colère.

— J'ai suivi vos instructions et je ne suis pas disponible. Sans compter que je me trouve à plus de quatre cents bornes du bureau. Dites à Smythe qu'il ne peut pas aller voir le match de hockey avec ses amis, pour une fois.

Pendant tout ce temps, je suis consciente que Benito me regarde. Peut-être est-ce lui qui me donne tout ce courage. Je ne veux pas qu'il m'entende me comporter comme le paillasson pour lequel mes collègues me prennent.

Cela dit, Benito ne m'écoute peut-être pas. Ses yeux se sont assombris et son regard dérive le long de mon corps.

Je resserre un peu le peignoir autour de moi, vaguement attentive à ce que me dit mon patron.

— Ramenez vos petites fesses à New York. Vous me dites toujours que vous voulez couvrir l'actualité. Je me fiche de vos histoires, ce n'est pas un jour férié.

— Sans blague, je travaille même les jours fériés, maugréé-je.

Mais il a déjà raccroché.

Avec un cri de rage, je laisse tomber mon téléphone sur le lit.

— Ça se passe mal au bureau ? demande-t-il en entrant dans la chambre.

— Les *balivernes* habituelles. Les producteurs exigent une obéissance parfaite, et pourtant ils se contredisent constamment.

— Ça mérite un *saperlipopette*, dit-il en s'asseyant à côté de moi sur le lit.

— Personne n'ose protester. Les postes sont rares dans le secteur de l'information. J'ai toujours espoir que ça va s'améliorer. Rayanne m'a proposé un sujet d'article.

— Quoi ? demande Benito en posant sa main sur la mienne.

— Une histoire. Une piste. Elle a dit…

Je fronce les sourcils.

— Tu m'écoutes ?

— Non, avoue-t-il en secouant la tête. Je suis désolé, mais mon QI est compromis en ce moment, parce que tu portes mon peignoir et que tu es à moitié nue sur mon lit.

Il tend la main et referme le peignoir devant mon buste, où mes seins menacent de se montrer.

Je regarde ses mains tout contre mon corps, je les imagine ouvrir le peignoir au lieu de le fermer. Et…

La sonnerie du sèche-linge se fait entendre et je me redresse sur le lit.

— Le linge est sec. Bon, quand commence la fête ?

— Maintenant. Tu es prête ?

Je regarde Benito.

— J'ai l'air prête ?

— Tu as l'air prête à…

Il lève les yeux au ciel sans terminer sa phrase.

— Bon, dis-moi quand on peut y aller. Je vais attendre dans le salon…

Il franchit la porte tout en marmonnant dans sa barbe. Je crois discerner :

— … de la glace sur mon entrejambe.

Peu importe. Je ne dois pas m'attarder sur les œillades de Benito. Pas plus que sur l'étrange réaction de mon corps à son égard. Je ne peux même pas m'inquiéter pour Rayanne, en ce moment, parce que je dois absolument me concentrer sur mon look. Tous ceux qui m'ont snobée au lycée seront sûrement présents à cette fête. Je ne peux pas me permettre de ressembler à l'adolescente effrayée du terrain de mobile-homes.

Alors, je me lance. J'ai enfilé mon pull en cachemire le plus ajusté – le bleu, qui fait ressortir mes yeux – et ma jupe courte. Je me félicite d'avoir apporté mon propre sèche-cheveux et ma brosse ronde pour le week-end.

Ensuite, je m'attelle à mon visage. J'aime bien les yeux soulignés de noir, mais ça doit rester subtil. J'utilise mon mascara Urban Decay préféré, qui m'allonge les cils jusqu'à la lune. Enfin, j'applique mon rouge à lèvres Chanel favori, la nuance *Cécile*.

— Prête ! lancé-je enfin en entrant dans le salon avec mes bottes à talons hauts.

Assis sur le canapé, Benito regarde ostensiblement sa montre comme s'il s'était écoulé beaucoup de temps. Puis il lève le menton vers moi.

— Oh, putain de merde, dit-il d'une voix tendue. Au moins, tu as bien employé ton temps.

Son regard me brûle. Il ne se lève même pas, mais reste assis là, à me dévorer des yeux.

— On y va ou quoi ? demandé-je d'une voix haut perchée.

J'ai peut-être passé dix minutes de plus devant le miroir en espérant qu'il le remarque, mais sa réaction me met presque mal à l'aise.

— Oui, oui, répond-il évasivement en descendant du canapé.

Il s'avance derrière moi et pose son blouson en cuir sur mes épaules.

— Tiens, ma chérie.

— Et toi ? Tu as une autre veste ?

Il hausse les épaules.

— Pas besoin. Je suis du Vermont.

— Un vrai mec avec de vraies…

Oups, j'ai failli déraper et employer un langage interdit ! Mais qu'est-ce qui m'arrive ?

— … enfin bref, un dur à cuire qui n'a pas peur du froid.

— Je resterai tout contre toi, dit-il en ouvrant la porte. Ça me tiendra chaud. Et maintenant, allons déguster un bon barbecue et s'extasier devant le nouveau bébé.

En bas, il me tient la porte ouverte, puis me conduit dans la direction opposée à celle de sa voiture.

— Attends. On ne prend pas la route ?

Il secoue la tête.

— C'est juste à côté. Mon frère, qui n'a pas froid aux yeux, ouvre une salle de dégustation de bière avec deux autres gars, dont Griffin Shipley. On peut passer par la forêt. Viens…

Benito glisse ma main dans la sienne. Ses longs doigts se referment autour des miens et il m'entraîne de l'autre côté du parking vers un chemin boueux à travers les bois. Nous sommes en mars et la neige fond lentement. Il y a encore quelques congères entre les arbres, formant des amas inégaux.

J'inspire le parfum des pins et de la brume, et mon cœur bat plus vite. J'ai l'impression de faire un pas en arrière dans le temps. Les arbres, l'air frais et la proximité de Benito.

— Qu'est-ce que tu fais ?

Oups, grillée.

— Je respire autant que je peux !

— Il n'y a qu'au Vermont que l'air est aussi pur.

— Il paraît.

— Il paraît ? demande-t-il en s'arrêtant. Tu n'aimes pas le Vermont ?

— Non. Pas franchement.

Il porte une main à son cœur comme si je l'avais blessé.

— Waouh, je vois.

Il fait mine d'avoir du mal à respirer.

— Attends, je dois me remettre du choc.

— Écoute, lui dis-je. Je me suis enfuie de cet endroit. Il ne m'a pas laissé de très bons souvenirs.

Il fait un pas de plus.

— Alors, c'est comme une phobie. Et quand tu vois du sirop d'érable, tu fais de l'urticaire ?

— En quelque sorte.

C'est l'une des conversations les plus ridicules que nous ayons jamais eues.

Soudain, Benito claque des doigts.

— J'ai une idée. On va te faire faire une thérapie de reconditionnement pour que tu aimes le Vermont.

— Et en quoi ça consisterait, au juste ?

— J'ai bien peur qu'il te faille traire une vache, puis nettoyer la bouse sur tes chaussures.

Je glousse.

— Ensuite, tu dois boire une bière artisanale et manger tout un pot de Ben & Jerry's.

— Ça peut le faire.

Bravo, maintenant, j'ai envie d'une glace.

— Et tu sais quoi d'autre ?

— Quoi ?

Il s'approche, prend mon menton entre les doigts de sa main libre, et je n'ai qu'une fraction de seconde pour voir ses grands yeux bruns avant qu'ils ne se ferment lorsqu'il m'embrasse.

Oh, ce baiser ! Il est langoureux et sensuel. À la fois trop et pas assez. Je me penche, avide de plus. Benito gémit pour marquer son approbation, puis il écarte mes lèvres avec sa langue.

Mes bras se referment autour de son cou, comme si je savais ce que je faisais. Même moi, je sais apprécier un baiser dans les bois.

À moins que ce soit trop pour moi ? Quand il passe la langue sur mes lèvres, je sens mon corps se fondre avec le sien. Benito me caresse les fesses et c'est comme si je le sentais *partout*. Mes genoux flageolent et mon ventre se noue. Lorsque nos langues glissent ensemble, j'oscille sur mes jambes.

— Attention, fait-il en riant tout bas contre mes lèvres. Comment fais-tu pour marcher avec des talons, d'abord ?

Mais ce ne sont pas les talons qui me font perdre l'équilibre. Avec une grande inspiration, je me stabilise.

— Pourquoi as-tu fait ça ?

— Thérapie de reconditionnement, répond Benito en souriant. Et aussi parce que je me maîtrisais mieux à dix-huit ans qu'aujourd'hui.

Il a étalé mon rouge Chanel sur ses lèvres, alors je lui prends le menton et l'essuie avec mon pouce.

— Je n'ai pas peur d'un peu de rouge à lèvres, chuchote-t-il. Tu peux me salir quand tu veux, chérie.

Chérie. J'aime trop entendre cela. Chaque fois qu'il le dit, je m'enflamme de l'intérieur. Et je me sens étourdie par ses baisers. Les senteurs de pin et le frottement de sa barbe contre ma peau m'ont mise dans un état de surcharge émotionnelle.

— Allons à cette fête, dis-je résolument.

Mais je vais devoir afficher mon masque de poker.

Et je crains d'avoir laissé mon masque de poker dans la Jeep disparue, avec ma veste.

Il me prend la main et me conduit plus loin sur le chemin. Notre promenade à travers les bois se termine quelques minutes plus tard, quand nous émergeons devant un grand bâtiment tout en brique. Une enseigne en hauteur annonce : *Le Speakeasy*. Et quand Benito ouvre la porte, je découvre une vaste salle parée pour la fête, à l'ambiance groovy, avec des guirlandes lumineuses enroulées autour de poutres en bois rustiques, et des bougeoirs muraux.

D'un côté de la grande salle, une table chargée de plats longe le mur, ainsi qu'un bar. De l'autre côté, sur une estrade, un joueur de banjo, un violoniste et un guitariste accordent leurs instruments.

— Waouh, m'exclamé-je malgré moi.

Je suis un peu agacée que Colebury soit infiniment plus cool qu'à l'époque du lycée. J'ai toujours pensé que j'avais laissé derrière moi une ville en déclin pour me tourner vers de meilleures opportunités. Pourtant, je ne cesse de découvrir de nouvelles raisons d'aimer cet endroit.

— Il va y avoir des danses folkloriques, me dit Benito.

— Lesquelles ? Celles où on danse en carré ?

Je me rappelle vaguement cette danse que l'on nous faisait apprendre en cours de sport au lycée.

— Entre autres. Ça te dit d'essayer ? Aucune pression.

— Je crois que ce n'est pas trop mon truc. J'ai presque tout oublié.

— Alors, allons te chercher un verre avant que ma famille débarque.

— Est-ce qu'il y a du cidre Shipley ? demandé-je spontanément.

Autant en goûter à nouveau, tant que je le peux encore.

— Tu peux y compter. En fait…

Benito m'adresse un sourire effronté qui fait pétiller ses yeux bruns.

— Tu devrais essayer leur cuvée primée. Elle s'appelle *Audrey*.

— C'est si bon que ça ?

— C'est délicieux, convient-il, le regard brillant. Certains disent même que c'est une source d'*inspiration*.

— Vraiment ?

Seigneur, je suis incapable de détourner les yeux de cet homme. Je ne pourrais même pas dire qui d'autre se trouve dans cette salle en ce moment, car une seule personne m'intéresse.

— Alors, je veux bien essayer.

— C'est comme si c'était fait.

19

BENITO

Je vais chercher une pinte d'*Audrey* pour Skye. C'est un cidre formidable qui a remporté de nombreux prix. De plus, on raconte qu'il aurait des vertus aphrodisiaques. Ce n'est certainement pas vrai, mais on peut toujours rêver.

— Tiens, ma chérie, dis-je en le lui remettant. Bois.

Elle avale une gorgée et darde sur moi ses yeux bleus brillants. Je ressens une tension familière entre les jambes, et cela n'a rien à voir avec le cidre.

Nous aurions pu rester là toute la soirée, les yeux dans les yeux, mais soudain, j'entends ma mère pousser un petit cri près de la porte. Quand je lève la tête, je croise son regard, focalisé sur nous comme un missile à tête chercheuse.

C'est alors que je me rends compte que j'ai commis une grave erreur de calcul. J'aurais dû avertir maman que Skye était revenue en ville, tout comme j'aurais dû faire savoir aux membres de ma famille qu'elle n'était pas ici, dans le Vermont, pour s'installer avec moi.

Mais il est trop tard maintenant. Alors qu'elle fonce vers nous en droite ligne, le visage extatique, je l'entends presque planifier mon mariage dans sa tête.

Voilà qui s'annonce très gênant.

— Oh, merci, petit Jésus ! s'écrie maman avant de s'arrêter net devant Skylar. *Ma chérie*. Je n'en crois pas mes yeux ! Tu es plus grande de quinze centimètres et deux fois plus belle qu'à seize ans. Et tu étais déjà une fille très jolie et très grande à l'époque.

Elle tape des mains avec enthousiasme.

— Bonjour, Madame Rossi, dit Skye timidement. Ça me fait plaisir de vous voir.

Mais maman n'a pas terminé. Elle doit lever les bras pour poser les mains sur les épaules de Skye.

— Quelle *joie* de te revoir. Une révélation ! Je n'en reviens pas que Benny ne m'ait pas dit que tu venais ! C'est tellement excitant. Quand je lui ai demandé s'il comptait venir au déjeuner du dimanche, tout à l'heure, il m'a dit qu'il devait *travailler* !

— J'*ai* travaillé, protesté-je.

La pauvre Skye est presque broyée dans les bras de ma mère.

— Tu devrais peut-être y aller mollo. Entre chaleureuse et franchement psychopathe, il n'y a qu'un pas.

C'est efficace, car maman libère Skye pour me décocher une claque sur le bras.

— Quelle impertinence ! Bon, j'ai besoin de plus de détails. Comment vous êtes-vous réconciliés, tous les deux ? demande-t-elle d'une voix chantante. Oh, je suis toute contente.

Skye me jette un coup d'œil par-dessus la tête de ma mère.

— C'est un hasard, pour être honnête, admet-elle. Je devais passer le week-end avec ma demi-sœur et… euh, eh bien, cette foldingue m'a posé un lapin. Et Benito a eu la gentillesse de s'occuper de moi.

J'entends le rire discret de Zara à proximité.

— C'est comme ça qu'on dit ?

Visiblement, elle s'amuse beaucoup. Si elle m'aimait un tant soit peu, elle nous sauverait la mise.

— Vous devez absolument venir pour le dîner ! Benny et toi. Mardi soir, chez moi.

L'excitation de maman me rend nerveux.

— Ce sera avec plaisir, si je suis encore en ville, répond Skye, affable. Que puis-je apporter ?

— Tu n'as rien à apporter ! Rien que ta jolie bouille. Tu sais, Benny se morfond ici depuis plus de dix ans en se demandant ce que tu es devenue.

Pitié, qu'on m'achève !

Il est évident que Skye ne sait pas quoi dire.

— Et si j'apportais le dessert ? Vous aimez le tiramisu ?

— *J'adore* le tiramisu ! s'exclame ma mère.

Mais ce qu'elle veut réellement dire, c'est : *Combien de petits-enfants vas-tu me donner ?*

Zara pouffe derrière moi. Et je crois aussi entendre le rire de Damien.

— Oh, dit Skye en prenant une grande inspiration. Je crois que la musique a commencé.

— Tu danses ? proposé-je.

Ses yeux bleus font des étincelles.

— J'adore la danse folklorique.

— C'est vrai ? Alors, allons-y.

Je lui serre la main.

— N'oubliez pas… mardi soir ! nous rappelle ma mère. Dix-neuf heures !

Elle me lance un regard appuyé, comme pour dire : *On en reparlera plus tard.* Puis elle lève le menton et s'éloigne, sans doute vers les dames de son club de bridge. C'est l'heure des commérages.

Skye porte à ses lèvres le verre qu'elle tient à la main et boit une longue gorgée de cidre.

— Waouh. C'est…

Elle recommence.

— Très original. Riche et très bon. Dis-moi, ta mère a toujours été aussi passionnée ?

— Oh, que oui ! intervient Zara en surgissant à côté d'elle, les yeux rieurs.

Elle porte Nicole sur sa hanche et passe son bras libre autour de mon épaule.

— Ça change que ce soit toi qui subisses, pour une fois. Ça t'a plu ?

— Très drôle, marmonné-je. Où est l'invitée d'honneur ?

— Là-bas, dit Zara en désignant Audrey, près du buffet des desserts. Tu vas tenir le bébé ?

— Non, tu tiens moi ! s'écrie soudain la petite Nicole en tendant les bras. Bimbo ! Bimbooooooooo.

Les têtes se tournent vers la fillette qui s'égosille, criant « Bimbo » à pleins poumons.

— D'accord, d'accord, dis-je en la prenant dans les bras de ma sœur. Pas besoin de crier.

Zara et Skye gloussent, puis ma sœur se tourne vers elle.

— Écoute, dit Zara. Il y a douze ans, je n'ai jamais eu l'occasion de…

— Oh, là ! m'interposé-je, interrompant ma sœur. On pourrait passer cinq minutes sans parler du lycée, s'il te plaît ?

Elle fait la moue,

— J'essaie seulement de m'excuser.

— Ce n'est vraiment pas nécessaire, s'empresse de répondre Skye.

— En fait… commence Zara.

Mais nous sommes sauvés par Audrey, qui s'approche avec son nouveau-né. Il porte une grenouillère marron pelucheuse, avec des oreilles d'ours sur la capuche qui recouvre sa petite tête chauve.

— Bébé, dit Nicole en tendant le doigt.

— Je peux le porter ? lui demandé-je.

— Non ! Moi.

Skye sourit, et je jurerais voir des cœurs dans ses yeux, comme un personnage de dessin animé amoureux.

— Bon, alors moi, je vais le prendre. Au fait, je m'appelle Skylar. J'aurais dû me présenter avant de demander à porter ton bébé.

— Oh, j'ai *beaucoup* entendu parler de toi cette semaine, répond Audrey en remettant son fils dans les bras de Skye, qui l'attend. Je suis Audrey Shipley.

Elle récupère le verre de cidre à moitié vide pour laisser à ma Skye le plein usage de ses mains.

— Oh, que tu es joli, toi, chuchote Skye au bébé.

Je décèle dans sa voix une note d'émerveillement que je n'avais jamais entendue auparavant.

— Quel âge as-tu ?

— Il en est à sept semaines, répond Audrey. Il s'appelle August Griffin Shipley quatrième du nom.

— Ça fait beaucoup à retenir pour un petit ourson, dit Skye en le berçant avec autant d'amour que s'il était l'enfant du Christ.

Comme je l'ai déjà dit, le coup de foudre existe. Et à l'évidence, Skye est tombée sous le charme de ce bébé en costume d'ours.

— Son diminutif, c'est Gus, explique Audrey.

— Oh, ça me fait penser à cette vieille histoire, celle de Rip Van

Winkle, dit Skye en relevant la tête pour sourire à Audrey. Quand j'ai quitté le Vermont, Griffin Shipley allait partir en fac et May était encore une gamine de troisième.

— Waouh, fait Audrey en riant. Raconte-moi tout ! Est-ce que Griffin était affreux ?

— Pas du tout ! s'exclame le principal intéressé en arrivant dans notre cercle, passant un bras autour de sa femme. J'étais un parfait gentleman à tous égards.

Il lance un clin d'œil à la ronde.

— Oui, c'était moi l'affreuse, précise Zara.

— Je n'ai pas vécu ici très longtemps, dit Skye, évitant soigneusement de déterminer qui était pire que les autres. Mais quand même, ce week-end me fait l'effet d'un saut dans le temps. Félicitations pour votre petit garçon.

— Merci ! répond Griffin, visiblement ému.

Ce grand gaillard rayonne depuis la naissance de son enfant. Tout le monde voit bien qu'il est aux anges.

Sur scène, le groupe entame une musique au violon, signalant le début de la danse en ligne.

— Tu m'as promis une danse, rappelé-je à Skye. Même si c'était une manœuvre d'évitement, je la réclame.

— D'accord, monsieur le dictateur.

Après un dernier câlin, Skye opère l'échange avec Audrey, lui remettant le bébé et récupérant son verre de cidre.

— Amusez-vous bien ! lance la jeune maman avec un dernier regard insistant.

Dans les petites villes, tout le monde marche au café, aux pâtisseries et aux commérages.

— Ravie d'avoir fait ta connaissance, Skylar.

— C'était un plaisir de te revoir, précise Griffin, toujours aussi gentleman.

— Manger, babille Nicole dans mes bras.

— Je m'en charge, ma grande, dit Zara en reprenant ma nièce. Allons te préparer une assiette.

LA DANSE FOLKLORIQUE COMMENCE LENTEMENT. L'animateur sur la scène prend le temps de donner de précieuses instructions, ce qui nous permet de rafraîchir nos connaissances sur le pas allemand, le jeté de jambes et la promenade. Quand il en vient au « gypsy and swing », il précise qu'il faut exécuter ce pas les yeux dans les yeux. Comme si c'était une épreuve. Je tombe un peu plus sous son charme chaque fois que je la regarde.

Cela ne semble pas déranger Skye non plus. Ses yeux s'attardent toujours sur moi. Et chaque fois que les mouvements nous appellent à nous effleurer, je sens la chaleur entre nous.

La danse folklorique n'est pas censée être érotique. Mais on ne peut pas nier le crépitement qui se produit lorsque nos mains se frôlent, que nos yeux se rencontrent.

— Tu sais, chuchoté-je à Skye pendant la promenade, ma mère est tombée amoureuse de mon père pendant une danse. Et après, elle a eu cinq enfants.

J'ai laissé de côté les parties moins magiques de leur histoire, mentionnant uniquement le plus beau.

— J'ai beaucoup de mal à l'imaginer, dit-elle, un grand sourire sur ses lèvres en bouton de rose.

Je ne suis peut-être pas le premier homme à me sentir excité en apprenant un mouvement qui s'appelle le *merle fou*. Mais je ne serai pas non plus le dernier.

Quand arrive l'heure de passer aux choses sérieuses, l'animateur nous range en longues files et le violoniste entonne une musique endiablée. Le joueur de banjo se joint au morceau, les doigts virevoltants dans un rythme enlevé. Bientôt, toute l'assemblée bouge en cadence. C'est un merveilleux moment, sauf que je perds Skylar. Cette danse l'entraîne sur la ligne sans moi et elle se mêle à d'autres danseurs, bras dessus bras dessous.

Alors que je regarde sa chevelure soyeuse flotter autour d'elle, je perds le fil, m'emmêle les pieds et tourne sur la gauche au lieu de la droite, me heurtant à May Shipley.

— Oh, excuse-moi, bredouillé-je.

Elle rit et me donne un coup de hanche en guise de punition.

— Ça doit être difficile de danser tout en bavant, lance-t-elle.

Puis, de justesse, elle me remet en position pour me permettre de rencontrer le prochain partenaire.

Il s'agit de Daphné Shipley.

— Tiens, tiens, quelqu'un n'est plus un cœur à prendre, me dit-il tout simplement.

C'est donc officiel, je suis la personne la moins subtile de la salle. Mais cela n'a aucune importance. Tant que je continue à cacher mon jeu sur le terrain pour arrêter les dealers de drogue, tout ira bien.

AU BOUT D'UN MOMENT, nous faisons une pause pour manger. Les joues de Skye sont écarlates et elle meurt de soif. Je lui apporte un autre cidre et un verre d'eau.

— Où va-t-on s'asseoir ? me demande-t-elle en me tendant une assiette garnie de côtes de porc au barbecue.

— Avec Alec et May ?

Je désigne une table.

— Maman est de l'autre côté de la salle, elle bavarde avec Ruth et grand-père Shipley. Assieds-toi avant qu'elle ne nous voie.

Nous prenons place et attaquons notre viande grillée. Bientôt, nous sommes rejoints par Roderick, le boulanger extraordinaire qui travaille pour ma sœur et Audrey au *Busy Bean*.

— Je ne t'aurais pas déjà vue quelque part ? demande-t-il à Skye. Ça me trotte dans la tête depuis que tu es venue au café samedi. Tu me dis quelque chose.

— Elle a vécu ici pendant un an au lycée. Il y a douze ans.

— Ce n'est pas ça…

Roderick fronce les sourcils.

— En fait, tu me rappelles cette fille que j'ai vue sur YouTube.

— Et c'est reparti… dit Skye dans son souffle.

— J'y suis ! fait Roderick en claquant des doigts. C'était un bulletin météo ! Je jurerais que c'était ta jumelle ! La fille a dessiné…

— Un pénis, dit Skye en soupirant. Oui, c'était moi. Mais c'était un point sur la circulation, pas la météo.

— Bien sûr, la circulation. C'est ça ! Quelle histoire. Je suis déjà un grand fan de pénis dans l'ensemble, mais celui-ci était phénoménal.

— Attends, quoi ? s'exclame mon frère Alec en dégainant son téléphone. Il faut que je voie ça.

Skye se tourne vers moi avec une grimace.

— Tu veux bien me faire plaisir ? Ne le cherche pas sur Google.

— D'accord, dis-je aussitôt.

— Je suis sérieuse. Ne cherche jamais cette vidéo.

Ses yeux bleus me supplient.

Un instant plus tard, Alec éclate de rire, ce qui aiguise encore plus ma curiosité. Enfin, c'est vrai, dessiner un pénis sans le faire exprès ? Et pourquoi spécifiquement un pénis et pas, disons, un objet oblong ?

— Il y avait même des poils pubiens ?

— Non, mais deux belles boules, explique Roderick.

Alec lève les yeux de son téléphone.

— C'est indéniablement une *queue*. Central Park est bien membré.

Si elle le pouvait, Skye s'enfoncerait dans le sol.

— Allons voir les desserts, tu veux bien ? demandé-je soudain en me levant.

Je ne veux pas qu'elle se sente gênée.

Elle se lève et prend nos deux assiettes.

— Je suis désolé, dis-je alors que nous nous dirigeons vers le buffet. Ma famille n'a pas son pareil pour débusquer les points douloureux et piquer là où ça fait mal.

— Il ne faut pas être désolé, dit-elle en soupirant. Plusieurs millions de personnes l'ont déjà vue.

— Je ne la regarderai pas.

Je lui en fais la promesse. Elle s'arrête.

— Vraiment ?

— Tu m'as demandé de ne pas le faire. Alors, je ne le ferai pas.

— Merci, fait-elle en clignant des yeux. Tu seras peut-être la seule personne qui n'assiste pas à cette humiliation.

— Aucun problème, ma chérie. Ça arrive à tout le monde. Seulement mes moments de ce genre ne sont pas filmés.

— Quelle chance.

Après quoi, nous dégustons des brownies si chocolatés et délicieux qu'ils me donnent envie de pleurer.

— Écoute, si on faisait un rapide tour de salle ? proposé-je. Si je salue certaines personnes, je pourrai m'éclipser plus tôt.

Je présente Skye au père Peters, qui a assuré le baptême du petit Gus. Ainsi qu'aux Abraham, les voisins de Griff.

— Tu sais quoi ? me dit Skye. Vas-y, mêle-toi un peu aux autres. Je n'ai pas besoin de baby-sitting. Je ne partirai pas me saouler dans les bois.

Ce souvenir me fait rire.

— Bon à savoir. Mais ce n'est pas pour ça que je ne te quitte pas d'une semelle.

— Ah bon ?

— Non.

Je prends son menton dans ma main et nos regards se fixent.

— Je ne veux pas te laisser partir. Tu m'as baisé des yeux toute la soirée et j'adore ça.

Le regard de Skye s'embrase, mais elle secoue la tête.

— Pas du tout.

— Oh, mais si.

Chaque fois qu'elle regarde dans ma direction, je découvre une nouvelle chaleur sur son visage.

— Ça a commencé ce matin et ça ne s'est pas arrêté depuis.

Elle reste bouche bée.

— C'est impossible. Jamais de la vie je n'ai…

Elle s'éclaircit la gorge.

— Je sais que tu es incapable de le dire, m'esclaffé-je. Mais si tu regardes un homme comme ça, au moins avoue-le. J'ai besoin d'une douche froide chaque fois que je te surprends à me déshabiller du regard.

— Tu as un ego démesuré, rétorque-t-elle en levant le menton. Peut-être que tout est le fruit de ton imagination.

— Ah oui ? Prouve-le.

Je lui prends son verre des mains et le pose sur une table.

— Encore une danse.

En ce moment même, le groupe joue une chanson plus lente. C'est une version bluegrass de *Hotel California*.

Skye se laisse entraîner dans la marée de corps mouvants. Quand je pose ma main au bas de son dos et que je la rapproche de moi, elle soupire.

— Il ne faut pas me tenter, chuchote-t-elle. Je pensais que la priorité était de trouver Rayanne.

— Oh, c'est toujours vrai. Mais c'est toi qui as voulu lui donner du temps. En attendant, toi et moi, nous avons d'autres choses à régler.

Je passe les bras autour de sa taille et m'avance dans son espace personnel.

Et quand ses mains si douces se posent sur mon corps, je sais qu'elle ne peut même plus faire semblant de le cacher. Nous commençons à nous balancer, tous les deux, et ses yeux bleus s'illuminent de désir. Alors que nous décrivons un cercle langoureux sur la piste, elle fixe avidement mes lèvres. Et lorsqu'elle lève ses jolis yeux vers les miens, je devine qu'elle prévoit de me retirer tous mes vêtements. Avec les dents.

— Je suis sérieux, tu sais, lui dis-je. Tu peux me regarder comme ça tant que tu le voudras.

Me penchant en avant, je pose mes lèvres sur sa pommette dans un chaste baiser. Elle laisse échapper un souffle chaud, et je souris dans ses cheveux tandis que mes mains dansent dans son dos.

— Oh, mince, gémit Skye en reculant instinctivement. Tout le monde va nous regarder.

C'est juste. Je suis sur un nuage en ce moment, mais mes frères et sœurs ne vont pas me rater si je saute sur Skye en pleine fête. Il ne reste qu'une seule chose à faire.

— Viens.

Je lui prends la main et tire légèrement.

— Viens avec moi.

— Où ça ?

Sans répondre, je quitte la piste de danse, l'attirant vers l'extérieur par la sortie la plus proche. Comme le nouveau bar de mon frère n'est pas encore ouvert, le parking n'est pas éclairé et il fait nuit au-dehors. Sans perdre de temps, je plaque Skye contre le mur et trouve sa bouche chaude.

Elle gémit au premier baiser et ses doigts agrippent ma chemise.

Je dois faire un effort de volonté pour l'embrasser lentement. J'aimerais la peloter comme une bête, mais je ne peux pas prendre ce risque. Skye me désire, pourtant elle est nerveuse. J'ai toujours un peu de mal à comprendre.

Mon pouls rugit à mes oreilles, mais je reste prévenant, lui écartant les lèvres pour approfondir notre baiser. Un nouveau gémissement lui échappe quand je glisse ma langue sur la sienne. Ce son de plaisir vibre dans ma poitrine, se répercutant dans mon bas-ventre.

Seigneur, cette femme pourrait bien me déchirer le cœur en deux. Je le sais et je m'en fiche.

Je presse doucement mon sexe contre son corps tout en reprenant le baiser. Skye lâche un nouveau geignement éperdu, plaquant ses seins contre ma poitrine. Ses doigts sont dans mes cheveux et son buste se fond avec le mien.

— Ma belle, murmuré-je contre ses lèvres. Tu as besoin de quelque chose ?

Elle cligne des paupières, troublée.

— Tu n'arrives pas à le dire, je me trompe ? Tu ne peux pas dire : Ramène-moi à la maison et baise-moi.

Elle secoue imperceptiblement la tête.

Je laisse mes mains dériver sur ses courbes et elle frissonne dans mes bras.

— Mais c'est ce dont tu as besoin, n'est-ce pas ? Embrasse-moi encore si j'ai raison.

Skye se penche aussitôt, ses lèvres s'ajustent aux miennes. Son gémissement est fort et me surprend, alors que je réclame sa bouche et attise son corps comme un feu de camp.

Je suis implacable. Appuyant son dos contre le mur, je l'embrasse comme si ma vie en dépendait. Chaque promesse brisée entre nous disparaît dans la nuit sombre et humide. Toutes ces nuits solitaires où je me suis morfondu loin d'elle viennent alimenter nos flammes.

Quelques minutes plus tard, nous sommes pantelants, éperdus. Skye tremble à mon contact et je suis tellement échauffé que j'ai du mal à formuler deux mots.

— Allons-y, dis-je dans un souffle quand nous reprenons notre respiration.

— Ta veste… murmure Skye. Elle est à l'intérieur.

— Je la récupérerai demain.

Je la décolle du mur et me dirige vers les bois. Il y fait noir comme dans un four, mais le clair de lune est suffisant pour nous montrer la neige au bord du sentier. L'odeur de pin humide est mon nouvel aphrodisiaque préféré. Nous traversons les bois en un temps record, puis nous gravissons quatre à quatre les marches conduisant chez moi.

Je n'ai jamais ouvert de porte aussi vite, même pour essayer de retrouver un suspect. Deux secondes après avoir atteint mon étage, nous nous engouffrons dans l'appartement et je referme la porte d'un coup de pied. Ses mains sont sur mon corps tandis que je l'embrasse avidement. Je cherche à tâtons l'ourlet de son pull et le tire vers le haut, tout en la faisant reculer.

Elle manque se cogner contre le canapé. À la dernière seconde, je la remets sur le droit chemin. Je devrais ralentir pour ne pas nous blesser, mais je n'arrive pas à trouver la volonté.

Je m'arrête dans le couloir et l'embrasse profondément, savourant sa bouche à petites lampées. Mes mains s'aventurent sous cette jupe courte qui m'a rendu fou toute la nuit. Et quand je trouve la peau de ses cuisses, elle gémit dans ma bouche.

Mon corps tout entier est en feu. Mes mains sont deux entités stupides et maladroites. Mais je trouve la fermeture éclair de sa jupe et la baisse jusqu'à ce que les pans du vêtement se détachent.

Pendant ce temps, elle déboutonne ma chemise. Je la laisse descendre à mi-chemin, puis je lève une main et la passe au-dessus de ma tête avant de dégager mes bras des manches. Ce n'est pas très gracieux, mais au point où nous en sommes, c'est le cadet de mes soucis. Je l'emmène dans la chambre obscure. À moins d'être fou, je m'apprête à faire quelque chose dont j'ai eu envie toute ma vie.

Pourtant, au cœur de ce brouillard d'excitation et d'obsession, j'éprouve toujours le besoin viscéral de protéger Skye.

— Demande-moi d'arrêter, supplié-je entre deux baisers. Si tu ne veux pas de ça ce soir pour n'importe quelle raison, parle maintenant.

L'arrière de ses genoux heurte le lit et elle bascule. Puis, à deux mains, elle m'attire à elle et m'embrasse éperdument.

20

AU PRINTEMPS, DOUZE ANS PLUS TÔT

Benito regarde avril succéder à mars. La neige ne fond pas d'un seul coup. Pendant des semaines, on trouve encore de petits tas qui s'amenuisent dans les recoins les plus ombragés.

Mais il le sent venir. Il aperçoit les bourgeons sur les arbres. Et quand il se rend au lycée à moto tous les matins, avec Skye assise derrière lui, le vent charrie des senteurs de verdure.

Son étreinte le rend fou. Pas autant, cependant, que de savoir que les cours finissent dans quelques semaines.

Il attend son bac depuis des années, mais il commence à entrevoir son erreur. Plus il s'en approche, moins il est enthousiaste à la perspective de s'engager dans l'armée. Bien sûr, cela lui permettra de payer ses études et il pourra mettre sa paye de côté. À première vue, tout le monde y gagne.

Sauf que... Il prend peu à peu conscience qu'il va laisser derrière lui tous les êtres qui lui sont chers. Sa mère restera dans leur mobile-home, à appréhender de croiser leur voisin détestable. Et Zara n'a aucun projet. Il n'aura pas d'autre choix que de s'inquiéter pour elles.

Il essaie de convaincre Zara de s'engager dans l'armée. Cela ferait un problème de moins.

— Tu es déjà une dure à cuire, explique-t-il. Au moins, ce serait officiel.

— Tu es défoncé ou quoi ? J'ai horreur de l'autorité, putain.

Voilà la réponse qu'il obtient de Zara.

Mais ce n'est pas tout.

Le plus dur, ce sera d'abandonner Skye. Il ne peut pas y penser sans ressentir une douleur sourde, juste derrière le sternum. Skye n'a même pas dix-sept ans. Il lui reste encore deux ans de lycée. Jimmy Gage est toujours sur son dos. Et il est intouchable. Comment Benito peut-il monter dans un bus et la laisser à son triste sort ?

Ses réticences ne sont pas totalement désintéressées. Quand il pense aux longs mois qu'il va devoir passer loin de la jeune fille, il se sent triste.

C'est sans doute la raison pour laquelle il passe un maximum de temps dans leur salon extérieur, avec le ukulélé de son frère, à guetter son sourire. Il allume un feu presque tous les soirs, même en mars et en avril. Ils s'assoient, discutent et écoutent les premières grenouilles de la saison.

En mai, ils n'ont plus besoin de feu. Par un samedi après-midi chaud, Skye se montre plus bavarde et plus pétillante que d'habitude.

— Tante Jenny m'a invitée chez elle cet été. La plupart des gens ne passent pas l'été dans le Bronx, mais je vais lancer une nouvelle tendance.

La douleur traverse la poitrine de Benito comme un coup de poignard, mais elle s'apaise aussitôt. Parce que si Skye est à New York, elle ne sera pas avec Gage quand Benito partira en formation de base.

— Tu comptes y rester plus longtemps que l'été ? demande-t-il avec précaution.

— Peut-être, répond-elle sans hésiter. À moins d'être trop dans ses pattes. Tante Jenny n'y verra aucun inconvénient, surtout quand je lui dirai ce qui se passe ici.

En effet, ce sera convaincant.

— Je ne pense pas pouvoir survivre à cet endroit après ton départ. Déjà, il y a Gage, dit-elle. Mais aussi…

Elle ne termine pas sa phrase.

— Quoi ? chuchote-t-il.

Son regard arbore une expression qu'il ne voit pas souvent. C'est le *désir*. Tout son sang cesse de circuler.

— Tu vas trop me manquer, murmure-t-elle d'une voix cassée.

Benito est passé maître dans l'art de se maîtriser en présence de Skye, mais il ne peut s'empêcher de réagir devant la flamme dans ses yeux.

— Hmm, fait-il.

Il semble soudain incapable de composer une phrase à la vitesse normale. Heureusement, il se ressaisit pour proposer :

— Tu veux venir au bal du bac avec moi ?

— Quoi ? demande-t-elle, les yeux pleins d'espoir.

— Au bal du bac. Notre lycée est trop modeste pour organiser à la fois un bal de fin d'année et une fête pour l'obtention du bac, alors ils font tout en un, le jour de la remise des diplômes.

— D'accord, dit-elle en s'humectant les lèvres. Mais tu veux dire... avec un groupe d'amis ?

— Non, ma belle. Toi et moi.

Il se réjouit qu'elle soit en sécurité avec sa tante Jenny à New York, mais il est hors de question qu'il la laisse partir sans lui dire ce qu'il ressent vraiment.

— Laisse-moi t'y emmener. On va passer une excellente soirée, avec un bon repas et une super fête. Ce sera comme si on avait la vie facile. Pour une fois.

— Waouh...

Son regard devient timide, presque gêné.

— Ça me plairait beaucoup.

— À moi aussi. Alors, le rendez-vous est pris ?

Il lui tend la main et saisit la sienne avec l'intention de la serrer amicalement. Mais le pouvoir du premier amour entre en jeu, et sans même réfléchir, il l'attire à lui et finit par déposer un baiser sur ses lèvres douces. C'est la chose la plus naturelle au monde.

Et tout aussi naturellement, elle s'y abandonne.

Benito ferme les yeux. L'adoration sur le visage de Skye est telle qu'il ne peut pas y faire face. Il doit se concentrer sur le parfum de ses cheveux, sur le souffle léger qui touche ses lèvres juste avant leur second baiser. Cette fois-ci, il appuie fermement sa bouche sur la sienne, approfondissant le baiser juste assez pour sentir sa douceur de miel, le délice dont il n'a jamais douté.

Il a l'impression de plonger dans un lac frais par une journée torride. C'est toujours un choc pour son organisme, même s'il en meurt d'envie depuis longtemps. Et pourtant. Bien plus mature que son nombre de printemps, il remonte rapidement à la surface. Il fait en sorte que le baiser soit bon, mais il se force ensuite à s'écarter.

Skye lui renvoie son regard en battant des cils, interdite. Sa peau d'ivoire est colorée au niveau des pommettes, et ses lèvres sont roses.

— Ça devrait nous aider à tenir pour l'instant, dit-il d'une voix rocailleuse.

Une fois de plus, elle cligne des paupières.

— Oui, je suis...

Elle porte le bout de ses doigts à ses lèvres et garde le silence. Enfin, elle semble se réveiller et se secoue.

— Bon, je suis censée faire du baby-sitting chez les Carerra dans quinze minutes.

— Et moi, j'ai du travail à faire, ment-il.

Il doit absolument mettre une certaine distance entre lui et ce baiser. En cet instant, il sait que le ukulélé est une barrière trop faible entre ses désirs et ce qu'il peut obtenir.

— À plus tard, Fly-in-the-Sky.

Elle fronce son nez parfait.

— À plus, Rossi.

Sur ce, il s'éloigne entre les arbres. Et il ne regarde pas en arrière pour ne pas lui montrer son immense sourire.

21

SKYLAR

La nuit que nous n'avons jamais eue. Sans trop savoir comment, entre la fête et le lit, je perds ma colère. Mon cœur est prêt à pardonner à Benito sa trahison d'adolescent. Et mon corps lui a pardonné vendredi soir dernier, à peu près trois minutes après que j'ai mis les pieds au *Gin Mill* pour la première fois.

Étendue sur le dos, je serre Benito dans un étau. J'accueille chaque baiser et le supplie de m'en donner plus. J'assaille Benito comme une dévergondée insatiable.

Ça se dit encore, *dévergondée* ? Peu importe. Tant que Benito n'arrête pas de m'embrasser, je peux me dispenser de réfléchir.

Nous avons perdu ma jupe quelque part dans le couloir, mais je porte toujours mes bottes. Je bats des pieds pour essayer de m'en débarrasser.

— Laisse-moi faire, dit-il d'une voix rauque.

Sa main glisse le long de ma jambe jusqu'à ma botte, qu'il dézippe efficacement. Je me cambre vivement. Ma poitrine se soulève et s'abaisse lorsqu'il la tire avant de passer à la suivante. Mes chaussettes disparaissent à leur tour, l'une après l'autre.

Puis ses lèvres douces effleurent mon genou, remontant lentement avec une sensualité taquine. Mon intimité s'affole lorsqu'il approche de ma culotte. Je me trémousse sur le lit, incapable de rester immobile.

— Viens ici, ordonné-je.

J'ai envie de sentir son poids sur moi. Je ne suis pas d'humeur à me laisser attiser.

— J'aime que tu sois autoritaire, murmure-t-il.

Il se lève alors et se déshabille entièrement. Je n'en perds pas une bribe, la bouche sèche. Il s'allonge à côté de moi sur le lit, la tête dans une main.

— Que vas-tu me demander d'autre ?

Dans ses yeux assombris, je décèle une lueur d'humour.

Et j'aime ça. Je l'aime, lui, pour être honnête. Mais cela me dépasse. Je tiens trop à lui alors que j'en sais si peu. Je ne peux même pas répondre à sa question, car j'ignore quoi faire d'un Benito en tenue d'Adam. Jusqu'à présent, le sexe a toujours été quelque chose que l'on me faisait.

Et c'était terminé si vite qu'en fin de compte, je n'ai jamais appris grand-chose à ce sujet.

Cependant, Benito ne semble pas remarquer mon silence ni s'en formaliser. Il tend le bras et rapproche mon corps du sien. Puis il prend l'une de mes mains et la pose sur son torse.

Oh. Son torse. C'est ce que je préfère chez lui. Bien sûr, j'adore aussi sa bouche et ses yeux. Mais le torse arrive facilement dans le Top 10...

Benito n'a pas fini. À présent, il promène ma main avec langueur le long de son corps. Nous passons sur des abdominaux durs comme l'acier et leur ondulation ferme m'arrache un gémissement de surprise. C'est tellement agréable sous ma paume. Une vague de chaleur déferle en moi.

Une seconde plus tard, il place ma main *pile* sur son érection. C'est incroyablement audacieux, le genre de chose qui revenait souvent dans mes fantasmes d'adolescente. Non, c'est encore plus torride que mes rêves timides de l'époque. Mais j'ai toujours voulu qu'il me traite comme une femme plutôt qu'une fillette qui a besoin d'être sauvée.

Telles sont mes pensées lorsque Benito retire sa main, laissant la mienne sur son sexe. Je suis trop captivée pour l'enlever et je la laisse là, comme un mannequin. Fascinée par la rigidité sous ma paume, je referme mes doigts autour.

— Putain ! lâche Benito à ce contact.

Sa bouche trouve mon menton et part en exploration dans mon cou. Je me fonds contre le lit, stupéfaite par la sensation de bien-être que me procurent ses lèvres et sa langue, comme si elles faisaient l'amour avec mon cou. *Je suis sonnée.*

J'ai vingt-huit ans et une expérience sexuelle ridicule.

Mais Benito n'attend pas que je prenne une initiative de génie. Il se glisse sous mon pull et dégrafe mon soutien-gorge. Il soupire, et c'est là que je me rends compte que je serre toujours sa verge comme un levier de vitesse.

Oups ! L'instant d'après, il fait tomber ma main, car il a besoin que je lève les bras pour me débarrasser de mon pull et de mon soutien-gorge. Sa confiance est suffisante pour nous deux, en quelque sorte. J'enlève ma culotte comme si c'était tout naturel.

Enfin, je me retrouve nue avec le seul homme que j'aie jamais aimé.

Il me murmure de douces paroles tout en s'avançant sur mon corps. Je perçois « chérie » et « si belle ». Je ressens la pression chaude de son corps contre le mien alors qu'un autre baiser brûlant trouve ma bouche.

Mon pauvre petit cerveau n'a jamais traité une telle surcharge sensorielle en une seule fois. Il y a la fermeté de ses cuisses entre les miennes et le léger frottement des poils de son torse contre mes seins. Ses doigts s'enfouissent dans mes cheveux et mon cuir chevelu picote agréablement.

C'est sans compter le glissement sensuel de sa langue sur la mienne et l'érection entre mes jambes… Je me sens comme un circuit électrique en surchauffe. Mes hanches s'offrent aux siennes, à la recherche d'un contact plus insistant.

Il me l'offre, pressant la base de sa verge à l'épicentre de mon envie irrépressible.

Nom de *Dracula* ! Je lâche un gémissement éhonté en me demandant pourquoi je me suis toujours considérée comme une personne peu sexuelle. En réponse, il émet un grondement grave qui se répand comme un feu liquide dans tout mon corps surexcité. Quand sa langue caresse la mienne, j'y goûte la bière et le sexe. Et ça me plaît beaucoup.

— Skye, souffle-t-il contre mes lèvres. Si je prends un préservatif dans ce tiroir, c'est une bonne ou une mauvaise chose ?

Il m'embrasse avec langueur juste après avoir posé sa question, comme s'il me donnait le temps d'y réfléchir.

Ses baisers sont tellement fabuleux que j'en oublie presque la question. Pendant ce temps, sa main serpente le long de mon corps jusqu'à me caresser les cuisses. Puis son pouce effleure mon clitoris.

— Oh, dis-je dans un hoquet.

Je répète cette voyelle, encore et encore, pendant que ses doigts m'attisent sans relâche. Je sens mon corps imprégner sa main de désir. Je vibre presque d'excitation. Oui, un préservatif serait une bonne idée en ce moment, mais en parler me paraît trop délicat.

Alors, je me penche et ouvre le tiroir d'un coup sec. Voilà. Le message est passé.

Benito a l'air ravi. Il m'embrasse avec fougue encore une fois avant de s'asseoir enfin. J'entends le bruit de l'emballage arraché à la bande, puis le tiroir qui se referme. Il me tourne le dos le temps de l'enfiler et je ferme les yeux, prenant une grande inspiration. Je redoute ses attentes avec angoisse.

Quand j'ouvre à nouveau les paupières, Benito me regarde.

— Viens ici, ma chérie, dit-il doucement.

— Euh, quoi ? bredouillé-je.

Il s'approche, venant s'asseoir à côté de moi dans le lit. Puis il fait un crochet avec le doigt.

— Viens ici.

Il attrape un oreiller et le glisse derrière lui, avant de s'adosser contre la tête de lit, les jambes tendues.

Je ne sais pas vraiment ce qu'il veut que je fasse, mais je m'assieds quand même.

— Par ici, ordonne-t-il.

Cette autorité me donne le frisson. J'aime ce qu'il provoque en moi. Faire confiance à Benito a toujours été facile pour moi.

Il me tire la main, indiquant qu'il me veut sur ses genoux. Je passe alors une jambe timide par-dessus pour le chevaucher. C'est gênant pendant une seconde. Mais nous nous retrouvons face à face, ses yeux bruns et chauds juste devant moi. Il y a de l'amour en eux.

— Eh, fait-il, je me fiche de ce qui se passera ce soir.

— Menteur, chuchoté-je en jetant un coup d'œil à son sexe dressé, qui semble engorgé au point de la douleur.

Il part d'un petit rire.

— Bon, d'accord, certaines parties de mon corps y tiennent beaucoup. Cependant…

Il fait courir une main sur mon ventre, lentement, laissant des frissons dans son sillage jusqu'à ce que le bout de ses doigts vienne effleurer mon mont de Vénus.

— Mon principal objectif, c'est de te faire du bien. J'en ai envie depuis très longtemps.

— Pourquoi ? demandé-je malgré moi. C'est un job à plein temps, tu sais.

Il secoue la tête comme si j'avais posé une question ridicule.

— Parce que, quand tu me regardes comme en ce moment, j'ai l'impression d'être un super-héros.

— Oh.

Je suis presque sûre que Benito est bel et bien un super-héros. Mais je garde cette pensée pour moi, parce qu'il me touche à nouveau et cela me fait perdre le fil de mes pensées. Ses doigts dansent sur mes seins, puis descendent me taquiner plus bas. Il suffit d'un frôlement de mes parties intimes et je m'étonne de l'intensité qui s'en dégage.

Enfin, il penche la tête et trouve mon mamelon, qu'il prend dans sa bouche. Il le suce sans ménagement.

— Hmm...

Je me cambre pour lui offrir ma poitrine. Le mouvement pousse mon bassin vers l'avant et je me retrouve plaquée contre lui. *Bon sang de bois.* Je m'étonne moi-même, comme si j'étais le genre de fille capable d'agripper les épaules de Benito et de gémir, juste parce que ça me fait du bien.

Sa langue exerce une délicieuse torture sur mes seins, puis il m'attire à lui et reprend possession de ma bouche. Nos baisers sont fougueux et avides. Il me serre dans ses bras. Je ne me suis jamais sentie aussi en sécurité et aimée qu'en ce moment.

Et je n'ai certainement jamais été aussi excitée.

Ce doit être pour cela que j'enfonce mes genoux sur le matelas et me soulève de ses genoux. Ben gémit dans ma bouche. Refermant le poing autour de son sexe, il entreprend de m'attiser, faisant glisser son gland contre mes replis souples.

Enhardie, je l'immobilise pile à l'endroit où je désire le sentir et je m'abaisse, l'accueillant peu à peu dans mon corps, un centimètre après l'autre.

Il pousse un juron d'extase, à mi-voix, alors que je descends lentement jusqu'à me retrouver remplie.

Enfin, nous gardons le silence. Nous nous regardons dans les yeux et je n'en reviens pas que nous en soyons vraiment arrivés là. Benito en moi. Je me contracte autour de lui pour me convaincre que c'est bien réel.

— Putain, Skye, chuchote-t-il. Je t'ai attendue. J'ai attendu ça.

— Moi aussi.

Il y a un sous-texte à ces mots, mais nous n'en disons rien. Mon cœur désespérait d'éprouver cela, ce vertige, cette beauté absolue.

Bien sûr, maintenant, il s'attend à ce que je sache quoi faire. Et je n'ai toujours pas décidé si j'aimais avoir le dessus.

Il s'avère que ce n'est pas le cas. Benito se penche pour prendre ma bouche dans un baiser, puis il décolle les hanches du matelas. Tous mes nerfs sont sollicités en même temps. Le plaisir est tel que j'ai besoin de bouger, moi aussi.

— Oui, chérie. Comme ça, murmure-t-il contre mes lèvres.

Je me nourris de ces louanges et je prends le rythme. Tant que Benito me tient près de lui, je peux oublier que le reste du monde existe. Il n'y a que nous, notre peau échauffée et les bruits envoûtants qui montent de nos corps chauffés à blanc.

— C'est si bon, dit-il entre deux baisers. Prends-moi comme ça.

Je ne veux pas que cela se termine un jour. Je suis une déesse du sexe ! Je suis née pour m'y adonner. À présent, mon corps m'implore d'atteindre la jouissance et je commence à fatiguer. Je suis frustrée, mais c'est délicieux. Je veux mille feux d'artifice et je n'ai jamais été aussi proche.

— Viens ici.

Benito enroule ses bras autour de moi et m'attire contre son corps. Mon visage atterrit dans son cou, je sens son pouls effréné sous ma joue. Puis il nous fait rouler sur le côté, passant une main entre nos corps. Le bout de ses doigts vénère ma peau jusqu'à trouver la partie la plus sensible de mon anatomie. Je gémis avec une envie décuplée et me tortille contre lui.

— Embrasse-moi, ma chérie.

C'est facile d'obéir à un tel ordre. Encore une fois, je cherche sa bouche. Elle épouse la mienne à merveille et a encore meilleur goût.

Il me touche tout en m'embrassant, me murmurant les plus belles des paroles : « J'ai besoin de toi », « Magnifique », et enfin : « Laisse-toi aller, ma chérie. Je suis là. »

Laisse-toi aller. Ce n'est pas quelque chose que je fais très souvent. Mais quand Benito me le chuchote à l'oreille, je prends une grande inspiration et lâche prise. Tout s'envole, mes chagrins d'amour, mes déceptions. Je ferme les yeux et m'autorise à tout vivre en même temps.

Ses coups de reins sont attentionnés. Il me suce la langue. C'est à ce moment-là que cela se produit. Le feu, la couleur, les tremblements, tout se libère en même temps. C'est éclatant, c'est pur, et cela dure infiniment.

Pour ainsi dire.

Dieu seul sait quels gémissements m'échappent, mais l'approbation de Benito est immédiate. Alors que mon corps se disloque autour de lui, il m'étend sur le dos dans un grognement de délice et se met à aller et venir, de plus en plus vite.

C'est alors que je comprends qu'il se retenait. J'apprécie la délicatesse dont il a fait preuve avec moi, mais la puissance du Benito qui ne se retient *pas* est plutôt impressionnante. Il lâche des mots crus, des ahans éperdus et totalement débridés. Quelques instants plus tard, ses muscles se crispent et tout son corps frissonne sur le mien, sa langue laissant son empreinte brûlante. Le râle de satisfaction qu'il pousse alors me marque au plus profond de l'âme.

Waouh. Bon, d'accord, je pourrais être impressionnée si j'avais encore la force de réfléchir.

Benito est inerte, lui aussi. Il s'effondre sur moi, puis il glisse sur le côté, m'entraînant avec lui. Je suis enveloppée dans ses bras puissants tandis qu'une grande main caresse mes cheveux. Il prend une profonde inspiration et expulse un souffle vif.

Nous restons allongés là un moment, à reprendre notre respiration. Je ne reconnais pas mon corps. Il est détendu, comblé. Toutes mes angoisses se sont envolées. Mais je suis *très* émotive tout d'un coup. Mes yeux s'embuent et je cligne des paupières pour résister aux larmes.

Ne pleure *pas*, m'intimé-je. *Ne gâche pas ta seule expérience réussie.*

Le souffle court, je me retourne et m'assieds, basculant mes jambes au bord du lit avant de me tourner vers lui.

— Qu'est-ce qu'il y a ? murmure-t-il immédiatement.

— Rien.

Ma voix est presque normale.

— Je suis…

Je me racle la gorge avant de poursuivre :

— Tu avais raison.

— À quel sujet ?

Sa main vient caresser mon dos nu.

— Quand j'avais seize ans, je n'étais pas prête pour ça.

Je croyais le désirer, à l'époque, mais je ne pense pas que j'aurais pu entretenir avec lui une relation de nature sexuelle saine pour tous les deux.

— Oui, acquiesce-t-il doucement, le bout de ses doigts effleurant ma colonne vertébrale. Mais je t'aimais, tu sais ? Si Gage ne faisait pas de ta vie un enfer, j'ignore ce qui aurait pu se passer.

Pendant tout ce temps, j'ai reproché à Benito de m'avoir posé un lapin à l'occasion de ce fichu bal. Mais il a été présent pour moi une centaine d'autres fois, quand j'avais besoin de lui. Je passe la main dans mon dos pour serrer la sienne tendrement.

— Tu vas bien ? demande-t-il.

— Parfaitement. Même si je ne sais pas encore ce que tout cela signifie. Et je ne sais pas quoi faire maintenant.

— Tu n'as rien à faire. Tout ce que j'ai toujours voulu, c'est que tu restes près de moi.

Oh, bon sang.

— Mais je ne peux pas promettre ça.

— Je sais, chuchote-t-il. Inspire profondément. Nous allons dormir un peu, puis nous essaierons de retrouver ta sœur. Une étape à la fois, d'accord ?

— D'accord.

Je me lève et m'éclipse dans sa salle de bain, où je me ressaisis tout en m'apprêtant à aller me coucher.

Après quoi, c'est le tour de Benito. Sauf qu'il revient au lit tout nu, alors que je suis adossée contre la tête de lit en chemise de nuit.

— Tu n'as pas besoin de ça, me dit-il en saisissant ma nuisette pour la tirer vers le haut.

— Ah bon ?

Bien sûr, je me laisse faire.

— Non, madame. Nous avons un lit douillet et des draps bien chauds. En plus, je vais te serrer dans mes bras comme j'ai toujours voulu le faire.

Il ramène l'édredon et me borde tout contre son corps nu.

— Je n'ai jamais passé cette fameuse soirée avec toi, mais j'en ai souvent rêvé.

Moi aussi. Il mérite de savoir, mais cela me coûterait trop cher. Je suis toujours sur la défensive. Je ne sais pas comment me lâcher en sa présence. J'ignore si je le pourrai un jour.

Malgré tout, je suis heureuse d'être ici. Je me retourne et passe un bras sur son torse somptueux. Je l'embrasse dans le cou. C'est tellement agréable que je recommence encore plusieurs fois.

Il tourne le menton pour me donner un meilleur accès, puis il fait courir une main sur ma hanche nue. Mes parties intimes se réveillent à nouveau en s'exclamant : « Youpi, on adore le sexe maintenant ! » Apparemment c'est le cas. Je ne suis pas cassée, tout compte fait.

Mais je ne connais pas le protocole. Benito a probablement besoin de sommeil. Sa peau est douce contre la mienne et je ressens le besoin d'y passer la langue.

Quant à lui, il semble vouloir jouer avec ma poitrine jusqu'à la rendre à nouveau tendue et hypersensible. Nous passons aux baisers, et bientôt, nos lèvres sont gonflées, à vif. Enfin, Benito me pousse sur le dos et prend un autre préservatif dans le tiroir.

Je ne cligne même pas des yeux, cette fois-ci. Je me fais un plaisir de l'admirer.

Il me fait à nouveau l'amour, jusqu'à ce que nous soyons tous les deux rassasiés et épuisés.

Il y a d'autres câlins, par la suite.

Il faut croire que Benito n'est pas si impatient de s'endormir, après tout.

ALORS QUE NOUS sommes allongés ensemble dans le noir, au petit matin, je me sens ivre de mon propre bonheur.

— Comment t'es-tu fait cette horrible cicatrice ? chuchoté-je en soulignant une trace blanche inégale le long de sa cage thoracique.

Ce défaut le rend plus fort et plus beau à mes yeux.

Je suis accro, n'est-ce pas ?

— J'ai été poignardé par un adolescent en Irak, dit-il en bâillant. Ça a mis fin à mon service là-bas. Mais j'ai été assez bête pour retourner travailler pour une entreprise paramilitaire en pensant que ce serait mieux.

— Ce n'était pas le cas ?

Il secoue la tête.

— Si j'ai appris une chose sur la guerre, c'est que tout le monde pense toujours être du côté des gentils. Ce gamin qui m'a blessé se prenait pour un redresseur de torts. Alors que moi, je lui proposais seulement de taper dans le ballon de foot.

J'effleure la cicatrice.

— Tout le monde ne peut pas être le gentil de l'histoire.

— Non, fait-il, songeur, en écartant les cheveux de mon visage. C'est pour ça que je poursuis les malfaiteurs ici, au Vermont, maintenant. Chez moi, j'arrive bien mieux à savoir qui est un salaud et qui a juste besoin d'aide. Dans l'armée, il faut se convaincre que l'on tire sur les bonnes personnes. Je n'ai envie de tirer sur personne.

Il y réfléchit pendant une seconde supplémentaire.

— Enfin, presque personne.

Je pose ma tête sur sa poitrine et j'écoute le battement de son cœur. Le meilleur bruit au monde.

22

JUIN, DOUZE ANS PLUS TÔT

Zara porte une belle robe pour le bal de fin d'année. C'est au-dessus de ses moyens, mais c'est la plus belle robe qu'elle ait jamais portée. Sa mère lui a donné une partie de l'argent, et une amie de sa mère a retouché la robe pour qu'elle lui aille comme un gant.

Et pourtant, ce n'est pas la robe parfaite. Il y en avait une autre qu'elle préférait, mais elle coûtait deux fois plus cher. Et maintenant, dans la voiture qui l'emmène à la pré-soirée avec Jill Sullivan, Zara n'a pas conscience de sa beauté à couper le souffle. Elle ne sait pas que dix-huit ans, c'est magnifique en soi, ni que ses cheveux noirs brillants et sa peau mate lui confèrent une beauté qui n'a pas besoin de marques de créateurs.

Mais à dix-huit ans, rares sont les garçons qui le comprennent. Zara n'est pas la seule à ne pas apprécier la perfection de cet âge. Comme tous les autres.

Par exemple, les pensées de Jill Sullivan sont tout aussi mesquines en ce moment. Sa robe a coûté une petite fortune selon les critères du Vermont. Elle s'est assurée à plusieurs reprises de faire savoir à Zara qu'elle avait payé le prix fort – deux cent cinquante dollars – dans une boutique de Boston lors d'une virée shopping avec sa mère.

Mais ses chaussures ne sont pas à la hauteur. Si elle avait pu se procurer les talons Prada, cela aurait complété la tenue.

Ni Jill ni Zara ne sont accompagnées, ce soir. Elles ont dit à tout le monde qu'elles préféraient passer la soirée entre camarades de classe, pour fêter l'année écoulée, mais en réalité, c'est parce que leurs coups de cœur respectifs ne les ont pas invitées.

En fait, Jill a refusé une invitation de Bill Hurley. Elle ne le regrette pas, car elle ne veut pas sortir avec lui, même s'il est relativement charmant. Son défaut, c'est de ne pas être Benito Rossi. Alors, à quoi bon ?

Tout le monde ne parle que de la future copine de Benito. Il l'a enfin invitée au bal de promo. Après avoir passé toute l'année à affirmer qu'ils étaient de simples amis, voilà qu'il annonce qu'elle est sa cavalière.

Jill se sent malade rien que d'y penser. Dans deux heures, elle devra regarder Benito et Skye danser des slows ensemble. Et Jill ne pourra pas se vanter après-coup d'avoir fini la soirée avec lui, car cette fois, personne ne la croira.

Peu importe, car dans ses rêves, ils le font. Chaque nuit.

— Ralentis, souffle Zara à côté d'elle. Les flics !

Les pensées noires de Jill ont alourdi son pied et elle a trop accéléré.

— Oh, merde, fait Zara à voix basse, affolée.

Comme on pouvait s'y attendre, des gyrophares bleus et rouges clignotent derrière elles. Jill s'arrête immédiatement en faisant une prière expresse dans sa tête. *Pitié, faites que ce ne soit pas ce flic flippant.*

Sur le siège passager, Zara panique ouvertement.

— *Pourquoi* as-tu fait un excès de vitesse ?

— J'allais à soixante-quinze ! proteste Jill, les yeux dans le rétroviseur.

Dès que la portière de la voiture s'ouvre, elle devine ses yeux méchants.

Merde.

Merde de merde de merde.

Zara sort son téléphone portable de son sac et commence à écrire, ses doigts survolant les touches.

— Qu'est-ce que tu fais ?

— J'envoie un texto à Benito pour lui dire que c'est *lui* qui nous a arrêtées. Il m'a demandé de lui dire si jamais on nous arrête.

Jill baisse sa vitre et sourit, espérant paraître avenante et innocente.

— Bonsoir, monsieur l'agent. Un problème ?

Elle entend les semelles du policier sur l'asphalte et chaque pas fait écho dans son ventre.

— Mesdemoiselles, dit-il avec un rictus. Et si vous sortiez du véhicule ?

— Sortir ? fait Jill. Pourquoi ?

— Parce que je vous l'ordonne, s'écrie Gage. Ça ne vous suffit pas, comme raison ?

Zara sait que c'est mauvais signe. Sa main tremble lorsqu'elle ouvre la portière pour sortir de la Mustang blanche de Jill. Elles sont sur le bas-côté de la route et elle abîme déjà la plus belle paire d'escarpins de sa mère. Elle va se faire enguirlander.

— On s'est fait belles ce soir, commente le policier sur un ton répugnant. Vous allez quelque part ?

— Au bal de fin d'année, dit Jill. Mon petit ami m'attend.

Zara doit reconnaître à Jill le mérite de cette improvisation. Il n'y a pas de petit ami, bien sûr. Elle se sent nue dans sa nouvelle robe sexy. Elles sont plantées là, dans un virage en rase campagne, sur la route menant chez Brent Hickey qui a organisé une petite fête avant la grande soirée.

Elle ne sait même pas si son frère a reçu le message qu'elle a envoyé. Il est peut-être encore chez le fleuriste, en train d'acheter un bouquet pour Skye, à moins qu'ils soient déjà quelque part tous les deux, à se regarder dans les yeux comme ils le font chaque fois qu'ils sont ensemble.

— Vous rouliez vite, dit l'agent Gage. À soixante-quinze dans une zone à soixante.

— Pitié, gémit Jill. Mon père va me tuer si je prends une amende.

— Et toi, qu'est-ce que tu en penses ? demande Gage en se tournant vers Zara. Je dois la laisser repartir ? Salut, voisine. Comment se fait-il qu'on ne te voie plus dans le coin en ce moment ?

Zara a l'estomac noué.

— Je ne sais pas.

— Vraiment ? fait-il en tapotant l'étui de son arme. Je ne sais pas si je dois la laisser repartir. C'est ce que tu veux ?

— Oui, bien sûr, répond-elle sur un ton désinvolte. Je ne sais pas comment ça marche.

Son regard implacable la terrorise. Et son attention rivée sur elle.

— Tu as aussi un rencard ce soir ?

Zara secoue la tête avant de se demander si ce n'est pas une erreur.

Gage ricane.

— Et si je vous proposais un marché, les filles. Pas d'amende.

— Merci, dit rapidement Jill.

— Je te ferai cette faveur si la fille Rossi m'en fait une, en échange. Elle peut venir ici et se mettre à genoux devant moi dans la jolie robe.

Jill étouffe un cri et les mains de Zara deviennent moites. Son cœur s'emballe.

La jeune femme est connue pour sa grande gueule. Sa famille dit qu'elle a la langue la plus aiguisée de tout le Vermont. Pas quand Gage lui parle comme ça, cependant. Elle sait qu'elle devrait se rebiffer, mais au lieu de ça, elle tremble de tous ses membres.

— Quoi ? fait-il en ricanant. Comme si c'était quelque chose que tu ne faisais pas ? À d'autres. Je parie que tu te mets à genoux tous les week-ends.

Elle est figée sur place, les yeux rivés sur le gravier devant ses bottes. Le policier n'a pas tort. À dix-huit ans, Zara a déjà pratiqué un bon nombre de fellations. Mais jamais son partenaire ne la terrifiait.

Ce n'est pas la première fois que Gage lui dit ce genre d'horreurs. Mais c'est la première fois qu'elle craint qu'il l'y oblige. Devant Jill, rien que ça ! Toute la ville le saura dès demain. Les garçons du lycée traitent déjà Zara de salope. Cette fois, ce sera bien pire.

Zara prend une grande inspiration. Sa gorge et ses yeux lui piquent, mais elle ne pleure pas. Ça lui ferait trop plaisir. Elle devra peut-être le sucer, mais elle ne lui donnera pas la satisfaction de ses larmes.

Au moment où elle prend sa décision, petite impulsion pourtant cruciale, elle entend un léger vrombissement. Ce n'est pas le battement frénétique des ailes d'un insecte de juin, mais c'est infiniment mieux.

Benito approche à moto.

Jill tourne aussi le visage vers l'origine du bruit. Elle est toujours connectée à la fréquence Benito. Le voilà, un instant plus tard, qui vole à leur secours sur sa Triumph en serrant maladroitement un bouquet à la main.

Sans perdre de temps à se garer derrière le véhicule de patrouille, il avance avec une assurance militaire.

— Un problème ? demande-t-il, aussi sérieux que puisse l'être un homme avec un bouquet de fleurs à la main.

— Aucun, répond Gage posément. Tu peux circuler.

Benito secoue la tête.

— Non, monsieur, pas avant de savoir que ma sœur et son amie sont en route. Il se passe quelque chose ?

— Pas encore, grogne Gage. Mais ça va mal se passer si tu continues.

Benito s'approche de Jill et lui tend le bouquet.

— Bonsoir, chérie. Tiens-moi ça.

Ses mains sont enfin libres. Il se campe entre Zara et Jill, les poings serrés. Mais il ne dit pas un mot. Il se contente de lever le menton et de regarder Gage droit dans les yeux.

Zara tremble comme une feuille. Elle sait que quelque chose de grave va encore se produire, et en même temps, le soulagement l'envahit. Parce qu'elle avait besoin de Benny et qu'il est venu. Et elle n'est pas à genoux, en train de sortir la queue dégueulasse de Gage sous ses ricanements infâmes.

— Je suis responsable de ces deux-là, déclare-t-il avec le calme d'un patron en salle de conférence. Alors, quoi qu'il arrive, ça me concerne.

— Ah oui ? éructe Gage. Tu vas me sucer aussi ? Parce que c'est ce que ta salope de sœur allait faire quand tu es arrivé.

Oh, merde. Zara voit son frère cesser de respirer, le poing frémissant. Ses frères se sont souvent battus, ces dernières années, mais jamais avec un flic.

Non, Benny, supplie-t-elle par la pensée. *Maîtrise-toi.*

Peut-être l'aurait-il fait si la bouche de Gage n'avait pas continué avec suffisance.

— J'ai entendu dire que tu t'étais engagé dans l'armée. Quel dommage que tu quittes le quartier. Après ton départ, il n'y aura plus que moi et Skylar, seuls dans la maison. Ça ne sera pas drôle…

Sur ce, il éclate de rire.

Le poing de Benito s'envole alors et s'écrase sur le nez de Gage. Jill et Zara poussent des hauts cris alors que Gage se remet de l'impact et riposte, frappant Benito en plein dans le rein.

Le cri de douleur que pousse son frère la hantera encore pendant au moins douze ans.

23

BENITO

La journée commence par un hoquet étouffé.

Skylar se redresse dans mon lit et les couvertures glissent, dénudant son corps glorieux.

— Rayanne n'a pas envoyé de message !

— Quoi ?

Je suis déconcentré par la courbe de ses seins dressés. Mon sang bouillonne. C'est reparti.

— J'ai mis le volume très fort, mais Rayanne ne m'a rien envoyé à minuit.

Elle a déjà pris le téléphone sur la table de chevet pour vérifier.

— Il n'y a rien. Il s'est forcément passé quelque chose.

Oh, merde.

Assis, je passe un bras autour d'elle.

— Bon, réfléchissons.

Je l'attire contre mon torse et l'embrasse dans le cou.

— Envoie-lui un message tout de suite.

— Je ne peux pas, chuchote Skye. Elle m'a dit que c'était dangereux.

— En plein jour, ce n'est peut-être pas grave, si elle essaie de se cacher dans la voiture.

Le soleil perce déjà les ténèbres, du moins à l'est du ciel.

— Levons-nous, allons prendre un café et trouvons une solution.

Elle appuie sa tête contre mon épaule.

— Mon Dieu, s'il lui est arrivé malheur…

— Peut-être pas, dis-je en caressant sa hanche nue. Peut-être qu'elle s'est juste endormie, tu sais ? Ne paniquons pas tout de suite.

— D'accord. Mais je me sens tellement coupable. Elle est là, quelque part, à échapper à *quelque chose*, et je suis ici…

— … à faire l'amour avec quelqu'un qui t'aime ?

Skye se retourne brusquement, ses yeux bleus écarquillés de surprise.

— *Benny*, murmure-t-elle.

— Quoi ? Je ne suis pas censé le dire ? Désolé, ma chérie. Il y a certaines vérités, que ça t'arrange ou pas.

J'entreprends de les compter sur les doigts d'une main.

— Le réchauffement climatique. Les familles dysfonctionnelles. J'ai acheté du café en grains par erreur au lieu du café moulu, donc on ne peut pas en préparer ce matin. Quatrièmement, ta demi-sœur est une girouette qui n'en fait qu'à sa tête. Et cinquièmemement, je t'ai aimée dès le premier jour où je t'ai rencontrée. C'est irréversible.

Elle m'attrape la main et l'attire vers son ventre. Comme si, en m'empêchant de compter, elle pouvait me faire taire. Mais bien sûr !

— Écoute, je sais que tu es stressée, lui dis-je. Va prendre ta fichue demi-heure dans la salle de bain, puis on ira ensemble au café. Ou, attends, je pourrais y faire un saut et nous rapporter quelque chose.

Elle se tourne vers moi.

— C'est ça, si tu y vas avec les cheveux décoiffés par une nuit de sexe débridé et que tu achètes tout en double, la ville entière saura que nous n'avons pas fermé l'œil de la nuit.

Je ne peux m'empêcher de rire, parce qu'elle n'a pas tort. Mais je ne vois vraiment pas le problème.

— Vingt minutes, dit-elle en me glissant des bras. Vingt-cinq si je dois employer l'artillerie lourde.

Elle s'éloigne, ses fesses parfaites attirant mon regard vers ses longues jambes lisses.

Je laisse échapper un gémissement de désir, mais elle n'interrompt même pas sa foulée.

QUAND SKYE ÉMERGE, j'expédie une douche en deux minutes et je discipline mes cheveux. En tout, c'est vingt-sept minutes plus tard que nous entrons ensemble au *Busy Bean*. Je dois avoir l'air en forme malgré mon manque de sommeil, car ma sœur nous regarde et éclate de rire.

— Waouh, fait-elle. J'allais vous demander pourquoi vous aviez disparu tôt hier soir, mais je vais peut-être éviter. Du café ?

Elle prend deux tasses.

— Oh, tais-toi, lui dis-je immédiatement.

La pauvre Skye ne sait plus où se mettre. À vrai dire, je me sens bien. Je ne suis pas sûr de pouvoir le cacher même si je le voulais.

— C'est le cidre, reprend Zara sans se soucier de son embarras évident. Ce truc a des propriétés magiques, je vous jure !

— Alors, j'en achète un tonneau, décidé-je à voix haute. Qu'est-ce qui sent si bon ? On peut en avoir deux ?

— Ce matin, nous avons une quiche aux poireaux et au fromage suisse. Si ça ne vous branche pas, il y a toujours les muffins ou les bagels de Roddy.

Elle nous sert deux tasses de café.

Toujours cramoisie, Skye commande une mini-quiche.

— Deux, ajouté-je en sortant un billet de vingt dollars de la housse d'ordinateur portable que je transporte toujours quand je pars au travail.

Mais Zara refuse tout net. Une fois de plus, je suis stupéfait.

— Sérieusement ?

J'ajoute, plaisantant à demi :

— Y a-t-il quelque chose que je devrais savoir ? Tu es malade ?

— Non, je vais bien, répond-elle en secouant la tête. On en parlera plus tard. Profitez de votre petit déjeuner. Je vous l'apporte dans une minute.

Skye a déjà choisi le même canapé que la dernière fois. *C'est notre coin*, me suggère mon subconscient. Si seulement. Skye n'a toujours pas l'intention de rester dans les parages. Il faut dire qu'en ce moment, elle en a gros sur le cœur. Elle s'inquiète pour Rayanne et elle n'a pas les idées claires.

Il y a encore du travail à faire, mais j'aime les défis. Si je suis patient, je saurai lui faire comprendre qu'une seconde chance, c'est rare et précieux. Il y a des obstacles, certes – nos emplois et nos vies quotidiennes –, mais ce sont des détails qui s'arrangeront d'eux-mêmes.

Il n'est pas question que je laisse Skye sortir de ma vie une deuxième fois. Cela n'arrivera pas.

Le langage corporel de Skye, cependant, suggère le contraire. Son dos est raide comme une planche tandis qu'elle écrit à Rayanne sur le téléphone jetable. Je jette un œil par-dessus son épaule. *Où es-tu ? Tiens-moi au courant sinon je demande à Benito de déclarer la Jeep volée et tu auras tous les flics du Vermont aux trousses.*

Elle appuie sur « envoi », puis elle fixe le téléphone des yeux en espérant une réponse rapide.

Elle ne vient pas. Sans rien dire, je lui remets sa tasse de café.

Je sirote le mien tout en consultant mes propres messages. Il y en a un de l'agent Nelligan. *Ça fait vingt-quatre heures qu'on n'a pas vu Sparks. Je ne l'ai pas trouvé hier soir et il n'est pas avec Gage ce matin. Je pense qu'il a fui le comté tout seul.*

— Merde.

— Qu'est-ce que c'est ?

C'est son tour de regarder par-dessus mon épaule.

— Où peut-il être ?

Je range rapidement mon téléphone dans ma poche. Inutile d'inquiéter Skye.

— Bon appétit, ma chérie.

Au même moment, ma sœur arrive avec deux assiettes.

— Et parlons de notre programme de la journée. Je dois aller voir mon patron à Waterbury. Mon appartement est à toi, bien sûr. Mais tu peux passer un moment avec Zara quand elle partira tout à l'heure.

— Bien sûr, l'encourage Zara en déposant les deux assiettes et les couverts sur la table devant nous. Le yoga a encore été annulé. Je pensais aller faire un peu de shopping à Burlington.

Les yeux de Skye s'arrondissent, mais s'étrécissent tout aussi rapidement. Ma sœur fait l'effort du siècle, mais on dirait que Skye ne lui fait pas confiance.

— Il faut que je retrouve Rayanne, sérieusement. Je m'inquiète pour elle.

— Ah, fait Zara, une main sur la hanche. Bon, tu veux que je trouve un Rossi qui te prêterait une voiture ?

— Hors de question, m'exclamé-je, la bouche pleine – la quiche est excellente, soit dit en passant.

Maintenant, les deux femmes me regardent de travers.

— Pourquoi ne pourrait-elle pas prendre le volant si elle veut ? demande Zara.

— J'ai mes raisons, grommelé-je.

Je n'ai aucune envie de me lancer dans le détail d'une enquête avec ma sœur, dans son café.

Elle lève les yeux au plafond.

— Bon, discutez-en tous les deux. En tout cas, viens me voir si tu as besoin d'aide, dit Zara avec un sourire franc. Je ne suis plus une garce, mais je suis toujours pleine de ressources.

Elle s'éloigne, suivie par le regard perplexe de Skye.

— Tu ne peux pas faire le tour du comté en voiture à la recherche de Rayanne, dis-je après son départ.

— Je dois peut-être regarder *en dehors* du comté, dit-elle en sortant son propre téléphone de son sac. Ah. Mon collègue a enfin réussi à lancer une recherche pour moi. John Oscar Sparks, vingt-six ans, condamné en 2015 pour port d'armes... Oh, *mince alors*. C'est un méchant, celui-là !

Aussitôt, je lui prends le téléphone des mains pour voir de quelles informations elle dispose. Tout est là : le passé sordide de Sparks et ses trois dernières adresses connues.

— Qu'est-ce que tu fais ? m'exclamé-je, attirant l'attention de quelques clients du café.

J'ajoute en baissant la voix :

— Ne la cherche pas. Ta mission consiste à te tenir loin de ce type et à me laisser faire mon boulot.

— Ça ne marche pas, répond-elle à mi-voix. Si tu me dis que tu vas faire un tour dans le nord du Vermont à la recherche de Rayanne aujourd'hui, alors emmène-moi avec toi. Sinon, je vais chercher cette Jeep moi-même.

— Dans quelle voiture ?

Elle pince entre ses dents sa lèvre si délicieuse.

— Il y a un pick-up en parfait état dans le garage de Raye. Si tu montes avec moi cinq minutes, je pourrais chercher les clés.

— Cette idée pose beaucoup de problèmes. Tellement que je ne sais même pas par où commencer.

— Alors, c'est non ? demande-t-elle sèchement. Bon, je vais demander de l'aide à Zara.

Le regard qu'elle me lance est empreint de chaleur et de provocation. Je suis foutu. Je n'ai qu'une envie, faire disparaître de son joli visage cette expression hautaine.

— Un moment, lui dis-je.

Je prends ma tasse et avale quelques gorgées de la spécialité corsée de ma sœur. J'ai déjà ingurgité la moitié de ma quiche et je pourrais bien en avoir besoin d'une seconde après ça.

— D'abord, avant d'affronter le monde entier, prends ton petit déjeuner. Une nuit de sexe, ça a tendance à stimuler l'appétit.

Je désigne son assiette.

Elle écarquille les yeux et jette un regard circulaire comme si elle craignait que l'on m'entende.

— Maintenant, réfléchissons à tout ça. Tu es plus utile à Rayanne si tu restes dans un endroit où la couverture réseau est bonne. Conduire toute la journée ne résoudra rien. Il y a des centaines de petites routes. Par où commencerais-tu ?

— Par un lac, répond Skye. Surtout à la frontière avec le Canada. J'ai pensé aller au lac Memphremagog et fouiner un peu.

Je manque m'étouffer avec ma bouchée de quiche. C'est *exactement* là que, selon mes calculs, Rayanne a déjà reçu des livraisons de drogue. J'ai fait installer une caméra sur la cabane de pêcheur de Gage. Mais je ne pense pas que Skye connaisse cet endroit.

— Jimmy Gage a une cabane de pêche là-haut, me dit-elle.

Merde.

Je prends une gorgée de café en essayant de garder mon calme.

— Mais tu détestes Gage. Si tu penses qu'il est au lac Mem, tu ne devrais pas conduire dans la direction opposée, justement ?

Elle croise les bras sur sa poitrine.

— Belle esquive, monsieur l'agent. Je remarque que tu n'as pas confirmé ni nié que cette vieille bicoque existe toujours. Alors, j'en déduis qu'elle est toujours là-bas.

Ce serait vraiment plus pratique si Skye n'était pas aussi intelligente.

— Et tu as raison, je ne veux *pas* revoir Gage. Ce type me terrifie. Mais je ne peux pas non plus rester assise à ne rien faire, en attendant que ce Sparks la retrouve. Il a été incarcéré pour des accusations de port d'arme ! Tu dois le pincer avant qu'il n'attrape Rayanne.

— J'essaie. Mais tu ne m'aides pas en voulant te lancer à la poursuite des ennuis.

Une autre pensée me titille depuis quelques minutes.

— Dis-moi, où as-tu vu ce pick-up, déjà ?

— Dans son garage.

— Quelle couleur ?

Elle hausse les épaules.

— Noir ? Bleu marine ? C'est important ?

Très. À tel point que j'en ai des fourmis le long de la colonne vertébrale. Je sors mon ordinateur et l'ouvre.

— Qu'est-ce qui se passe ? demande Skye.

— Sans doute rien. Je veux juste vérifier quelque chose.

J'ai plusieurs moyens de savoir si Rayanne possède le même modèle de pick-up qui a failli heurter la voiture de Zara sur le parking du *Gin Mill*. Mais parfois, la solution la plus rapide est la plus simple. Je lance Facebook et tape le nom de Rayanne. Ce n'est pas la première fois que j'examine ses profils sur les réseaux sociaux. Elle n'utilise pas de bonnes méthodes pour protéger sa vie privée. Rayanne est un livre ouvert.

Je me dirige tout droit vers ses albums photo et commence à chercher le fameux pick-up. Je le trouve là, en arrière-plan d'une photo où elle tient un gros poisson rayé. La moitié de la plaque d'immatriculation est également visible. Elle commence par ABX, mais les autres caractères sont cachés. La plaque est jaune, pas verte comme dans le Vermont.

Putain de merde.

— Le pick-up de ta sœur est immatriculé dans l'État de New York ?

Au cours de mon enquête, je n'ai jamais pu retrouver un seul véhicule enregistré à son nom.

— Peut-être, Rayanne se déplace beaucoup. Elle n'est revenue ici que depuis un an et demi, non ? Elle a vécu à Buffalo pendant un moment.

Ça, je le savais. J'ai trouvé l'adresse d'un appartement qu'elle louait là-bas lorsque je me suis intéressé de près à son historique de crédit, le mois dernier.

— En quoi est-ce important ?

Je me tourne pour regarder Skye et rencontre ses grands yeux confiants. Ce que j'ai à lui dire n'est pas facile.

— Laisse-moi te montrer quelque chose.

Je l'ai si souvent observée qu'il ne me faut qu'une seconde pour trouver l'image sur mon ordinateur.

— Elle est extraite d'une vidéo de caméra de sécurité, tournée le soir où Zara a failli être tuée par un chauffard.

Skye se penche pour regarder la photo, puis elle s'en écarte en hâte, comme si elle craignait d'être mordue.

— Tu crois que c'est le même pick-up ? Tu penses que *Rayanne* a failli renverser Zara ? Elle n'aurait jamais fait ça.

— Je ne pense rien, m'empressé-je de répondre. Mais je cherche depuis toujours une correspondance avec cette plaque. La photo est merdique et les ombres obscurcissent l'endroit où il devrait être écrit *Vermont* sur la plaque. Mais il est possible que ce soit une plaque de New York, et une correspondance partielle avec le pick-up de Rayanne. Regarde, ce sont deux Ford F150.

— C'est le véhicule le plus vendu en Amérique ! se récrie Skye. Ça ne prouve rien.

Elle a raison. Sauf que j'ai déjà suivi Rayanne au volant de la voiture de son père plusieurs fois. Si elle a un pick-up dans son garage, elle ne le conduit jamais. Et pourquoi ?

— Peut-être pas, dis-je lentement. Mais je dois quand même montrer ça à l'agent de Colebury affecté à l'enquête. Il va vérifier.

Ma voix est calme, mais je crie intérieurement. Parce que je sais, au fond de moi, que le pick-up de Rayanne va correspondre. On n'a pas trouvé de plaque adéquate dans la base de données du Vermont. Ce sera une avancée majeure.

Skye se pince l'arête du nez.

— C'est ridicule.

— Peut-être, dis-je pour l'apaiser. Si le pick-up n'a pas de dégâts sur la carrosserie, alors elle sera lavée de tout soupçon.

— Je n'ai pas vu de dégâts.

— Bien.

Mais après avoir embouti la portière de la voiture de Zara, l'arrière du pick-up a heurté un lampadaire en sortant du parking. Même si quelqu'un a essayé de le réparer, il doit rester des traces.

— Ça ne peut pas attendre qu'on l'ait retrouvée ? demande-t-elle. Elle ne boit même pas, Ben. Elle aime le thé et le kombucha. Franchement, elle ne peut pas être impliquée.

L'instant d'après, deux vérités me frappent. La première, c'est que cela pourrait être une grande avancée pour moi. Peu importe que l'accident de voiture ne soit pas lié au trafic de drogue. Si un juge donne à la police de Colebury un mandat de perquisition pour le délit de fuite non résolu, nous pourrons fouiller la maison de Rayanne ainsi que le pick-up et le garage. Et si elle demeure introuvable, le mandat pourrait être étendu à ses relevés téléphoniques, sa carte d'autoroute et bien plus encore.

C'est énorme. C'est un *énorme* coup de chance.

L'autre prise de conscience, cependant, me donne des sueurs froides. C'est ainsi que je vais perdre à nouveau Skye. Ce ne sont pas son travail ni les quatre cents kilomètres entre nos appartements qui l'éloigneront à nouveau de moi. Si je mets en prison son unique sœur – qui n'en est pas vraiment une –, elle me quittera pour toujours.

Personnellement, si quelqu'un envoyait Zara sous les verrous, je deviendrais fou.

L'ampleur de la situation retombe sur moi comme une chape sinistre. Je prends conscience de tous les bruits ambiants du café : le murmure de ma sœur et le claquement du percolateur alors que quelqu'un jette le marc dans la poubelle. J'entends même mon propre pouls.

Malgré tout, ce ne sera pas une décision difficile. Je ne vais pas me priver d'arrêter Rayanne si cela me permet d'enfermer Gage et Sparks. Gage a tyrannisé mes proches et la communauté de Colebury pendant plus de quinze ans et je suis prêt à tout pour le faire coffrer.

C'est aussi pour Skye que je le fais. Même si elle n'apprécie pas mes méthodes.

— Écoute, dis-je en baissant la voix. On ne résout rien en s'inquiétant. Je ferais mieux de me mettre au travail. Ça va aller ?

— Ça va toujours, répond Skye.

Mais elle ne me regarde pas dans les yeux.

Ce n'est pas ce que je voulais pour le lendemain de notre grande nuit. Je devrais la couvrir de baisers en ce moment même, l'inviter à me retrouver nue dans mon lit à la fin de la journée. Malheureusement, ma vie n'est pas un fantasme.

— S'il te plaît, ne pars pas à la recherche de Rayanne. Attends ses messages. Ou va faire du shopping avec Zara. Je t'appelle dès que je peux.

Elle pose une main sur mon poignet.

— Peux-tu me dire ce qui se passe avec la plaque d'immatriculation ? Si elle correspond vraiment ?

— Je t'appellerai dans quelques heures, quoi qu'il arrive. Je veux juste un baiser avant de partir.

— Ici ? demande-t-elle avec crainte.

— Oui. Pour se dire au revoir. Les gens font ça tout le temps.

Je lève la main et la pose sur sa joue, mon pouce effleurant son sourcil clair.

— Un petit bisou rapide. Il faut que ça m'aide à tenir jusqu'à ce que je puisse t'embrasser *partout*, plus tard dans la soirée.

Skye me dévisage de ses grands yeux bleus. Je ne suis pas le seul à redouter ce que cette journée pourrait apporter.

— Travaille bien. Tu vas me manquer.

— Toi aussi, ma chérie.

Je me penche et dépose un bref baiser sur sa bouche parfaite.

Ou plutôt, je voulais que ce soit bref. Mais quand mes lèvres touchent les siennes, je sens notre attirance faire à nouveau des étincelles. Et je ne peux pas résister à l'envie d'approfondir le baiser.

De son côté, elle agrippe ma chemise et m'embrasse en retour. Ma Skye est pleine de contrastes. Elle est à la fois réticente et passionnée. Timide et insatiable.

— Waouh, souffle-t-elle en reculant, reprenant avidement sa respiration. Ça suffit.

Je lui souris en essayant de mémoriser ce que je vois. Je me demande combien de temps il me faudra pour cesser de craindre, chaque fois que je m'en vais, que ce soit la dernière fois que je la vois.

Après un dernier baiser sur le front, je m'éclipse tant que j'en ai encore la force.

24

SKYLAR

Quand les fesses parfaites de Benito disparaissent derrière la porte d'entrée du *Busy Bean*, je me rends compte que j'ai beaucoup appris au cours des douze dernières heures. D'abord, je ne savais pas que l'on pouvait être en colère contre quelqu'un tout en souhaitant faire des folies avec lui.

Que m'arrive-t-il ?

Pour la première fois de ma vie, j'ai connu les fameux feux d'artifice toute la nuit. C'était incroyable, mais maintenant, je suis deux fois plus troublée qu'avant en ce qui concerne Benito. C'est un homme bien. Je lui fais viscéralement confiance. Et j'ai envie de lui plus que je ne l'aurais cru possible.

Pourtant, je suis contrariée qu'il estime Rayanne capable de tuer quelqu'un. Cela n'a aucun sens.

Je suis dans tous mes états. J'ai besoin que ma vie ralentisse un peu pour pouvoir réfléchir. Mais c'est trop demander, il faut croire. Je vais devoir me contenter du reste de ma quiche et d'une autre dose de café.

— Tout va bien ? me demande Zara qui approche avec une carafe de café.

— Ça peut s'arranger, insisté-je, brandissant ma tasse.

— Je finis à onze heures aujourd'hui, quand Roddy vient me remplacer.

Elle remplit ma tasse.

— Si tu veux venir avec moi, passe avant onze heures.

— Merci.

Je me demande pourquoi Zara semble si sincère, tout d'un coup.

— Tout dépendra si j'ai des nouvelles de Rayanne. Elle était censée me tenir au courant hier soir et elle ne l'a pas fait. Je flippe un peu.

Zara fronce les sourcils.

— C'est vrai, où est-elle passée ? J'ai reçu un texto de Green Rocks pour me dire que le yoga était annulé.

— Elle… euh, elle ne me l'a pas dit. Je devais passer le week-end avec elle, mais elle a brutalement quitté la ville.

Zara se redresse, étonnée.

— Tu n'es pas venue ici pour voir Benito ?

— Pas exactement, avoué-je. C'était un heureux hasard.

— Eh bien, je suppose que ce n'était pas pour lui déplaire.

Elle ponctue sa phrase par un clin d'œil.

Après nos activités crapuleuses de la nuit, je suis sûre qu'elle a raison. J'ai un flash-back involontaire et je me revois à califourchon sur ses cuisses, les mains sur ses épaules et…

Oh, mon Dieu. Cela va laisser des traces indélébiles dans mon subconscient. Je plonge dans ma tasse de café chaude pour me cacher.

— Si je peux faire quoi que ce soit pour t'aider à contacter Rayanne, me dit Zara en souriant, n'hésite pas. Elle habite dans les hauteurs, pas très loin de chez moi.

— Je sais. Merci.

Elle se retourne pour s'en aller, mais je me rends compte que je n'ai pas toutes les informations dont j'ai besoin.

— Eh, Zara ?

— Oui ? fait-elle en pivotant.

— Benito dit qu'il essaie de retrouver un pick-up qui a failli te renverser. C'est quoi, cette histoire ?

— Oh ! Un truc de dingue.

Elle pose la carafe sur la table et se laisse tomber sur le siège en face de moi.

— C'était en août, le soir du mariage d'Audrey. Mon copain s'était garé là-bas…

Elle tend le doigt vers la sortie et le *Gin Mill*.

— J'avais ouvert la portière pour sortir et ce pick-up a foncé sur nous. Il a percuté la portière de mon côté et l'a arrachée tout de suite. J'ai failli passer sous ses pneus. Heureusement, mon copain m'a tirée par le bras pour me ramener dans la voiture de justesse.

Je frémis à cette idée.

— Ils n'ont jamais attrapé le gars. C'était certainement un chauffard ivre. Ensuite, il a fait une embardée pour sortir du parking et l'arrière du pick-up a frappé le lampadaire avant de tourner sur la route.

— Ça alors ! Où a-t-il heurté le poteau ? demandé-je. Il l'a percuté sur le côté ?

— Je crois oui, plutôt vers l'arrière.

Elle hausse les épaules.

— Je n'ai jamais vu la vidéo, parce que je ne voulais pas revivre ce moment. Mais Dave fait encore des cauchemars, ajoute-t-elle avec un soupir. Bon, je ferais mieux de ranger avant la prochaine heure de pointe.

Avec un autre sourire improbable, elle se lève pour vaquer à ses affaires.

UNE HEURE PLUS TARD, je gravis la colline jusqu'à Colebury. Je ne veux pas revoir Gage et je ne veux certainement pas qu'il me voie. J'ai donc enfoncé une casquette Farm-Way sur ma tête et enfilé un sweat-shirt à capuche, dénichés dans le placard de Benito. Sur le sweat-shirt, on peut lire : *Nourri à l'Épicerie de Colebury*.

En temps normal, je ne porte jamais de tenues décontractées. Mais c'est mon déguisement. J'ai relevé la capuche, dissimulant mes cheveux.

Quand j'approche de la maison de Rayanne, je découvre une voiture de patrouille garée à l'extérieur. Le jeune policier de l'autre soir y est adossé. Il surveille la maison de Rayanne. Ses bras musclés sont croisés sur sa poitrine et il arbore une mine impassible.

— Que faites-vous ? lui demandé-je dès qu'il me remarque.

Je baisse la capuche et retire la casquette pour lui montrer qui je suis.

— Mademoiselle Copeland. Je crains de ne pas pouvoir en parler.

— Il y a quelqu'un chez Rayanne ?

Il secoue la tête.

— Je n'en sais rien. En tout cas, je n'ai vu personne.

Je regarde la maison. Elle me semble identique à l'autre jour, quand je l'ai fouillée. Mais je me garde de jeter un œil au garage, où je meurs d'envie d'aller. Si j'y entre maintenant, je ne ferai qu'attirer l'attention.

— Vous avez besoin de quelque chose, mademoiselle ? demande l'agent.

— Non, merci, dis-je d'un ton léger. Je suis sortie faire un tour en espérant que ma demi-sœur soit rentrée. Mais je reviendrai plus tard.

— Très bien.

Ses mots ne trahissent rien, mais je me rends compte qu'il triture un téléphone dans sa poche, comme je le ferais si j'attendais un appel. Hmm.

— Au revoir, lancé-je avant de passer mon chemin.

Je fais lentement le tour du petit square de la ville. Une fois de l'autre côté, je sors le téléphone jetable et j'envoie un texto à Rayanne. *Toujours pas de nouvelles, pourquoi ? Je suis morte d'inquiétude. Et maintenant, je pense que tu as de gros ennuis. Il y a un flic garé devant chez toi. Juste devant ta maison !*

Le téléphone sonne dans ma main quelques secondes plus tard. Ce bruit est si inhabituel que je sursaute avant de répondre précipitamment.

— Allô ?

— Je suis désolée, dit-elle tout de suite. Je me suis endormie et j'ai oublié de t'envoyer un texto hier soir.

— Tu as *oublié* ! Ce n'est pas un jeu, Raye. Je suis toujours dans le Vermont parce que je m'inquiète pour toi. Et…

— Chut, m'interrompt-elle. Je me suis fait avoir, d'accord ? Je me suis cachée dans cette Jeep pendant trois jours, à manger des barres de céréales et à grelotter de froid. Tout ça pour un coup monté.

Je prends le temps de réfléchir.

— Qui t'a piégée ?

— Un connard du nom de Sparks. Il m'a dit qu'il se passait quelque chose au lac, mais c'était un mensonge. Il ne s'est rien passé du tout. Sauf que je ne sens plus mes orteils.

— Ça craint. Mais tu ne m'as jamais parlé de ce Sparks ni de tes ennuis. Et maintenant, Benito te prend pour un chauffard coupable de délit de fuite.

— Et merde… chuchote Rayanne.

Puis elle laisse échapper un profond soupir et je sais qu'elle a compris de quoi je parle.

— Après sept mois, il a enfin trouvé le pick-up ?

Mon cœur dégringole jusqu'à mes talons de cinq centimètres.

— Raye ! Dis-moi que ce n'est pas vrai.

Je suis montée jusqu'ici pour voir son pick-up de mes yeux, certaine de ne pas y trouver la moindre bosse ni éraflure.

— Je n'ai pas heurté la voiture de Zara, d'accord ? C'est Sparks qui l'a fait. Mais personne ne me croira jamais.

— Bien sûr que si. Soit tu étais au volant, soit tu n'y étais pas ! Ce n'est pas très compliqué.

Elle gémit.

— On était tous les deux à l'intérieur.

— Pourquoi ?

— À cause du *sexe*, Skye. On s'envoyait en l'air, tous les deux. Mais ensuite, il a voulu me faire faire des choses totalement illégales. Je savais que c'était un type louche, mais je pensais pouvoir me le taper sans m'impliquer dans ses histoires.

C'est mon tour de gémir.

— Crois-moi, je sais que j'ai merdé. Bref. Ce soir-là, j'ai dit à Sparks dans mon pick-up qu'on ne coucherait plus ensemble et que je n'allais plus faire son sale boulot. On sortait du *Gin Mill*, j'étais au volant, mais j'étais sobre. Sparks, lui, était défoncé. Ça ne lui a pas plu et il m'a menacée.

Oh, non.

— J'ai démarré parce que je voulais rentrer chez moi. J'étais dans le pétrin, alors j'ai accéléré comme une folle. C'est ma faute. Mais ensuite, il a attrapé le volant et il m'a intentionnellement dirigée vers la portière de Zara. Il a fait exprès pour me faire peur. Et ça a totalement marché. J'ai crié comme une dingue et le pick-up a heurté un poteau.

— C'est l'histoire la plus foireuse que j'aie jamais entendue.

Cela dit, ça ressemble bien à Rayanne, ce genre de plans. Cette fille a plus de problèmes qu'un gamin mal dégourdi en patins à roulettes.

— Et tu t'es dit que c'était une bonne idée de quitter les lieux d'un accident ?

— Non ! Mais je l'ai fait quand même, se lamente-t-elle. Il n'arrêtait pas de gueuler : *Écrase le champignon ! Roule, espèce de conne.* Il a fait ça pour s'assurer ma loyauté. Et aussi pour me dire chaque jour qu'il pouvait me tuer.

— Qui est ce gars ? Explique-moi tout, parce que j'en ai assez de ne rien savoir.

— Il travaille avec mon père, fait-elle avec un rire désabusé. Enfin, ne va pas croire qu'ils dirigent une véritable entreprise. En quelque sorte, disons. Ils achètent de l'héroïne et la coupent avec du fentanyl. Et ils m'ont piégée pour me forcer à les aider.

— Piégée ?

— Longue histoire. Le fentanyl, ça ne prend pas beaucoup de place. On peut transporter pour cent mille dollars de marchandises sous la roue de secours de la voiture de son père, sans s'en douter une seule seconde. Je te parle d'expérience.

Je frissonne.

— C'est terrifiant.

— Ce n'est que le début, dit-elle.

Sa voix me paraît plus frêle, plus chétive encore qu'il y a une minute.

— Je voulais m'en sortir. Alors, je suis venue ici pour prendre des photos de Sparks en train de ramasser la livraison du mois. Il a fait une gaffe en mentionnant le jour devant moi.

— Mais ce n'est pas arrivé ?

— Non. C'était juste un stratagème pour me faire venir ici toute seule. La nuit dernière, il a passé le périmètre au peigne fin à ma recherche. J'ai vu ses phares à quatre reprises. Il va me tuer, Raffie. Je suis morte.

— Alors, dénonce-le ! Tu dois bien avoir des preuves.

— Oui et non, dit-elle à voix basse. J'ai besoin de photos. Parce que si je ne suis pas convaincante, je suis foutue. La seule façon que ça marche, c'est qu'il soit en prison pour toujours et pas moi. Et encore, c'est la roulette russe. Il pourrait engager quelqu'un pour me tuer à sa place.

Je frissonne à nouveau malgré l'épaisseur de mon sweat à capuche.

— Pourquoi tu n'expliquerais pas tout ça à Benito ? Il pourrait te cacher.

— Parce qu'il ne dirige pas le monde ! Plus je l'aiderai, mieux ça se passera. Je suis à deux doigts de prouver ce que Sparks mijote. Mais maintenant, il ne me fait plus confiance. Il est venu jusqu'ici rien que pour me traquer.

J'ai peur pour elle, mais elle me semble tout de même un peu paranoïaque.

— Comment peux-tu en être sûre ?

— J'ai mis un mouchard dans sa voiture. C'est pour ça que j'avais besoin de la Jeep de location, pour qu'il ne puisse pas me repérer. J'ai regardé la balise de son GPS faire des cercles lents autour du lac toute la nuit dernière. J'étais allongée au pied de la banquette arrière, terrifiée à l'idée qu'il regarde par les vitres.

— Oh, *punaise*.

— Tu peux dire des gros mots, tu sais. Quand c'est une question de vie ou de mort, on a bien le droit de dire *putain*.

— Reviens sur le pick-up une seconde. Et les empreintes digitales ? Ses empreintes devraient être sur le volant.

En tout cas, c'est comme ça que ça fonctionne à la télé.

— Pas de pot, j'ai une housse de volant en peau de mouton.

— Pourquoi ? Sérieusement, quelle idée stupide !

— Allô ? C'est le Vermont ! Il fait moins vingt ici en janvier. Et les empreintes digitales ne vont pas me sauver. Personne ne me sauvera, sauf moi. Au moins, maintenant, tu sais pourquoi je t'ai plantée sur l'aire de repos. Je suis désolée. Je ne savais pas quoi faire d'autre.

J'ai envie de la sermonner, mais ce serait une perte de temps.

— Qu'est-ce qu'on fait maintenant ?

— Nous ? Rien. Tu restes là et tu te tapes Benito Rossi. Moi, je dois trouver une nouvelle cachette.

— Rentre, supplié-je.

— Non, je ne peux pas. Si Benito a un cerveau, il y aura un mandat d'arrêt contre moi avant le déjeuner. Et maintenant, ils vont chercher dans tout le Vermont une Jeep rouge avec un kayak sur le toit. J'ai horreur de ma vie.

Je m'arrête net sur le trottoir.

— Où vas-tu ?

— Je ne sais pas trop, mais de toute manière, je ne te le dirais pas.

— Raye ! Je ne te dénoncerai pas.

— Je n'ai pas dit que tu le ferais. Mais je ne veux pas que tu aies à choisir entre moi et un policier sexy. J'ai fait quelques mauvais choix à cause du sexe et je ne m'attends pas à ce que tu sois plus sage que moi. Je te demanderais bien s'il est doué au lit, mais il faudra qu'on se rattrape une autre fois, parce que là, ma vie est en jeu. À plus tard.

Sans prévenir, elle me raccroche au nez.

25

DOUZE ANS PLUS TÔT

Zara Rossi est assise sur le siège passager de la voiture de sa mère, de retour du poste de police. Elle a déjà manqué la petite fête, et maintenant, elle rate le bal de fin d'année. Elle devrait être dévastée.

Et c'est le cas, mais surtout parce qu'elle a vu son frère menotté, le visage en sang à cause des poings de Gage.

Benito est parvenu à maîtriser sa colère cinq secondes trop tard. Son expression est passée de l'indignation à la peur, alors que la vérité s'est imposée : on ne se bat pas avec un homme qui porte une matraque, un Taser et un revolver de service.

Il ne s'est pas défendu pendant que Gage le frappait.

Même maintenant, Zara n'en revient pas qu'il ait tout encaissé sans sourciller. Son frère de dix-huit ans, un grand costaud, aurait pu vaincre les poings de Gage. Mais sous les yeux de Zara, pétrifiée par la peur, Benito s'est contenté de légers mouvements défensifs. Après que Gage lui a décoché le second coup de poing, il a esquivé sa ranger. Et lorsqu'il s'est relevé, Gage est revenu à la charge.

Zara a failli vomir quand le policier a foncé. Benito s'est protégé le visage avec le bras, s'écartant tant bien que mal de la trajectoire. Jill s'est mise à sangloter comme si c'était la fin du monde lorsque Gage a asséné un coup de poing sur le nez de Ben. Le sang a jailli instantanément et coulé sur son visage.

C'est le sang qui a tout changé. Gage s'est arrêté, le souffle court, et a inspecté les dégâts. C'est peut-être à ce moment-là qu'il a réalisé que réduire ce gamin en sang ne serait pas bon pour son dossier. À moins qu'il soit juste fatigué.

Les sanglots de Jill étaient les plus retentissants. On n'entendait même pas les larmes silencieuses de Zara. Mais alors qu'elle s'essuyait le visage, elle a vu que son amie tenait son téléphone rouge brillant. C'était l'un de ces nouveaux téléphones, avec caméra intégrée. Sans un mot, Zara a récupéré l'objet convoité des mains de Jill et a pris une rapide photo.

C'est son seul acte de bravoure. Et encore, elle a eu trop peur de brandir l'appareil et de se faire remarquer. L'angle de prise de vue est mauvais, mais ce sera quand même utile. La photo finira par convaincre un juge que Gage s'est laissé emporter.

Dans un mois, toutes les poursuites seront abandonnées.

Mais ce soir, tout ce que voit Zara, c'est la dévastation qu'elle a causée. Envoyer un texto à Benito pour qu'il vienne à son secours, c'est la pire idée qu'elle ait jamais eue. Comment a-t-elle cru que cela se terminerait ? Quelques secondes après que Gage a cassé le nez de Ben, il lui a ordonné de mettre les mains derrière son dos.

Et son frère s'est exécuté, avec un regard assassin.

Zara a alors vu son jumeau menotté, ce dont elle se serait bien passée. Ils ont dix-huit ans maintenant. Son frère pourrait avoir un casier judiciaire pour le reste de sa vie et ce serait la faute de Zara. Il pourrait ne jamais trouver de travail digne de ce nom. L'armée pourrait annuler son enrôlement.

Rien de tout cela n'arrivera, mais Zara ne le sait pas encore.

Au moment où Gage a poussé la tête de Benny pour le forcer à monter à l'arrière du véhicule, son frère a donné une instruction à Zara :

— Dis à Skye que je suis désolé.

Puis il est parti et Zara est restée seule au bord de la route, avec une Jill en pleurs qui tenait encore un bouquet destiné à quelqu'un d'autre.

Mais Zara n'était pas encore au bout de ses peines. Ensuite, elle a dû appeler sa mère et lui dire que son fils cadet avait été arrêté.

Cela s'est déroulé aussi bien qu'on pourrait le penser.

Dans sa colère, Maria Rossi a surpassé tout ce que Zara imaginait. Elle était blanche de colère au poste de police. Et puis rouge écarlate à force de crier sur Zara, à l'extérieur.

Maintenant, alors qu'elles rentrent du poste de police, elle ne cesse de s'égosiller, sur le thème : « Pourquoi tu n'as pas appelé ta mère ? Ou ton oncle ? Ou payé cette maudite amende ? »

Zara n'explique pas que Gage ne voulait pas d'argent. Quelle différence cela ferait-il maintenant ? Elle sait déjà qu'elle a commis une erreur en appelant Benito. Sa mère est terrifiée et ils n'ont pas trois mille dollars pour la caution.

— Il y a des agents pour ça, des prêteurs sur gages, avance Zara. On peut y aller à la première heure demain matin.

Sa mère se lance dans une autre litanie sur la morale douteuse des agents de cautionnement, qui profitent des gens désespérés. Zara perçoit des mots comme « usurier » et « vulnérable ». Puis sa mère ajoute :

— Et une fois qu'on aura payé, il faut aussi déménager, tu comprends. On ne peut pas vivre à côté de cet homme. Pas après ça.

Un déménagement, encore quelque chose qu'ils ne peuvent pas se permettre. Maman va devoir emprunter de l'argent à son frère, qui lui fera également la morale.

Tout est la faute de Zara.

Lorsqu'elles arrivent à Pine View, Skye est assise sur son minuscule perron, éblouissante dans sa robe de soirée. On dirait un mannequin qui attend patiemment entre deux photos, lors d'un shooting pour la couverture d'un magazine.

Zara est remplie d'horreur. Elle est censée aussi briser le cœur de Skye en lui racontant ce qui s'est passé ? Sérieusement ? Les malheurs de cette soirée ne finiront donc jamais.

— Rentre à l'intérieur, s'écrie sa mère, toujours furieuse. Et ferme la porte derrière toi. Ne t'avise pas de sortir, jeune fille. Pour rien au monde. Ta soirée est *terminée*.

Zara quitte la voiture avec un sentiment d'engourdissement. Sous le regard attentif de sa mère, elle entre dans leur caravane et referme docilement la porte. La voiture fait demi-tour et s'éloigne. Elle se rend chez l'oncle Otto pour aller demander l'argent de la caution.

Sa mère a horreur de mendier. Elle va rejeter la faute sur les jumeaux, forcément. Zara porte toujours sa robe. La robe *neuve* qu'ils ne pouvaient pas se permettre. Quel gâchis.

Et Skye est toujours assise là-bas.

Zara entre dans sa chambre et la regarde par la fenêtre. Elle redoute de lui dire où se trouve Benito et de la voir pleurer. Dehors, il fait nuit. La cavalière de son frère attend patiemment dans le noir, même si elle doit savoir que le bal a déjà commencé. La ligne gracile de son long cou est droite et fière.

Zara ferme les yeux et pose la tête sur le rebord de la fenêtre. Quelle vie de merde. Maintenant, elle a fini le lycée, mais elle n'a aucun travail, aucun moyen de financer ses études. Si tant est que l'université veuille bien d'une cancre comme elle.

Sa mère lui a donné l'ordre de rester à l'intérieur. Elle attendra son retour avant d'annoncer la nouvelle à Skye. Elle n'est pas à une demi-heure près.

Mais elle entend alors une voiture qui approche.

Zara ouvre les yeux à temps pour voir Gage sortir du véhicule de patrouille. Il dit quelque chose à Skye et la jeune femme se lève d'un bond.

— Non ! hurle-t-elle.

Il éclate de rire. C'est le son le plus sinistre que Zara ait jamais entendu.

Elle ferme à nouveau les paupières et rêve d'être ailleurs. N'importe où. Au moins, maintenant, elle n'a plus à annoncer la nouvelle à Skye. C'est fait.

Benito pourra lui présenter ses excuses dans la matinée.

26

BENITO

— La bonne ou la mauvaise nouvelle d'abord ? me demande mon patron.

— Euh, à vous de choisir, dis-je en m'asseyant devant le sergent Chapman, chef de la brigade des stups.

— La mauvaise, c'est que le juge n'a octroyé à vos hommes qu'un mandat de perquisition limité. Ils peuvent fouiller le pick-up et le garage. S'il y a des preuves de collision sur le véhicule, le juge envisagera un mandat plus étendu.

— Bon, ce n'est pas grave. J'ai encore un bon pressentiment.

— Bien, répond l'homme en croisant les bras. Vous aurez un sentiment encore meilleur quand je vous dirai qu'un dealer de niveau intermédiaire, à Burlington, a livré le nom de Sparks la nuit dernière.

Je rejoue cette phrase dans ma tête, trop belle pour être vraie.

— C'est sérieux ?

— Aussi sérieux qu'une overdose. C'est la troisième arrestation de ce dealer, alors il risque une peine carabinée s'il ne coopère pas. Apparemment, c'est une raison suffisante pour cracher le nom de Sparks et quelques autres détails.

— Seigneur ! Pouvons-nous le convaincre de faire quelques transactions en tant qu'infiltré ?

— En le demandant gentiment.

Nous ricanons tous les deux. Personne ne veut jamais devenir informateur. C'est un travail dangereux. Mais si nous l'avons pincé en flagrant délit, alors porter un micro et acheter de la drogue à Sparks est son seul moyen d'éviter la prison.

— Vous pourrez regarder la vidéo de l'interrogatoire dès que nous aurons terminé, dit mon patron.

— Je vais préparer du pop-corn !

C'est exactement l'avancée dont nous avions besoin dans l'enquête.

— J'aurais aimé l'arrêter moi-même.

Chapman sourit.

— Je n'en doute pas. Je sais que l'idée d'inculper Sparks et Gage vous fait bander.

— Pas vous ? À eux seuls, ils ont changé tout le paysage de la drogue dans le Vermont… non, dans tout ce foutu pays.

— Bien sûr. Mais pour moi, ce n'est pas aussi personnel. Gardez la tête froide, cow-boy. On va devoir faire attention à nos preuves. Vous êtes peut-être un peu trop à vif sur cette affaire.

— Pas question, insisté-je. Je suis prudent. Toujours.

— Bien. Maintenant, allez regarder la vidéo et dites-moi ce que vous en pensez.

— C'est comme si c'était fait.

Sur ce, je prends congé de mon supérieur.

JE REGARDE la vidéo trois fois, en prenant des notes détaillées. Ensuite, je commence à faire des plans. D'abord, un petit achat chez Sparks – sans micro, au cas où ils fouilleraient mon nouvel infiltré préféré. Mais nous filmerons la transaction à l'aide d'une caméra cachée. Ensuite, nous reviendrons pour un deuxième achat, cette fois-ci pour un montant plus important. Sparks ne se retournera pas contre Gage à moins que nous ayons beaucoup de preuves contre lui.

— Eh, Brooks ? lancé-je à notre assistant.

— Oui, monsieur ?

Il épluche une banane, assis à son bureau.

— Pourrais-tu savoir si notre informateur a de la famille en dehors du Vermont ? Des parents ou des frères et sœurs, peut-être ? Mieux encore, s'il est allé au lycée quelque part en dehors de l'État ?

— Bien sûr. Je m'en occupe.

Mon délinquant prépare peut-être une visite chez sa sœur et tient à apporter un petit stock pour impressionner ses voyous de copains...

J'envisage toutes les configurations possibles lorsque mon téléphone sonne. C'est Skye.

— Vous allez arrêter Rayanne ? demande-t-elle sans préambule.

— Moi ? Non. Mais la police de Colebury est certainement en train de fouiller son pick-up. Pourquoi ?

Elle soupire et j'ai l'impression d'être le pire des traîtres. La première chose que j'ai faite après avoir quitté le café a été d'envoyer le lien de la photo Facebook à Nelligan pour qu'il puisse prendre des mesures. Je suppose qu'il y a jeté un coup d'œil et qu'il a rempli une déclaration sous serment pour obtenir un mandat de perquisition. C'est ce que j'aurais fait.

— Tu as des nouvelles de Rayanne ? demandé-je avec précaution.

— Oui. Elle est terrifiée. Elle est au lac, elle voulait prendre des photos pour prouver une sorte de transaction. Mais ça ne s'est pas fait. Elle dit que Sparks lui a posé un lapin, et maintenant, il pourrait essayer de la tuer.

Heureusement qu'elle ne me voit pas tressaillir. Parce que Sparks est un sale type, bien capable d'assassiner la fille de son associé.

— Sais-tu où elle est ?

— Elle n'a pas voulu me le dire.

— Ma chérie, si elle venait me parler, on pourrait arranger tout ça.

— J'ai peur pour elle, chuchote Skye.

— Moi aussi. Mais en attendant, je fais mon possible pour mettre Gage et Sparks hors d'état de nuire. Si tu réussissais à convaincre Rayanne de me parler, tout pourrait être terminé assez vite.

— D'accord.

— Reste calme, Fly-in-the-Sky.

Je sais qu'elle a horreur de ce surnom, mais je l'emploie délibérément pour éviter de verser dans la mièvrerie.

— Je vais rester ici pendant des heures, d'accord ? J'ai un tas de boulot.

— Fais attention à toi, dit-elle.

Je souris.

— D'accord. Change-toi les idées et pense à autre chose qu'à Rayanne.

Nous raccrochons et je retourne à mon ordinateur en faisant la grimace. Il est temps de rédiger un nouveau plan d'enquête pour un certain John Oscar Sparks.

Je ne m'accorde une pause dans mon travail que lorsque ma sœur m'envoie des textos.

Zara : *Skye et moi, on va faire du shopping à Burlington. Elle veut prendre quelques affaires parce qu'elle n'avait pas l'intention de rester aussi longtemps.*

Moi : *Tu m'étonnes. Un moment entre filles ? C'est sympa.*

Zara : *N'est-ce pas ? Soit elle a compris que je ne suis plus une sale gosse, soit elle s'ennuie tellement qu'elle préfère encore subir ma méchanceté légendaire plutôt que de rester assise à attendre ton affreuse trombine.*

Moi : *Amusez-vous bien.*

Zara : *Je vais la faire boire en souvenir du bon vieux temps.*

Moi : *Tu n'as pas intérêt !*

Zara : *** rire diabolique ***

Moi : *Au revoir, sale garce.*

Zara : *Au revoir, sale gueule.*

Décidément, certaines choses ne changent jamais.

———

JE NE RENTRE PAS à la maison avant vingt heures, ce soir-là, et je ne la préviens pas de mon retour. J'ai sillonné le comté pour jeter un œil aux repaires connus de Gage et Sparks.

Mais ils sont introuvables.

Quand j'entre dans mon appartement, je suis un peu étonné. D'abord, ça sent bon. Une odeur de curry flotte dans l'air, avec un fumet de viande.

— Hmm, dis-je en reniflant, accrochant ma veste sur le porte-manteau.

Skye se retourne, une spatule à la main.

— Salut. J'ai cuisiné. Désolée. J'avais besoin de m'occuper les mains. Et de manger un peu sainement, pour une fois.

Je traverse la pièce dans sa direction, rangeant mon arme dans l'armoire au-dessus du réfrigérateur. En m'approchant, je remarque certains détails. D'abord, Skye est superbe dans ma cuisine. Je vais garder cette pensée pour moi, de peur de paraître sexiste. Mais personne ne fait jamais la cuisine pour moi, sauf ma mère le dimanche. Je mène une vie de célibataire endurci, avec des plats à emporter et de minables restes au micro-ondes.

La deuxième chose que je remarque, c'est ce que porte Skye : un nouveau jean foncé qui met en valeur ses jambes vertigineuses et un petit t-shirt décolleté très moulant qui me donne envie d'explorer ce V de peau avec ma langue.

J'ai honte de dire que le dernier détail fait ressortir mon côté homme des cavernes, mais elle porte, par-dessus, l'une de mes chemises en flanelle. C'est presque trop pour moi. Je suis à deux doigts de suggérer qu'elle se déshabille, *à l'exception* de cette chemise, et qu'elle vienne directement au lit avec moi.

Au lieu de quoi, je lance :

— Salut, ma chérie.

Elle me regarde avec de grands yeux.

— Si je voulais t'embrasser, tu arrêterais de brandir cette cuillère ?

Elle regarde l'ustensile dans sa main comme si elle ne l'avait jamais vu auparavant. Puis elle le pose sur le plan de travail. Je la plaque contre le placard et ma bouche trouve la sienne. Ce n'est qu'un baiser, mais j'en profite au maximum. Elle sent le dîner avec un petit goût de paradis.

Je me force à reculer, parce que j'ai besoin d'une douche après ma longue journée de travail. Ce n'est pas le moment de laisser aller mon homme des cavernes intérieur.

— C'est chouette que tu aies cuisiné, dis-je d'une voix éraillée.

— C'est un ragoût d'agneau au curry, explique-t-elle timidement, les cils baissés.

Je laisse échapper un petit gémissement de bonheur.

— Tu cuisines souvent ?

Elle est toujours prise au piège contre le plan de travail. Me rapprocher de Skye est l'un de mes deux objectifs dans la vie. L'autre est de voir Jimmy Gage derrière les barreaux.

— Le week-end, répond-elle d'une voix douce.

J'ai le plaisir de constater qu'elle a l'air tout aussi déroutée que moi.

— Tante Jenny et moi, on cuisinait ensemble. Ça permet d'économiser de l'argent.

— Comment va Tante Jenny, au fait ?

— Ça va. Elle a déménagé en Floride il y a un an. Je ne suis allée la voir que deux fois, et seulement pour le week-end. Mais j'habite toujours dans son appartement. Son loyer est stable.

À court de sujets de conversation, je la dévisage. On dirait qu'elle a encore envie de m'embrasser.

— Arrête, dit-elle.

— Que j'arrête quoi ?

Je recule d'un ou deux centimètres. Je dois empester après la journée passée dans mon véhicule banalisé.

— Arrête de me regarder comme ça.

— Comment ?

Ses joues virent au rose et elle ne répond pas.

— Tu veux dire, comme si je voulais t'enlever tes nouveaux vêtements et te prendre sur le plan de travail de la cuisine ? Je ne sais pas si je peux arrêter ça. J'ai envie de toi, dans toutes les pièces de cet appartement.

— Le dîner est prêt, dit-elle en clignant des paupières. J'en ai déjà emporté la moitié à l'étage pour May et Alec. Mais je t'attendais pour manger.

— Ah. On ferait mieux d'en profiter, alors.

Une fois de plus, elle cligne des yeux.

— Alors bouge ton corps hyper canon et hyper baraqué, je vais servir le riz.

— Oui, madame.

Bravo, maintenant, je pense au sexe. Alors que nous nous asseyons à la table de ma cuisine avec une bouteille de vin fraîchement ouverte et un plat de riz et de ragoût d'agneau, je suis excité.

— Des nouvelles de Rayanne ? demandé-je pour me changer les idées. Des pistes sur l'endroit où elle se trouve ?

Skye secoue la tête.

— Elle a dit qu'elle ne voulait pas me le dire. Pour ne pas m'impliquer.

— C'est malin. Alors, vous êtes allées faire du shopping à Burlington ? C'était sympa ?

Je me demande si Zara a réussi à la charmer.

— Eh bien, fait Skye en posant sa cuillère. Ta sœur est trop gentille avec moi. C'est dingue, elle est *vraiment* très prévenante.

— Tant mieux, non ?

Je porte la cuillère à mes lèvres.

— Mon Dieu, c'est incroyable. Je sais déjà que je vais trop manger ce soir.

Skye me fait un sourire.

— Merci.

— Et qu'as-tu fait d'autre aujourd'hui à part le shopping ?

— Mon tyran de producteur m'a appelée quatre fois. Il manque de personnel et il regrette de m'avoir accordé deux semaines.

Elle lève ses jolis yeux au plafond.

— Un homme charmant.

— C'est une brute. Et j'ai commis l'erreur de lui dire que j'étais à Burlington. Alors, il m'a rappelée avec l'adresse d'une chaîne de télé affiliée en me demandant de « passer », fait-elle en esquissant des guillemets avec ses doigts… pour retravailler un sujet.

— Et tu lui as dit d'aller se faire foutre, c'est ça ?

— Non.

Elle prend son verre de vin et avale une bonne lampée.

— Je sais que j'aurais dû, mais la sécurité de mon emploi est plutôt précaire en ce moment. Alors, je suis allée voir cette chaîne et je me suis excusée platement. Ils m'ont laissé utiliser un poste de production et j'ai écrit leur maudit texte.

— Tu l'as écrit ? Ou retravaillé ?

J'ignore comment fonctionnent les actualités télévisées. Est-ce la même chose ?

Skye s'anime.

— Ils parlent de retravailler un texte, mais en réalité, c'est moi qui écris tout. Quelqu'un d'autre s'en attribuera le mérite. Enfin, j'ai édité les vidéos de leur interview, j'ai écrit le script et j'ai tout envoyé par e-mail. Ce sera diffusé ce soir.

— Qu'est-ce qu'ils feraient sans toi ?

Je m'interroge à voix haute.

— Ils écriraient leurs propres textes ? avance Skye. Difficile à imaginer. J'ai un poste très convoité à la télévision, mais la plupart du temps, je pense que ma vie irait mieux si je vendais du mascara chez Sephora. Au moins, j'aurais une réduction sur mes cosmétiques de luxe habituels.

Je sirote mon vin tout en riant. C'est le bonheur. Il y a un excellent repas sur la table et Skye me raconte sa journée. Certains se moqueraient de moi si je disais que je suis tombé amoureux de Skye en une après-midi, quand j'avais dix-huit ans. Mais cette journée a été suivie par des centaines d'heures à parler, tous les deux, dans les bois.

Elle m'a tellement manqué depuis. J'aime sa vision ironique du monde, son sens commun et les œillades qu'elle me lance quand elle croit que je ne la vois pas. Après le dîner, je compte bien lui montrer à quel point elle m'a manqué toute la journée.

Mais d'abord, je vais me resservir.

— Comment as-tu choisi le journalisme, au fait ?

— Ah, répond-elle avec un sourire audacieux. Pour changer le monde, bien sûr. Demande-moi comment ça se passe.

— Ça devrait se passer comment ? Qu'attendais-tu ?

— Eh bien, Tante Jenny est veuve, dit-elle en prenant une petite bouchée. Son mari…

— Est tombé dans une cage d'ascenseur.

Les yeux de Skye s'agrandissent.

— Bonne mémoire.

Comme si je pouvais oublier.

— Je me souviens de tout ce que tu m'as confié.

Elle me lance l'un de ces regards doux que j'aime tant.

— Bon, donc Jenny a passé des années à essayer de faire reconnaître par la ville que sa mort aurait pu être évitée, en vain. Et puis, la première année où je vivais chez elle, nous avons reçu un appel d'un journaliste du *New York Times*. Il écrivait un article sur les décès dans les ascenseurs. Alors, Jenny lui a accordé une interview. Et ce type a publié un article détaillé sur les inspections d'ascenseurs frauduleuses. Des têtes sont tombées et les choses ont bougé.

Elle hausse les épaules.

— J'ai voulu faire ça, moi aussi, pour réparer les injustices et faire entendre la voix des plus faibles.

Je pose ma cuillère et réfléchis une seconde.

— Comme les flics ripoux qui harcèlent les jeunes filles de seize ans ?

— Peut-être, dit-elle, songeuse. Je n'y ai jamais vraiment pensé sous cet angle.

— Je suis policier. Tu es journaliste.

Je fourre dans ma bouche un nouveau morceau d'agneau épicé et salé.

— En fin de compte, nous menons encore tous les deux une guerre très ancienne.

— C'est déprimant, dit-elle en sirotant son vin.

— Non, pas du tout.

Je secoue la tête avant d'ajouter :

— Faire du bon travail, c'est toujours positif. Même si être assis ici, avec toi, en ce moment, c'est une meilleure vengeance.

Elle sourit dans son verre de vin.

— Termine ton repas, lui dis-je. Nous avons des choses à faire.

— Des choses à faire ?

— Des choses qui se font entièrement nu.

Ses joues s'empourprent, mais elle finit son ragoût. Quand elle se lève enfin pour débarrasser la table, je l'arrête.

— Je vais tout nettoyer. Tu en as déjà fait beaucoup.

Je me lève à mon tour, mais je laisse la vaisselle sur la table.

— Et le nettoyage commence par mon corps.

— Quoi ?

— J'ai besoin d'une douche.

— D'accord, vas-y.

— Pas tout seul. Je veux de la compagnie.

Je vois des flammes dans son regard.

— Sous la douche ?

— Tout juste. Il y a suffisamment de place pour deux, là-dedans. Relève tes cheveux ou je ne sais quoi, et suis-moi. Pas dans cent ans…

Elle darde sur moi un regard appuyé.

— Et si je n'ai pas besoin d'une douche ?

— Oh si, ma chérie. Seulement, tu ne le sais pas encore. Viens. J'ai besoin d'aide pour me laver le dos.

Cette excuse pitoyable l'amuse.

— Allons-y, ajouté-je. Il ne faut pas gaspiller l'eau chaude.

Je me rends dans la salle de bain et j'ouvre le robinet. Puis je commence à me déshabiller.

Ce n'est que lorsque je suis nu qu'elle jette un œil par la porte ouverte.

— Je n'ai jamais pris de douche avec quelqu'un d'autre avant.

J'en éprouve une joie irrationnelle.

— Alors, tu es une vierge en matière de sexe sous la douche ? Excellent. Viens ici.

J'enlève ma chemise en flanelle, qu'elle porte sur ses épaules, et la jette hors de la pièce. Ensuite, je défais le bouton de son jean moulant.

Elle me frappe les mains.

— Je peux me débrouiller seule, tu sais ?

— Ah oui ? Alors, occupe-toi de ça. Je vais chercher quelque chose dans la chambre.

Je vais chercher un préservatif dans la table de chevet et le dépose sur le bord du lavabo. Skye est déjà sous la douche. Quand j'ouvre la porte de la cabine, j'ai l'impression que tous mes fantasmes d'adolescent prennent vie. Skye est debout sous le jet, l'eau ruisselant sur ses seins alors qu'elle penche la tête en arrière.

Oh, Seigneur. Je suis mort. Mais ma queue, clairement pas. Il me suffit d'un coup d'œil sur les gouttelettes qui perlent au bout de ses tétons pour me liquéfier.

Skye le remarque aussi. Je vois ses yeux s'arrondir, puis son regard timide se lève pour rencontrer le mien.

— Montre-moi ce dos qui a besoin d'être lavé.

Me retournant pour jouer le jeu, je suis récompensé par des mains savonneuses sur ma peau chaude.

— C'est incroyable, ma chérie. Frotte partout.

Avec un petit grognement, elle continue à me laver. Je lève les bras et penche la tête dans un sens, puis l'autre, lui donnant accès à l'intégralité de mon dos.

— Maintenant, devant, plaisanté-je en me retournant, mon sexe impatient pointant droit sur elle.

Je soutiens son regard pendant que ses mains lisses se frayent un chemin le long de mon corps. Je n'entends que le frémissement de l'eau et mon propre pouls dans mes oreilles alors qu'elle s'approche de moi pour me toucher là où j'en ai besoin.

— Vas-y, chuchoté-je. J'ai envie de toi.

Ses yeux s'assombrissent lorsque sa main douce et enduite de mousse se referme autour de ma verge. Je laisse échapper un gémissement de désir pur et sa respiration s'accélère.

Sans ménagement, je lui empoigne les seins. Ils sont glissants dans mes mains. Elle lâche un gloussement joyeux. Cette fois, plus besoin de faire semblant que nous sommes là pour prendre une douche. Je la pousse contre le carrelage et lui embrasse le cou, laissant ma main glisser sur sa peau souple jusqu'à la jonction de ses cuisses.

— Écarte-les pour moi, chérie.

Avec une vive inspiration, elle ajuste sa position et ouvre grand les jambes. Ses poils pubiens me chatouillent la paume alors que je commence à effleurer la partie la plus délicate de son anatomie. J'enfouis mon visage dans son cou et goûte sa peau avec ma langue.

Sous les gouttes incessantes, je ne me suis jamais senti aussi vivant qu'en ce moment. Je ne suis plus pressé. Je n'ai pas hâte que cela se termine. Mis à part les limites de mon ballon d'eau chaude, j'ai tout le temps du monde pour embrasser sa peau et lui donner du plaisir.

On ne pouvait pas mieux mettre à profit cette soirée. Et je ne veux rien d'autre pour ma vie.

Telles sont mes pensées tandis que j'embrasse son corps en m'agenouillant. Je saisis l'une de ses jambes et soulève son mollet sur mon épaule.

— Penche-toi en arrière, bébé, murmuré-je. Ce sera agréable. Oui, tiens-toi comme ça.

Ses mains saisissent mon épaule et mes cheveux, alors que je me penche vers son intimité. Elle lâche un hoquet sensuel lorsque ma langue trouve son clitoris. Mes baisers se font langoureux et taquins. Entre deux, je murmure tous les mots salaces et excitants de mon répertoire.

— C'est ça, donne-moi tout. Utilise-moi…

Je passe la langue sur son clitoris. Ses hanches se décollent et elle se cambre pour en avoir plus. J'ai raté douze ans avec cette fille et je ne veux pas rater une seconde de plus. Ma queue est dure comme le roc, mais je pourrais continuer toute la nuit. Lentement, j'enfonce un doigt en elle pour la première fois.

En réaction, elle halète et gémit. Elle se presse contre mes lèvres. Je suis au paradis.

— C'est ça, dis-je d'une voix rauque. Écarte les jambes en grand. Ma belle vicieuse.

Alors, Skye se fige.

J'adoucis mon geste, pose un baiser sur sa cuisse. Mais son corps ne se détend pas. Je lève la main pour vérifier la température de l'eau. Elle est toujours bonne. Puis je la regarde par en dessous, la tête penchée pour éviter d'avoir de l'eau dans les yeux.

— Tu vas bien ?

Elle hoche la tête par saccades. Pourtant, je sais qu'elle est perturbée. Skye retire sa jambe de mon dos et pose les deux pieds sur le sol. Quand je me mets debout, je vois que ses yeux sont rouges. Elle ressemble à un animal apeuré.

— Eh, dis-je d'une voix encore vibrante de désir.

Je lève la main pour écarter les cheveux mouillés de son visage et elle tressaille.

Oh, merde. Je repasse nos deux dernières minutes en essayant de comprendre où je me suis planté. *Utilise-moi. Écarte les jambes en grand. Ma belle vicieuse.*

À présent, Skye referme les bras autour de son buste, visiblement gênée.

— Désolée, dit-elle alors que je coupe l'eau. J'ai juste besoin d'une minute.

Moi aussi. C'est le chaos dans ma tête. En sortant de la douche, je prends une serviette et l'enroule autour d'elle.

— J'ai déclenché quelque chose de négatif, c'est ça ?

— Peut-être. Je ne sais pas.

Elle soupire.

— Oui. C'est stupide.

Mon pouls bat dans mes oreilles, mais pour une autre raison maintenant. Était-ce *vicieuse* ?

Elle se mord la lèvre et détourne le regard.

Merde.

Les mains tremblantes, je me trouve une serviette et me sèche juste assez pour ne pas laisser de flaques dans mon sillage. Je la noue ensuite autour de ma taille et sors de la salle de bain. En faisant les cent pas dans la cuisine, j'ouvre le réfrigérateur et le fixe des yeux sans raison particulière. Au moins, cela m'évite de coller mon poing à travers le mur.

Une seule pensée m'habite : Je vais tuer Gage. Cet enfoiré est un homme mort.

27

SKYLAR

Cela fait deux fois maintenant.

Je m'écroule sur le bord du lit, la serviette de Ben enroulée autour de moi. Je me demande combien de fois je peux gâcher nos moments sexy avant qu'il ne décide que je n'en vaux pas la peine.

Je ne suis pas dupe, cela m'affecte. Beaucoup trop, même. J'ai beau partir d'ici dans quelques jours et ne jamais revenir, ça n'y change rien.

Que me suis-je infligé ?

Benito entre dans la chambre avec une pinte de bière fraîche et une expression maussade.

Oh, oh.

— Tu es fâché, c'est ça ?

— Bien sûr, dit-il en posant sa bière sur la commode. Je suis fou de rage.

Puis il enlève sa serviette et j'ai un bref aperçu de ses fesses musclées avant qu'il n'enfile un boxer.

— Mais pas contre toi, ajoute-t-il. Tu comprends ça, n'est-ce pas ?

Il se tourne pour rencontrer mon regard et je cligne des yeux, hébétée. Bien sûr, il est en colère contre moi. Contre qui d'autre, sinon ?

— Skye, ma belle.

Il apporte un t-shirt et le verre de bière de l'autre côté du lit et s'y assied, ses longues jambes tendues.

— Viens ici, tu veux bien ?

Je me tourne, prête à me faire rabrouer.

— Tiens, c'est pour toi.

Je suis stupéfaite quand il passe le t-shirt sur ma tête.

— Enfile les bras. Voilà. Je dois te couvrir un peu pour que mon cerveau fonctionne pendant que j'essaie de te parler. Maintenant, prends une gorgée de ça.

Il me tend la pinte.

Je porte le verre à mes lèvres, et quand je l'approche de mon nez, je sens une odeur de cidre.

— C'est de chez les Shipley ?

— Moitié ambre Shipley, moitié bière. C'est ce qu'on appelle une *snakebite*. Si tu aimes, tu peux la garder et j'en prendrai une autre.

— Délicieux.

On retrouve les arômes fruités du cidre, mais avec l'amertume de la bière.

— Je ne savais pas qu'on pouvait les mélanger comme ça.

— Ce sont les Britanniques qui ont inventé ce mélange. C'est une sorte de compromis.

— C'est divin. On partage.

Je prends une autre gorgée et la lui rends. Ses yeux bruns pétillent, mais son sourire s'estompe.

— Il faut qu'on parle une minute.

Et voilà, le couperet. C'est ce que je craignais.

— Excuse-moi d'avoir déclenché quelque chose chez toi. Je peux modérer les propos salaces.

— Mais…

Je reste sans voix pendant une seconde.

— Tu n'as rien fait de mal. Je n'ai pas à être aussi sensible.

Son expression devient encore plus triste.

— Tu ne l'es pas, Skye. Quelqu'un t'a appris à avoir honte. Et je pourrais tuer ce type, putain. Viens ici, tu veux bien ? Juste pour un câlin.

Il me tend notre verre et ouvre ses bras.

— D'accord.

Je n'ai pas le choix. Je pose le verre et me rapproche de lui. Son torse nu sent bon le savon, la virilité.

— On peut encore, euh…

Je m'éclaircis la gorge.

Lorsqu'il rit tout bas, je sens ses abdominaux se contracter.

— Un jour, je veux que cette phrase te donne du plaisir. Mais pas forcément aujourd'hui.

— D'accord.

Je prends une autre gorgée de *snakebite* et me laisse aller contre sa chaleur implacable. C'est comme ça que j'ai toujours imaginé les câlins au lit avec Benito. C'est bon de savoir que j'avais raison.

— Écoute, j'ai assisté à toutes sortes de séminaires de formation et il y en a eu un, sur les abus sexuels, qui m'a vraiment marqué.

— Quel sujet joyeux, grommelé-je.

— Écoute-moi, d'accord ? Parce que cette femme était intelligente. Elle essayait d'expliquer à une salle pleine de flics renfrognés ce que c'est que de grandir avec un agresseur sexuel. Elle a dit que le sexe, c'est comme une pièce privée dans votre âme. Les enfants n'entrent pas dans la pièce, parce qu'ils sont trop jeunes pour la remarquer. Et puis les adolescents l'explorent à leur propre rythme.

Je me détends contre lui en l'écoutant. Il me caresse les cheveux tout en choisissant ses mots.

— Elle a dit que l'expérience sexuelle doit être comme une pièce qu'on peut décorer à sa guise. Sans l'intervention de personne d'autre.

— Sa propre salle érotique privée ? Ça fait très pervers.

— Je sais, n'est-ce pas ? Mais elle a fait du bon travail, en tout cas.

Il rit à ce souvenir.

— Pour reprendre ses mots, certaines personnes emménagent et installent un jacuzzi et une balançoire en velours. Mais d'autres sont plus mesurées : tapis beige et lit en portefeuille.

— Tu es en train de dire que cette seconde description me ressemble ?

Il secoue la tête.

— Non. Tu n'en as même pas eu l'occasion. Gage t'a devancé. Il a forcé ton coffre-fort, retourné les meubles et barbouillé les murs de merde.

— *Oh.*

Ce n'est pas une théorie si farfelue.

— Ce n'est qu'une conférence que j'ai entendue une fois. Ça ne fait pas de moi un expert. Je devrais sans doute me taire, mais je pense que les propos de ce sale type pourraient dissuader n'importe qui de faire l'amour. Il te traitait de vicieuse, n'est-ce pas ?

Un frisson involontaire me parcourt.

— Entre autres choses.

— Il a traité Zara de pute. Je l'ai entendu.

Benito prend une gorgée de notre *snakebite* commune.

— De toute façon, je ne sais pas vraiment comment t'aider. Ni même si tu as besoin d'aide. Mais je peux me montrer infiniment patient. Si je dis quelque chose que tu n'aimes pas, dis-le-moi. Je ne serai pas vexé.

Mon cœur est dans un tel état ! Cet homme va me briser.

Benito me passe le verre, mais je le pose sur la table à côté de nous. Puis je me retourne dans ses bras et lui embrasse le menton. Il sourit contre mes lèvres et je l'embrasse encore à trois reprises, chaque fois plus doucement et un peu plus sensuellement.

C'est une chose que j'ignorais à propos du sexe, que les petits moments peuvent être incroyables. Avant Benito, je n'étais jamais assez à l'aise avec quelqu'un pour explorer, par exemple, la texture d'une barbe contre mes lèvres. Je n'ai jamais effleuré d'abdominaux avec ma paume ni passé le bout du doigt sur le cercle plat d'un mamelon d'homme.

Benito gémit tout bas et colle sa bouche contre la mienne. Son baiser est hésitant. Sa langue m'est familière. Quand il expire, son souffle me chatouille la lèvre supérieure. Il m'embrasse intensément, infiniment. Nos baisers se succèdent comme les épisodes d'une nouvelle série, chacun se terminant sur un suspense haletant qui appelle le suivant.

C'est du *binge-kissing*, pourrait-on dire.

Pourtant, Benito ne me pousse pas sur le lit, il ne m'attire pas sur ses genoux. Ses baisers sont fervents, résolus et pleinement engagés. Mais sa main demeure sagement sur sa cuisse.

Touche-moi, chante mon corps. Mes seins sont lourds et vivants. Je les frotte contre son torse, avide de contact.

Benito sourit contre mes lèvres et m'embrasse à nouveau. Lentement. Patiemment.

Je prends alors sa main inerte et la glisse sous l'ourlet du t-shirt ample qu'il m'a enfilé. Elle atterrit sur ma hanche et me serre. Oui, *enfin*. Je l'attire sur le lit et passe une jambe par-dessus la sienne. Je suis toujours nue à partir de la taille et le simple fait d'écarter les jambes de quelques centimètres me semble effronté. Dans le bon sens du terme.

Mais Benito ne mord pas à l'hameçon. Sa tête sur une main, il me sourit.

— Tu veux quelque chose ?

— Ben, chuchoté-je. Allez.

— Pourquoi ? demande-t-il, caressant ma voûte plantaire avec la sienne.

Même quand il me touche les *pieds*, cela m'excite. Les pieds ? Vraiment ?

— Tu sais pourquoi, insisté-je.

Son sourire s'agrandit.

— Chérie, un jour, j'espère que tu pourras le dire.

Il hausse la voix pour tenter d'imiter la mienne, sans grand succès :

— *Ben, s'il te plaît, viens ici et fais-moi l'amour, grand vicieux !*

Cela ne me ressemble absolument pas et je suis prise de fou rire.

— Tu n'es pas obligée de dire ces mots-là spécifiquement, poursuit-il. Même si tu n'aimes jamais le mot *vicieux*, aucun souci. J'espère seulement que tu pourras me demander ce dont tu as besoin sans en avoir honte.

Mon doigt glisse sur l'arête de son nez. Il y a une légère bosse au centre qui lui donne un air altier. J'ai toujours voulu le toucher quand j'avais seize ans, mais je n'en ai jamais trouvé le courage.

— C'est vrai que je ne suis pas fan du mot *vicieux*.

— Comme je l'ai dit, ce n'est pas la question. Mais tu sais ce que ce mot signifie pour moi ?

Je secoue la tête.

— C'est drôle, je crois que moi non plus.

Nous rions tous les deux.

— Non, attends, laisse-moi réfléchir.

Il se penche et m'embrasse, juste une fois.

— En fait, quand j'ai des pensées vicieuses sur toi, ce que je veux dire, c'est qu'elles sont instinctives et viscérales. Sans filtre. Et quand j'utilise ce mot au lit, c'est vraiment *sans filtre*. Tout ce que je veux, les choses les plus dingues, c'est entre nous, pour nous deux. Ce n'est pas *mal*, seulement ce n'est pas bon aux yeux des autres. Juste aux tiens.

— J'aime bien cette définition, chuchoté-je.

Ce que j'aimerais vraiment dire, c'est : *je t'aime, toi.*

— Tant mieux, dit-il. Parce que j'ai des pensées torrides, pas du tout honteuses et très vicieuses en ce moment.

Sur ce, il se penche pour m'embrasser à nouveau. Je me blottis contre lui et le supplie – sans que ce soit nécessaire, bien évidemment – de m'embrasser à nouveau.

Cette fois, il roule sur mon corps, me plaquant sous le sien. Nos langues se caressent et ses doigts glissent dans mes cheveux. Il prend son temps avec moi, m'embrasse jusqu'à ce que nous soyons tous les deux éperdus de désir. Quand je lui donne enfin le coup d'envoi, tirant son boxer pour l'accueillir, je suis prête à le recevoir.

Tout est parfait. Nous évoluons comme un seul corps, dans le même effort, le même souffle.

S'il existe vraiment une pièce privée consacrée au sexe dans mon âme, Benito y a gagné une invitation permanente.

28

BENITO

Le lendemain matin, je quitte le lit à contrecœur. Il y a une déesse nue dans mon lit. Skye, la belle endormie, serre l'oreiller dans ses bras, ses cheveux fins étalés tout autour.

Elle a l'air aussi débauchée que moi. Je passe un moment, assis au bord du lit, à savourer mon propre émerveillement. Je suis encore un peu étonné qu'elle soit là, comme dans un rêve prolongé. Me réveiller à côté d'elle ne me semble même pas réel.

D'autres choses sont bien réelles, en revanche. Comme mon obligation à aller travailler tôt. Je me dirige vers la douche. Elle dort encore quand je m'habille et m'apprête à partir. Alors, je laisse un mot sur le plan de travail et un petit cadeau à côté.

Le cadeau est à la fois ironique, et en même temps, pas vraiment. Tout dépend de la façon dont on considère les choses.

Après avoir rangé mon arme, je jette un dernier coup d'œil à sa silhouette assoupie. Parce que c'est plus fort que moi. Enfin, je sors de l'appartement.

LA JOURNÉE AYANT SI BIEN COMMENCÉ, le reste s'avère un peu décevant.

Je me trouve sur un toit à Montpelier, à installer une caméra orientée vers le parking en contrebas. Mon nouvel informateur,

Wayne Browers, attend que Sparks se présente derrière une animalerie désaffectée. Browers n'a que vingt-six ans, mais il en paraît dix de plus. Son bonnet de laine est enfoncé sur son front. Il a des yeux trop intenses, des yeux qui en ont trop vu.

Avant de venir, nous l'avons soumis à une fouille minutieuse – tant sur sa personne que dans sa voiture. Notre opération d'infiltration ne fonctionnera que si nous pouvons prouver que les drogues que Wayne Browers aura en sa possession dans une demi-heure n'étaient pas présentes lorsque nous avons pris position à cet endroit.

Mais il y a déjà un problème. Sparks est en retard. Et quand le dealer est en retard, ce n'est jamais bon signe.

Au moins, notre gars n'a pas l'air nerveux. Il est adossé contre sa berline cabossée, l'air terriblement résigné pour quelqu'un qui s'apprête à piéger un dealer potentiellement violent.

Un autre véhicule s'engage bientôt sur le parking, mais ce n'est pas celui de Sparks. C'est une Taurus noire que je n'ai jamais vue auparavant. *Merde.* Elle s'arrête lentement et j'entends mon patron parler dans mon oreillette.

— Nouveau sujet en approche. Je ne connais pas ce type. De type caucasien, la vingtaine, costaud. Tatouage visible sur son cou.

Mon patron a une meilleure vue sur le conducteur de la voiture depuis sa position, dans l'animalerie.

— Bien reçu, dis-je à mi-voix. Aucune idée de mon côté.

L'homme sort, mais je ne le reconnais toujours pas. Il se dirige vers Browers et ils se serrent la main.

Ils discutent une minute. Ça me semble plutôt amical, là-bas. J'ai préparé Browers à la possibilité que Sparks envoie quelqu'un d'autre. Apparemment, ce petit changement de plan ne le perturbe pas. Conformément aux instructions, mon indic fouille sa poche de poitrine et en sort le rouleau de billets que j'y ai mis plus tôt. Il remet l'argent au Costaud Caucasien. En échange, ce dernier lui donne un petit sac en papier.

Mon gars jette un coup d'œil à l'intérieur et hoche la tête.

Une minute plus tard, le dealer s'en va. Une fois de plus, Browers fait exactement ce que nous lui avons demandé. Il ouvre le coffre de sa voiture, bien en évidence. Il y dépose le sac et referme. Puis il monte dans sa berline et sort lentement du parking.

Comme je suis toujours perché sur le toit, c'est à quelqu'un d'autre de le suivre jusqu'à notre point de rencontre. Je range la caméra et quitte le toit en passant par la boutique du dessous, la succursale d'une chaîne de magasins de chaussures. Je remercie le gérant pour sa coopération et retourne ensuite à notre point de rendez-vous.

Un autre inspecteur a déjà confisqué la drogue dans le coffre Browers. Ce dernier sera libre de partir dans un instant, jusqu'à ce que nous ayons à nouveau besoin de lui.

— Tu as bien travaillé, lui dis-je. Qui était ce type ?

Browers hausse les épaules.

— Il a dit qu'il s'appelait Dave et je ne lui ai pas franchement demandé de pièce d'identité.

— Bien sûr.

— Il a dit que Sparks était occupé jusqu'à demain ou jeudi. J'lui ai dit que j'avais peut-être une autre commande pour lui et j'ai demandé si je pouvais en parler à Sparks plus tard dans la semaine. Il est d'accord.

Ce n'est pas forcément un mauvais présage. Il est rare que tout se déroule sans encombre.

— Une idée de ce que Sparks pourrait faire ce soir ?

Notre homme n'est pas le plus finaud du monde, mais ça ne coûte rien de demander.

Il hausse les épaules et avance :

— Il prépare la marchandise ?

C'est une hypothèse aussi valable que les autres.

— Tu sais où ils l'emballent ? demandé-je.

Ça me mine de ne pas savoir où se trouve leur labo.

Une fois de plus, il me donne une réponse évasive.

— Sa voiture a un autocollant de *Smokey's*. Ça doit être dans le coin.

— Oui, pas bête.

J'éclate de rire, parce que c'est un bon boulot de détective. *Smokey's* est un fourgon de restauration qui propose de la viande au barbecue, souvent garé sur la route 12. De toute façon, je vérifierai la plaque de la Taurus dès que je rentrerai au bureau.

Mon travail est comme une partie d'échecs lente et laborieuse. Comme nous l'avons filmé en train de vendre de la drogue, je peux obtenir un mandat afin de suivre le Costaud Caucasien avec un mouchard collé sur sa voiture. Nous pouvons ainsi surveiller ses allées et venues dans tout le comté jusqu'à ce qu'il nous conduise inévitablement à Sparks. Qui, à son tour, nous conduira à Gage.

Pitié, mon Dieu, le plus vite possible !

— On a fini ? demande Browers.

— Pour l'instant. Merci pour tes services.

Je lui rappelle son obligation légale de rester dans les parages et de se préparer à recommencer dans quelques jours.

Puis je retourne au bureau pour réfléchir à la prochaine pièce à déplacer sur l'échiquier.

29

SKYLAR

Se réveiller seule dans le lit de Benito, voilà une bonne façon de commencer la journée.

Je suis nue, ce qui me change de mes habitudes. Même si je vis seule maintenant, je ne dors jamais nue. Je n'en ai jamais vu l'intérêt. Note pour plus tard : c'est délicieusement décadent de sentir les draps sur ma peau.

Je me lève lentement, tirant le peignoir de Benito sur mon corps nu. Ça aussi, c'est décadent. Dans le silence de l'appartement, je me faufile jusqu'à la cuisine pour faire du café avec la nouvelle machine. C'est là que je repère un mot sur le plan de travail.

Fly-in-the-Sky,

Ce ne sera pas facile de me joindre avant l'après-midi. Tu connais la marche à suivre : si tu as besoin de quelque chose, demande à Zara. Pour te faciliter la vie, j'ai fait faire ça en rentrant hier. Tu es ici chez toi. Mets-toi à ton aise.

Je t'aime,

B.

Je t'aime. Je reste un peu bloquée sur cette dernière phrase pendant un moment. Ce sont des mots que personne ne me dit jamais, à l'exception de Tante Jenny. Ça me plaît beaucoup, mais je ne sais pas quoi en faire. Nous avons laissé passer une décennie sans nous voir. Je suis ici depuis moins d'une semaine, et voilà que Benito me sort les trois mots fatidiques.

Il est possible que cela n'ait pas la même signification pour lui que pour moi. Et au bout de cinq jours seulement, comment suis-je censée savoir où j'en suis ?

À côté du petit mot, je trouve son cadeau, la clé de son appartement. Elle a la finition brillante d'une clé qui vient tout juste d'être coupée, sur un porte-clés qui, je pense, est un clin d'œil à mon intention. C'est un bout de plastique en forme de l'État, avec les mots « I love Vermont ».

Quel plaisantin.

Ça fait beaucoup à méditer avant même mon café. Je me dirige donc vers la nouvelle machine et la mouture que j'ai achetée hier. Je l'allume et me demande où mettre l'eau et le filtre. Enfin, j'appuie sur le bouton et j'attends le bruit caractéristique du café qui s'écoule dans la carafe.

Mon téléphone sonne et je retourne en trombe dans la chambre pour aller le chercher. Mon cœur s'emballe un peu. Je me demande si c'est Benito qui appelle.

Foutu palpitant.

Mais non, c'est le nom de Tante Jenny qui s'affiche. Évidemment. Dès que j'oublie de l'appeler, elle s'inquiète.

— Allô ! dis-je en décrochant, hors d'haleine après avoir cherché l'appareil. Salut. Désolée. J'aurais dû t'appeler. J'étais occupée, entre le pénis à l'antenne et mon voyage impromptu dans le Vermont.

Il y a un silence à l'autre bout de la ligne et je me demande si notre connexion a été interrompue.

— Tu es *toujours* dans le Vermont ?

— Oui. Rayanne a des problèmes. C'est compliqué.

— Tu es chez elle ?

Nous y voilà.

— Pas exactement, non. Sa maison ne me semble pas très sûre, alors je suis hébergée chez…

Tante Jenny va devenir dingue.

— … Benito.

Elle pousse un cri si perçant qu'il me fait mal aux oreilles, puis elle se met à bredouiller. J'entends « incroyable », « miracle », et quelques autres mots qui me font grimacer.

— Pour quand est prévu le mariage ?

— Jenny !

Elle glousse.

— Arrête, d'accord ? Pour autant que tu saches, il pourrait être marié.

— C'est le cas ?

— Non, bougonné-je.

Elle rit encore un peu.

— Dis-moi tout.

Euh, hors de question. Jenny et moi sommes proches, mais je ne peux tout de même pas raconter à ma tante les baisers torrides dans les bois et nos corps-à-corps endiablés dans le lit de Benito. Au lieu de ça, je lui parle de son magnifique appartement dans l'ancien moulin.

— Les fenêtres sont plus hautes que moi. Et les pièces sont gigantesques. À Manhattan, ça coûterait dans les trois millions de dollars.

Un policier de New York ne pourrait pas vivre dans un aussi bel endroit, même si sa famille était propriétaire de l'immeuble.

— Classe, dit Jenny.

— C'est vraiment beau. Tu sais le plus fou ? Je pensais que tous ceux que je rencontrerais dans le Vermont seraient comme figés dans l'ambre, en quelque sorte. Mais en réalité, ils sont tous propriétaires de bars tendance ou de cafés cosy, ou alors ils font du cidre reconnu à l'international. Ça m'agace un peu qu'ils soient tous plus intéressants que je le pensais.

Jenny s'esclaffe.

— Quel scandale ! Tu es la seule à pouvoir grandir et avoir une carrière intéressante, à pouvoir faire du shopping chez... je ne sais quelle boutique à la mode de nos jours – je n'arrive jamais à suivre les tendances.

— Ils ont même des bagels.

— Vraiment ? C'est gonflé de proposer des bagels ailleurs qu'en ville.

— Ils ont un boulanger super mignon au café. Apparemment, il fait tout faire.

Au même instant, mon estomac gronde.

— Mais ce n'est toujours pas New York.

— Exact, acquiesce Jenny. Je ne sais pas comment tu pourrais vivre sans rats dans le métro et sans concierge à la ramasse. Tu ferais mieux de ne pas déménager dans le Vermont.

— Je ne pourrais jamais, dis-je rapidement. Mon travail !

— Ton travail merdique est une putain de blague.

— Jenny !

Parfois, je me demande si elle n'est pas déterminée à dire toutes les grossièretés que je m'interdis, histoire de maintenir l'équilibre de l'univers.

Elle rit.

— Quoi ? C'est vrai ! Ils te marchent dessus et tu ne te rebelles pas. Mais ils seraient dans la merde, crois-moi, si tu les laissais tomber. C'est toi qui fais tourner cette boîte et tu n'en récoltes jamais les lauriers.

Jenny est une femme très loyale, si bien que j'entends souvent ce sermon. Mais elle ne réalise pas combien de jeunes journalistes aux dents longues font la queue pour mon poste. Si je faisais des histoires, ils trouveraient illico une autre jolie blonde d'une vingtaine d'années dans la file et lui offriraient mon pointeur laser. Elle présenterait le point circulation et la météo en moins de temps qu'il n'en faut pour dire : « Tourne tes seins vers la caméra six. »

— Alors, qu'est-ce que ta demi-sœur a fait cette fois-ci ? demande Jenny.

— Elle traîne avec des ordures et elle se cache des flics.

C'est tout ce que je peux dire, car Jenny a tendance à angoisser.

Elle gémit.

— Cette gosse est une âme perdue. Je croyais que le yoga l'aiderait.

— C'est le cas, dis-je en prenant la défense de Rayanne, comme souvent quand on parle d'elle. Mais les hommes sont tous pourris, m'empressé-je d'ajouter.

— Ça, c'est sa réplique. Je sais que Rayanne est en colère et qu'elle a le droit de l'être. Grandir avec un père comme ça...

Elle soupire.

— Mais à un moment donné, il faut assumer ses choix. Il a fallu beaucoup de temps à Rayanne pour en arriver là.

Je suis d'accord, mais ce serait déloyal de le dire à haute voix.

— Est-ce que Benito te traite bien ? J'imagine, si tu restes chez lui.

— Oui.

À m'entendre, on croirait que je rêvasse.

— Benito est un type formidable. Le revoir, ça m'aide à... tourner la page.

Ma voix se brise sur ces derniers mots, car je pense surtout à tous les orgasmes que cela m'apporte.

Jenny glousse.

— Eh bien, j'espère que vous *tournez beaucoup de pages*. Bon, je dois retrouver les filles pour notre partie de poker.

— Je te souhaite d'avoir tous les as.

— Que Dieu t'entende. Je t'aime, Skye. Prends soin de toi.

— Oh, tu peux y compter.

C'est la seule chose que j'ai apprise très jeune.

— Comme toujours.

Nous raccrochons et je m'autorise une belle heure de détente sur le canapé de Benito, à boire du café en dégustant un bagel préparé par Roderick. Ils sont toujours délicieux le lendemain si on les fait griller.

Je suis tentée de remettre les réflexions à plus tard. L'ennui, c'est que je ne sais pas ce que « plus tard » signifie pour Benito et moi. C'est une question trop importante pour la résoudre alors que je suis encore nue dans son peignoir. Je me lève et vais prendre une douche. Quand je consulte mes e-mails, j'ai reçu une demande de mon patron.

Skye, j'aimerais que vous appeliez la mairie pour obtenir un commentaire du service des parcs sur la proposition de réduction des heures d'ouverture des piscines publiques cet été. C'est pour le journal de midi, la partie sur la dernière allocution du maire. Et je pourrais avoir besoin de vous pour éditer un reportage du soir, plus tard dans la journée. Je vous tiens au courant.

Je relis le message deux fois avant de pousser un gémissement consterné. Jenny a raison, bien sûr. J'ai rendu service à ce type hier, et maintenant, il m'en demande encore plus. Si je lui avais tenu tête, il n'aurait peut-être pas profité à nouveau de mes vacances.

Je rédige donc une réponse. *Je suis toujours en vacances, avec un service Internet limité. Je peux passer un coup de fil à la mairie et vous transmettre leurs réponses. Mais je ne peux pas faire de montage vidéo pour vous sans mon ordinateur portable. Vous devrez vous en occuper vous-même.*

Je clique sur « envoi », remplie d'audace et soudain enhardie.

Ma victoire est de courte durée. Quand je raccroche après ma conversation avec un représentant de la mairie, un message m'attend. C'est McCracken : *Vos « vacances » tombent très mal, et permettez-moi de vous rappeler qu'elles ont été causées par vos propres bévues. J'ai pris des dispositions pour que vous puissiez travailler chez notre affilié de Burlington. Ils vous libéreront un poste de travail cet après-midi.*

Ce type n'est pas croyable. Il ne s'arrêtera jamais. Ce qui m'arrangerait, ce serait qu'il obtienne une promotion ou qu'il soit licencié. Mais ce n'est pas près d'arriver.

Alors que je consulte notre échange dans ma boîte de réception, un dernier message apparaît. Il contient une adresse à Burlington. Et rien d'autre. Pas même un *merci*.

Je m'allonge sur le canapé de Benito et contemple les épaisses poutres en bois au-dessus de moi. Quelqu'un les a hissées là-haut il y a plus de cent ans. Et quelqu'un d'autre a posé des milliers de briques, construisant un mur droit et solide qui résiste depuis un siècle déjà.

Un maçon ne peut pas travailler à distance pendant ses jours de congés. Je devrais peut-être être maçon.

Le téléphone jetable émet un tintement. Pendant une petite seconde, je ferme les yeux sans tendre la main. J'imagine encore, dans ce bref laps de temps, que Rayanne va me dire que tout se passe bien. Que Gage et Sparks sont enfin derrière les barreaux et qu'elle a été innocentée pour l'accrochage qui a failli tuer Zara.

Malheureusement, je sais déjà que ce ne sera pas vrai. Benito a peut-être des super-pouvoirs, mais il n'est parti travailler qu'il y a quelques heures.

Quand je regarde le téléphone, il n'y a pas de message. C'est une photo de deux hommes, dans une voiture noire inconnue. Le conducteur a une mine patibulaire que je n'ai jamais vue auparavant. Un zoom m'apprend quelques détails supplémentaires. Il y a un autocollant pour un restaurant-grill sur la voiture. Et à l'arrière-plan, je distingue quelque chose de familier. C'est la courbe rougeâtre de la piste d'athlétisme en terre battue du lycée.

Mon pouls s'accélère. Rayanne est près du lycée. Elle est en ville.

Le téléphone sonne dans ma main et je sursaute.

— Allô, m'exclamé-je après avoir cherché un instant le bouton pour décrocher. C'était quoi, ça ?

— Au volant, c'est Sparks. Mais… merde. Je veux que tu la supprimes. Je la recadre un peu mieux. Efface ça, d'accord ?

— Pourquoi ?

— Parce qu'elle en révèle trop ! Bon sang. J'ai besoin que tu donnes la photo recadrée à Benito. J'essaie d'être utile. Il faut qu'il sache que je ne fais pas partie de leur truc.

— Par *truc*, tu veux parler de la contrebande de fentanyl ?

— Tais-toi. Tu es trop curieuse.

— Je suis journaliste. Tu m'as promis un article, je te rappelle.

— Oui, eh bien, c'était une erreur. Je pensais qu'il me faudrait à peine douze heures pour obtenir des captures d'écran avec Sparks en train de recevoir la marchandise, et que ton flic canon l'arrêterait immédiatement. Boum. Crise évitée. Mais rien n'est jamais simple.

Non, en effet.

— Comment se fait-il que tu sois assez proche de Sparks pour prendre en photo sa voiture ?

— Je suis chez un type que je connais. Je l'ai rencontré à un cours de yoga fermier à Springfield, avec des chèvres et tout ça. Bref, aujourd'hui, je buvais mon thé en faisant deux ou trois trucs quand la voiture s'arrête devant la maison. Sparks et mon père débarquent. Je me suis chié dessus en pensant qu'ils savaient où j'étais. Mais ils sont allés dans la maison au coin de la rue pour y déposer quelque chose.

— Qu'est-ce que c'était ?

— Je ne sais pas, et c'est mieux comme ça, dit-elle rapidement. Rien de bon, sans doute. Quand je me suis ressaisie, j'ai couru vers mon téléphone et j'ai pris cette photo alors qu'ils s'éloignaient. Je n'avais encore jamais vu cette voiture. Je me suis dit que le flic canon serait content de savoir au volant de quoi on peut les trouver en ce moment.

— D'accord.

Ce sera peut-être utile. Je ne sais vraiment pas comment fonctionne le service des stupéfiants. Cependant, elle a dit quelque chose qui me tracasse.

— Ton père est dans cette voiture ?

— Oui, si tu zoomes sur la photo, on le distingue presque.

— Tu pensais que ton père s'était pointé pour te *tuer* ?

Elle garde le silence une seconde.

— Je ne pense pas que mon père ferait une chose pareille. En même temps, il ne sait pas que je suis à deux doigts de l'envoyer en prison.

— Oh.

C'est du lourd.

— Il ne m'a jamais laissé le choix, Skye. Il m'a piégée. Il m'a fait participer à son petit projet de contrebande. Je ne pense pas qu'il comprenne que Sparks a l'intention de me tuer. Ce monstre n'a pas d'âme.

On pourrait dire la même chose de Gage. Honnêtement, je ne sais pas comment Rayanne arrive à vivre avec l'idée que son père est une raclure diabolique. Pas étonnant qu'elle ait passé la plupart des douze dernières années loin d'ici.

— Pourquoi es-tu revenue ? demandé-je à brûle-pourpoint.

— Dans le Vermont ?

— Oui.

— Parce que, contrairement à toi, j'aime bien le Vermont. C'était chez moi pendant dix-huit ans. Je pensais que je pouvais revenir et y bâtir ma propre vie, tu vois ? Mais c'était une énorme erreur. Je le regrette maintenant. Dès que j'aurai trouvé un moyen, je reprendrai la route. Et je te conseille de faire pareil. Dès que tu auras eu ta dose avec le flic canon. J'imagine que ça se passe bien ?

Je grommelle en signe d'approbation évasive.

— Tant mieux. Maintenant, promets-moi de supprimer la première photo.

— C'est promis, dis-je immédiatement. Tant que tu m'envoies l'autre.

C'est facile de supprimer une photo d'un téléphone. Mais ce n'est pas possible de l'effacer de mon cerveau. Je sais déjà que je vais passer le reste de la journée à essayer de décider si, oui ou non, je dois dire à Benito que je sais où se trouve Rayanne. Je visualise cette inter-section près du lycée. Il n'y a qu'une ou deux maisons avec cette vue oblique sur la piste.

— Tu l'auras dans deux minutes. Au revoir, Raffie.

— Au revoir.

Nous raccrochons et je me demande, encore une fois, comment cela va se terminer.

Il y a cinq jours, je suis venue dans le Vermont en voiture, en pensant que ma vie était plus ou moins en ordre. Maintenant, tout est chamboulé. Rayanne se cache de la police, Benito me trouble avec son corps de rêve et ses baisers encore plus idylliques. Quant à mon travail, c'est pire que je ne le pensais.

Non seulement ça fait beaucoup à encaisser, mais il ne peut rien en ressortir de bon, pas sur tous les plans, du moins. Soit je trahis Rayanne, soit je mens à Benito. Si je garde mon travail, je perds le seul homme que j'ai toujours voulu.

Le téléphone sonne, annonçant un nouveau message. C'est la même photo, recadrée sur le toit de la voiture. Il n'y a plus rien à l'arrière-plan, à l'exception d'un trottoir, d'une bande d'herbe brûlée par l'hiver et d'un tas de neige fondue. Cela pourrait être n'importe où.

Je la transmets consciencieusement à Benito, puis je supprime l'originale.

Ensuite, j'essaie de trouver un moyen de me rendre à Burlington cet après-midi pour effectuer le travail de McCracken à sa place.

30

BENITO

Au moment où je m'arrête sur le parking du *Gin Mill*, je repère Skye à la sortie du café. Je donne un petit coup de klaxon et elle me regarde. Puis son visage se fend d'un immense sourire.

Et, *boum !* Ce sourire vibre dans mon corps comme un coup de tonnerre. Elle se tourne vers moi et accourt tandis que je baisse la vitre.

— Tu es là ! s'exclame-t-elle. Ce n'est pas encore ton heure, si ?

Je secoue la tête.

— Non, mais je suis entre deux missions. Et j'ai quelque chose à fêter, alors sortons pour le déjeuner. Pourquoi pas *Worthy Burger* ?

— Où ça ? demande Skye, visiblement perplexe.

— Ma grande, il est temps d'entamer ta thérapie de reconditionnement en faveur du Vermont. Monte dans cette voiture.

Son visage s'éclaire avec un nouveau sourire.

— Passons un marché. Tu me conduis à l'agence de location de voiture sur Whiting Road et je déjeune avec toi juste après.

— Tu vas louer une voiture ?

Elle écarquille ses jolis yeux.

— Je dois retourner à Burlington pour le travail. Ne me juge pas.

— Jamais. D'accord, je t'emmène. Allons-y.

Skye monte sur le siège passager et je dirige la voiture vers Whiting Road. Je lui parle en long et en large de l'institution qu'est

Worthy Burger, et pourquoi ça vaut le coup de faire un détour d'une demi-heure pour y déjeuner.

— Je ne pourrai pas goûter leurs délicieuses bières, malheureusement, parce que la journée de travail n'est pas terminée, dis-je en guise de conclusion. Mais leurs hamburgers sont un vrai délice. Et il y a de la confiture de bacon !

— De la confiture de bacon ?

— Fais-moi confiance. Et tu dois aussi essayer tous leurs cornichons bizarroïdes.

— J'ai hâte.

Quand nous étions plus jeunes, je n'ai jamais pu sortir avec Skye. Nous n'avions pas d'argent à dépenser dans un restaurant.

— Il y a une centaine d'endroits où j'ai envie de t'emmener. Ce n'est que le début. On doit manger mexicain à Burlington. Et de l'anguille japonaise à Chester.

Skye gémit.

— Merci, maintenant je *meurs* de faim. Qu'est-ce qu'on fête ?

— Cette photo que tu m'as envoyée. J'ai vu cette même voiture ce matin avec un autre dealer à l'intérieur. En gros, Rayanne m'a juste donné une pièce du puzzle. Grâce à cette photo, je peux relier Sparks au gars de niveau intermédiaire.

— Tu vois ? dit Skye. Rayanne essaie d'aider. Ce n'est pas une criminelle.

Je tends la main et lui serre le genou.

— Je sais, bébé. Mais Rayanne n'est pas encore sortie de l'auberge. Où a-t-elle eu cette photo ?

— Elle l'a prise.

— Oui, mais où ?

Il y a un silence du côté du siège passager. Quand je jette un œil sur ma droite, je la découvre un peu hésitante.

— Je ne sais pas, dit-elle.

Hmm. Il faudra revenir sur cette question plus tard.

— Où est-ce que je t'emmène ? On est arrivés à Whiting Road. Mais je ne connais aucune agence de location.

— Oh, Zara m'a dit que c'était chez le concessionnaire Toyota. J'ai appelé pour faire une réservation.

Au moment même où elle prononce ces mots, le bâtiment apparaît droit devant. Soudain, je suis mal à l'aise. *Très* mal à l'aise. Parce que mon dernier plan cul en date travaille justement chez Toyota. Son père est le propriétaire.

Oh, bon sang. Comment puis-je me retrouver dans des situations pareilles ?

Je m'arrête sur une place de parking, d'où nous pouvons voir la gigantesque vitrine de la salle d'exposition. C'est une belle architecture, plutôt récente. Je ne suis jamais venu ici. Pourquoi y aurais-je mis les pieds ?

— Je reviens tout de suite, lance Skye en ouvrant la porte, bondissant avant que je puisse décider si je dois dire quelque chose.

Elle se dirige à grandes enjambées vers la porte. À l'intérieur, elle demande l'aide d'une femme aux cheveux noirs derrière un bureau d'accueil. Je ne vois ma copine nulle part, Dieu merci. Je me fais le serment de répondre à ses messages et de mettre officiellement fin à notre relation en dents de scie, dès que je serai de retour à mon bureau dans quelques heures.

La femme aux cheveux noirs oriente Skye vers un autre bureau, où un homme l'attend et lui remet un formulaire. Je me suis presque détendu quand une porte s'ouvre en fond de salle et que Jill Sullivan sort, à moins de trois mètres de Skye.

Oh, mon Dieu.

J'ai l'espoir fragile que les deux femmes ne se souviendront pas l'une de l'autre. Raté. Le visage de Jill se ferme dès qu'elle aperçoit Skye. Elle dit… quelque chose. *Je peux vous aider ?* peut-être, ou alors : *Tiens, c'est toi.* Toujours est-il que Skye se raidit.

Jill se dirige vers un panneau vitré avec différents jeux de clés. Elle le fixe pendant une seconde, comme si elle ne se rappelait plus à quoi il sert. Puis elle saisit une clé sur le tableau, revient vers le comptoir et la jette devant Skye.

À ce stade, je suis déjà sorti de ma voiture et je me dirige vers la porte du concessionnaire. La bouche de Jill est figée dans une ligne sinistre lorsque j'entre et traverse la vaste salle. Quand elle lève les yeux et me voit, elle n'affiche aucune surprise.

— Salut, lui dis-je aussi gentiment que possible en arrivant à leur hauteur.

Jill est déjà remontée à bloc, prête à faire feu.

— *Maintenant* je comprends pourquoi tu n'as pas répondu à mes textos, dit-elle. Comme c'est prévenant de prendre le temps de m'expliquer que tu es passé à autre chose.

— Jill, pitié.

Elle a raison d'être en colère, mais jusqu'à un certain point seulement. Jill et moi, ce n'est qu'un plan cul, rien de plus, et j'ai été très clair à ce sujet dès le début. Skye est revenue en ville il y a moins d'une semaine et j'ai été *légèrement* occupé à essayer d'éviter la prison à sa demi-sœur tout en y expédiant directement son ex-beau-père, le tout sans trop perdre la tête.

Pourtant, il est vrai que je n'ai pas pensé à Jill depuis l'arrivée de Skye. Et c'était impoli d'ignorer ses messages.

Peut-être suis-je un connard, après tout, parce que ce n'est pas Jill qui m'inquiète en ce moment. Skye ne veut même pas me regarder. Elle signe au bas du formulaire de location, d'un geste violent, et le pousse vers Jill.

— Je suis désolé, tenté-je piteusement.

Je ne sais même pas auprès de qui je m'excuse. Je suis désolé d'avoir été méprisant envers Jill. Et je suis désolé que Skye soit là pour en être témoin.

— Tu n'es pas du tout désolé, riposte Jill. Si tu étais désolé, tu ne ferais pas venir ton nouveau petit cul du moment dans mon magasin. Et tu n'aurais pas le culot d'avoir l'air surpris que je sois vexée.

— Eh, ce n'est pas ce que…

— Laisse tomber, s'écrie Jill. J'aurais déjà dû rompre. De toute façon, il n'y a que le cul qui t'intéressait avec moi.

Je ressens presque physiquement le choc de Skye à côté de moi. Elle fait un pas de côté, comme si elle essayait de mettre de la distance entre nous.

— Mais…

Je m'étrangle. *Merde !* Quoi que je dise, l'une d'elles sera furieuse. Finalement, j'opte pour la vérité :

— Je ne t'ai jamais menti.

— Non, c'est vrai, concède Jill d'une voix plus douce. Je ne l'ai supporté que parce que tu es doué au pieu. Kyla, chérie, dit-elle en ricanant, reportant son regard vers Skye.

— C'est Skylar, rectifié-je, les dents serrées.

— Ah, oui. *Skylar*. N'oublie pas de lui demander de rapporter une paire de menottes du boulot. Il adore ça.

Skye laisse échapper un souffle choqué.

Jill hausse les épaules, puis montre du doigt la porte de derrière.

— C'est le RAV4 argenté, garé juste dehors. Pense à faire le plein avant de le rendre.

Skye saisit la clé et détale vers la porte. Je ne peux pas lui en vouloir.

Je me retrouve avec Jill, qui grince des dents et semble avoir envie de frapper quelque chose. Moi, certainement.

— Ça ne s'est pas passé comme tu le penses, lui dis-je.

Je ne monterais jamais deux femmes l'une contre l'autre.

— Vraiment ? Tu n'as pas oublié mon numéro à la seconde où elle est arrivée en ville après dix ans d'absence ?

— Douze.

— Tu les as comptés ? fait-elle tristement.

— Je n'ai jamais voulu être un connard.

— Je le sais bien, ça va.

Ses yeux deviennent rouges.

— Et je ne voulais pas faire ressortir la garce que j'étais à dix-huit ans. Mais j'ai été surprise de la voir et je commençais à me demander où tu étais passé.

— Eh bien, je te présente mes excuses.

Encore une fois.

— Je n'ai pas réfléchi. Toi et moi, nous aurions mieux fait de… de rester amis.

Jill prend un mouchoir dans une boîte sur le bureau et se tamponne les yeux.

— Nous n'avons jamais été amis, Benny. J'étais juste une fille qui avait craqué pour toi et qui n'a jamais su voir la vérité en face.

Aïe.

— Je suis désolé, alors, de n'être qu'un mec qui n'a jamais été assez attentionné pour s'en rendre compte.

— Allez, fait-elle en reniflant. Ta copine a besoin que tu sortes un peu les rames. Elle ne savait pas que tu étais une vraie bimbo, je crois. Comme le dit ta petite nièce.

Une fois de plus, j'encaisse.

— D'accord. À un de ces jours.

— Ça m'étonnerait, répond-elle.

Je sors par l'autre porte à la recherche de Skye. Mais il n'y a pas de RAV4 argenté garé dehors, pas plus que de Skye. Je contourne le bâtiment au pas de course et regarde vers Whiting Road.

Le RAV4 argenté s'éloigne à vive allure, sans moi.

31

DOUZE ANS PLUS TÔT

Benito est très en retard.

Mais Skye garde espoir. Elle n'a pas cessé de penser au baiser qu'ils ont partagé. La première demi-heure d'attente s'écoule légèrement. Elle savoure encore la douceur de ses lèvres et la chaleur de ses yeux.

C'était magique.

Elle porte une robe que Jenny lui a envoyée. Peu après que Benito l'a invitée au bal, Skye a eu l'occasion inespérée d'appeler sa tante. La mère de Skye avait oublié son téléphone en partant travailler au restaurant. Skye s'est donc offert un appel de dix minutes, et tant pis si sa mère remarquait les minutes épuisées.

Elle avait besoin de conseils et Jenny était ravie de l'entendre.

— Je vais t'envoyer une robe de soirée Ann Taylor sans bretelles, lui a dit sa tante. Je l'ai achetée pour mon vingtième anniversaire de mariage.

— Oh, je ne peux quand même pas te l'emprunter, a dit Skye.

Elle ne voulait pas en assumer la responsabilité. Et puis, les robes de soirée sont censées être fraîches et pimpantes, un peu osées tout en faisant jeunes. Elle doutait que la robe de Jenny ressemble à ce que les autres filles porteraient ce soir-là.

Mais Skye n'a pas les moyens de s'offrir une tenue. Elle doit garder son argent pour un ticket de bus, afin de s'en aller à la première occasion.

— Bien sûr que si, voyons. Garde-la. Je ne la porterai plus. C'est trop habillé pour une journée au bureau.

Jenny est assistante de direction à la Deutschebank sur Wall Street.

— Et ce n'est pas comme si je pouvais la porter pour notre trentième anniversaire.

— Je suis désolée, a dit Skye.

Sa tante est veuve. Son mari est tombé dans une cage d'ascenseur alors qu'il travaillait à la plomberie, dans le Bronx.

— Mais non, allez, accepte la robe. Je te l'envoie à quelle adresse ?

Skye a déchiré l'enveloppe matelassée avec une certaine inquiétude, la semaine dernière. Mais le satin noir qui a glissé entre ses mains lui a paru aussi doux que du beurre. La robe n'était que légèrement trop grande. Skye a résolu ce problème en dépensant vingt de ses précieux dollars pour acheter un soutien-gorge noir sans bretelles avec un peu de rembourrage, juste là où elle en avait besoin. Ensuite, elle a fait des folies en achetant la culotte assortie, sans trop savoir si Benito la verrait.

Est-ce ce qu'attend Benito ? Et elle, en a-t-elle envie ? Ce sont des questions terrifiantes auxquelles elle devra réfléchir plus tard.

Mais d'abord, le bal. Ça commence à vingt heures et il est maintenant vingt heures passées. Le taxi de Damien est garé devant leur caravane, mais la moto de Benito est partie en vrombissant à dix-huit heures et n'est pas encore revenue. Une demi-heure plus tôt, elle a entendu un moteur. C'était la voiture de Madame Rossi. Zara a surgi du siège passager, manifestement en pleine dispute avec sa mère.

Madame Rossi était fâchée contre sa fille, mais la raison échappait à Skye.

Le visage de Zara était aussi brillant que sa robe rouge quand elle est entrée dans leur caravane avant de claquer la porte. Ensuite, Madame Rossi est repartie.

Skye ignore pourquoi Zara n'est pas au bal de fin d'année en ce moment même. Mais ce soir, Zara est bien le dernier de ses soucis, car ce soir, elle a Benito.

À moins que... ?

Il lui a dit qu'ils iraient dîner. Elle espère ne pas s'être trompée sur ce détail, parce qu'elle est affamée. Et il se fait tard.

Skye attend sur le petit perron du mobile-home, avec la soie noire qui lui chatouille les genoux. Le noir n'est pas une couleur de fête, mais la robe est élégante et chère, et pour une fois, elle est certaine qu'en la voyant, personne ne penserait au camping.

C'est le mois de juin et le soleil se couche tard. Il est environ vingt et une heures quand Skye doit cesser de faire semblant, de se persuader que tout n'est pas tombé à l'eau. Mais elle ne veut pas quitter son poste à l'extérieur. Si Benito arrive enfin, elle veut qu'il remarque sa robe sans bretelles.

Il va venir, se dit-elle. *Il a été retenu quelque part.*

Elle attend. Sa faim se change en douleur sourde qu'elle parvient à ignorer seulement parce que son chagrin est plus insoutenable encore. Peut-être lui est-il arrivé malheur ? Non, ça ne peut pas être ça. Zara ne bouderait pas à côté si Benito était blessé.

Du moins, elle ne le pense pas.

Il fait assez sombre quand Skye entend un autre moteur approcher. Mais ce n'est pas le bruit d'une moto. C'est une voiture de police.

Le cœur de Skye s'effondre lorsque Jimmy Gage gare la voiture et sort. Elle ne s'écarte même pas du chemin avant que les rangers ne crissent sur le gravier.

— Eh bien, voyez-moi ça, dit-il avec un petit rire qui remonte le long de sa colonne vertébrale.

Skye retient son souffle lorsqu'il tend la main et passe le doigt sur sa peau nue, juste au-dessus du bustier de sa robe.

— C'est un peu trop joli pour rester assise là dehors. Je me demande qui tu attends. Ton bal a commencé il y a longtemps.

Skye ne dit rien. Pour une fois, Jimmy Gage dit la vérité. Et sa peau frémit à son contact.

— J'ai vu ton mec sur sa moto tout à l'heure. Il était tout habillé et il portait des fleurs. Je l'ai vu les donner à cette fille, la petite Sullivan. Ils font un très beau couple.

— Non ! C'est faux !

Cette fois, Skye s'emporte.

Aussitôt, elle le regrette. Parce que Gage rit. Visiblement, il s'amuse beaucoup.

— Si, je les ai vus, insiste-t-il. J'imagine qu'il ne voulait pas d'une traînée de gouttière pour l'accompagner. Ça se comprend, franchement.

Gage passe devant elle et entre tout en riant.

Elle reste figée dehors. Elle se sent nue dans la robe de Tante Jenny. Nue et honteuse. À présent, ses sous-vêtements noirs séduisants se moquent d'elle. Mais à quoi pensait-elle ?

Elle a été larguée pour une fille qui conduit sa propre Mustang. Évidemment.

Pour la toute première fois, Skye a l'impression d'être cette garce sans cervelle que Gage l'accuse toujours d'être. Elle se sent comme un déchet. Elle voudrait se blottir dans un coin, quelque part, et mourir.

Mais elle n'a même pas de coin. Gage claque les portes des armoires de cuisine. Puis la télévision s'allume, réglée sur un match de base-ball.

Skye attend de le voir sur le canapé, avec une assiette sur les genoux. Puis, furtive comme une souris, elle traverse le mobile-home jusqu'à sa chambre. Elle ferme la porte et la verrouille.

Là, elle détache sa robe, puis la replie dans l'enveloppe FedEx et la met au fond de son sac de sport. Le reste est plus terre à terre : des culottes, des chaussettes. Ses vêtements les moins abîmés. Deux livres qu'elle ne peut pas se résoudre à abandonner. Une brosse à cheveux. Une brosse à dents. Son argent durement gagné.

Il lui faut à peine dix minutes pour faire son sac. Elle soulève la moustiquaire pour la dernière fois et jette le sac en premier. Ensuite, elle sort en prenant soin de ne pas se tordre la cheville. Elle devra peut-être marcher pendant des heures jusqu'à trouver une voiture qui acceptera de la déposer à la gare routière.

Le taxi de Damien est toujours garé devant. Elle envisage de frapper à la porte pour demander qu'on la conduise, mais elle ne supporte pas l'idée de devoir quelque chose aux Rossi. Et elle ne veut pas qu'on lui demande pourquoi elle n'est pas au bal. Alors, elle s'en va seule dans la nuit.

Le ciel est obscur, mais la lune est presque pleine. L'air est doux et les grenouilles chantent dans les étangs. C'est un son bien étrange. Ça ne lui manquera pas, décide Skye. Le Vermont est un endroit affreux. Elle n'y reviendra jamais.

32

SKYE

Je pars dans un brouillard de colère. Je n'arrive pas à croire que je me sois *encore* laissé berner par Benito. Même garçon. Même histoire. Et je suis tombée dans le panneau !

« Je t'aime, Skye », m'a-t-il dit. Et moi, je l'ai cru. Il a oublié d'ajouter : « Oh, et je me tape Jill Sullivan depuis le bal de promo. »

Je dois être d'une bêtise crasse.

Quand je les imagine ensemble, j'ai vraiment envie de vomir. Des menottes ? Je parie qu'elle ne bronche jamais s'il la traite de *vicieuse*. Je parie qu'elle est partante pour tout.

Plusieurs kilomètres défilent et je me morfonds dans ma colère et ma tristesse. Je ne pouvais tout de même pas croire que Benito était resté célibataire. C'est une idée ridicule. Même moi, j'ai eu des amants. Mais je connais Jill Sullivan. Elle et moi, nous n'avons rien en commun.

Est-ce le genre de femme que Benito désire vraiment ? Et si oui, quand il me dit qu'il m'aime, cela a-t-il un sens ?

Lorsque nous sommes seuls ensemble, j'ai l'impression de le connaître. Et je sens que je peux lui faire confiance. Mais le reste du temps, il faut croire que tous les paris sont ouverts.

Je ne peux pas faire ça. Je ne peux pas tomber amoureuse de quelqu'un qui prétend m'aimer tout en aimant aussi Jill Sullivan. Quelqu'un a dit – était-ce F. Scott Fitzgerald ? – que l'intelligence est la capacité à entretenir deux idées opposées dans son esprit.

Mon cœur n'est pas très intelligent, apparemment. Je ne comprends pas Benito et je ne le comprendrai jamais.

Trente minutes plus tard, j'arrive à South Burlington sans me souvenir du trajet. Lorsque je descends de la voiture inconnue, dans un parking inconnu, derrière un bâtiment que je n'ai visité qu'une seule fois, je tremble. Rien n'est véritablement ancré dans ma vie.

Sauf mon foutu boulot. J'ai au moins ça. Alors, j'entre sans conviction dans les bureaux de *WBVT* pour la deuxième fois. Je donne mon nom à la réceptionniste, qui me fait signe de me rendre à la salle de presse.

Jack et Jordy, les deux journalistes que j'ai déjà rencontrés, lèvent les yeux à mon arrivée. Jack a un regard franc, de larges épaules et des cheveux foncés, tandis que Jordy est plutôt maigre, avec des lunettes noires et une boucle d'oreille. Tous deux arborent une barbe, ce doit être obligatoire chez les jeunes hommes de Burlington.

— Tiens, c'est Emily Skye ! Elle est de retour, lance Jordy avec un sourire qui s'efface rapidement. Oh, mon Dieu.

— Mauvaise journée ? demande Jack immédiatement. Sérieusement, tu vas bien ?

— Pourquoi ? Que voulez-vous dire ?

Je fais un bref inventaire. Tous mes vêtements sont en place et je me suis maquillée avant de partir.

— Tu as l'air…

Jack hésite.

— … comme si tu avais besoin d'une boisson bien fraîche. C'est tout. Viens t'asseoir.

Il recule son fauteuil à roulettes et me propose une chaise libre.

— Euh, merci.

Je prends une grande inspiration en essayant de paraître moins hagarde, mais c'est difficile, car c'est exactement ce que je suis.

— J'ai connu des jours meilleurs.

— Tu as un problème au travail ? demande Jordy. En tout cas, ton patron a l'air d'être un vrai connard au téléphone.

— Ça ne m'étonne pas du tout, dis-je en m'affalant sur la chaise. C'est un…

Je ne peux pas me résoudre à dire *connard*.

— Il n'est jamais très sympa, mais aujourd'hui, je dirais qu'il est affreux comme un jour de semaine.

— Alors, c'est la famille ? demande Jack.

— Ou les hommes ? suggère Jordy. Les hommes sont les pires.

— Mec, tu *es* un homme, souligne son collègue.

— Non, mais je ne parlais pas de *moi*. Les autres, sur Grindr. Et je ne parlais pas de toi, non plus, ajoute-t-il rapidement. Cela dit, tu te trompes sur ma commande du déjeuner la moitié du temps.

— Ce n'est pas ma faute, c'est le restau.

— Comme par hasard, ils ne se plantent que quand c'est toi qui sors passer les commandes !

— Qu'est-ce que j'y peux ? Ils sont déconcentrés par mon beau visage.

Il met une main sous son menton et Jordy éclate de rire.

En regardant leurs pitreries, je me sens un peu mieux. Mais mon estomac gronde. Parce que le déjeuner n'a jamais eu lieu et que je vais devoir attendre trois heures.

— Tu as faim ? s'enquiert Jordy.

— En tout cas, moi, je pourrais manger un bout, dit Jack.

— Pizza ?

— Falafel ?

— La sandwicherie ? Tant que tu n'as pas peur que Jack se plante dans la commande.

L'autre lève les yeux au ciel.

— Falafel, dis-je en constatant qu'ils attendent ma réponse. C'est moi qui régale.

Je sors mon portefeuille.

— Non, fait Jack en levant la main. Il y a quatre autres personnes à inclure. On a un roulement. C'est compliqué. Comme ça, personne n'est oublié.

— Tiens, pour ma part, dis-je en sortant un billet de vingt. Merci beaucoup.

Il le repousse.

— Tu as eu une journée difficile. C'est pour moi.

Jack se lève et se dirige vers la porte.

— Je reviens dans une demi-heure.

— Attends ! Je veux… commence Jordy.

— Je sais ce que tu prends, répond Jack en sortant de la salle.

— Merci ! lancé-je juste avant que la porte se referme derrière lui. Vous êtes trop gentils avec moi.

— Mais non, dit Jordy. On n'est pas compliqués, c'est tout. C'est pour ça qu'on reste ici, dans cette petite station de rien du tout. Ce n'est pas New York, mais l'ambiance de travail est sympa.

— Vous avez de la chance, dis-je avec un soupir. Bon, je ferais mieux d'éditer ce truc pour le patron. Ça vous dérange si j'utilise encore ce terminal ?

— Vas-y. Attends, je te connecte.

Il se penche et saisit un mot de passe dans l'ordinateur.

— Tout est prêt.

— Merci.

Je dois ouvrir mon téléphone pour relire les instructions de McCracken. C'est ainsi que je découvre les nombreux textos que Benito m'a envoyés.

Je suis désolé. Où es-tu ? J'aimerais t'expliquer.

Comme je n'ai pas répondu, il revient à la charge : *Écoute, je sais que c'était nul. Mais ça n'a jamais été sérieux avec Jill. Je ne l'aime pas et je n'ai jamais prétendu l'aimer. Ce n'était que sexuel. Appelle-moi. J'ai besoin d'entendre ta voix.*

Le froid me saisit quand je lis ces mots. Peut-être qu'une autre fille comprendrait. Mais je suis sans doute trop brisée à l'intérieur pour croire que ce qu'il ressent pour moi est différent de ce qu'il ressent pour Jill. *Ce n'était que sexuel*, écrit-il.

Voilà ce qui m'échappera toujours. Je dois prendre mon courage à deux mains pour me mettre à nu devant lui, accepter d'être vulnérable. Je crois que je ne pourrais pas vivre cela avec quelqu'un que je n'aime pas.

Quand je pense à lui, sortant du lit avec elle pour mieux y retourner avec moi ? Je me sens sale et vicieuse. Et pas dans le bon sens, cette fois. Ce n'est peut-être pas normal. Et je ne sais pas s'il y a un remède.

Je ferme ses messages sans y répondre. Et je me mets au travail.

QUARANTE-CINQ MINUTES PLUS TARD, j'ai préparé quelque chose pour McCracken. J'ai rédigé le texte à partir de ses notes bâclées. Et maintenant, j'essaie de déguster des falafels comme une dame, même si c'est salissant et que j'ai un appétit d'ogre.

— Tu as transmis mes articles au correcteur ? demande Jordy.

— Oh, oh, fait Jack.

— Sérieux ?

— Sérieux ! répète Jack. Je suis désolé. On fera ça vite fait quand le correcteur reviendra.

— Il ne revient pas avant cinq heures, ronchonne Jordy.

Je me surprends à proposer :

— Je vais le faire.

Soyons réalistes, je n'ai nulle part où aller. Je ne peux même pas penser à Benito en ce moment. Ça fait trop mal.

— La correction ? demande Jordy. Y a-t-il quelque chose que tu ne sais pas faire ?

— Pas vraiment, avoué-je. J'ai fait l'école de journalisme de Columbia. Puis j'ai travaillé comme assistante pendant deux ans jusqu'à ce qu'ils me laissent écrire quelques textes. Ensuite, j'ai commencé devant la caméra, au point circulation et à la météo. Mais…

Je soupire.

— Ça ne se passe pas bien. Je suis en vacances obligatoires de deux semaines.

— Sérieux ? fait Jordy. Tu n'es pas en vacances si tu manges des falafels avec nous.

— Manger des falafels avec vous deux, c'est plus sympa que ce que j'ai l'habitude de faire au travail. Ils ne veulent pas me filmer pendant quelques…

Oh, oh. Je ne voulais pas que ces deux-là se mettent en tête ma vidéo avec le contour de sexe.

— Je ne comprends pas, dit Jack avec empathie. Tu aurais dû avoir une promotion après cette histoire de pénis.

— Attendez, quoi ? Vous l'avez vue ?

— Pour qui nous prends-tu ? se récrie Jordy. Bien sûr qu'on l'a vue. C'est un ajout important à la collection.

— La… Quoi ?

Jack s'empresse de prendre sa tablette et ouvre YouTube.

— On a une playlist. Tous les meilleurs pénis accidentels à l'antenne.

— N'oublie pas d'être inclusif, le reprend Jordy. On a aussi des seins accidentels.

— Les doubles ouragans en sont généralement responsables, explique Jack, tandis que Jordy acquiesce. Et parfois, des chaînes de montagnes de forme bulbeuse.

— On a une collection complète. Le pénis de Jack est sans doute le meilleur. Sans vouloir t'offenser, Skye, le tien est assez spécial, mais celui de Jack est spectaculaire.

— Tu vas me faire rougir. Arrête.

— Jack aussi a un pénis ? demandé-je sans réfléchir.

— Montre-lui, Jack.

Avec une fierté non dissimulée, Jack tape sur l'écran de la tablette, et une vidéo apparaît, dans laquelle il présente la météo.

« L'anticyclone va se déplacer vers l'est, entre les monts Green et White... » Tout en parlant, il dessine sur la carte une longue zone en forme de banane. Elle est grande, mais mal fichue. *Pas de quoi en faire un plat*, pensé-je. Ensuite, Jack tourne son corps de telle sorte pour que la... euh, banane s'aligne avec son entrejambe. Puis il fait des gestes avec la main. « L'anticyclone va entraîner de fortes pluies pendant tout le week-end. »

Et ensuite ? Un graphique animé d'averses de pluie commence à jaillir de l'extrémité de la forme.

Un rire inattendu monte en moi, mais je l'étouffe rapidement. En résulte un affreux bruit de rot.

— Non, non, laisse-toi aller, dit Jordy en riant. Enfin, c'est vrai, quoi ! Jack dégorge le poireau à l'écran. Et il a l'air d'aimer, en plus.

J'explose, incapable de me retenir plus longtemps. Toute la tension de la semaine me quitte dans une cascade de rire. J'en ai mal aux abdominaux.

Aussitôt, Jack et Jordy se joignent à mon hilarité. Parce que je suis contagieuse. J'en *hurle*. De vraies larmes me montent aux yeux, menaçant mon mascara Urban Decay soigneusement appliqué. Je suis la première étonnée par mon accès de joie. Je lève la tête et regarde à nouveau l'écran, juste à temps pour voir Jack terminer une fois de plus son dessin et se retourner dans une position compromettante...

Une fois de plus, ça me tue. Je ris jusqu'à ne plus en pouvoir.

Soudain, la porte s'ouvre et une femme en costume impeccable s'avance.

— Qu'est-ce qui se passe ici ? tonne-t-elle.

Je travaille dans une chaîne de télévision depuis bien assez longtemps pour reconnaître l'intonation d'un producteur lorsqu'il est furieux. Ou qu'*elle est furieuse*, en l'occurrence. L'instinct entre en jeu et mon gloussement s'éteint dans ma gorge. Je ne veux pas que Jack et Jordy aient des ennuis. Mais peut-être est-il trop tard.

— Qu'y a-t-il de si drôle que tu n'as pas pensé à me le montrer ? souffle-t-elle en tirant une chaise pour s'y laisser tomber.

Puis elle tend la main vers les frites de Jack et en chipe une.

— Franchement, je me tape des articles sur les overdoses, et toi, tu n'as même pas pensé à faire tourner ?

— Ce n'est que le pénis de Jack, dit Jordy sur la défensive. Tu l'as déjà vu.

— Tu veux voir celui de Skye ? demande Jack. Et ne mange pas mes frites, sale garce. Pourquoi tu as commandé une salade si tu voulais des frites ?

Ma mâchoire se décroche.

Elle agite avec mépris une main parfaitement manucurée.

— Je ne voulais pas d'une commande entière de frites. Les calories ne comptent pas quand on pique de la nourriture dans l'assiette des autres. Et j'ai déjà vu le clip d'Emily Skye. Les bourses, c'est ma partie préférée. Ravie de vous rencontrer, Emily Skye. Je m'appelle Lane Barker.

— Tout le plaisir est pour moi, bredouillé-je.

Je ne sais pas quoi penser de Lane Barker. Elle a environ dix ans de plus que moi, avec le genre de visage farouchement déterminé dont une femme a besoin pour réussir à la télévision. Mais elle ne crie pas sur Jack et Jordy, alors qu'ils font clairement des gaffes.

Jordy éteint la tablette et l'écran s'assombrit.

— On ne s'en lasse jamais. Jack a gagné dix mille followers sur Twitter grâce à ça. Et toi, ça va les réseaux sociaux, Skye ?

— Euh…

Je les ai soigneusement évités depuis une semaine. Au début, j'étais trop gênée, mais ensuite j'ai été trop occupée. Je sors mon téléphone et ouvre Piktogram, l'appli où j'ai le plus d'inscrits. Soudain, j'étouffe un cri.

— Nom d'une cacahuète !

Je frotte même l'écran du doigt pour voir si une saleté ne déforme pas le nombre. Mais non. C'est bien réel. J'ai *trente mille* nouveaux inscrits.

— Dis donc, souffle Jordy. Tu es une influenceuse !

— Vite, poste un selfie ! dit Jack. Il faut interagir avec tes nouveaux fans.

Il prend mon téléphone et me tend une tasse à café sur laquelle est écrit *WBTV*.

— Ce sera une photo de voyage. En légende, on mettra : *Je traîne avec l'équipe des actus de BVT ! Des gars trop sympas*, ajoute-t-il en pointant l'appareil vers moi. *Un grand sourire, Emily.*

— Mon vrai prénom, c'est Skylar, lui dis-je en lui adressant mon sourire le plus professionnel.

— Tu as l'air trop crispée, dit Jordy. Pense au pénis de Jack.

Je glousse immédiatement et c'est là que Jack prend la photo. Il s'écrie aussitôt :

— Parfaite, on la garde ! Oh, je peux choisir le filtre ?

— Oui, bien sûr.

Je ne poste jamais rien sur les réseaux sociaux, toujours trop occupée à travailler.

— Bon, alors on reporte les infos à plus tard ? lance Lane. On pourrait juste montrer des selfies à l'écran pendant une demi-heure, histoire de bien se faire virer. Mais c'est à vous de voir.

— Allez, je vous laisse travailler, dis-je rapidement. J'ai déjà abusé de votre accueil.

— Pas si vite, mademoiselle, répond Lane. Parlons d'abord de la raison pour laquelle votre patron vous a envoyée dans le Vermont.

— Cette vidéo de pénis, grommelé-je. La chaîne recevait des commentaires désobligeants.

— Des commentaires, il y en aura toujours, quoi qu'il arrive, souligne Lane. Ils doivent constamment recevoir des courriers à propos de vos chemisiers, de votre taille de soutien-gorge et la nuance de votre rouge à lèvres. Aucun être humain rationnel ne peut croire que vous dessiniez des images à caractère pornographique intentionnellement en direct à la télévision.

Je me contente de hausser les épaules. Je pense que mon patron m'a mise en congé forcé après un simple accès de colère, qu'il a regretté environ quinze minutes après mon départ.

— Les réseaux sociaux sont très prometteurs et attirent beaucoup d'attention, poursuit-elle. Peut-être y a-t-il eu des jalousies.

— Non, dis-je avec un ricanement. Je ne suis pas assez importante pour faire des vagues.

— Vraiment ? Diplôme de journalisme à Columbia, bonne formation technique, visage très photogénique et beaucoup de followers sur les réseaux ? Je parie que vous avez reçu un tas d'offres d'emploi dans votre boîte professionnelle cette semaine.

Voilà qui me laisse songeuse.

— Quoi ?

— Votre patron voulait peut-être vous écarter pour que personne ne puisse vous voler à lui.

Ma première pensée, c'est que cette théorie est *ridicule*. Mais avec du recul, c'est bizarre que McCracken ne m'ait pas autorisée à prendre mon ordinateur portable avec moi. Il n'y a que là que se trouve ma messagerie professionnelle.

— Mais qui me volerait ? dis-je d'une voix aiguë. J'ai postulé à de nombreuses offres, et tout le monde s'en fout.

Le sourire de Lane devient presque machiavélique.

— Moi, je vous volerais si j'avais un poste à pourvoir. Vous êtes multitâche dans la production d'informations. Une petite salle de rédaction a besoin de ces compétences-là. Si vous ne postulez qu'à des offres de journaliste d'investigation dans les grands médias, c'est plus difficile. Ou du moins, jusqu'à la semaine dernière.

Elle hausse les épaules.

— En tout cas, si le Vermont vous plaît, appelez-moi. Nous n'embauchons pas en ce moment, mais il arrive que nous ayons besoin de remplaçants. Je vous engagerais tout en sachant que vous allez probablement démissionner dans deux ans pour un poste dans une plus grande ville. Comme tous les meilleurs.

Elle pose une carte de visite sur le bureau devant moi, puis se lève en soupirant.

— Et nous alors, qu'est-ce qu'on est ? s'offusque Jordy. Du foie de veau ?

— Dieu merci, vous n'avez aucune ambition, tous les deux. Je dois vous supplier de bosser, mais au moins, vous venez au bureau tous les jours. Bon, au boulot, les gars. Il n'y aura pas de biscuits pour vous si je n'ai pas vos travaux avant dix-sept heures.

— Des biscuits ? demandé-je malgré moi.

— Elle fait de très bons biscuits.

Jack saisit son clavier d'ordinateur et réveille sa machine.

— Mieux vaut se mettre au boulot.

Sur quelle planète ai-je atterri ? Il n'y a pas de biscuits au *New York News and Sports*. Ce qu'on y grignote, ce sont des menaces voilées enrobées d'un soupçon de peur.

— C'était un plaisir de faire votre connaissance, Skylar, lance Lane. Ne perdez pas mon numéro.

— J'ai été ravie de vous rencontrer, moi aussi.

Mais mon esprit est en ébullition. Pourrais-je vraiment trouver un meilleur emploi ? Et est-il possible de faire évoluer sa carrière en ayant accidentellement dessiné des organes génitaux masculins à l'antenne ?

— Quel monde étrange dans lequel nous vivons, chuchoté-je à part moi en éteignant l'ordinateur que Jack et Jordy m'ont permis d'emprunter.

— C'est bien vrai, dit Jordy. J'espère qu'on se reverra. Tu es drôle, Skye.

— Non, c'est vous qui êtes drôles, insisté-je. Je pense que j'avais besoin de voir une salle de rédaction où les gens n'ont pas peur les uns des autres.

— Oh, moi je tremble, répond Jack. Jordy est vraiment énervé quand on se trompe dans la commande de son déjeuner.

Mon téléphone tinte, mais il n'y a pas de message. Soudain, je réalise que c'est le téléphone jetable. *Appelle-moi*. Rien d'autre. C'est reparti. Un autre mélo m'attend du côté de Rayanne.

— Où vas-tu ? demande Jack.

— J'aimerais le savoir, leur dis-je en leur serrant la main une dernière fois.

Je quitte le studio et m'arrête devant le bâtiment pour appeler Raye. Elle répond immédiatement.

— Raffie, je m'en vais.

— Où ça ?

— Ailleurs. Loin du Vermont. J'ai besoin d'aller quelque part toute seule et de surmonter ça. Mon copain du yoga me dit que je le stresse trop. Ses chakras sont tout tourneboulés parce que j'ai peur pour ma vie.

Immédiatement, je prends la mouche à la place de Rayanne.

— Je pensais que le yoga était une question de générosité d'esprit.

— C'est un homme, Raffie. Ils croient en la générosité tant qu'elle implique leur queue dans ton minou. Mais dès que tu n'es plus aussi drôle et légère, c'est fini. Nous sommes jetables, tu sais.

Vu la journée que j'ai passée jusqu'à présent, difficile de réfuter ce point.

— Où comptes-tu aller ?

— Je ne sais pas trop. Je garde la Jeep et je roule jusqu'à la nuit tombée. Je la rendrai dans une ville avec une gare routière et je monterai dans un bus. Voilà.

J'essaie de comprendre. Rayanne a toujours été une baroudeuse. Elle s'épanouit dans le chaos et l'incertitude du lendemain.

— Je peux te voir d'abord ?

Décidément, elle est tout le contraire de moi. Et sa folie va me manquer.

— Oui, dit-elle lentement. Mais Raffie, j'ai besoin d'argent.

— Oh.

Oh. C'est donc de cela qu'il s'agit vraiment.

— De combien as-tu besoin ? Je vais passer au distributeur.

— Combien peux-tu me donner ? Je pense que je peux utiliser ma propre carte une fois en quittant la ville. Mais après ça, elle laisserait une trace. Tout l'argent que je peux rassembler, c'est ce qui me permettra de vivre en attendant de trouver un boulot qui paye comptant.

— Mais…

Ça me semble irréel.

— Où vas-tu dormir ?

— Tant que je respire encore, je m'en fiche. Éperdument.

Ce plan s'annonce vraiment foireux. Une spécialité familiale.

— Bon, d'accord, je vais vérifier mon solde et voir ce que je peux faire.

— De toute façon, toutes les banques ont une limite quotidienne aux distributeurs automatiques. Je ne peux pas faire de très gros dégâts à tes économies.

— Tu pars ce soir ?

— Oui, dit-elle tristement. Il le faut. Le mec du yoga ne veut plus de moi, et si je reste, je risque de coucher encore avec lui, même si je suis en colère.

— Pourquoi ferais-tu ça ?

— Comment ça, *pourquoi* ? Le sexe sous le coup de la colère, c'est le meilleur !

Cela n'a absolument aucun sens pour moi. Mais c'est hors sujet, alors je continue.

— De quelle couleur est la maison ?

— Blanche avec des volets bleus. C'est au coin de…

— Je sais où. À quelle heure ?

— Quand tu seras prête.

— Je suis à Burlington. Et je dois encore préparer un tiramisu.

Ce soir, nous devions dîner avec la mère de Benito. Il est hors de question que j'y aille maintenant, mais j'ai dit que j'apporterais un dessert et je tiens toujours mes promesses.

— Oh. Je ne voudrais pas gâcher tes projets pour le dîner avec ma petite urgence de vie ou de mort.

Mon Dieu, les gens sont irritables quand ils prennent de mauvaises décisions.

— Je n'ai plus de projets pour le dîner. Mais j'ai promis un tiramisu à quelqu'un. Et tu as dit que tu partais à la faveur du soir, quand il fera nuit. Ça me laisse quelques heures, non ? Je t'enverrai un texto avant d'arriver.

— Merci, dit-elle. Excuse-moi si je suis une peste survoltée. Mercure et Vénus sont toutes les deux rétrogrades.

Ce serait pratique si je croyais en l'astrologie, si je pouvais rejeter la responsabilité de mes problèmes sur les planètes.

— Ce n'est rien. À tout de suite.

Nous raccrochons, et c'est alors que ça me frappe. Je n'ai plus aucune raison de rester dans le Vermont, moi non plus. Je suis venue ici pour Rayanne. Quelque part en chemin, je me suis dit que je pouvais tourner la page avec Benito.

Et en un sens, c'est fait. Aujourd'hui, nous avons bouclé la boucle. Il ne m'appartient pas et il ne m'a jamais appartenu.

Je contourne le bâtiment de la *WBTV* pour trouver ma voiture de location. En la voyant, je pense à Benito et à Jill au lit, ensemble. Il ne m'a jamais parlé d'elle. Pas une seule fois.

Je t'attendais, Skye.

Le souvenir de ce que ces mots m'ont fait ressentir me donne des frissons. J'étais heureuse, je me sentais spéciale. Mais tout ce qu'il a dit me semble différent maintenant. Il a sans doute sorti les mêmes banalités à Jill Sullivan.

Il doit lui chuchoter qu'il l'aime pendant qu'il la déshabille.

Ce qui me donne la nausée au creux de l'estomac, c'est qu'il la traite certainement de *belle vicieuse*, aussi. Seulement, elle est d'accord avec ça. Peut-être même qu'elle aime ça.

Le sexe avec moi, fébrile et gêné, en comparaison avec Jill Sullivan ? Ce n'est pas une compétition que je peux gagner.

Je t'attendais, m'a-t-il dit. Mais s'il avait Jill, il ne m'aurait évidemment pas attendue. Cette affirmation n'était que le murmure d'un homme excité dans le feu de l'action.

— Tu sais quoi, Benito ? L'attente te réussit bien. Tu peux attendre encore un moment.

Douze autres années, un beau chiffre rond qui sonne très bien !

33

BENITO

L'après-midi s'écoule dans un flou. Après avoir regardé Skye partir à Burlington sans me parler, j'ai été rappelé dans le bureau de mon patron.

Ma tête est à cent endroits en même temps, mais ils ont besoin de moi ici au travail. Nous avons remonté la piste de la voiture noire avec l'autocollant sur le pare-chocs jusqu'à son propriétaire. Nous avons examiné sa fiche et suivi tous nos indics pour essayer de comprendre son rôle. Tout le monde nous dit que Gage se prépare à faire un nouvel achat.

— J'ai entendu dire que Gage aura beaucoup de produits la semaine prochaine, me dit un revendeur de Barre.

On l'appelle la citrouille d'Halloween, à cause de son sourire.

— Du K2 et du smack.

Pfff, comme si je n'avais pas assez de soucis sans que nos gars se diversifient.

— Est-ce qu'il te l'a dit personnellement ?

— Il l'a dit à un mec qui l'a dit à un mec à moi...

— Et ce mec est... ?

Il se contente d'un sourire édenté sans rien dire.

— Merci de nous avoir prévenus. Sais-tu au moins où ils le coupent ?

J'ai droit à l'habituel mouvement de tête évasif. Puis je lui donne ses vingt dollars et lui souhaite une bonne semaine.

On a longtemps essayé de pincer la citrouille d'Halloween, mais il découvrait toujours qui étaient les flics sous couverture, alors il ne se faisait jamais prendre la main dans le sac. On a changé de tactique. Chaque semaine, maintenant, on le paye en échange d'informations.

Ça me frustre de donner de l'argent à des sacs à merde pour obtenir des tuyaux. Je m'en vais avant de laisser ma mauvaise humeur se manifester. Ensuite, j'appelle le sergent Chapman, qui me dit que la police de Colebury a trouvé la voiture noire avec Gage. Il est dans un magasin de bécanes, sur la route 11.

— L'agent Trache est sur le coup. Allez vous chercher à manger et faites une sieste, parce qu'on risque de rester debout toute la nuit.

— Oui, M'sieur.

Je raccroche, mais je ne suis pas son conseil. Je vais plutôt au *Gin Mill* et je jette un œil au parking.

Pas de RAV4 argenté.

Merde.

Bien que le café soit officiellement fermé, j'entre avec ma clé et trouve ma sœur assise à une table, en train de travailler sur ses livres de comptes, la mine lasse. Je devrais éprouver de la compassion, mais elle me tape trop sur les nerfs.

— Comment as-tu pu envoyer Skye chez Toyota ?

Quand Zara me regarde, son expression est perplexe.

— Elle a demandé des renseignements sur les voitures de location. C'est quoi le problème, putain ?

— Jill Sullivan travaille là-bas.

— Et alors ? Le lycée, c'était il y a longtemps. Et si j'étais Skye, ça m'intéresserait de savoir que mon harceleuse du lycée prend des rendez-vous pour des vidanges d'huile au garage de son papa. Skye est journaliste à la télévision, Benny. Elle peut se défendre contre Jill.

Je traverse la salle et tire la chaise en face d'elle.

— Moi aussi, j'y suis allé.

Zara me dévisage.

— Je ne vois toujours pas le problème. À part si Jill est coincée dans une faille temporelle, quelle importance ?

— Pour Jill, c'est important ! Je n'ai pas répondu à ses textos depuis quelques semaines.

Ma sœur pose son crayon.

— Ses textos ? Pourquoi t'enverrait-elle des textos ?

— Pour organiser la prochaine réunion du club de lecture.

Merde. Je pensais que ma sœur était déjà au courant de toutes mes manigances.

— Quoi ?

Zara manque s'étouffer, puis ses yeux s'étrécissent à mesure qu'elle comprend.

— Attends. Toi et *Jill* ?

— De temps en temps, maugréé-je. C'est elle qui a initié ça.

Zara lève ses grands yeux bruns au plafond, signe d'agacement que je ne connais que trop. Zara devait déjà rouler des yeux le jour où ma mère nous a ramenés de l'hôpital et nous a mis à la sieste dans le même berceau.

— Comment as-tu *pu* ?

— Que veux-tu que je te dise ? Je ne savais pas que Skye allait revenir dans ma vie.

— Non ! Comment as-tu pu te taper Jill Sullivan, comme si tu n'avais pas d'autre choix !

— On ne va pas en faire toute une histoire. C'était un plan cul. Je pensais qu'elle le savait.

Zara secoue déjà la tête.

— Tu es un abruti, Benny. Une autre femme aurait pu assumer, mais pas Jill. Elle bave sur toi depuis qu'elle a quinze ans. Et elle a traversé une mauvaise passe dernièrement. Son mari l'a plaquée, alors elle a revendu ses chaussures de marque et elle s'est retroussé les manches. Et voilà que son amour d'adolescence débarque et lui dit : « Salut, bébé, ça te tente une relation sans attaches ? »

— Quoi ? m'exclamé-je. Son amour de… *pitié*, Zara. N'en rajoute pas. Jill m'a déjà crié dessus chez le concessionnaire. Ensuite, Skye a fusé comme un feu d'artifice. Je ne sais pas où elle est et elle ne répond pas à mes appels.

— Oh, Benny. Quel crétin. Quand tu brises le cœur d'une fille, tu pourrais au moins le remarquer.

J'enfouis ma tête dans mes mains.

— Tu as encore du café ? Je passe une journée de merde. Et c'est loin d'être fini.

— Uniquement du café glacé au frigo. Les machines sont déjà éteintes.

— Ça me va.

Elle me décoche un coup de pied sous la table.

— Va te servir toi-même. J'essaie d'additionner les colonnes ici.

— D'accord, mais alors je ne paie pas.

— C'est de bonne guerre.

Sur ce, ma sœur retourne à ses calculs.

J'avale un grand café glacé et mange deux mini-muffins. Comme j'ai sauté le déjeuner, je vais bientôt devoir faire un vrai repas.

— Je risque de passer la soirée assis dans une voiture à surveiller des dealers de drogue.

— N'oublie pas ton gilet pare-balles, dit Zara sans lever les yeux.

— Jamais. Mais je ne sais pas où est Skye et j'ai peur qu'elle s'en aille sans me dire au revoir.

— Oh, fait ma sœur en posant son crayon. Est-ce qu'elle ferait ça ?

— Je ne sais pas ce qu'elle a dans la tête. Jill lui a laissé entendre que c'était important. Je ne pense pas que Skye ait bien compris le tableau.

— Peut-être que Jill non plus, tu sais, pour elle, c'était important. Elle est peut-être en train de s'envoyer un pot de glace Phish Food en ce moment, parce que tu viens de lui faire comprendre qu'elle ne serait jamais ton premier choix.

Je lâche un gémissement déchirant.

— Je n'aurais jamais fait cette proposition si j'avais su ce qui arriverait.

— Qu'est-ce que tu dis toujours, déjà ? Tout le monde pense être le *gentil* de l'histoire.

— Tu parles d'une leçon d'humilité !

Zara se contente de sourire.

— Tu veux entendre un truc incroyable ? dis-je.

— Toujours.

— Skye et sa foldingue de demi-sœur ont relancé mon enquête ce matin.

— Vraiment ? Comment ?

— Avec la photo d'une voiture qui relie Sparks, Gage et un troisième larron. Mes gars ont trouvé la voiture et l'ont suivie jusqu'à un atelier de réparation de motos. On va bientôt obtenir les mandats dont on a besoin et décider quand passer à l'action. J'espère une grosse saisie. Ça pourrait même arriver ce soir.

Zara tressaille.

— Tu sais que j'ai horreur de ça.

— Je sais.

Tout comme ma pauvre mère. En parlant de ça…

— Je peux te demander un service ?

— Balance.

— Skye et moi, on devait dîner avec maman ce soir. Mais maintenant, ça tombe à l'eau pour diverses raisons. Tu pourrais y aller avec Nicole à la place ?

— Tu veux que j'amadoue maman avec les sourires d'une fillette potelée de deux ans ?

— Je t'ai déjà demandé pire. En plus, je crois qu'elle a prévu du poulet piccata. Tu adores le poulet piccata.

— Bien vu. Je vais l'appeler.

Zara sourit.

— Merci. Mais je ne te remercie pas de l'avoir envoyée chez Toyota.

Je me lève et repousse ma chaise, en prenant soin de ne pas laisser de miettes sur la table.

— Oups, fait Zara d'un ton comique. Si tu avais gardé ta queue dans ton jean, on n'aurait pas cette conversation en ce moment.

— Entre ce qu'on dit, ce qu'on fait et le reste, tu sais… Où veux-tu que je pose la vaisselle ?

— Laisse tout ça ici. Et mange un vrai repas avant ton service, d'accord ? N'oublie pas ton gilet pare-balles !

— Évidemment.

J'embrasse ma sœur sur la tête avant de m'en aller.

Il n'y a toujours pas de RAV4 argenté sur le parking.

34

———

SKYE

Rayanne fait du yoga pour trouver sa paix intérieure. La mienne réagit mieux aux desserts sucrés.

Je trouve les ingrédients dont j'ai besoin pour le tiramisu dans une épicerie fine de Burlington – du mascarpone, de la crème fraîche et des boudoirs. Je vais faire un tiramisu sans œufs, parce que je n'ai pas vraiment le temps de suivre la recette traditionnelle.

De toute façon, les œufs crus, ça me dégoûte.

Avant de retourner à Colebury au volant de mon RAV4, je m'arrête pour deux autres courses : mille dollars en liquide et deux doubles expressos au drive d'un Starbucks. Je ne bois pas le café. Je le dépose avec précaution dans les porte-gobelets de la voiture.

C'est bête, mais je ressens un pincement au cœur d'avoir acheté un expresso dans une chaîne, alors que j'aurais pu le prendre chez Zara.

Voilà pourquoi je dois quitter le Vermont. Cela fait moins d'une semaine que je suis revenue ici, mais c'est déjà beaucoup trop réel. Je ne suis pas un membre de la famille de Zara et je ne le serai jamais. Je ne peux pas rester chez Benito à jouer à la dînette en faisant comme si j'étais à ma place ici.

Je ne l'ai jamais été et je ne le serai évidemment jamais.

Cela dit, je ne ferai pas faux bond à Madame Rossi. J'ai dit que je ferais du tiramisu et je le ferai. J'offrirai le plat à la mère de Benny, je l'embrasserai sur la joue et je repartirai.

J'ai un appartement à New York, et un travail. J'aimerais bien savoir si des recruteurs sont venus frapper à ma porte pendant mon absence. J'ai commis tant d'erreurs qu'elles sont trop nombreuses pour être comptées. Il est temps de me secouer et de me sortir les doigts… des fesses.

Quand je m'arrête sur le parking quasiment désert du *Gin Mill*, je suis soulagée de voir que la voiture de Benito n'est pas là. C'est la fin de l'après-midi. Le café est fermé et le bar n'a pas encore ouvert. Je m'en veux de connaître les habitudes de cet endroit.

Je saisis le code de la porte, qui correspond à l'anniversaire de May, dans un mois environ. Je ne serai pas là pour le lui fêter.

On s'en fiche, me rappelé-je. *Ce n'est pas ta famille.*

C'est vrai.

Dans la cuisine de Benito, je découvre qu'il ne possède pas beaucoup d'ustensiles de cuisson. Mais il y a une cocotte qui me convient. Je fouette ma crème et mon sucre avec un peu de vanille. Cela demande un certain effort, car Benito n'a pas de batteur électrique.

Vous voyez ? Cet endroit n'est pas si génial. Je vais continuer à essayer de m'en convaincre.

J'y ajoute le mascarpone et le mélange crémeux prend forme. Ensuite arrive ma partie préférée : tremper chaque boudoir dans un expresso et garnir le fond du plat avec une couche de biscuits. Je prends une cuillérée de crème et ses arômes alléchants me donnent l'eau à la bouche.

Résiste, m'intimé-je. Hors de question de craquer pour quelque chose d'aussi calorique. D'ailleurs, dès demain, je serai de retour à New York et je pourrai faire le plein de produits sains à Fairway. Toute seule.

Bravo, maintenant, je commence à m'apitoyer sur mon sort. Tu dois te ressaisir, ma grande.

Après avoir soigneusement disposé les couches successives, je n'ai plus qu'à saupoudrer le tout de poudre de cacao. J'ai préparé un magnifique dessert destiné à être partagé entre amis. Peut-être le sera-t-il. Mais pas avec moi.

Je mets le plat au congélateur pour le refroidir et je commence à emballer toutes mes affaires. Je n'ai pas besoin de beaucoup de temps pour récupérer mon maquillage dans la salle de bain de Benito et mes quelques vêtements dans sa chambre.

Je jette un rapide coup d'œil autour de moi pour m'assurer de ne rien avoir oublié. Il ne reste plus aucune trace de mon passage. Je ne laisse pas mon regard s'attarder sur le lit. Je dois reléguer cette partie aux ténèbres. Dormir à côté de Benito, c'était tout ce que j'avais toujours voulu. Le sexe était génial, certes, mais le meilleur moment, c'était après, quand j'entendais sa respiration régulière pendant qu'il dormait et sentais la chaleur de son corps s'infiltrer dans le mien.

C'était la première fois que je dormais avec un homme, et à voir mon état d'esprit actuel, c'était peut-être bien la dernière.

La dernière chose que je dois faire dans l'appartement de Benito, c'est de lui écrire un mot.

Cher Benny,

Je dois y aller. Je sais que je pars sans avoir fait de vrais adieux. Mais il est préférable pour tout le monde que je quitte la ville. J'ai du travail à faire, et toi aussi.

Te revoir, ça a été…

J'ai du mal à conclure cette phrase. J'y réfléchis longuement. Suis-je prête à être gentille ? À être honnête ?

Incroyable, décidé-je d'écrire. C'est la vérité. Mais cela ne suffit pas à surmonter toutes les différences entre lui et moi. Je ne peux pas m'attarder dans son aura en espérant qu'un jour, sa définition de « je t'aime » corresponde à la mienne.

Ma vie est trop différente de la tienne et je dois y retourner.

J'enchaîne les platitudes sur la feuille. Honnêtement, ça me fait réfléchir. J'ai beaucoup de mal à expliquer pourquoi je suis en colère contre lui. Je ne sais pas aligner deux mots, ça craint pour une journaliste.

Aussi bizarre que ce soit, je reviens sur mes pas et m'arrête sur le seuil de sa chambre. Je visualise Jill dans ce lit avec Benito. C'est aussi douloureux que je le pensais.

Je suis contente qu'il ne puisse pas voir l'intérieur de ma tête en ce moment, parce qu'elle est pleine de pensées hideuses et jalouses. Peut-être que d'autres femmes ne sont pas aussi folles que moi. Ce n'est pas comme si je pensais que Benito était vierge. Mais pourquoi fallait-il que ce soit *elle* ? Je me croyais tellement plus mature et plus sage, il faut croire que j'ai encore seize ans. Mais combien de fois puis-je répéter les mêmes erreurs ?

Je me détourne du lit. Je prends mon sac, puis le tiramisu, dans un plat de la cuisine de Benny. Je le recouvre d'un film plastique et m'apprête à partir.

La dernière chose que je fais, c'est abandonner le porte-clés « I Love Vermont » à côté du mot que je lui ai laissé.

Je n'aime pas le Vermont. Cela n'a pas changé.

La porte émet un déclic irrévocable quand je la ferme derrière moi. Personne ne me voit monter dans la voiture et m'en aller.

DIX MINUTES PLUS TARD, je me trouve dans la cuisine de la petite maison sordide du copain de yoga de Rayanne, en face de la piste d'athlétisme du lycée. Ça empeste l'encens et les haricots cuits.

— Où est-il ? chuchoté-je au-dessus de la tasse de thé que Rayanne m'a servie. Il ne va pas sortir pour dire bonjour ?

Elle secoue la tête. Rayanne a l'air épuisée, mais il faut s'y attendre quand on se retrouve sur un malentendu à transporter du fentanyl pour des trafiquants de drogue. Elle est très maigre – peut-être à cause du stress ou de tout ce yoga –, elle fait plus âgée que ses trente ans.

— Il est gêné de me mettre à la porte. Il s'inquiète pour son karma, dit-elle en roulant de gros yeux. Les hommes, Raffie. Tous des gamins.

Je suis d'accord, même si ce n'est pas mon domaine de compétence.

— Pourquoi en changes-tu en permanence, alors ?

Avec ce que je ressens en ce moment, je doute de sortir à nouveau avec quelqu'un. Mais Rayanne ne cesse de remonter en selle.

— C'est vrai, quoi, d'abord Sparks et maintenant le type du yoga ?

— D'accord, je fais de mauvais choix de vie. Mais pour ma défense, Sparks a des tatouages d'enfer et Mister Yoga est très souple.

— Quand même.

Maintenant, j'ai compris que le sexe pouvait être génial. *Merci Benito*. Mais ça ne vaut toujours pas la peine qu'on en souffre.

— Tiens.

Je prends mon sac à main et en sors le millier de dollars que j'ai pu retirer au distributeur en venant.

— Merci, dit-elle d'une voix étouffée. J'espère que ça ne te manquera pas trop.

— Ça va faire une grosse coupe dans mon budget de cosmétiques, mais tant que je ne suis pas virée, ça ira.

Pour tout dire, je ne redoute plus autant qu'avant de perdre mon emploi. Je me rends compte que McCracken est trop paresseux pour me trouver un remplaçant, et que je serais difficile à remplacer. Non que je sois brillante, mais je suis prête à en supporter beaucoup.

Pour l'instant. Je me rends compte que ce n'est peut-être pas nécessaire. Ce studio de Burlington m'a ouvert les yeux. Peut-être aimerais-je travailler pour une petite chaîne, où le patron m'apprécierait, au lieu d'un grand média où tout le monde essaye de se dévorer tout cru.

— Tu as l'air songeuse, me dit Rayanne. Tout va bien ?

— Ça va aller, dis-je lentement. Ce soir, je rentre chez moi à New York. Et si on partait ensemble ?

Elle secoue la tête.

— Je t'ai déjà causé assez d'ennuis. Comment vas-tu rentrer ?

— J'ai loué quelque chose, moi aussi. Je vais les appeler et leur demander si je peux la rendre à New York.

Je sirote mon thé et Rayanne garde le silence. Je me demande quand je la reverrai.

— Tu m'appelleras, d'accord ? Quand tu auras atterri quelque part ?

— Oui, promis. Mais je n'emporte aucun téléphone. Je ne sais pas trop qui peut suivre quoi, de nos jours. Je préfère éviter.

— Bien sûr, chuchoté-je.

Elle lève les yeux au ciel.

— Ne t'inquiète pas, Raffie. Je retombe toujours sur mes pattes. J'ai quitté le Vermont à dix-huit ans avec cinquante dollars en poche. J'ai mené une vie de nomade pendant dix ans. Je peux le refaire.

— Pourquoi sommes-nous comme ça ? Seules, toutes les deux ?

Je n'ai pas l'esprit nomade, mais je suis aussi angoissée qu'elle, à bien des égards.

— Des problèmes avec nos pères et mères respectifs, répond-elle avec assurance. On cumule la totale, toi et moi. C'est difficile de faire confiance aux gens quand on a eu des parents comme les nôtres.

Enfin, moi je n'ai pas eu de mère, mais maintenant, je ressemble à la tienne.

— Ne dis pas ça ! m'exclamé-je.

Je ne souhaiterais cela à personne.

— D'accord. Contrairement à ta mère, j'apprends de mes erreurs. Je ne compte plus sur les hommes.

— C'est déjà pas mal.

Je n'ai passé que cinq jours à compter sur un homme, mais l'expérience m'a amplement suffi.

— Je ne sais pas si j'ai réussi à tourner la page, Raye. Quoi qu'il en soit, il est temps de rentrer à la maison.

— Je ne te demanderai même pas s'il était bon au pieu. Parce que ces choses-là, ça ne fait pas tout.

— Exact.

Cela dit, les parties de jambes en l'air, ce n'est pas ce que je préfère chez Benito. C'est quand il me regarde avec ses grands yeux bruns et qu'il me sourit comme si je comptais pour lui.

Si seulement c'était vrai.

Elle me donne une tape sur les fesses.

— Vas-y, alors. Prends la route de New York. Tu as l'air un peu tristounette. Mets de la musique. Réfléchis à ton prochain sujet.

— Je n'ai *pas* de prochain sujet. Tu m'en as promis un.

— Désolée, fait-elle avec un soupir. Je pensais pouvoir vous donner les preuves d'un gros trafic de drogues, à Benito et à toi. Mais comme d'habitude, j'étais le dindon de la farce. C'est trop dangereux pour nous deux de continuer à essayer. Rentre chez toi. Je ne te compliquerai plus la vie pendant un bon moment. Estime-toi heureuse.

Mais ce n'est pas le cas.

— D'accord. Je dois encore faire un arrêt d'abord. J'ai promis un tiramisu à Madame Rossi.

— Quoi ? Toi et ton sens de l'honneur. On devrait le manger. Tu as oublié que nous avons juré de ne plus jamais mettre les pieds dans une caravane ?

Elle a raison sur ce point.

— Si je n'y reste que pendant une minute, ça ne compte pas.

— Fais attention à toi, d'accord ?

Rayanne se penche et m'étreint avec fougue.

J'enroule mes bras autour de son corps fluet en réprimant mes larmes.

— Toi aussi.

Elle renifle.

— Bon, ça suffit. Je partirai dix minutes après toi.

Sur ce, je prends congé. Je ressors sous le soleil couchant et remonte dans ma voiture de location, qui sent bon l'expresso et le cacao. Puis je me dirige vers le seul endroit où je pensais ne jamais remettre les pieds.

35

BENITO

Aucun atelier de réparation de motos n'a besoin d'autant de caméras de surveillance. Mais celui-ci en compte six. C'est un bon indice qu'il n'y a pas que des pare-chocs rutilants là-dedans. Le deuxième indice, c'est la Taurus noire avec l'autocollant *Smokey's* garée dehors depuis sept heures.

Il est malheureusement difficile de surveiller cet endroit. Il se trouve sur un terrain boisé avec une longue allée. Le bâtiment n'est presque pas visible depuis la route à deux voies. Si on y stationnait, cela reviendrait à afficher un panneau : « Voiture en planque, ne pas déranger. »

Voilà pourquoi je me suis perché dans un vieil arbre, entre deux branches. J'ai les fesses engourdies et les doigts aussi. Un autre agent attend derrière un arbre voisin, guère mieux installé que moi. Quant au troisième, il est juché sur une tour de guet pour les incendies, à quelques centaines de mètres de là, avec une caméra.

L'unité tactique de la police d'État du Vermont se tient prête, fort heureusement. L'arrestation de Sparks est très risquée. Mais pas de pression.

L'avantage, c'est que j'ai un mandat d'arrêt au nom de John Oscar Sparks qui me brûle la poche. Je pourrais l'utiliser tout de suite. Mais d'abord, nous devons savoir ce qu'il fabrique là-dedans. Nous n'avons jamais vu Sparks se terrer dans un repaire de motards. Avec un peu de chance, il est là pour une raison bien particulière.

— Un véhicule inconnu entre dans le camping de Pine View.

Cette information m'est transmise dans l'oreillette par Nelligan, en planque à l'entrée du parc, qui guette toute activité éventuelle de Gage. Ce soir, nous surveillons tout le monde.

J'enfonce le bouton du micro.

— Bien reçu.

— RAV4 métallisé avec des plaques du Connecticut. Skylar au volant.

Mon pouls s'emballe. Cela n'a aucun sens.

— Des passagers ? demandé-je à voix basse.

Rayanne rend peut-être visite à son père. Drôle de timing, cependant. Et je n'imagine pas que Skye puisse s'approcher de Gage de son plein gré.

— Pas de passagers en vue, répond Nelligan. Conductrice uniquement.

Merde. Je pourrais lui demander de la suivre là-bas et de jeter un œil. Mais si Gage est chez lui, il verra notre agent. La mission de Nelligan consiste à surveiller les mouvements de Gage. Il ne doit pas montrer son visage et risquer de dévoiler notre opération.

Je ne sais pas quoi faire.

De toute façon, je n'ai pas le temps de me décider, car j'entends des moteurs en approche.

— Deux motos, annonce l'agent dans la tour de guet. Des hommes blancs. Pas d'armes visibles, mais beaucoup de sacs, apparemment.

— Bien reçu.

Deux types venus faire réparer leurs motos à dix-huit heures, dans le noir ? Ce serait bizarre, mais pas illégal. Cela dit, les picotements à l'arrière de mon crâne me prédisent le contraire.

Les hommes remontent le long chemin et tournent dans l'allée de gravier semi-circulaire devant le magasin. Ils se garent face à l'extérieur. C'est ce que je ferais, moi aussi, si je pensais devoir m'enfuir soudainement.

— Je n'arrive pas à lire les plaques, dit-on dans mon oreillette.

Moi non plus. Il fait sombre et ils sont orientés dans le mauvais sens maintenant.

Les motards descendent sans enlever leurs casques ni leurs lunettes. Il n'y a aucun moyen d'identifier leurs visages. L'un d'eux ouvre une sacoche et en sort une grande enveloppe en papier kraft, qu'il glisse sous son bras.

C'est là toute la subtilité du travail d'agent des stupéfiants au XXIe siècle. Finis les avions remplis à ras bord d'herbe et les semi-remorques bourrés de cocaïne. Le fentanyl pur est si fort que l'on peut en mettre suffisamment dans une bonne vieille enveloppe FedEx pour tuer la population d'une ville de taille moyenne.

La porte du magasin s'ouvre à leur approche. Un rectangle de lumière jaune en jaillit et Sparks se dessine dans la porte avant que les deux motards ne disparaissent à l'intérieur.

La porte se referme.

J'écoute le battement de mon cœur et respire calmement. J'ai l'intime conviction qu'il s'agit bel et bien d'une livraison. Cette enveloppe dodue ne contient pas de documents. Nous y sommes.

— Équipe tactique, tous à vos postes, chuchoté-je. Nous allons attendre que Gage s'en aille avec la marchandise. Les dealers ne sont pas prioritaires.

— Bien reçu, répond mon patron à un kilomètre de distance. On va suivre les motos sur l'autoroute.

La porte s'ouvre à nouveau cinq minutes plus tard. Tout le monde retient son souffle lorsque les motards réapparaissent, chacun avec un sac de toile à la main. L'argent est plus volumineux que le fentanyl. Ils glissent leur butin dans les sacoches de leurs selles, démarrent et repartent en direction de la route.

Une longue minute s'écoule.

— Unité tactique en position, me dit-on à l'oreille.

— Bien reçu. J'attends le suspect.

On ne connaît pas son emploi du temps. Il faut plus de patience. Je ne peux pas taper du pied, alors je contracte mes orteils glacés dans mes bottes tout en surveillant la porte. Au fil des minutes, j'essaie de me détendre les yeux.

Enfin, les lumières s'éteignent à l'intérieur.

— Tenez-vous prêts, murmuré-je à mon équipe.

La porte s'ouvre et deux hommes sortent. Sparks et un barbu que je n'ai encore jamais vu.

— Deux suspects, annonce l'agent depuis la tour des pompiers.

Je suis surpris qu'il puisse les distinguer dans la pénombre.

Je me force à attendre encore un moment, jusqu'à ce que Sparks ait déverrouillé la voiture noire et que le barbu ferme la porte de son magasin.

— Police ! Mains en l'air ! m'écrié-je en me dirigeant vers eux.

Les deux hommes détalent dans des directions opposées et je m'élance après Sparks. La première chose qu'il fait, c'est de lâcher l'enveloppe. Je dois sauter par-dessus en le poursuivant.

Sparks atteint la lisière avant moi et j'allume ma lampe frontale pour le suivre. Derrière moi, quelque part, le véhicule des forces d'intervention fait vrombir son moteur, puis freine brusquement. Dans leur véhicule blindé, ils sont prêts pour un affrontement armé, pas une course à pied.

Je gagne du terrain sur Sparks, grâce à mon avantage visuel. Avec ma lumière dans le dos, il court dans son ombre. Et maintenant, nous sommes plus nombreux. D'autres lampes balaient l'orée du bois.

Sparks plonge derrière un arbre couché et je l'entends chercher quelque chose, certainement une arme.

— Il a un flingue ! crié-je en éteignant ma frontale avant de me cacher derrière un tronc.

Il n'est pas assez large, mais c'est tout ce que j'ai.

Sparks tire trois fois, et une seule balle me frôle. Mais ça lui permet de gagner du temps. L'instant d'après, j'entends les broussailles craquer un peu plus loin.

— Il est reparti !

L'un des gars du groupe d'intervention allume un projecteur. Les troncs d'arbre hachent le flot de lumière, mais c'est suffisant pour me permettre de distinguer la silhouette de Sparks qui file à travers bois, sur la gauche. Je devine l'équipe tactique qui se déploie en éventail à mesure que j'avance.

Soudain, Sparks trébuche et s'étale. Il tire un nouveau coup de feu.

— On ne bouge plus ! Lâchez votre arme ! s'égosille l'agent d'intervention le plus proche alors que le groupe avance.

J'arrive aux côtés de Sparks cinq secondes plus tard. Mais je ne suis pas le premier. Un officier lui confisque déjà son arme tandis qu'un autre lui referme une jolie paire de menottes en plastique aux poignets.

Dans mon oreillette fusent les instructions de mon patron.

— Faites attention, assurez-vous que le paquet ne soit pas déchiré.

S'il est endommagé, attendez les secours. Et portez un masque et des gants pour le toucher.

Il vaut mieux éviter que l'un de nos hommes fasse une overdose de fentanyl.

— Allez cueillir les motards. Quelle est votre heure d'arrivée approximative ? Nelligan, du nouveau à Pine View ?

— Rien à signaler. Personne ne part, personne n'arrive. J'ai un visuel de Skylar Copeland qui discute avec une voisine.

Décidément, je ne comprends pas.

— Allons chercher Gage, lancé-je.

Je ne supporte pas l'idée que Skylar soit près de chez lui.

— Non, je veux voir où il va quand il se chie dessus, répond mon patron. Il y a d'autres preuves à trouver. En parlant de ça, qu'y a-t-il dans le garage ?

— Des motos, intervient quelqu'un. Pas de labo ni de stock. Rien que des outils graisseux.

Merde.

Ma nuit est loin d'être terminée. Et bon sang, que mijote Skye ?

36

SKYLAR

Deux secondes après avoir gravi la route sinueuse conduisant à Pine View au volant de ma voiture de location, je comprends que j'ai fait une erreur de calcul.

La caravane des Rossi ne leur appartient plus. Ce n'est pas possible. Là où Madame Rossi avait accroché des rideaux de dentelle à la fenêtre, des stores cassés pendent tristement derrière la vitre sale.

En y repensant, ni Benito ni sa mère n'ont évoqué le camping. Je suis partie du principe qu'elle y habitait toujours, mais maintenant, je me sens bête. Je suis revenue à l'endroit que je déteste le plus au monde, tout ça pour rien.

Mes phares éclairent ensuite le mobile-home de Gage. Je remarque des rideaux épais là où il n'y en avait jamais auparavant. Peut-être a-t-il déménagé, lui aussi. Je me demande s'il est resté seul pendant toutes ces années. Je l'espère. Ça me ferait de la peine que plusieurs autres filles comme moi aient subi ses intimidations.

Je continue à rouler en suivant l'allée. Dans le virage, une adolescente vérifie sa boîte aux lettres. Elle jette un regard anxieux sur ma voiture, puis ses yeux se tournent vers le mobile-home de Gage.

Je sais ce que signifie son regard. Il habite toujours là. Et elle a peur de lui.

En plus, je connais cette fille.

Je baisse la vitre pour qu'elle puisse voir mon visage.

— Salut, dis-je avec chaleur. Misty ? Je m'appelle Skylar. Je faisais du baby-sitting ici quand tu avais quatre ans.

Elle penche la tête sur le côté et me dévisage.

— Skye ! Je me souviens. Tu me laissais mâcher du chewing-gum.

Un déclic se fait dans ma mémoire, je me revois à partager quelques chewing-gums que Benito m'avait offerts.

— Oui ! C'était moi.

— Je te trouvais tellement jolie, répond-elle avec un sourire timide. Tu l'es toujours, bien sûr. Qu'est-ce que tu fais ici ?

— Eh bien, c'est le problème. Je voulais donner quelque chose à Maria Rossi, mais…

— Ils sont partis. Il y a longtemps. Je crois que j'étais au CP quand elle a déménagé. Maintenant, elle habite à Eastwood, un très beau camping.

Les yeux de Misty se détournent brièvement du côté de chez Gage.

— Je ferais mieux de rentrer.

Spontanément, j'ai envie de faire quelque chose de gentil pour elle.

— Écoute, je vais te donner quelque chose.

Je prends le tiramisu sur le siège passager et je sors de la voiture. Misty est à mi-chemin de sa porte, alors je la suis.

— Entre une seconde, dit-elle. Ça ne dérangera pas maman.

— Comment va-t-elle ?

Madame Carrera était une femme tranquille qui se consacrait à la couture pendant que son mari cumulait trois emplois.

— Fatiguée, la plupart du temps, dit Misty. Mon père est mort il y a un an.

— Oh, ma chérie, je suis désolée, soufflé-je. Que s'est-il passé ?

Elle fait une grimace.

— Overdose.

— Oh.

Je regrette amèrement d'avoir posé la question. La pauvre.

— Tiens, lui dis-je. C'est pour toi. Je dois retourner à New York ce soir et je n'aurai pas le temps de retrouver Maria. Alors, tu devrais le partager avec ta mère quand elle rentrera. C'est du tiramisu.

— Oh, waouh, fait-elle en regardant le dessert. J'adore le tiramisu. Mais… c'est ton plat.

— Ah oui. Tant pis, garde-le.

Maintenant, je dois un plat à Benito. Je lui en enverrai un de chez Macy's.

— On pourrait y goûter ensemble, dit-elle en se tournant vers le plan de travail. Je vais prendre deux bols.

— Excellente idée.

Au diable le décompte des calories.

— C'est quoi le dicton, déjà ? Toujours commencer par le dessert, on ne sait jamais quand la mort nous fauche.

Elle rit en ouvrant le tiroir des couverts.

Le dessert est un délice, comme toujours. Nous dégustons le tiramisu, assises à la petite table de Misty. La caravane me semble plus petite que mon appartement de New York. Sans vouloir être snob, je suis contente de la distance qui me sépare de cet endroit sordide.

Aussi exigeant que soit mon travail, j'ai la belle vie. Solitaire, mais agréable.

De l'autre côté de la fenêtre, on aperçoit des phares. Misty et moi regardons dehors. Elle écarte les rideaux de dentelle et mon rythme cardiaque s'emballe. C'est Gage. Il range deux sacs de sport dans le coffre d'une voiture dont le moteur tourne déjà.

C'est comme ça que je perds l'appétit. J'ai la nuque en sueur et mon pouls est trop rapide. Douze ans plus tard, il a toujours le même effet sur moi. Un regard et je tremble.

— Tu sais qu'il faut faire attention à ce type-là, n'est-ce pas ? chuchoté-je.

— Oui, répond-elle avec conviction. À la seconde où je le vois, je m'enfuis.

— C'est bien.

Je me force à regarder par la fenêtre. Dans la lumière du porche, je constate que ses cheveux sont grisonnants, maintenant, et qu'ils se raréfient sur le dessus. Il est plus maigre aussi.

Tant mieux, me dis-je. J'espère qu'il ne se sent plus aussi invulnérable qu'avant.

— Je me demande où il va, reprend Misty. Il a une autre valise.

En effet, il dépose une valise sur la banquette arrière.

— J'espère qu'il s'en va loin, très loin.

Voilà qui me secoue de ma torpeur. Je me demande si Benito sait que Gage part en voyage. Il me semble qu'il serait intéressé de le savoir. Je sors mon téléphone et affiche les textos. Ceux de Benito sont toujours là, me suppliant de le rappeler. Je n'y ai jamais répondu.

Je saute un peu du coq à l'âne, mais tant pis :

Gage vient de mettre trois valises dans sa voiture. Le temps que j'écrive, il y a du nouveau. *Maintenant, il quitte Pine View.*

Comme moi, dans peu de temps. Bien sûr, je ne le précise pas. Je suis la pire des lâches.

Pour ma défense, j'ai vécu des montagnes russes émotionnelles pendant cinq jours. Je ne me fais pas du tout confiance en ce moment. J'ai envie de me jeter dans les bras de Benito. Et je veux aussi le frapper.

Ce n'est pas une réaction très saine.

Je récupère mon bol vide, le porte jusqu'à l'évier et le rince.

— Merci pour cette conversation, dis-je à Misty.

— Merci pour ce délicieux repas, répond-elle. Ça m'a fait plaisir de te revoir, même en coup de vent. Tu es vraiment…

Elle prend le temps de réfléchir avant de conclure :

— Classe. Chic. Pas comme le Vermont.

— Waouh, merci.

Une semaine plus tôt, j'aurais accepté ce compliment en estimant le mériter. Mais en cet instant, ça me rend un peu triste. Comme si je n'avais jamais eu la moindre chance de m'intégrer ici.

Ce sont sans doute les hormones qui parlent. Je n'aime même pas le Vermont.

C'est bien vrai, n'est-ce pas ?

Je répète à Misty qu'elle a bien grandi et qu'elle est devenue très belle, et je lui fais une promesse.

— Si je reviens dans le coin, nous prendrons un café. Passe le bonjour à ta mère, d'accord ?

Nous nous embrassons et je sors. J'ouvre la portière de la voiture et jette mon sac sur le siège passager.

Mais j'hésite alors.

La lune se lève. Elle est grande, brillante et basse dans le ciel. Maintenant que Gage a quitté les lieux, je n'ai plus rien à craindre. Je reste là un moment, à respirer l'air pur.

Reprendre la route, c'est une forme d'échec. Je n'ai pas aidé Rayanne. Pas beaucoup, du moins. Et je ne me sens pas plus au clair avec Benito.

Quand il trouvera mon message, il sera furieux. Ce qui complique tout, c'est que je l'aime encore. Plantée là, dans l'air frais de la soirée, je peux me l'avouer.

Je referme la portière sans monter à l'intérieur et je me laisse aller à penser à Benito pendant une minute.

Mes yeux s'accoutument à la pénombre et j'ai l'impression d'être dans un théâtre après la représentation. Notre année ensemble s'est déroulée à quelques pas de là. Les caravanes où nous avons vécu sont fermées et silencieuses. Mais je devine presque l'écho de la voix de Benito, qui me raconte des blagues dans les bois. Et la musique du ukulélé.

Je suis le chemin des souvenirs dans l'allée, les talons hauts de mes bottes crissant sur les graviers. La dernière fois que j'ai marché ici, je portais des baskets miteuses et des jeans d'occasion. Je vivais dans la peur. C'était une vie difficile.

Cette fille fait toujours partie de moi, même si j'aime faire semblant qu'elle a disparu. Je suis toujours avide d'amour, désespérant de m'en prouver digne. Parfois, je suis trop dure avec moi-même pour tous mes ratés et mes manquements.

Peut-être est-ce le cas de tout le monde. Même Jill Sullivan.

Je me rapproche du théâtre obscur de mes débuts. En marchant sur l'herbe brunie par l'hiver, je me faufile entre les deux mobile-homes et me dirige lentement vers la lisière du bois.

Il me vient à l'esprit qu'à l'âge de seize ans, j'aurais dû avoir peur de m'enfoncer seule dans la forêt. Pourtant je ne me suis jamais sentie aussi en sécurité que lorsque j'allais retrouver Benito sous les arbres.

Une fois de plus, je hume le parfum des aiguilles de pin humides. Ça sent comme à la maison. Ma vie entière est définie par ce qui s'est passé ici, que je le veuille ou non.

Je m'avance sans savoir si j'ai vraiment envie de revoir la clairière où Benito et moi avons passé tant d'heures ensemble. Si les restes démolis de notre chaise longue y sont toujours, mon cœur se brisera à nouveau. C'est un peu comme voir un cadavre. Je préfère garder un souvenir vivant de cet endroit.

Je continue malgré tout. En m'approchant de la clairière, je distingue une lumière. Plissant les yeux, j'essaie de distinguer son origine. Elle est diffuse, comme si un objet volumineux l'étouffait.

À présent, je marche sur la pointe des pieds. La masse indistincte est un cabanon, comme l'on en trouve préfabriqués dans le commerce. Le clair de lune scintille à travers son unique fenêtre. La porte doit être orientée dans l'autre sens. Il fait sombre à l'intérieur.

La lumière que j'ai aperçue provient du plafonnier d'une voiture. Elle est garée à côté de la remise, sur un chemin de terre étroit qui n'existait pas il y a douze ans.

Mon pouls s'emballe. Parce qu'il y a quelqu'un à côté du cabanon, dans l'obscurité. C'est *lui*.

Gage.

La peur m'obstrue la gorge. Je me fige là, à regarder. Il se déplace lentement autour du cabanon, jetant de petites branches hors du chemin tout en marmonnant dans sa barbe.

Il se croit seul. Et il le sera bientôt.

En silence, je prends une décision. La meilleure échappatoire, c'est par le chemin. Je risque moins de me trahir en trébuchant ou en cassant des brindilles. Même s'il peut toujours remonter en voiture, j'entendrai le moteur avant d'être dans ses phares, ce qui me donnera tout le temps de me mettre à l'abri dans les bois en attendant qu'il passe.

Je marche très lentement et m'accroupis derrière sa voiture quand je l'atteins, l'utilisant comme bouclier avant d'atteindre l'autre côté de la route, où je me réfugie derrière un grand arbre.

Là, je marque une pause et fais le point sur la situation. La portière de la voiture est ouverte et la lumière du plafonnier révèle une valise sur le siège arrière. Quelque chose dépasse. Un morceau de papier.

C'est un *billet*.

La journaliste en moi tend l'oreille, l'eau à la bouche. Gage a une valise pleine d'argent, comme dans les films. C'est vraiment un trafiquant de drogue. Et il quitte la ville.

Benito n'aura pas son homme.

Enfuis-toi, me souffle la jeune fille effrayée qui sommeille en moi. *Gage est juste là. Il a des yeux à faire peur.*

Mais si je pars, il s'en tirera. Il emportera son argent quelque part et achètera une nouvelle caravane, s'installera à côté d'une autre adolescente. Et il intimidera tous ceux qui croiseront sa route.

Une odeur forte et caustique me saisit aux narines. Les senteurs de ma forêt de pins ont disparu, remplacées par des relents d'essence.

Oh, mon Dieu. Gage va brûler cette cabane. Il détruit les preuves.

À présent, la journaliste en moi a presque l'écume aux lèvres. Je ne peux pas sortir mon téléphone et prendre des photos, il verrait la lumière de l'écran.

Que faire ? J'ai une poignée de secondes pour trouver une solution. Peut-être moins. Une fois de plus, je m'intéresse à la voiture. Les clés sont sur le siège.

Je dois être folle. Parce que je me baisse et me dirige vers la voiture. Ça ne prend qu'une seconde. Ma main se referme autour des clés au moment où j'entends le bruit d'une allumette que l'on craque.

Mercredi. Tout cela va trop vite.

Je ne regarde pas Gage. Je retourne dans l'ombre, puis je m'éloigne sur la route aussi vite que le dicte mon courage.

Derrière moi, j'entends des jurons et mon rythme cardiaque redouble. Je m'accroupis et retiens mon souffle. Mais je n'entends pas le moteur de la voiture par-dessus le battement de mon pouls dans mes oreilles. Aucun bruit de pas dans ma direction.

Je risque un œil par-dessus mon épaule. Se pourrait-il qu'il ait du mal à faire partir le feu ? Je ne le distingue pas de l'autre côté de la voiture, mais je l'entends bouger.

En silence, je me redresse. Les clés bien serrées dans ma paume, je fais un pas vers le bord de l'arbre et laisse tomber le trousseau au pied du tronc. Puis je me glisse sur la route.

Frrcchhtt. J'entends le ronflement caractéristique d'un incendie qui se déclare. Suivi par les pas précipités de Gage. Ce bruit m'emplit d'une peur sans précédent, même si je sais qu'il se dirige vers la voiture. Il claque la portière un instant plus tard et je prends mes jambes à mon cou, sachant qu'il lui faudra quelques minutes pour chercher sa clé disparue.

Mais je n'avais pas prévu les phares.

L'illumination soudaine est accompagnée du goût malsain de l'horreur. Mon ombre bondit soudain devant moi et danse alors que je me précipite vers les arbres pour me cacher. Mais les branches ralentissent ma progression. Je ne peux pas courir et je sais qu'il m'a vue. J'entends la portière de la voiture s'ouvrir à nouveau. Il crie de colère.

Je le *sens* qui s'élance à mes trousses.

La terreur me comprime le cœur. J'enjambe les branchages, courant aussi vite que possible sur la petite route étroite. Les phares me révèlent un virage vers l'allée de Pine View.

Faut-il remonter vers les mobile-homes ou dévaler la pente ? Je n'ai presque pas le temps de me décider. Ma voiture est là-haut, il n'y a que là que je serai en sécurité. Mes jambes m'y conduisent de leur propre initiative. Pendant les deux secondes qui suivent, je remets en question tous mes choix de vie. J'aurais dû demander à Zara où habite sa mère. J'aurais dû dire au revoir à Benito. J'aurais dû appeler Tante Jenny plus souvent.

Et surtout, je n'aurais jamais dû revenir dans le Vermont.

Il gagne du terrain, plus rapide et plus puissant que moi. Le martèlement de ses pas diminue la distance qui nous sépare. Je ne sais pas si je pourrai y arriver. Mes poumons brûlent, il est tout proche. Je ne veux pas mourir. Si Gage m'attrape, je n'aurai jamais de Louboutin. Je ne saurai jamais si Benito m'aime vraiment.

Son regard d'un brun chaud me revient à esprit. *C'est juré*, me dit son sourire.

Allez, allez, allez. Je n'abandonnerai pas, mais les chances ne sont pas de mon côté. Ma poitrine est en feu et ma jupe en jean m'empêche d'allonger complètement ma foulée.

Mais un ex-flic vieux et rouillé, ça se fatigue vite. J'entends la respiration laborieuse de Gage. Il n'est plus qu'à quelques mètres. Je n'ai pas passé les douze dernières années à me démener au boulot pour revenir crever à Pine View.

Je puise dans mes réserves et accélère. Maintenant, je peux voir ma voiture. Je crois que je vais y arriver.

C'est à ce moment-là que je trébuche.

Tout se passe si vite que je ne comprends même pas. Je suis en train de courir, et l'instant d'après, le chemin de gravier me saute au visage et me frappe en pleine poitrine. J'en ai le souffle coupé et lâche un cri involontaire.

Pourtant, je me suis déjà redressée. J'y arrive presque quand un bras d'acier s'enroule autour de mon cou.

— *Toi !*

Sa voix me lacère alors qu'il me force à me pencher en avant, la tête dans une prise d'étranglement.

— C'est quoi, ce bordel ? La princesse Skylar revient montrer sa belle gueule ?

Son haleine chaude souffle sur ma tempe. L'odeur familière me fait tressaillir. Ça sent le whisky et la fureur.

— Où est ma putain de clé ?

— Je ne sais pas, dis-je d'une voix éraillée. Je l'ai fait tomber.

La douleur me transperce le cou lorsqu'il le serre brutalement.

— Essaie encore, petite salope. Elle est dans ta poche ?

Il pose une main sur mes fesses.

— Enlève tes sales pattes, dis-je en hoquetant. Tes putains de mains de merde !

Je m'époumone aussi fort que possible, en espérant que Misty m'entendra. J'espère qu'elle donnera l'alerte. Ça fait un bien fou de crier le mot en « p ». Ça me galvanise.

— Putain de connard ! ajouté-je pour faire bonne mesure.

— Sale garce, gronde-t-il pendant que je réfléchis à mon prochain coup.

Sa main se glisse sur mes fesses.

— Tu vas le regretter, salope, chuchote-t-il. Et je vais m'éclater à te le faire regretter.

Je mets toute mon énergie à basculer mon poids sur une jambe, soulevant l'autre pied de quelques centimètres déterminants. Ces bottes en daim ont des talons en bois bien affûtés de six centimètres.

— Va te faire foutre ! m'égosillé-je en enfonçant le talon de toutes mes forces sur son pied.

— Aaaah ! hurle-t-il à mon oreille. *Salope !*

Il m'attrape par les cheveux pour me les arracher, mais je passe de nouveau à l'action. Le poing serré, je vise son entrejambe avec un coup de karaté, vers le bas, et touche ma cible du premier coup. Gage se plie en deux sous l'effet de la douleur, comme on me l'a expliqué aux cours d'auto-défense où Jenny m'a inscrite. J'enchaîne avec un coup sec sur la tempe.

Mon coup à la tête n'est pas aussi efficace que le précédent. Gage oscille, mais ne s'effondre pas. Un élan de panique me glace les tripes. Je le repousse au moment où des phares apparaissent en haut de la route. La voiture roule à vive allure.

Oh, bon sang ! Si c'est l'un de ses complices, je suis morte. Gage empoigne l'arrière de ma jupe. L'instinct et la panique me hurlent de fuir, mais mes cours d'auto-défense me donnent une autre idée. J'attrape son bras, soulève ma botte et la ramène violemment à l'intérieur de sa jambe, mobilisant tout mon poids dans ce geste.

Gage pousse un cri déchirant. Au même moment, la voiture s'arrête et la portière s'ouvre.

— *Police !* Mains en l'air.

Enfin libre, je m'éloigne de Gage et lève les mains bien en évidence.

Gage n'obtempère pas. Il se penche lentement vers l'avant et s'effondre dans la terre.

— Il a une arme ? me demande le policier.

Je ne peux pas voir son visage, en contre-jour dans les phares de sa voiture.

— Je… je ne sais pas, bégayé-je.

— Skylar, éloigne-toi de lui. Passe derrière moi.

Le policier connaît mon nom. En contournant le cercle de lumière, je reconnais l'homme qui a fouillé la maison de Rayanne lors de ma première soirée à Colebury.

— Les mains sur le sol devant vous, ordonne-t-il à Gage.

Mais ce dernier n'obéit pas.

— *Tout de suite !*

Gage avance enfin les mains, paumes à plat dans la terre. Il capitule.

Une autre voiture arrive sur ces entrefaites, sirènes hurlantes, un gyrophare sur le toit. Elle aussi s'arrête brusquement et un homme bondit.

— Skylar, s'écrie-t-il.

Benito. Toutes mes cellules poussent un soupir de soulagement.

— Tu es blessée ?

Je secoue la tête, hébétée comme une ivrogne, victime d'un brusque relâchement musculaire, contre-coup de l'adrénaline.

— Je lui ai donné un coup de pied et un coup de poing dans les noix. J'ai jeté ses clés pour qu'il ne puisse pas partir avec l'argent.

— Putain, tu es un vrai miracle.

L'instant d'après, il est à côté de moi et m'attire dans ses bras. Je me laisse aller contre lui.

— Quelle est cette odeur ?

— Un cabanon en feu. Il a remplacé notre chaise longue par un cabanon ! Et puis, il l'a brûlé.

Je soulève la tête de l'épaule de Benito, ce qui me demande un effort colossal.

— La voiture et l'argent ont peut-être pris feu aussi. Je ne sais pas trop.

Soudain, une voix juvénile retentit dans la nuit.

— Est-ce que Skye va bien ?

C'est Misty et elle pleure.

— Je l'ai entendue crier : « Enlève tes putains de mains », alors j'ai appelé la police, sanglote-t-elle.

— Je vais bien, m'empressé-je de lui dire.

Pauvre Misty.

— Tu as dit *putain* ? demande Benito.

— Cas de force majeure.

Je redresse ma colonne vertébrale et m'éloigne de lui.

— Misty, tout va bien maintenant, je te le promets. Merci.

C'est la pure vérité. Le temps a repris son cours normal. Mon rythme cardiaque retrouve son rythme de croisière. Gage porte des menottes. D'autres voitures s'arrêtent en haut de la colline et de nouveaux policiers s'en déversent.

— Mon chef va avoir besoin de ta déclaration, me dit Benito avec douceur. Il s'agit de la plus importante saisie de drogue de tout le Vermont.

La plus importante saisie de drogue de tout le Vermont. Quel scoop.

— Attends une seconde, dis-je à Benito. Je peux récupérer mon sac dans ma voiture ?

— Est-ce que Gage l'a touchée à un moment donné ?

Je secoue la tête.

— Bon, très bien. Vas-y.

Je monte au volant de ma voiture de location et trouve mon téléphone. Mais je n'appelle pas McCracken ni personne d'autre au *New York News and Sports*. Ils n'apprécieront pas l'info à sa juste valeur. Au lieu de quoi, je trouve la carte de visite que Lane Barker m'a donnée. Son numéro de portable y figure et c'est celui que je compose.

— Barker, répond-elle immédiatement. Qui est à l'appareil ?

— C'est Skylar Copeland. Nous nous sommes rencontrées aujourd'hui à…

— Je m'en souviens, m'interrompt-elle. Qu'y a-t-il ?

Elle est mordante comme un chien de garde et je sais que j'ai frappé à la bonne porte.

— La plus grande saisie de drogue de tout le Vermont. Et le caïd a incendié un petit bâtiment dans les bois pour détruire les preuves. Combien de temps faut-il à un van de la chaîne pour arriver à Colebury ?

— C'est rapide. La police de l'État sera trop occupée pour nous arrêter. Maintenant, raccroche pour que j'appelle le van. Reste joignable pour la suite.

Sur ce, elle coupe la communication. Mais je sais que je viens de décrocher le plus beau scoop de ma carrière.

37

BENITO

Il n'y a rien de tel que le chaos d'une bonne opération. Mon chef a fait appel à toutes les équipes spéciales du Vermont : l'unité tactique, le groupe de lutte contre les laboratoires clandestins, la police scientifique. Les seuls à être épargnés sont les hommes-grenouilles et les chiens policiers. Mais tous les meilleurs éléments du Vermont sont à Colebury, où ils se consacrent à boucler cette affaire.

— Regardez ça ! me dit un inspecteur de la police scientifique en me faisant signe de le rejoindre à la voiture de Gage.

Nous avons déjà braqué des projecteurs et des photos ont été prises. L'inspecteur ouvre la valise avec une main gantée, révélant des liasses de billets de cent dollars.

— Quelqu'un était en route pour l'Amérique du Sud, probablement.

— Il devra se contenter de la prison du sud-est, lance quelqu'un d'autre.

Les restes calcinés du cabanon fument encore. Mon plus grand regret dans cette affaire est de ne pas avoir trouvé son laboratoire. Avant qu'il n'y mette le feu, le cabanon devait regorger d'empreintes digitales et de résidus compromettants. Je vais prier pour que les gars de la scientifique puissent encore retrouver des traces de narcotiques dans les décombres.

Nous n'avons pas besoin d'empreintes digitales, en revanche.

Gage est propriétaire de cette cabane et Skye l'a vu allumer le feu. Ses empreintes seront aussi partout sur la voiture. Dieu merci.

Si je n'ai jamais trouvé cette cachette, c'est parce que nous avons raté la petite route de terre qu'il a pratiquée dans les bois. J'ai envie de me donner des coups de pied. Mon erreur était de partir du principe que je connaissais déjà cet endroit par cœur. Le sergent avait raison. J'avais le nez dans le guidon, à bien des égards.

Malgré tout, quand je retourne vers les mobile-homes, le sergent Chapman vient me féliciter.

— Beau travail de fin limier, Rossi.

Il part d'un rire chaleureux.

— Vous n'allez pas prendre votre retraite maintenant que vous avez pincé votre ennemi juré, j'espère !

— Non, monsieur, dis-je même si je sais qu'il plaisante.

— C'est bien. Parce que soyez certain qu'un autre cafard va bientôt venir en ville pour prendre sa place.

— Je sais.

C'est un travail sans fin, comme le jeu de la taupe dans les salles d'arcade. Mais plus on tue de taupes, moins il y aura de morts par overdose. C'est une réalité qui me convient, à défaut de mieux.

Skye est adossée à sa voiture. Un collègue l'interroge. Je m'attarde à proximité, gardant un œil sur eux. Après ce soir, j'aurai certainement du mal à la perdre de vue. Cela me donne des sueurs froides de l'imaginer dans un combat au corps-à-corps avec Gage.

En fait, j'ai dû laisser Nelligan le menotter, car je ne savais pas si je pouvais m'approcher de Gage aussi près sans lui cogner le crâne contre le sol et lui éclater un rein.

Je ne suis pas un homme violent, la plupart du temps, mais je crains de ne pas me maîtriser avec ce monstre. Le monde serait mieux sans lui. Malheureusement, je vais devoir me contenter de l'envoyer en prison à perpétuité.

Il a contacté un avocat avant même qu'on le mette dans un véhicule de patrouille. Les preuves matérielles le feront tomber. Je vais m'en assurer. Ou alors, Sparks va le dénoncer. Je l'espère.

J'irai peut-être à l'église ce week-end. Ma mère sera ravie.

Un fourgon gravit la colline, avec une antenne parabolique sur le toit. *Merde.* Le journal télévisé est là pour poser beaucoup de questions et se mettre dans nos pattes. C'est déjà assez bondé, alors le van trouve un emplacement sur le gazon, au centre du camping.

Un cameraman sort de la camionnette, une femme en tailleur derrière lui. Lane Barker. Je la reconnais pour avoir vu certains de ses reportages à la télévision. Maintenant, elle est productrice. Ses yeux scrutent la foule et se posent sur moi. Oh, génial. Mais elle ne s'attarde pas et continue.

— Skylar Copeland ! lance-t-elle. Nous sommes là.

Skye s'écarte alors de la voiture, à la surprise de mon collègue.

— Encore quelques questions… tente Rick, mais Skylar traverse déjà la pelouse en direction du van de presse, où Lane lui tend une feuille de papier.

— Qu'avez-vous obtenu avec la radio de la police ? demande Skye.

— Une descente dans un atelier de réparation de motos sur la Route 11, répond Lane en remettant le papier à Skye. Au moins une arrestation confirmée, sans le nom du suspect. Combien de temps te faut-il ?

Skye jette un coup d'œil circulaire. Elle me survole sans s'arrêter, concentrée à cent pour cent sur son travail.

— Je suis prête. On peut s'installer devant le mobile-home du suspect. C'est celui-ci, dit-elle en désignant la maison de Gage. À moins qu'on nous laisse approcher du feu. Ça brûle encore un peu. Ce serait super à la caméra…

— Hors de question, dis-je par réflexe. C'est une zone interdite.

— Évidemment, grommelle Skye. Alors, ce sera le mobile-home. Allons-y…

Elle regarde le cameraman.

— Désolée, je ne me suis pas présentée. Je m'appelle Skye. Et vous êtes ?

— Warren.

— Ravie de vous rencontrer, Warren.

Son regard se porte sur Misty.

— Eh, est-ce que ta mère est rentrée ? demande-t-elle à la jeune fille.

— Oui. Je l'ai appelée à son travail.

— Demande-lui si tu peux passer à la télévision. Lane, as-tu un formulaire d'autorisation parentale ?

— Je m'en occupe, répond la femme en disparaissant dans le van.

Skye se dirige vers la caravane d'un pas déterminé, le cameraman sur les talons.

Quant à moi, je suis envoûté. Je devrais faire dix mille choses à la fois, en ce moment, mais je me rapproche pour regarder Skye travailler. Le technicien manipule son matériel. Il lui tend un micro et allume un projecteur. Les cheveux dorés de Skye brillent dans la luminosité soudaine.

— Nous avons quatre-vingt-dix secondes, lance Lane en accourant. Il y a de la terre sur ton chemisier.

— Oh, mon Dieu, se récrie Skye en époussetant ses vêtements à la hâte.

— C'est un bleu dans ton cou ? demande Lane. Juste ciel.

Mon sang ne fait qu'un tour. Gage lui a laissé des marques ?

— Vite, ta veste, dit Skye. Tenez-moi ça.

Elle fourre son micro dans les mains du cameraman et retire son haut. Elle ne porte rien d'autre qu'un petit débardeur en dessous.

Tous les policiers de Colebury se tournent vers elle pour la regarder. Moi, la seule chose que je vois, c'est un affreux hématome violacé sur la clavicule de Skye.

J'ai des envies de meurtre.

Lane quitte sa veste de tailleur et la dépose sur les épaules de Skye, qui s'empresse de l'ajuster. Comme les manches sont trop courtes, elle les retrousse pendant que Lane boutonne la veste, dissimulant ainsi le bleu.

— Trente secondes, annonce le cameraman en lui rendant le micro.

— Pas de problème, répond Skye en mettant une oreillette. Test du son ? Vous m'entendez ?

— C'est bon pour le son, répond une voix à l'intérieur du van.

— Six, cinq, quatre... énonce Lane en marquant le compte à rebours avec ses doigts.

Seigneur ! Pour un travail vite fait bien fait, on peut compter sur les chaînes d'actualités. Skye affiche un sourire professionnel tandis que Lane termine le compte à rebours.

— Ici Emily Skye, en direct depuis le camping Pine View à Colebury, dans le Vermont. La police est sur place, ce soir, pour l'arrestation de l'ex-agent de police, James Gage, à l'occasion d'un coup de filet dans le cadre d'une importante opération de lutte contre la drogue. Alertée par la soudaine recrudescence des décès par overdose de fentanyl, la police s'est concentrée sur le trafic de drogue à Colebury. Pour citer un agent de la force opérationnelle de la police d'État, il pourrait bien s'agir de la plus importante saisie de drogue de tout le Vermont.

Les bras m'en tombent. Je ne sais pas si je suis plus agacé qu'elle m'ait cité sans ma permission ou qu'elle soit restée prudente en employant le conditionnel.

C'est clairement la saisie la plus importante.

Par-dessus tout, je n'ai qu'une envie, éloigner Skye de ce projecteur, inspecter cette ecchymose, et ensuite, l'embrasser. Mais cela devra attendre.

— La police a emmené Gage avec des menottes. Dans un instant, nous écouterons le témoignage d'une jeune habitante de Pine View, qui nous parlera de Gage en tant que voisin. À vous les studios de Charlotte, nous reviendrons dès que nous aurons de plus amples informations.

La lumière clignote et Lane Barker pousse un petit cri d'excitation.

— Et il n'y a toujours pas d'autres télés sur place ! Dans tes dents, NBC ! Je sens une récompense pour ce reportage…

— Ça ne suffit pas, dit Skye. Il faut savoir ce qu'ils ont trouvé au garage de la route 11.

— Conférence de presse *demain*, annonce mon chef à la hâte. Pas avant.

— Pouvez-vous au moins confirmer que John Oscar Sparks est en garde à vue ? demande Skye.

— Qui pose les questions ici ? grogne le sergent. Revenez et continuez à faire votre déposition.

Skye abandonne le micro avec réticence. Puis elle enlève la veste de Lane et remet son chemisier.

— Attends, lui dis-je en dirigeant le faisceau de ma torche vers la marque violette sur sa clavicule. Est-ce que ça pourrait être cassé ?

Je la touche doucement et elle tressaille.

— Quand tu auras fini, j'aimerais t'emmener te faire examiner.

Elle enfile son pull et darde sur moi ses grands yeux bleus.

— Je vais bien. Je t'assure.

— Oui, je vois ça. Mais…

Je l'attire contre ma poitrine et l'embrasse sur le front.

— Tu m'as fait peur. Je ne peux pas te perdre. Plus jamais. Je ne peux même pas te perdre de vue. Que faisais-tu ici, d'ailleurs ? C'est ce que je ne comprends pas.

— Je m'en allais, dit-elle. J'allais rentrer à New York en voiture ce soir. J'apportais un tiramisu à ta mère…

— Quoi ? Elle a déménagé il y a dix ans.

Skye bâille.

— J'ai compris, merci. Mais alors que je discutais avec Misty, j'ai vu Gage s'éloigner. J'ai cru qu'il était parti. C'est pour ça que je t'ai envoyé un texto.

— Je t'en remercie. Maintenant, revenons à ce que tu me disais. Tu comptais rentrer à New York ?

— Eh bien…

Elle s'éclaircit la voix.

— J'ai paniqué. Jill Sullivan, tu sais ? J'avais l'impression de revivre mon pire cauchemar.

— Vraiment ?

J'aurais pensé que Gage était son pire cauchemar. Soudain, Skye blêmit sous mes yeux. Ses paupières se ferment.

— Est-ce que ça va ?

— Le contre-coup de l'adrénaline, dit-elle. Et je n'ai pas dîné.

Mon bras sur son épaule, je sors mon téléphone et appelle Zara.

— Salut. Tu es toujours avec maman ? demandé-je dès qu'elle décroche.

— Je m'apprête à partir. Pourquoi ?

— Y a-t-il moyen de laisser Nicole là-bas et de nous rejoindre ? Skylar a besoin de compagnie et je vais travailler toute la nuit.

— De compagnie ?

— Elle a maîtrisé Gage dans une bagarre avant son arrestation, alors elle est un peu amochée et sous-alimentée.

— Oh p… punaise !

— Tu as saisi l'idée. Elle a besoin de faire un saut aux urgences et de manger un morceau.

— Je n'irai pas à l'hôpital, murmure Skye contre mon épaule.

— Une pizza et une boisson bien corsée, alors, improvise Zara à mon oreille. Où est-elle maintenant ?

— À Pine View.

— Pouah, j'arrive dans dix minutes.

— J'ai encore une vidéo à tourner, proteste Skye en bâillant à nouveau. Je dois interviewer Misty.

— Fais vite. Ensuite, on va s'occuper de toi.

— Si tu insistes.

Je la serre un peu plus fort.

38

SKYLAR

Nous avons filmé Misty et sa mère avant que Lane ne déclare que c'est tout pour la soirée.

— Merci pour le scoop, ma belle. Ça va être énorme. Tu viens à la conférence de presse demain ?

— Je ne manquerais ça pour rien au monde.

— Ton connard de patron va piquer une crise. Je pourrais t'attirer des ennuis en te laissant couvrir l'affaire pour nous.

— Il se peut qu'il ne le remarque même pas, souligné-je. De toute manière, c'est mon enquête.

— C'est vrai, convient-elle. À plus tard, Skye.

Sur ce, elle saute dans son van et ils s'en vont.

Les lieux grouillent encore de flics et de pompiers. Après que j'ai refusé une fois de plus d'aller à l'hôpital, Benito trouve un ambulancier pour examiner mon ecchymose.

— Ça va faire mal pendant un moment. Utilisez de la glace, me dit le spécialiste.

— Ça pourrait être cassé ? demande Ben.

— A priori, non. Mais si elle souffre encore beaucoup après quelques jours, elle peut passer une radio.

— Ça ira, marmonné-je.

À ce stade, je dors pratiquement debout.

Zara arrive et je laisse Benito m'installer sur le siège passager de sa voiture. Il n'y a que quelques kilomètres d'ici au *Gin Mill*, mais ils ont peut-être raison. Je ne devrais pas conduire dans cet état.

Avant que je m'en aille, Benito ouvre la portière de la voiture et se penche.

— Chérie, Rayanne vient d'être arrêtée à la gare de White River Junction.

— *Oh.*

Oh, non.

— Tu savais qu'elle s'enfuyait ?

— Oui, avoué-je. Je l'ai vue tout à l'heure.

Il ferme les yeux.

— Tu aurais dû me dire où la trouver. Si elle était venue de son plein gré, elle aurait eu plus de chances de faire valoir son point de vue.

— Je ne…

Je ne te faisais pas confiance.

— Je ne voulais pas prendre cette décision à sa place. Vous m'avez mise dans une position délicate, tous les deux.

— C'est vrai. Mais maintenant, je ne peux plus travailler sur son dossier. C'est ma propre sœur qu'elle est accusée d'avoir mise en danger. Il y a conflit d'intérêts. Sans compter que nous avons déjà arrêté notre trafiquant de drogue et tout saisi.

— Vous avez toujours besoin des preuves qu'elle peut vous apporter, lancé-je.

Une nouvelle bulle d'hystérie monte en moi. J'aurais pu dire à Benito où trouver Rayanne. J'aurais pu le laisser la convaincre de se rendre.

— Elle n'a pas sa place en prison.

Si je lui avais fait confiance, cela aurait pu être évité.

— Quitter les lieux d'un accident, c'est soit un crime, soit un délit. Demain, nous en apprendrons plus, dit-il en déposant un baiser sur mon nez. Ça pourrait bien se passer.

— D'accord.

Je commence à claquer des dents.

— Allez, va te reposer.

— Je vais m'occuper d'elle, lui dit Zara. Laisse-nous partir, d'accord ?

Il ferme la portière.

Je tremble alors que Zara s'éloigne. Nous descendons la route d'accès, celle où je me suis enfuie pour échapper à Gage. J'entends encore le martèlement de ses pas derrière moi…

Je frissonne.

— Dans cinq minutes, dit Zara d'une voix apaisante. Tu dois d'abord manger. Et peut-être boire un thé chaud. La tequila devra attendre une autre fois.

Elle est très gentille, mais je ne sais pas si je peux avaler quelque chose. Je ne savais pas qu'il était possible d'avoir aussi peur après-coup.

— J'ai… l'impression d'être folle, murmuré-je, saisie de frissons.

— C'est le choc. Ça va passer. Il m'est arrivé la même chose, le soir du délit de fuite.

Je grimace. Zara mérite de savoir comment c'est arrivé, et pourtant je ne peux pas parler de Rayanne pour l'instant. Je tiens à peine le coup.

Nous arrivons au *Gin Mill*, où le parking est plein de clients du bar. Je parviens à marcher et gravis les marches jusqu'à l'appartement de Benito.

Zara ouvre la porte avec sa propre clé et je fonce en droite ligne vers la chambre. Tout ce que je veux, c'est le lit.

Non, une douche d'abord. Je dois me débarrasser de la sensation de Gage.

Je me lave les cheveux et me frictionne la peau. L'eau chaude me fait un bien incroyable tant que j'évite ma clavicule contusionnée. Je dois ignorer la douleur. Gage a essayé de m'attraper et il a échoué. Un bleu de plus, qu'est-ce que c'est ? Il en a laissé d'autres dans mon cœur.

Je m'enveloppe dans le peignoir de Benito, puis je me dirige vers la chambre. Je n'avais pas prévu de rester ici ce soir. Mais maintenant, tout ce que je désire, c'est le confort de son lit.

Oups, j'ai laissé mon sac de sport à l'arrière de ma voiture de location, toujours à Pine View. Je fouille la commode de Benito et y trouve un t-shirt ample au logo de l'armée ainsi qu'un short de flanelle à taille élastique.

Je quitte le peignoir et me change. Le t-shirt sent bon, comme Ben. J'aimerais ne pas trouver cela si réconfortant, mais c'est plus fort que moi. Je monte dans son lit, où son parfum est encore plus fort. Je tire la couette et soupire. Tout ira bien si je ne quitte jamais cet endroit. J'en suis presque sûre.

Mes membres sont toujours tremblants et engourdis. Mais une fois que je suis allongée, je commence à dériver et les spasmes de la peur s'espacent de plus en plus. Je finis par m'assoupir. Une demi-heure plus tard environ, mes yeux se rouvrent lorsque Zara entre dans la chambre avec un plateau.

— Ben avait encore un peu de soupe maison de ma mère dans son congélateur, dit-elle. Goûte-moi ça.

— Je n'ai pas très faim, dis-je depuis la sécurité des couvertures.

— Ton corps ne peut pas fonctionner sans carburant, insiste Zara. Assieds-toi. Fais-moi plaisir.

Décidément, elle est trop gentille. Je me redresse et prends le plateau, portant la cuillère à mes lèvres. C'est une soupe à la tomate avec un soupçon de poivre et d'épices, des vermicelles et des haricots blancs.

— C'est vrai que c'est bon. Merci.

— Tu pourras remercier maman un jour.

— Elle a déménagé.

Zara sourit.

— Oui, elle est très heureuse dans son nouveau quartier de mobile-homes. Il y a un tas de femmes là-bas, toutes aussi bavardes les unes que les autres. Elles jouent au bridge et se racontent tous les potins. Nicole va dormir là-bas cette nuit. Le matin, elles vont la bourrer de sucre et la gâter, comme toujours.

En effet, sa vie a l'air plutôt agréable.

— Je suis allée à Pine View ce soir parce que j'essayais d'apporter un tiramisu à ta mère. C'est comme ça que j'ai fini par me battre avec Gage.

Zara frémit.

— Tu es plus courageuse que moi.

— J'ai essayé de me convaincre que j'étais courageuse. Mais ensuite, j'ai regretté de ne pas l'être réellement. Tu sais quoi ? Il a recommencé. Il a menacé de... me *forcer*.

Je pose la cuillère sur le plateau dans un bruit sourd. À ce souvenir, j'ai perdu toute joie de vivre.

— Oh, *ma chérie*.

Les grands yeux marron de Zara ressemblent tellement à ceux de Benito.

— La différence, c'est que cette fois… eh bien, pour une fois, je ne l'ai pas cru. Il essayait de fuir les preuves de son implication dans le trafic de drogue, alors il n'allait pas s'arrêter sur le chemin pour une baise rapide. Ça n'avait pas de sens. J'étais quand même terrifiée. Ce type est obsédé par la peur, tu sais ?

— On peut dire que ça a toujours marché pour lui. Moi, il me terrorisait. J'ai encore peur de lui aujourd'hui.

— Vraiment ?

Je tombe des nues.

— Tu m'as toujours paru intrépide.

— Rien que de l'esbroufe fait Zara en souriant. Je suis ravie d'apprendre qu'au moins quelqu'un est tombé dans le panneau. Oh ! J'ai oublié ton thé.

Elle se lève et disparaît de la chambre avant que j'aie l'occasion de lui dire que je n'ai pas besoin de thé.

C'est assez bizarre que Zara soit aux petits soins avec moi. Je ne sais pas quoi penser.

Mais elle revient une minute plus tard, la mine renfrognée.

— Bon, écoute. Je sais que tu es fragile en ce moment. Mais qu'est-ce que c'est que ce bordel ?

Elle brandit un bout de papier, le mot d'adieu que j'ai laissé sur le plan de travail de Benito.

J'ai écrit ce message il y a quatre heures, tout au plus. Mais j'ai l'impression que ça date d'une autre vie.

— C'est personnel.

Elle fait la grimace.

— Sans blague, mais je viens d'une famille de cinq enfants. On a oublié le sens du mot « personnel » il y a deux décennies. Et je ne peux *pas* te permettre d'abandonner Benito par lettre. Enfin, merde !

Elle déchire la feuille en deux. Voilà la Zara dont je me souviens.

— Oh, mon Dieu, tu es encore plus effrayante que Gage.

— Loin de là, mais je ne peux pas supporter de voir Benito faire la gueule pendant douze autres années. Si vous n'arrivez pas à vous entendre, ce sera triste. Mais vous devez essayer ! Je ne connais aucun couple qui soit plus gaga l'un de l'autre que vous deux. On ne tire pas un trait là-dessus aussi facilement.

J'ouvre la bouche pour protester. Je ne suis absolument pas *gaga*… Sauf qu'en réalité, elle a raison. Moi, en tout cas. Et c'est là tout le problème.

— Benito n'est pas gaga du tout. Et il ne se morfond pas en mon absence. Il se tape Jill Sullivan à la place. Exactement comme la dernière fois que je suis partie.

Zara penche la tête et y réfléchit.

— Je t'accorde que toute cette histoire avec Jill est complètement stupide. Il se fiche éperdument de cette fille et il n'aurait jamais dû s'en approcher. Mais qu'est-ce que tu racontes sur la dernière fois que tu es partie ?

— Avant ! Au lycée.

Je n'ai aucune envie de revenir sur l'histoire ancienne, mais Zara n'a pas l'air de comprendre.

— Ben et Jill n'ont pas couché ensemble au lycée. Et ce n'est pas faute d'avoir insisté. Au moins, elle aurait été plus facile à vivre.

— Vraiment ? Mais…

C'est gênant d'avouer que je ressens encore la douleur de la jalousie, douze ans plus tard.

— Au bal de promo. Il l'a emmenée, elle et pas moi.

Zara reste bouche bée.

— Non !

— Si.

— Mais non, pas du tout. Je te le jure. J'étais là quand ça s'est passé. Benito n'a jamais mis le pied dans la salle de bal.

— Si, je le sais.

C'est alors que, pour la toute première fois, je prends le temps de réfléchir à ma source. C'est Gage qui m'a annoncé que Benito m'avait posé un lapin.

Je laisse échapper un souffle frémissant.

— Il s'est fait arrêter, Skye. Il a passé la nuit en garde à vue.

Mes poumons se figent et mes yeux s'emplissent de larmes. Parce que je me rends compte que Jimmy Gage a fait encore plus de dégâts sur mon adolescence que je ne l'aurais jamais imaginé.

— Oh, mon Dieu, chuchote Zara. Gage t'a dit que Ben était allé au bal sans toi ?

Je hoche la tête, m'étouffant avec les larmes que je retiens. Aujourd'hui encore, j'ai toujours du mal à revenir sur les certitudes qui m'ont pesé pendant tant d'années. La trahison de Benito m'a profondément blessée. Je la porte en moi depuis tout ce temps.

— Je suis vraiment navrée, Skye. Tout est ma faute.

Mais ce n'est pas vrai. C'est la faute de Gage. Douze ans après, à cause de lui, deux femmes adultes sont encore la proie de la honte.

Zara et moi échangeons un regard. Nos visages reflètent la même douleur.

39

BENITO

Il est trois heures du matin quand je rentre sur la pointe des pieds dans mon appartement obscur. Il n'y a personne dans le salon. Ma sœur est rentrée chez elle il y a quelques heures, quand Skye lui a juré qu'elle allait bien et qu'elle avait juste besoin de sommeil.

Je ne veux pas troubler son repos. Alors, je range mon arme et me déshabille dans la salle de bain. Mon visage a l'air fatigué, dans le miroir, mais ça ne me dérange pas du tout. Nous avons passé les dernières heures à enregistrer les déclarations de Sparks et de Gage et à rassembler les preuves. Sparks avait plusieurs armes à feu chez lui, dont une sans permis. Et Gage avait une valise débordante d'argent liquide qu'il ne pourra pas justifier.

Les petits délits s'accumulent. Maintenant, il ne nous reste plus qu'à leur faire endosser les accusations plus graves.

Les motards qui ont déposé la drogue chez Sparks ont également été arrêtés. Si j'ai de la chance, ils coopéreront demain matin, quand leurs avocats arriveront. Et le propriétaire du magasin de motos aussi.

Tout le monde a pris un avocat sans tarder. L'enquête va s'éterniser. Mais ce n'est pas grave. On y arrivera. Je peux faire preuve de patience maintenant que les quatre suspects dans mon viseur portent des combinaisons orange.

Je ne peux pas guérir la dépendance à la drogue, mais je peux retirer les produits dangereux de la rue. Somme toute, c'est une bonne journée pour la police.

Quand je suis prêt à me coucher, j'entre sans un bruit dans la chambre. Skye dort sur le côté, ses cheveux soyeux étalés sur l'oreiller. Je me glisse derrière elle et m'appuie sur un coude pour la regarder.

Je viens de passer dix minutes à essayer de ne pas la réveiller. Mais je ne peux pas m'empêcher de lui poser une main sur le bras, rien que pour sentir la chaleur de son corps. Je sais qu'elle va bien. Mais Gage aux prises avec Skye va hanter mes cauchemars pendant un moment. Cette seule idée me donne envie de vomir.

Elle change de position dans son sommeil et ses paupières s'ouvrent.

— N'aie pas peur, chuchoté-je. Ce n'est que moi.

Je la rapproche dans le lit.

— Désolé de te réveiller. Mais j'ai besoin de te serrer dans mes bras. Tu es sûre que ça va ?

Elle hoche la tête et enfouit son visage contre mon épaule.

— Ça va aller maintenant. Mais j'ai la tête en vrac.

— Il est enfin derrière les barreaux.

— Ce n'est pas ça, chuchote-t-elle. Zara m'a aidée à trouver une solution ce soir.

— Ah oui ?

Le nez dans ses cheveux, j'inspire le doux parfum de son shampoing. Je me sens déjà mieux.

— Le soir du bal de fin d'études, dit-elle. Gage m'a dit que tu avais invité Jill Sullivan.

Je relève la tête et la regarde.

— Quoi ?

— C'est ce qu'il a dit quand il est rentré à la maison. Pour expliquer pourquoi tu ne t'es jamais montré.

Je suis abasourdi.

— Tu croyais que je t'avais plantée pour une autre ?

— Il était très convaincant. Il m'a donné des détails. Et tu n'étais pas *là*, Ben ! Je ne voyais pas d'autre endroit où tu pouvais être.

— En prison !

— Je le sais maintenant, dit-elle doucement. Je suis désolée. Je n'aurais pas dû le croire.

— Non, non, ne t'excuse pas pour quelque chose que ce connard a fait. Il a fini de nous faire du mal. Je n'en reviens toujours pas.

L'esprit en ébullition, j'essaie de me rappeler tous les événements de ce fameux soir.

— Zara était censée venir te le dire.

— Elle s'en veut beaucoup, dit Skye en se redressant. Elle a vu Gage rentrer à la maison et me parler, elle m'a vue m'énerver. Elle en a déduit qu'il m'avait annoncé que tu étais en garde à vue.

Je m'assieds à mon tour, toujours sur les nerfs.

— Mon Dieu, j'aurais dû le massacrer ce soir-là quand j'en avais l'occasion. Mais je voulais être au-dessus de tout ça.

— C'est le cas, dit-elle en me caressant la joue. Enfin, maintenant, tu comprends pourquoi je suis devenue dingue aujourd'hui à l'agence de location.

— Oh, *putain*.

Encore Jill.

— C'est… Waouh.

Les mots me manquent. Je ne peux même pas lui présenter mes excuses, parce qu'en soi, ce qu'a dit Jill était vrai. Sauf que Skye a probablement supposé que nous avions continué pendant douze ans.

Je laisse échapper un gémissement pitoyable.

— Je ne sais pas comment m'expliquer, mais je te jure que cette histoire avec Jill n'a jamais été sérieuse.

— Tu n'as rien à m'expliquer, répond-elle en soupirant. Mais j'aurais préféré ne jamais le savoir. Maintenant, je me demanderai toujours si je suis assez sexy pour toi.

— Oui ! Seigneur, sans hésiter !

Je resserre mes deux bras autour d'elle.

— Je suis tellement fou de toi.

— Et moi, je suis jalouse, grommelle Skye. Tout le monde a plus d'expérience que moi. Bon, je t'avoue que j'ai passé l'après-midi à imaginer la salle érotique secrète dans ton âme, et qu'elle ressemblait beaucoup à la gare Penn Station à l'heure de pointe.

L'image est si drôle que je ris de bon cœur.

— Ce n'est pas Penn Station. Disons que c'est plutôt comme un arrêt quelconque sur une ligne de train de banlieue. Actif, mais peu fréquent.

Skye pouffe, son visage dans ses mains.

— Nous sommes si différents. Je ne veux pas te crucifier pour avoir eu une vie sexuelle. Mais c'est difficile pour moi de comprendre.

— Je sais, dis-je en posant une main sur son genou. J'ai compris.

— C'est vrai ?

Elle lève son menton parfait et m'observe attentivement.

— Il m'a fallu beaucoup de confiance pour me laisser aller avec toi. Pour devenir si…

Elle se racle la gorge.

— … nue, proposé-je.

— Vulnérable, corrige-t-elle. Et nue aussi, oui. Ça revient au même pour moi. Je me sentais plutôt bien, et puis Jill débarque et me parle de… euh, tes menottes.

Je pourrais mourir de honte, là maintenant. *Ce n'est arrivé qu'une fois, et c'était son idée.* J'ai des excuses sur le bout de la langue, mais ce n'est pas vraiment le but de cette conversation.

— Skye, il faut que je te montre quelque chose. Viens, dis-je en me levant.

— Quoi, tes menottes ? demande-t-elle, amusée. Je ne suis pas encore prête pour ça.

— Non, c'est mieux.

Je m'agenouille sur le lit et rassemble la couette autour d'elle.

— Mets tes bras autour de moi.

Quand elle s'exécute, je la soulève, emportant la couette et le drap en même temps.

— Où allons-nous ?

— Tu vas voir dans une minute. Attends.

Skye n'est pas un petit format, et j'adore ça, mais ça rend la manœuvre plus malaisée. Elle doit s'accrocher à moi avec précaution pour que je la porte hors de la chambre, dans le salon. Là, je rejoins la porte coulissante en verre.

— Ouvre pour moi, d'accord ?

Elle tâtonne avant de trouver le loquet, puis fait glisser la porte et sa moustiquaire intégrée.

— Qu'y a-t-il dehors ?

Les planches de mon balcon sont gelées sous mes pieds. Il ne fait pas assez chaud pour passer du temps dehors, voilà pourquoi nous ne sommes pas venus ici avant. Mais c'est important.

— Regarde.

Skye tourne la tête et étouffe un cri.

— Elle est ici ? La même chaise longue ?

En effet, notre transat à deux places est là, l'unique meuble sur mon balcon.

— C'est la même. Je ne pouvais pas supporter l'idée de m'en débarrasser.

Je plie les genoux et la pose dessus.

— Pousse-toi.

Elle se décale pendant que je referme la porte. Quelques secondes plus tard, nous sommes assis côte à côte sur la chaise longue, comme au bon vieux temps. Skye tire les couvertures autour de nous et pose sa tête sur mon épaule.

— C'est comme un voyage dans le temps, Ben. C'est incroyable.

— Non, c'est mieux.

J'enroule mes bras autour d'elle et la serre.

— Je n'ai jamais pu te tenir comme ça, même si j'en rêvais.

— Je voulais que tu le fasses. Mais tout était si compliqué.

Elle a raison. Nous n'étions pas prêts à former le couple que je voulais que nous soyons.

— Nous sommes là, maintenant. C'est tout ce qui compte.

Skye m'étreint encore plus fort. J'ai un sourire aux lèvres quand elle penche la tête en arrière contre moi.

— Mon Dieu, regarde ces étoiles !

La nuit est claire et la lune est haute. La coupole sombre de la nuit scintille de mille feux, les étoiles de la voie lactée.

— J'avais oublié combien elles sont brillantes et belles dans le Vermont.

Nous gardons le silence pendant un moment et je caresse la peau douce de son bras.

— Ma chérie, je n'aurais pas couché avec Jill si j'avais su qu'il y avait une chance que tu me reviennes. Je ne vais pas essayer de l'expliquer. Les histoires d'un soir ont toujours été plus faciles pour moi que pour toi, il faut croire.

— Je sais. C'est bon.

Elle m'embrasse sur le menton.

— Le fait est que j'ai passé beaucoup plus d'heures assis sur cette chaise, à regretter que tu ne sois pas avec moi, que je n'en ai jamais passé dans sa chambre. Ni dans celle de n'importe qui d'autre, d'ailleurs. Avec toi, il n'y a pas de hasard. Le feu que je ressens pour toi ne s'éteindra jamais.

En guise de réponse, elle s'avance et m'embrasse dans le cou. Lentement. Tendrement. Ses lèvres douces effleurent ma peau, sa langue chaude me goûte.

Un gémissement faible m'échappe lorsque mon corps lui répond, comme il l'a toujours fait, comme il le fera toujours.

— Si tu continues comme ça, on va enfin baptiser cette chaise longue.

Elle sourit contre ma peau. Puis elle passe sensuellement sa langue sur ma bouche et je ne peux plus attendre. Je tourne la tête et prends possession de ses lèvres avec un vrai baiser.

Et maintenant, mes fantasmes d'adolescent prennent vie. C'est ici que ça se passe, Skye m'embrasse sur *notre* chaise. Sa bouche torride taquine la mienne avant de descendre dans mon cou, puis sur mon torse dès que je retire mon t-shirt pour l'encourager.

Je suis aux anges quand elle embrasse mes pectoraux. La main dans ses cheveux, je soupire. Difficile de ne pas murmurer tous les désirs les plus osés qui tourbillonnent dans mon cœur. Skye m'explore à sa propre vitesse et je ne veux pas la bousculer. Mais mon sexe est douloureux quand elle fait courir lentement son pouce le long de mes abdominaux et jusque sur la peau sensible au bas de mon ventre.

J'essaie de ne pas haleter lorsqu'elle plonge dans mon boxer à la recherche de ma queue, puis passe la langue au bout. Je lâche un râle de pur désir. Comment m'en empêcher ?

Ses yeux bleus remontent vers les miens et elle me prend timidement dans sa bouche.

— Oh, Seigneur, bégayé-je en serrant les jambes. C'est… hmm…

Quand j'avais dix-huit ans, j'y pensais tous les jours. Plusieurs fois par jour, même. Je n'aurais jamais cru que cela puisse réellement se produire. Sa langue me caresse et le plaisir est presque trop intense.

— Tu me tues, tu sais ? dis-je d'une voix étranglée. Tu es tout ce dont j'ai besoin.

Elle me libère et pose son visage sur ma hanche.

— Même si je ne sais pas ce que je fais ?

— Comme si je m'en souciais. Franchement, on ne dirait pas. Viens ici, j'ai envie de t'embrasser.

Skye se lève. Pour mon plus grand plaisir, elle enlève le short de flanelle qu'elle porte. En dessous, elle est entièrement nue.

Mes fantasmes ont la part belle, ce soir. Avec impatience, je me déleste à mon tour de mon boxer.

Elle me chevauche et je remonte la couette autour de ses épaules. Puis je soulève son t-shirt.

— Il fait froid, se récrie-t-elle.

— Approche. On va se tenir chaud.

Je prends sa bouche dans un baiser qui se déchaîne tout de suite. Tout n'est que lèvres échauffées et langues éperdues. Mon érection est pressée contre son corps souple. Nous sommes pelotonnés l'un contre l'autre dans la nuit fraîche et je n'ai jamais été aussi heureux.

— Putain, ma chérie.

J'empoigne ses seins à deux mains et gémis.

— Laisse-moi aller chercher un préservatif avant que j'explose.

— C'est bon, dit-elle dans un souffle avant de m'embrasser à nouveau. Ne va *nulle part*.

Mes bourses se contractent avec excitation. Les rapports non protégés, cela ne me ressemble pas. Mais j'ai été très prudent jusqu'à présent. Et l'empressement de Skye est comme un cadeau qu'elle nous fait à tous les deux. Si mon amour et son courage ont choisi ce moment pour enfin prendre le dessus sur sa peur, je ne vais pas m'y opposer.

— Tu es tellement incroyable, chuchoté-je entre deux baisers. Viens, je veux t'aimer.

Elle soulève son corps et je m'aligne. Enfin, sa douce chaleur m'enveloppe lorsqu'elle m'accueille en elle. Le râle qui m'échappe est si intense que j'ai dû faire sursauter les hiboux dans leurs branches. Il n'y a plus rien qui nous sépare. Même pas douze années perdues. Nos bouches s'unissent sans perdre un seul instant. Et lentement, nous commençons à bouger à l'unisson.

Le transat grince. Je dois me concentrer pour ne pas me laisser aller. Les soupirs de plaisir qui montent de son corps alors qu'elle me chevauche suffisent presque à me faire atteindre l'orgasme. Sans compter le glissement de ses seins contre ma peau chauffée à blanc et les palpitations de mon sexe au paradis.

Je suis fou amoureux de cette fille.

Soudain, quelque chose sur la droite de Skye attire son attention. Elle me regarde à nouveau et je lève le menton pour un baiser. Elle sourit, presque timidement.

— Ça va ? dis-je dans un souffle, les doigts en éventail sur ses fesses parfaites.

— Oui. Mais…

Elle jette un nouveau coup d'œil de côté, puis reporte aussitôt son regard vers le mien.

— Je peux nous *voir*.

— Oh.

Il faut une seconde à mon cerveau pour comprendre.

— Notre reflet ?

Les lumières sont éteintes à l'intérieur de la maison. Je suppose que la porte coulissante en verre agit comme un miroir.

— Oui.

Elle s'arrête, les mains dans les cheveux.

— C'est…

— Sensuel ? avancé-je en riant. Tu n'aimes pas ?

— Si, si, j'aime beaucoup.

Elle ferme les yeux et les rouvre.

— Est-ce que c'est bizarre ?

— Non, certainement pas. Assieds-toi.

Je nous place tous les deux en position assise et pose un pied sur la terrasse.

— Regarde maintenant.

Skye tourne la tête vers la porte et je prends sa poitrine dans mes mains, faisant tomber la couette. Puis je me penche et prends son mamelon dans ma bouche pendant que ma main effleure chaque parcelle de peau offerte à moi.

Elle halète et son corps se contracte.

— C'est vrai, murmuré-je en lui embrassant le cou. Il n'y a rien de plus beau que toi, surtout quand tu es excitée.

Je donne de légers coups de reins et elle m'entoure de ses bras.

Mais je ne suis pas au mieux de mon efficacité, assis ainsi au bord de la chaise.

— Allonge-toi, ma chérie.

Je la hisse hors de moi. Elle me manque déjà, mais ce n'est que temporaire. Je l'étends sur le dos, sa tête sur la couette de l'autre côté de la chaise longue.

Elle se couvre la poitrine, surprise par le froid soudain.

— Regarde maintenant, lui dis-je en recouvrant son corps avec le mien.

Je passe un bras sous l'une de ses cuisses et m'enfonce en elle. Nous gémissons tous les deux.

— Regarde, haleté-je, allant et venant en elle.

C'est divin. Je me mords la lèvre dans un petit pincement aigu.

— Enroule tes jambes autour de moi.

Quand elle le fait, je jette un seul coup d'œil à la porte vitrée pour voir ce qu'elle voit.

C'est une erreur. La vue de nos deux corps enchevêtrés me fait retenir mon souffle. Les longues jambes de Skye enserrent mon corps, sa poitrine est offerte et ses seins rebondissent alors que je la prends.

— Il faut que tu jouisses, chérie, dis-je entre mes dents.

Si ce n'est pas maintenant, alors le plus vite possible. Je ne peux pas supporter la vue d'une telle beauté sous mon corps. Je ferme les yeux et bande tous mes muscles dans une ultime tentative pour me retenir.

C'est alors que Skye gémit, ses bras comme un étau. Dans une dernière ondulation du bassin, elle crie. Pour moi. Tout à ma joie, je laisse presque échapper un cri de victoire en la suivant dans l'extase.

40

SKYLAR

J'ai du mal à me réveiller.

Avant, ce n'était pas difficile. À New York, je saute du lit et je me précipite au travail. Mais il y a plusieurs facteurs qui entrent en jeu cette fois, dans le Vermont.

Primo, je suis restée debout jusqu'à toutes les heures, à m'envoyer en l'air sur le balcon, en plein air.

Secundo, le corps chaud et nu de Benito est pressé contre le mien, dans le lit. Nous avons déjà remis ça deux fois, mais nous sommes incapables de lâcher prise et de nous lever.

— Hmm, grogne-t-il, le visage dans l'oreiller.

— Tu l'as dit, acquiescé-je avec un soupir. Mais je vais prendre une douche maintenant. Je dois me préparer pour la conférence de presse.

— Hmm-me-ages-mon-é-é-phone, répond-il.

— Quoi ?

Il décolle son visage de l'oreiller et je vois pour la première fois de la journée ses yeux d'un brun si chaud.

— Il y a dix-sept messages sur mon téléphone. Je ferais mieux de m'y mettre, moi aussi.

Pourtant, nous demeurons immobiles.

— À trois ? je suggère.

— Un, dit-il.

— Deux.

— Deux et demi, fait-il en souriant.

— Je t'aime.

Les mots ont franchi mes lèvres sans que j'y pense. Les yeux de Benito deviennent lointains, empreints d'une infinie tendresse.

— Je t'aime aussi, ma chérie. Je t'ai toujours aimée.

— Je sais que c'est compliqué. J'ai un travail dans une autre ville. Je vais certainement devoir y retourner bientôt. Mais...

Il lève la main.

— Nous allons trouver une solution. Pas ce matin, mais ça va s'arranger, tu vas voir.

— D'accord, dis-je à mi-voix.

— Ce ne sera pas facile pour moi de trouver un emploi à New York. J'ai un CV trop inégal pour un agent des stups. Beaucoup de petites missions. Mais je pourrais essayer, ou supplier la DEA de me rendre mon poste, avec un transfert au bureau de New York. Ils refuseront sans doute ou me colleront des horaires impossibles, mais...

— Benito ?

Je n'en crois pas mes oreilles.

— Oui ?

— Tu quitterais le Vermont pour moi ?

Cela n'a aucun sens.

Il s'appuie sur un coude.

— Bébé, évidemment. Ce ne serait pas le meilleur choix de carrière, mais je n'hésiterais pas. La carrière, ça ne fait pas tout.

Je suis sans voix.

On ne peut pas en dire autant de son téléphone, en revanche. Il tinte sur la table de chevet, annonçant un énième message.

— Garde cette pensée pour plus tard. Tu vas prendre une douche ? Je sais que tu as besoin de quelques heures pour te préparer, dit-il en me pinçant la hanche.

— Tu n'apprécies pas mes efforts, grommelé-je en me levant.

— Oh, ma chérie, bien sûr que si, mais le café attend et...

Il fronce les sourcils.

— Quoi ?

La mine toujours sombre, Benito s'approche de moi, nu dans toute sa gloire.

— Oh, non, fait-il en posant tendrement la main sur ma clavicule abîmée. Mon Dieu, j'espère que je ne t'ai pas fait mal hier soir, quand nous étions...

Je pose ma main sur la sienne.

— Ça va, grosse brute. Allez, va répondre à tes messages.

Je m'éloigne et me dirige vers la salle de bain. Parce que j'ai besoin d'un bon moment pour me maquiller. Il va devoir s'y habituer.

———

QUARANTE MINUTES PLUS TARD, nous arrivons au café, mais il y a un problème.

— Quelqu'un occupe notre canapé, dis-je d'un ton bougon en attendant de commander.

Benito rit.

— Tu aurais dû te préparer plus vite, bébé. Tu sais que j'aurais le temps d'arrêter tous les malfaiteurs de Colebury pendant que tu te mets tout ça sur le visage ?

— Vraiment ? Parce qu'il t'a fallu douze *années* pour arrêter les malfaiteurs de Colebury.

Il rectifie en marmonnant :

— Bon, d'accord, les malfaiteurs de Norwich, alors.

— Je passe devant la caméra aujourd'hui. Je devais mettre l'accent sur le maquillage.

Il m'adresse un sourire qui fait fondre mon cœur.

— Tu me laisseras étaler ce rouge à lèvres plus tard, hein ?

J'entends un ricanement suivi d'un bruit de haut-le-cœur et je réalise que c'est Zara qui se moque de nous.

— Vous allez commander ou continuer à vous dévorer des yeux comme deux amoureux transis ?

Oups ! Je reporte mon attention vers elle. La pauvre, elle a l'air épuisée.

— Tu ne prends jamais un seul jour de congé ?

— Elle ne veut pas, lance Roddy, le boulanger sexy. Pas avant qu'Audrey ne revienne de son congé maternité.

— Elle devrait, dit alors Audrey en apparaissant sur le seuil de la cuisine, un porte-bébé sur la poitrine. Je vous jure, avoir un nouveau-né, c'est plus facile que de tenir un café.

— Je peux le porter ? lâché-je sans préambule.

Rien qu'en voyant ces jambes potelées dépasser du porte-bébé, j'ai envie de les toucher.

— Bien sûr ! dit-elle. Je te l'apporterai dès que vous serez installés.

Nous commandons notre café et nos bagels, et une fois de plus, Zara essaie d'empêcher Benito de payer.

— Bon, proteste-t-il. Arrête avec ça. Qu'est-ce qui te prend ?

— Demande-toi plutôt pourquoi tu refuses. Tout le monde se plaint que je ne refile pas de trucs gratuits, et maintenant, tu râles pour le contraire ? Il faut se décider.

Ben secoue la tête en regardant sa sœur.

— Tu es bizarre depuis que Skye est arrivée.

— Si tu veux tout savoir, répond Zara en posant les mains sur ses hanches. J'ai toujours pensé que c'était ma faute si vous n'étiez pas ensemble. C'est moi qui t'ai envoyé un message quand Gage nous a arrêtées. Et maintenant, je sais que c'est encore pire. Si j'avais vraiment expliqué à Skye pourquoi tu n'étais pas là…

Ses yeux deviennent rouges tandis qu'elle nous remet deux tasses de café.

— Nom d'une pipe, souffle Audrey. Rien ne fait jamais pleurer Zara. Où est mon appareil photo ?

— C'est la fatigue, dis-je pour calmer le jeu.

Je ne veux surtout pas que Zara se sente mal à ce sujet.

— D'abord, on a besoin de caféine avant l'audience et la conférence de presse. Est-ce que ce serait bizarre d'organiser une fête pour l'arrestation ? Ça se fait, ce genre de choses ?

— À partir de maintenant, oui, déclare Audrey. À votre avis, quels amuse-bouche conviendraient le mieux à ce contexte judiciaire ?

Roddy sort son téléphone.

— Une fête de flics… dit-il en tapant sur l'écran. C'est un thème formidable pour les donuts ! Bien joué, Internet. Et n'oubliez pas les menottes.

Je fais mine d'être agacée par cette remarque et Benito s'étouffe avec sa gorgée de café.

— Les menottes, c'est trop ? demande Roddy. Allez vous asseoir. Je vous apporte vos bagels.

Benito dépose un billet de vingt dollars sur le comptoir.

— C'est comme ça et pas autrement.

Une main dans mon dos, il me guide vers un autre canapé, car le nôtre est encore pris.

Nous dégustons de délicieux bagels au bacon et au fromage fouetté quand Audrey s'assied à côté de moi.

— Tu veux toujours le prendre ? Ça me permettrait d'aller en cuisine préparer une fournée de biscuits aux amandes pour Zara.

— Avec plaisir.

Je pose ma tasse.

— Un câlin, Gus.

Audrey le dépose dans mes bras et il braque sur moi ses yeux d'un bleu foncé.

— Coucou, toi, dis-je d'une voix chantante. Ça me fait plaisir de te revoir. Tu vas bien ?

Il répond en refermant sa petite main en étoile de mer autour d'une mèche de mes cheveux, qu'il tire énergiquement.

— Il vient de manger, alors il devrait être de bonne humeur. Je reviens dans un moment ! me dit Audrey avant de s'élancer.

Le canapé s'enfonce à côté de moi quand Benito se rapproche. Il regarde le bébé.

— Il ne détache pas ses yeux de toi.

— Où voudrais-tu qu'il regarde ?

Je caresse sa douce petite joue rebondie et il ouvre la bouche avec un plaisir surprenant.

— Elle est à moi, petit gars, plaisante Benito. Trouve-toi ta propre fille.

Maintenant qu'il en parle, les doigts du bébé dans mes cheveux me semblent un peu possessifs. J'espère qu'il fait cela pour rendre Benito jaloux.

— Tu aimes les bébés, alors ? dit-il en passant un bras sur mes épaules. Je ne connaissais pas cet aspect chez toi.

— Seize ans, c'est un peu jeune pour s'extasier devant les bébés. Mais oui, je les aime beaucoup.

Gus me regarde sans me voir, ses petits yeux bleus somnolents. S'il était grognon, je le verrais.

— Les bébés sont d'une honnêteté sans faille. Ils sont sans filtre. Ils te font savoir exactement ce qu'ils ressentent.

— Ah oui ? Moi aussi, je peux le faire. Que dis-tu de ça ? J'ai hâte d'avoir des bébés avec toi.

Mon corps est secoué par cette révélation. Je ne suis toujours pas habituée à cette version de Benito, celle qui me dit qu'elle m'aime et qui m'emmène dans son lit.

— Oh, là. De combien parlons-nous ici ?

La vérité, c'est qu'avoir un bébé avec Benito est un fantasme si beau que je ne me suis jamais permis de l'envisager.

— Cinq, c'est un beau chiffre, tu ne trouves pas ?

Je ne peux retenir un cri de surprise qui alarme le petit Gus. Ses yeux s'arrondissent avant de retrouver leur placidité normale.

— Tout va bien, chuchoté-je. Ce monsieur ne dit que des bêtises. Cinq, c'est un chiffre très élevé. Trois, ça ne te semble pas plus raisonnable ?

Cette discussion me sidère. Benito papa ? Je ne peux pas imaginer mieux que lui dans ce rôle. S'il s'occupe d'un enfant même à moitié aussi bien qu'il s'occupe de moi, ce petit aura beaucoup de chance.

— Ce n'est pas tant que ça, dit-il, son nez contre mon oreille. On peut s'entraîner à les faire juste après le travail.

— Tu as besoin d'entraînement ? dis-je pour le taquiner.

Mais j'ai déjà les tétons qui pointent à cette idée.

— Non, chuchote-t-il. Il y a des jumeaux dans ma famille. Je dis ça comme ça.

Il m'embrasse dans le cou.

C'est alors que mon téléphone se met à sonner dans mon sac. Gus regarde autour de lui avec ses grands yeux bleus, comme pour demander : *Tu ne vas pas répondre ?*

— Benito, tu peux prendre le téléphone ?

Avec un soupir, il renonce à sa démonstration publique d'affection pour prendre l'appareil et me le remettre.

— Un certain McCracken, m'annonce-t-il. Il est craquant ?

— Oh, non, crois-moi, McCracken n'a rien de craquant. Allô ? dis-je en décrochant.

— Copeland ! Le van…

J'entends de l'électricité statique, la connexion est mauvaise.

— … Brattleboro. Nous arrivons… conférence de presse. Écrivez… me faire un topo.

— Attendez, quoi ? Qui est à Brattleboro ?

— Moi. Je…

La ligne grésille toujours plus.

— … la saisie de drogue. Putain de connexion !

Mon patron peut-il réellement être dans le Vermont ? Après tout, nulle part ailleurs le réseau n'est aussi mauvais.

— *Vous* voulez couvrir l'histoire ? m'écrié-je en essayant de comprendre.

— Bon Dieu, oui ! C'est énorme…

Encore de la friture sur la ligne.

— Toute la dynamique du trafic de stupéfiants a changé.

— Exact. Mais c'est *mon* enquête.

L'instant d'après, la ligne est coupée.

Pendant un instant, je reste assise là, mon téléphone à l'oreille, à essayer de donner un sens à cet appel. Pourquoi McCracken a-t-il fait tout ce chemin jusqu'au Vermont ?

Bébé Gus me tire les cheveux en babillant avec impatience. Alors, je baisse mon téléphone.

— Tout va bien ? demande Benito en le récupérant.

— Les *enquiquinements* habituels. Je crois bien que mon patron vient de m'expliquer ma propre découverte. Et il se pourrait qu'il soit en route pour le Vermont en ce moment même.

— Ça a l'air compliqué.

Au cri qu'il pousse, Bébé Gus semble d'accord.

— Oui.

— Mon frère a récupéré ta voiture de location hier soir. Elle est juste dehors.

Il me dépose un baiser sur la joue.

— Tu as besoin de quelque chose avant que je parte travailler ?

— Non, je ne crois pas. Je te verrai à la conférence de presse plus tard ?

— Oui.

Benito se lève et prend le bébé dans mes bras.

— Devine quoi, petit gars ? Tu dois retourner avec ta maman maintenant.

Le bébé fait des bulles avec ses petites lèvres et Benito sourit.

Mes ovaires dansent la gigue devant leur adorable complicité.

— Je crois que c'est mon tour de le porter, déclare Roddy, le boulanger canon, en se joignant à nous. Passe-le-moi.

Alors que Benito remet Gus à Rod, je jette un coup d'œil dans le café. Toutes les femmes les regardent avec de petits sourires rêveurs. Je devine des nuages d'œstrogène tout autour de nous. Il n'y a rien de tel que deux beaux spécimens virils avec un bébé dans les bras.

— Je vais travailler, lance Benito, sa main dans la mienne pour m'aider à me lever du canapé. Je te vois à la conférence de presse. Je dois aller chercher mon uniforme au pressing et me faire couper les cheveux.

— Tu as un uniforme ? me récrié-je.

Voilà une image alléchante à laquelle je n'avais jamais pensé.

— Oui, répond-il, les yeux pétillants. Avec des boutons brillants et tout le tralala. Je te laisserai me l'enlever plus tard.

— Oh, mon Dieu.

Mon intimité palpite à cette idée. Je ne cherche même pas à reculer quand Benito se penche, ses yeux bruns brûlants de désir. Il ferme les yeux à la dernière seconde et m'embrasse en plein milieu du café. C'est un baiser si délicieux que je jette mes bras à son cou et le lui rends.

En général, je n'aime pas les démonstrations d'affection en public. Il faut dire que je n'ai jamais eu l'occasion de coller ma bouche sur celle d'un mec canon devant tout le monde. Tout disparaît autour de nous alors que les lèvres de Benito caressent les miennes. Puis sa langue entre dans la danse…

— C'est un établissement familial, lance Zara non loin de là. Benny, arrête. Madame Blake est obligée de s'éventer.

Je me force à redescendre sur Terre et Benito recule avec un soupir de frustration.

— On se voit plus tard. La tête de lit va encore passer un sale quart d'heure.

— Allez, ça suffit, s'exclame Zara en lui prenant le bras pour l'entraîner vers la porte. Je ne veux pas entendre les détails.

— D'accord, mais disons que cette vieille chaise longue est plus solide qu'elle n'en a l'air.

Sa sœur lève les yeux au ciel.

— Je le savais déjà.

— Attends, fait Benito en s'arrêtant net. Quoi ?

Zara se mord la lèvre.

— Laisse tomber, oublie que j'ai dit ça.

— C'est *ma* chaise souvenir. Ne me dis pas que tu as vraiment…

Elle le pousse à nouveau vers la porte.

— Juste une fois. Va attraper les méchants, d'accord ? Bye, bye !

Il lui lance un dernier regard grincheux. Moi, en revanche, j'ai droit à un signe de la main et un sourire.

Puis il s'en va, me laissant seule avec un demi-bagel et un sourire idiot sur le visage.

— Vous êtes trop drôles, tous les deux, dit Zara en ramassant l'assiette vide de Benito. Encore du café ?

— Non merci. Je dois me préparer pour la conférence de presse.

Patron ou pas, je refuse de ne pas être présente pour entendre tout ce qu'il faut savoir sur l'incarcération de Gage.

— Bonne chance. Tu sais que ton reportage est passé sur la télé publique de Green Mountain ce matin ?

Je m'arrête, à mi-chemin vers la porte.

— Quoi ? Vraiment ?

— Oui, répond Zara en emportant un plateau de vaisselle sale. Je pense que cette histoire aura un gros retentissement. J'ai adoré quand tu as demandé à Misty Carrera comment était Gage en tant que voisin, ajoute-t-elle en riant. J'adore cette gamine, surtout quand elle a répondu : « Vous savez, parfois, quand un homme est arrêté, ses voisins disent : je n'en savais rien, il n'était pas comme ça ; mais ici, on savait tous que c'était un criminel.

Elle rit encore.

— Mon Dieu, quelle bonne journée. Ma mère va ériger une statue en ton honneur. Passe au café plus tard et raconte-moi tout ce qui s'est dit à la conférence de presse, d'accord ?

— Avec joie, acquiescé-je.

En effet, la journée s'annonce excellente. Je me précipite vers ma voiture de location et monte au volant.

41

SKYLAR

Même la météo est de la partie pour les événements d'aujourd'hui. Le soleil brille sur les marches du QG de la police d'État du Vermont, devant lequel les fourgons de presse se succèdent.

Zara avait raison. Le retentissement est incroyable. Quand j'ai jeté un œil aux gros titres, il y a une minute, j'ai découvert que tous les sites d'actualités nationaux parlaient de ce coup de filet dans le Vermont.

Ce n'est pas tout ! Tout le monde mentionne le reportage de WBTV. Ça ne peut être que positif pour mon CV, non ? Je parie que Lane Barker va me donner une bonne lettre de recommandation, à défaut de celle de mon patron.

J'attends l'arrivée du van de WBTV. Enfin, la portière s'ouvre et Lane apparaît. Elle prend une grande inspiration.

— J'adore l'odeur des poursuites pénales au petit matin ! Tu as dormi ?

— Un peu. Et toi ?

Elle secoue la tête.

— J'ai passé toute la nuit à m'assurer que la chaîne restait à la hauteur du scoop que tu nous as donné. Tu es une héroïne pour le bureau, maintenant.

— C'est vrai ! s'exclame Jordy en sortant derrière elle. D'abord le pénis, et maintenant ça ! Tu es une femme aux multiples talents.

Je me demande si cette vidéo du pénis me poursuivra toute ma vie. Mais je n'ai pas le temps de m'en inquiéter maintenant.

— Tiens, dis-je à Lane. J'ai pris deux copies du communiqué de presse.

— Oh, un document papier, s'étonne Jordy en arrachant la feuille des mains de Lane. Dis donc, c'est très formel. On se croirait dans une grande ville. Cette affaire doit être énorme.

— C'est le cas ! confirmé-je d'une voix chantante. Et nous sommes arrivés les premiers.

J'ai toujours pensé que je fêterais mon premier grand scoop avec mon propre patron. Mais la vie ne cesse de me surprendre.

— Écoute, à ce propos, me dit Lane en me toisant de ses yeux bleus scrutateurs. Merci pour ton appel opportun d'hier soir et cet excellent travail devant la caméra.

Oh, oh.

— Mais ?

— Mais tu ne peux pas présenter l'affaire ce matin. Ta chaîne a piqué une crise. Ton patron est un vrai salopard.

Au moins, c'est dit.

— On adorerait que tu continues à présenter l'affaire chez WBTV. Mais on ne peut pas te mettre en vedette tant que tu travailles encore pour lui. Il a été très clair sur ce point. C'est la seule raison pour laquelle Jordy est ici ce matin. Je ne te marcherais jamais sur les pieds…

— Non, c'est bon. Je comprends tout à fait. Vous avez été géniaux.

C'est vrai, même si je suis déçue.

Jordy lit rapidement le communiqué de presse pendant que le cameraman positionne son trépied.

Je m'écarte du chemin tandis que Lane Barker presse un téléphone à son oreille.

— Jordy, ils veulent te limiter à soixante secondes.

— Aucun problème, je suis prêt pour l'intro.

C'est amusant de voir ces gens que j'apprécie effectuer ce travail. Lane amorce le compte à rebours avant de tendre le doigt vers Jordy, qui sourit à la caméra.

— La foule s'est rassemblée ici, au siège de la police d'État, pour entendre le commissaire de police dévoiler les charges préliminaires contre les deux trafiquants de drogue arrêtés la nuit dernière dans le cadre de la plus grande saisie que le Vermont ait jamais connue. L'État du Vermont inculpera les suspects pour vente et possession de fentanyl, ainsi que d'autres drogues illégales. Mais ce n'est que le début. Sparks et Gage seront vraisemblablement poursuivis au niveau fédéral. La récente explosion du nombre de décès par overdose serait liée à l'emploi du fentanyl pur expédié de Chine via le Canada. Restez avec nous pendant que le commissaire fait sa déclaration. Et maintenant, à vous Jack, dans les studios.

— C'est bon, claironne Lane. Bien joué, petit.

Le cameraman oriente à présent son matériel pour ne rien rater de la déclaration du commissaire.

— Skylar ! crie soudain une voix.

Je fais volte-face pour découvrir McCracken qui fend la foule dans ma direction. Il transpire déjà à travers sa chemise, comme à son habitude.

— Que faites-vous ici ?

— Comment ça ? répond-il, agacé. C'est une histoire d'envergure.

— Évidemment, mais…

En regardant par-dessus son épaule, je vois Rocco, le cameraman, qui trottine dans notre direction.

— J'ai fait un excellent travail de terrain jusqu'à présent. Vous auriez pu envoyer Rocco si vous vouliez vraiment couvrir l'histoire.

Il fronce son nez bulbeux.

— Donnez-moi le communiqué de presse, petite. Je n'ai pas le temps de discuter de ça.

Il m'arrache la copie des mains, mais je la reprends.

— Pas si vite. Je *veux* cette histoire. Je vous ai dit que j'y travaillais. Je sais tout ce qu'il y a à savoir à ce sujet. Vous n'avez pas le droit de me supplanter comme ça.

— Nom de Dieu ! On citera votre nom sur l'article en ligne. Mais après le coup que vous nous avez fait hier soir ? Emily Skye ne peut pas apparaître au journal télévisé d'une autre chaîne. C'est du grand n'importe quoi, ma belle. Et la loyauté, alors ? En plus, les extras ne sont pas autorisés dans le cadre de votre contrat.

Il a raison sur ce point, à l'exception d'un détail.

— Ils ne me rémunèrent pas. J'aidais juste la chaîne qui *vous* a accordé une faveur. Qui parle de gratitude, maintenant ?

— Bien vu, frangine, lance Lane en gloussant.

McCracken jette un regard anxieux en direction de l'estrade. Le commissaire de police ne va plus tarder maintenant.

— Donnez-moi ce foutu communiqué de presse, Skye. Sinon, vous êtes virée.

— Vous ne pouvez pas me virer, rétorqué-je sèchement avant de céder à la colère. Parce que je démissionne. Trouvez votre propre exemplaire du communiqué de presse. Et trouvez quelqu'un d'autre pour faire *votre* travail à votre place.

— Ça ne m'amuse pas, gronde-t-il en s'avançant, saisissant mon poignet dans sa main moite.

— Ne la touchez pas !

C'est une voix que je connais et que j'aime.

J'ai beau adorer que Benito vole à mon secours, cela m'ennuie que ce soit quasiment systématique. Je dégage mon poignet de la main de McCracken pour lui montrer que je peux me débrouiller toute seule. Glissant le communiqué de presse derrière mon dos comme une enfant insolente, je me tourne enfin pour regarder Benny.

Mince alors ! Dans son uniforme kaki, il est à couper le souffle. Depuis la dernière fois que je l'ai vu, il s'est fait couper les cheveux *et* rasé de près. Soudain, mon pauvre petit cœur est tiraillé. Benito était-il plus sexy avec sa barbe de montagnard et ses cheveux trop longs ? Ou comme ça, avec la ligne forte de sa mâchoire dont je me souviens si bien et sa chemise immaculée au col amidonné ? La laine vert foncé de l'uniforme sublime le teint de sa peau.

L'effet est éblouissant, comme si l'on regardait le soleil.

— Pour des boutons brillants, ils étincellent, dis-je un peu bêtement.

— Dis donc, soupire Lane Barker non loin de moi. Il peut faire briller mes boutons quand il veut, celui-là.

— Y a-t-il un problème ici ? demande Benito d'une voix résolument autoritaire.

— Aucun problème, répond McCracken avec un rire faussement désinvolte. C'est juste une petite blague, monsieur l'agent. Elle ne veut pas me rendre mon papier.

Décidément, cet homme n'apprendra donc jamais.

— Ce n'est *pas* une petite blague. Et ce n'est pas votre papier. Ce ne sera jamais votre sujet. Et je ne travaillerai plus jamais pour vous.

— C'est ton patron ? s'étonne Benito. Très compétent en management, apparemment. Écoutez, je vais monter sur l'estrade, dit-il en tendant le doigt. Si je vous vois la toucher ou même lui parler à nouveau, j'interromprai la conférence de presse pour venir personnellement vous botter le cul.

— Euh, très bien, fait McCracken. Je ne veux pas d'ennuis.

— Alors, trouvez-vous un autre endroit, conclut Benito en serrant les dents.

Finalement, McCracken consent à s'éloigner.

— Mon Dieu, souffle Jordy. Ton petit ami est *caliente* quand il est en colère.

C'est vrai. Il faut dire qu'il est tout le temps *caliente*. Et c'est bien mon petit ami. C'est la première fois de toute ma vie. Enfin, pas vraiment.

— Est-ce que ça va ? demande Benito.

— Très bien, dis-je d'une voix suraiguë.

Il dépose un nouveau baiser sur ma joue puis s'éloigne, suivi par une centaine de paires d'yeux.

— Tu viens vraiment de lâcher ton job ? demande Jordy.

— Eh oui.

Mon cœur bat à tout rompre. Mais c'est vrai. Trop, c'est trop.

Il me tend le micro.

— C'est pour quoi ?

— Pour l'affaire. À toi de la couvrir. Ce n'est plus un extra maintenant.

Je reste sans voix.

— Mais c'est ton affaire.

— Non, fait-il en secouant la tête. C'est celui qui la déniche qui la garde.

— Ce n'est même pas un vrai dicton, intervient Lane Barker. Mais c'est dommage. Vas-y, Skye. C'est bon.

Je referme les doigts autour du micro au moment où le commissaire monte sur scène.

— Hier soir, entre dix-neuf et vingt-trois heures, deux douzaines des meilleurs éléments du Vermont ont arrêté quatre hommes lors d'un transfert de drogue…

Mes yeux scrutent attentivement l'estrade et se posent sur Benito, debout à côté de son chef avec les autres officiers. C'est le plus beau de tous.

Je viens de quitter mon travail. Je vais passer en direct à l'antenne dans quelques minutes. Mais je ne pense qu'à poser mes lèvres sur le menton rasé de Benito. Et à l'entraîner au lit.

Pour la première fois de ma vie, je dois faire un effort pour ramener mes pensées au-dessus de la ceinture.

C'est donc ce que vivent la plupart des gens…

42

SKYLAR

Trois semaines plus tard, je suis dans mon élément. Enfin, l'un de mes éléments.

C'est un magasin Sephora. J'ouvre chaque teinte de rouge à lèvres et les essaie l'une après l'autre. On dirait que je fais une éruption cutanée sur le dos de la main. Mais c'est mon petit rituel quand j'ai besoin d'un peu d'apaisement.

Je reviens d'un entretien d'embauche pour une petite chaîne sportive du câble, à Manhattan. Ça m'a tout de suite déplu. C'est une autre version de *New York News and Sports*, mais avec de moins bonnes audiences et de plus gros connards aux commandes.

Pire encore, je pense qu'ils vont me proposer un emploi. Et je n'ai aucune idée de ce que je vais leur dire.

Quand Benito m'a mise dans le train pour New York, la semaine dernière, je venais de terminer une série d'interviews dans le Vermont. Tante Jenny, en visite en ville en ce moment, m'avait envoyé par FedEx mon plus beau tailleur et mes meilleurs talons. J'avais imprimé un nouveau lot de CV et les avais fait circuler à Burlington comme autant de graines lancées au vent.

Pour l'instant, je n'ai pas reçu d'offre. Il y a eu de grandes conversations, mais c'est un marché très restreint. Personne n'a de disponibilités en ce moment. Voilà pourquoi j'ai daigné rendre visite à la chaîne sportive aujourd'hui et j'enchaîne avec deux autres entretiens à New York demain.

C'est positif d'obtenir des entretiens. Après le coup de filet dans le Vermont – et mon épisode sur le pénis, je ne saurai jamais lequel a eu le plus d'influence –, c'est devenu beaucoup plus facile d'attirer l'attention des producteurs et des rédacteurs en chef.

Mais j'espérais vraiment que l'on me proposerait un poste dans le Vermont. Benito tient à ce que je sois là-bas avec lui. Et c'est aussi ce dont j'ai envie. Mais il faut bien que je travaille. Si ce n'est pas dans le Vermont, alors ici.

Le problème, c'est l'argent. J'ai aidé Rayanne à engager un avocat pour la défendre dans son procès pour délit de fuite. Les charges seront peut-être abandonnées, ou bien elle écopera d'une peine de travaux d'intérêt général.

Mais son avocat coûte plus de trois cents dollars de l'heure. Et j'ai aussi contribué au versement de sa caution.

Ce n'est pas le bon moment pour être au chômage. Et soyons réalistes, les producteurs ne se souviendront de mon scoop – et de mon pénis – que pendant un certain temps. Si je ne trouve pas de travail maintenant, je risque de tomber dans l'oubli.

L'oubli, c'est beau, mais pas quand on est pauvre.

Après avoir débouché une autre nuance de rouge (pétale printanier), je la teste sur ma main. Je n'achèterai rien aujourd'hui. Ni dans un avenir proche. Mais c'est à Sephora que je viens quand j'ai besoin de paillettes dans les yeux. Pour paraphraser Audrey Hepburn, chez Sephora, rien ne peut aller de travers.

Anecdote amusante, il n'y a qu'un seul Sephora dans tout l'État du Vermont. Et il se trouve dans la galerie d'un supermarché. C'est dire le sacrifice que me demande Benito.

Je vais le faire. Je le ferai vraiment. Seulement, je ne sais pas quand.

Je dois verser mon loyer dans neuf jours, ce qui complique encore la décision. Même si mon appartement est une bonne affaire à New York, il n'en reste pas moins que ça représente une somme rondelette. Encore un mois de loyer et mon compte d'épargne sera à sec.

J'ai besoin d'un plan. Et vite. Je peux faire mes valises et me téléporter dans le Vermont, où je n'ai pas de revenus, ou bien essayer de trouver un emploi ici en attendant que quelque chose se présente plus près de chez Benito.

— Y a-t-il quelque chose que je puisse faire pour vous aider ? Avez-vous des questions ?

Je lève les yeux pour découvrir une jeune femme afro-américaine absolument splendide. Son maquillage est parfaitement appliqué et elle porte un tablier avec une trentaine de pinceaux de différentes tailles et textures.

J'ai presque envie de lui demander s'ils embauchent.

— Non merci, dis-je avec un sourire. Mais j'adore vos cils.

Ils scintillent subtilement dans une couleur bleu foncé.

— Merci ! Ça s'appelle Midnight Sensation.

— Je vais regarder ça.

Mais je n'en ferai rien. Quand elle part pour aider quelqu'un d'autre, je prends un mouchoir et m'essuie la main. Il est temps de retrouver Tante Jenny pour des sushis hors de prix que je ne peux pas vraiment me permettre. Mais c'était son idée. Elle insistera peut-être pour me gâter parce qu'elle rentre ce soir en Floride.

C'est bizarre qu'elle ait choisi des sushis, cependant. Ce n'est pas vraiment son genre.

Je quitte le magasin et traverse la rue vers Union Square. Le parc est bondé, les passants sont au coude à coude. Je crois que je me passerai volontiers de toute cette foule. Il y a un mois, je voyais le Vermont comme un enfer sur terre. Mais maintenant, j'y trouve des bons côtés. Personne ne vous bouscule dans le Vermont.

Le restaurant de sushis se trouve dans une rue calme. J'entre et balaye les tables des yeux à la recherche de la chevelure poivre et sel de Jenny. Mais elle n'est pas là.

— Je peux vous aider ? demande l'hôtesse.

— Une table pour deux au nom de Copeland ?

— Par ici.

Elle me fait un sourire et me demande de la suivre dans l'autre salle. Décidément, Jenny a choisi un restaurant qui en jette. Si seulement je n'étais pas fauchée, je pourrais l'apprécier.

Je passe devant un mur en teck sur lequel sont sculptées des têtes de poisson modernes et je regarde les clients au passage. Les cheveux argentés de Jenny ne sont nulle part. Quand un homme se retourne sur son siège, mon estomac se noue.

Benito. Il est ici ?

Il se lève, tout sourire.

— Salut, ma chérie. Merci de déjeuner avec moi.

— Comment… ?

Je suis sans voix.

— Jenny… ?

Il sourit.

— Elle était dans le coup. J'ai appelé ton téléphone fixe hier soir et elle a décroché.

— Oh !

C'est tout ce que je parviens à dire avant qu'il ne s'approche de moi et m'embrasse. Et après ça, c'est un « ah » qui m'échappe. *Benito*. Il sent le pin, même à New York. Et il est encore plus beau que dans mes souvenirs. Sa barbe de quelques jours a repoussé.

Je n'ai jamais pu résister à ce sourire ravageur.

— Assieds-toi, dit-il en me guidant vers ma chaise.

L'hôtesse nous laisse avec les menus.

— Alors, comment s'est passé l'entretien ?

— Bien.

Je fronce le nez. Honnêtement, cet entretien est la chose la plus inintéressante du monde si Benito est assis en face de moi.

— Comment vas-tu, toi ? Le *Speakeasy* a pu ouvrir ? Ils ont réglé la question de la licence d'alcool ?

Je me suis passionnée pour les événements de la famille Rossi. Nous avons fini par dîner avec la mère de Benny. Deux fois. Et nous sommes aussi allés manger avec May et Alec au *Worthy Burger*. Les cornichons étaient aussi bons que promis.

Benito ne répond pas. Il prend ma main, posée sur la table, et embrasse ma paume.

— Tu me manques. Tu me manques tant.

— Toi aussi.

C'est une évidence.

— Tu as arrêté des méchants cette semaine ?

— Hmm, hmm, fait-il en déposant un nouveau baiser dans ma paume, me chatouillant avec sa barbe. Mais parlons plutôt de ton travail.

— Lequel ? C'est là tout le problème.

Il tient ma main entre les siennes.

— Je sais, mais je ne suis pas si inquiet. Commandons des sushis fantaisistes et nous parlerons de tout ça. Tu as déjà mangé ici ?

Je secoue la tête.

— C'est très beau. Mais je devrais me contenter de falafels vendus dans la rue, ce serait plus raisonnable.

— Justement, je suis venu jusqu'à New York pour te dire de ne pas t'inquiéter pour l'argent. Enfin, pas exactement. Je suis venu à New York parce que je ne t'ai pas embrassée depuis plus d'une semaine. Mais aussi pour te dire de ne pas t'inquiéter pour l'argent.

— Pourquoi ? L'argent est un problème de taille en ce moment.

— Oui et non.

Il me lâche la main et prend son menu.

— Dis-moi ce que je dois essayer. J'ai envie de tout goûter.

Nous commandons chacun des plats différents, afin d'avoir un bel assortiment, puis Benito me demande à nouveau comment s'est passé l'entretien.

— Ça s'est bien passé, si tu veux tout savoir. Je pense qu'ils vont me proposer le poste. Ce qui veut dire que je dois trouver un autre emploi rapidement pour ne pas être obligée d'accepter.

— Tu n'as pas aimé ?

— Pas le moins du monde. C'est une ambiance de mecs. Mon interlocuteur portait une casquette de base-ball à l'envers et un t-shirt sur lequel était écrit « Frat Boy ». Son assistant m'a proposé de poser pour moi si je voulais dessiner *son* pénis. Tu vois le genre.

Benito ferme les yeux. Il ne les rouvre pas pendant un long moment, comme s'il faisait appel à toute sa volonté pour ne pas se transformer en Hulk et tout casser.

— Je ne vais pas l'accepter, dis-je avec un soupir. Même si j'ai vraiment besoin de la paye en fin de mois. Peut-être qu'un de mes entretiens de demain sera plus concluant. Je sais que tu ne veux pas que j'accepte un travail à New York.

Il a posé son menton dans sa main.

— Non, au contraire, je veux que tu fonces. Mais seulement si c'est le job de tes rêves. Si tu me disais tout de suite que tu as une occasion incroyable à Manhattan, je serais vraiment heureux pour toi.

— Oh.

C'est la chose la plus généreuse qu'on m'ait jamais dite.

— Mais je t'en supplie, s'il te plaît, ne prends pas un travail dont tu ne veux pas vraiment. Toi et moi, nous avons déjà été séparés auparavant. Par un homme affreux et par une malchance ahurissante.

Je suis venu ici pour te dire que je ne veux pas que l'argent soit une barrière de plus qui se dresse entre nous. Je me fiche de l'argent.

— Moi aussi.

C'est presque entièrement vrai. J'ai un faible pour les cosmétiques de qualité.

— Mais je suis prête à m'endetter si Rayanne a besoin de moi. Et j'ai besoin d'un travail pour m'assurer que tout ne tourne pas au fiasco.

Benito hoche la tête.

— Bon, laisse-moi te poser une question. Si tu ne craignais pas de devoir payer l'avocat de Rayanne, que ferais-tu en ce moment ?

— Oh, c'est facile. Je te préparerais un déjeuner super rapide dans ton appartement pour qu'on puisse se sauter dessus.

Mon cou s'embrase dès que cet aveu a franchi mes lèvres. Il cligne des paupières.

— Ma chérie, je n'ai toujours pas l'habitude que tu dises des choses comme ça. Mais j'approuve *totalement*.

Je lui souris, contente de moi. Je suis devenue beaucoup moins timide avec Benito. C'est plus facile que je ne le pensais, parce que chaque fois que je le surprends par mes initiatives au lit, la gratitude est si intense dans son regard qu'il me donne envie de prendre des risques.

— D'accord, fait-il avant de se racler la gorge. Nous allons certainement revoir cette idée plus tard. Mais pour l'instant, je parle du travail. Si tu ne ressentais pas autant de pression pour trouver un boulot, comment envisagerais-tu tout ça ?

— Oh.

Bonne question.

— Je serais sans doute dans le Vermont, à proposer des articles en free-lance à des magazines de Nouvelle-Angleterre en attendant qu'un emploi à plein temps se libère. Et je supplierais les chaînes de télévision de me mettre sur leurs listes de remplaçants histoire d'avoir un pied dans la porte.

— Alors, pourquoi ne pas le faire ? Nous pouvons vivre raisonnablement si tu n'as plus à payer d'appartement à New York.

— Le travail en free-lance est *vraiment* aléatoire. Je pourrais gagner trois mille dollars un mois, et trois cents le suivant. C'est trop d'incertitude.

— Nous ne mourrons pas de faim. J'y veillerai.

— Je le *sais*, dis-je un peu trop abruptement. Mais je ne veux pas être toujours la fille dont tu dois résoudre les problèmes. C'est comme au lycée, encore une fois.

— Loin de là.

Il se penche en avant sur sa chaise, ses yeux noirs ancrés dans les miens.

— Tu oublies quelque chose de très important.

— Quoi ?

Ce qui me saute aux yeux, c'est mon solde bancaire pitoyable.

— Que j'ai besoin de toi, moi aussi.

— Oh, mais…

Il tend la main pour me faire taire.

— J'ai besoin de toi près de moi. J'ai besoin de rentrer auprès de toi tous les soirs, de manger dans ma cuisine et de t'entendre parler de ta journée. Je te veux dans mon lit et dans ma vie.

Eh bien. S'il le dit comme ça…

— Si tu as une excellente raison, la chance de toute une vie ou je ne sais quoi, qui te retient de venir dans le Vermont, je t'écoute. Je suis prêt à déménager. Mais un problème de trésorerie à court terme, ce n'est pas une raison suffisante, Skye.

— Je vois.

Assise là, dans ce restaurant de sushis, j'apprends une chose importante sur moi-même. C'est encore plus difficile pour moi de m'ouvrir à ce genre d'amour que de me mettre nue devant lui.

Mais j'ai envie d'essayer.

43

BENITO

Skye me regarde de l'autre côté de la table avec des yeux doux. J'ai tellement envie de l'embrasser, mais je vais devoir attendre. Je suis très patient, seulement jusqu'à un certain point.

— Je pourrais prendre un prêt hypothécaire, proposé-je. Si la bataille juridique de Rayanne devient vraiment coûteuse.

— Tu n'as d'hypothèque ?

— C'est petit chez moi. J'ai seulement emprunté un peu pour la cuisine et la cabine de douche sophistiquée.

Je hausse les sourcils d'un air suggestif, parce que nous avons de très bons souvenirs dans cette douche.

Elle sourit.

— C'était un excellent investissement. Mais je ne veux pas que tu hypothèques ta maison pour Rayanne.

— Et moi, je ne veux pas que tu hypothèques ta vie pour elle. Est-ce qu'elle ferait la même chose pour toi ?

— *Ben.*

Son visage se ferme.

Je prends conscience que je suis injuste. L'amour n'est pas toujours logique.

— Je retire la question. Ce n'est pas grave. J'admire ta générosité. Mais je tiens absolument à être avec toi.

Je tends mes jambes sous la table et prends ses pieds entre les miens.

— S'il te plaît, réfléchis-y. Quand tu iras à ces entretiens demain, prends tout en compte. Demande-toi où tu veux passer tes journées et avec qui.

— D'accord, promet-elle.

C'est alors qu'un serveur dépose devant nous plusieurs assiettes terriblement appétissantes, ainsi que ma bière japonaise et le verre de vin de Skye.

— Waouh, fait-elle en admirant son assiette.

Elle a un plat à base de saumon cru et d'avocat en forme de fleur élaborée.

— C'est magnifique.

— Trinquons, lui dis-je.

— Pour fêter quoi ?

— Pour fêter nos retrouvailles autour de ce déjeuner. C'est quelque chose que j'ai l'intention de fêter aussi souvent que possible.

— Moi aussi, dit-elle en prenant ses baguettes. J'aime ta façon de penser.

Je lui serre les pieds sous la table avant d'attaquer.

C'est un vrai délice. Il n'y a pas de restaurants de sushis aussi raffinés dans le Vermont. Mais je me garde bien de le dire à Skye. Je dois toujours lui vendre notre belle région.

Un jeune serveur vient remplir nos verres d'eau et s'assurer que tout va bien.

— Tout est à votre goût ? demande-t-il.

— C'est merveilleux, dit Skye avec un sourire.

— Parfait, dit-il.

Puis il ajoute :

— Joli pénis, au fait.

— Merci bien !

Nous avons répondu en même temps. Le serveur secoue la tête et s'en va en souriant, mais le couple à la table d'à côté nous lance un regard perplexe.

— Tu crois que les gens cesseront un jour de dire ça ?

— Non, répond-elle en pinçant un morceau de mangue entre ses baguettes. Mais ça ne me dérange plus.

— Je suis fier de toi.

Je prends une gorgée de bière. Mes sens affûtés de fin limier m'indiquent que le couple d'à côté nous épie toujours.

— Est-ce que tu vas me montrer ton pénis un jour ? demandé-je à Skye. C'est vrai, tout le monde l'a vu.

— Bien sûr, répond-elle en se léchant les lèvres.

Ses yeux glissent vers le côté. C'est à peine perceptible, mais je sais qu'elle a compris ma manigance.

— Je te le montrerai ce soir. Si tu me le demandes très gentiment.

Je lâche un petit grognement amusé et Skye éclate de rire.

Dans ma vision périphérique, je distingue les mines atterrées du couple.

CINQ HEURES PLUS TARD, nous sommes allongés dans son lit, en sueur. Nous reprenons notre souffle après le premier des nombreux câlins que j'ai prévus pour toute la nuit. Je dois retourner dans le Vermont demain matin, alors chaque minute compte.

J'ai rencontré la fameuse tante Jenny après le déjeuner. C'est une dame charmante, et seulement à moitié aussi conspiratrice que ma propre mère. Maintenant, elle est partie à l'aéroport pour rentrer en Floride. Je crois bien que nos vêtements étaient par terre avant même que son taxi ne soit sur le pont de Triborough.

Je soupire de plaisir en me retournant, mais mon genou heurte le mur.

— Aïe.

— Je suis désolée, dit-elle. C'est un petit appartement.

Elle a raison.

— Et un petit lit.

Il est seulement double alors que le mien est un king-size.

— Cela dit, je ne m'en plains pas.

Je suis le plus heureux des hommes en cet instant.

— J'ai encore un peu peur de t'imposer mes problèmes d'argent, déclare-t-elle. Mais je vais faire le grand saut.

Mon cœur s'emballe.

— Vraiment ? Ne te fiche pas de moi, lui dis-je en l'embrassant dans le cou. J'ai tellement envie que tu reviennes à la maison avec moi. On va louer un camion. Dès demain.

Elle rit.

— Je peux avoir quelques jours ? Bon sang. Toute ma vie est dans ce petit appartement. Et je dois me présenter à ces entretiens demain. Sinon, je vais me griller auprès du réseau.

— C'est normal, dis-je à contrecœur. Quand pourras-tu déménager ?

Je lève la tête et regarde la petite chambre.

— Tu n'as pas beaucoup de meubles.

— Je ne tiens pas spécialement aux meubles. Les tiens sont plus beaux. Mais j'ai beaucoup de chaussures.

Cela me fait rire sur l'oreiller et je ne sais même pas pourquoi. Je suis juste étourdi. J'ai hâte d'emménager enfin dans mon appartement et de fermer la porte à clé sur tout ce foutu monde.

— Tu sais, je pense qu'il est temps, dit-elle.

— Pour quoi faire ?

— Pour que je te montre la vidéo de mon pénis.

— Vraiment ? dis-je en revenant à moi. Tu n'es pas obligée, tu sais. J'essayais juste de faire flipper l'autre couple au déjeuner.

— Je sais, et c'était super drôle.

Skye me sourit. Ses joues sont roses et ses cheveux en bataille. Une fois de plus, mon sang bouillonne dans mes veines. Déjà ? Décidément, je ne me lasserai jamais de sa beauté.

— Ce n'est plus très important, tu sais. Laisse-moi prendre mon téléphone.

Elle se glisse hors du lit et traverse la minuscule pièce. Je contemple son corps nu. Quand elle revient au lit un instant plus tard, son front paraît soucieux.

— Un problème ?

— Non, au contraire. J'ai un e-mail de Lane Barker. C'est un peu énigmatique. *Appelle-moi. J'ai quelque chose pour toi, mais ce n'est pas exactement ce que tu veux.*

— Tu vas l'appeler ?

— Bien sûr, dit-elle. J'espère que ce n'est pas pour le point circulation ou pour la météo.

— Je suis presque sûr que nous n'avons pas de point circulation dans le Vermont, ma chérie. À moins qu'un troupeau de vaches ne se mette en travers de la route, les embouteillages sont plutôt rares.

— C'est vrai.

— Appelle-la.

— Pas encore. Je te dois quelque chose.

Elle tape sur le téléphone pour afficher une vidéo YouTube. Puis elle me le tend.

Sur l'écran apparaît Skye dans une élégante robe bleu nuit. Elle a l'air aussi posée et à l'aise que si elle discutait avec Jenny dans le salon.

— Soyez prudents dans le quartier de Lincoln Center aujourd'hui, car les travaux de voirie continuent de perturber la circulation vers le sud en direction de Columbus Circle…

Pendant qu'elle parle, elle trace une ligne diagonale à l'endroit où Broadway rencontre le parc.

Broadway est ainsi surligné, formant une artère épaisse. Belle et turgescente. Quant à Columbus Circle, il représente un scrotum parfait. Le premier éclat de rire monte de ma gorge, mais je le réprime.

— Non, c'est bon, dit Skye avec décontraction. Laisse-toi aller. Même moi, j'arrive à trouver ça drôle maintenant.

Mais je garde mon calme jusqu'à ce qu'elle dessine un bouchon en forme de champignon comme la cerise sur le gâteau. Visiblement, Broadway est *très* excité. Cette fois, je hurle de rire. C'est plus fort que moi.

— Oh, ma chérie, dis-je en suffoquant. C'est…

— Magnifique, je sais. Si tu me donnais un cahier et une nouvelle boîte de feutres, je n'arriverais même pas à en dessiner un aussi bon, même si j'essayais.

— Moi non plus, oh, mon Dieu ! ajouté-je, hilare.

Skye me dépose un baiser sur le nez. Puis elle me retire le téléphone des mains.

J'enfouis mon visage dans l'oreiller pour essayer de me contrôler, mais pendant plusieurs longues minutes, de petites secousses continuent de m'ébranler. J'ai envie de frapper tous les gars qui se sont moqués de Skye. Mais bon Dieu, cette vidéo est tordante !

Elle revient dans la pièce une minute plus tard et me trouve en train de sourire bêtement au plafond. Je jette un coup d'œil à son visage paniqué et je retrouve immédiatement mon sérieux.

— Qu'est-ce qui ne va pas ?

— Euh, je suis encore sous le choc. J'ai appelé Lane Barker. Et il y a un poste pour moi. Mais ce n'est pas ce pour quoi j'ai passé l'entretien.

Je me redresse aussitôt.

— Qu'est-ce que c'est ? Ils créent un point sur la circulation juste pour toi ?

Elle m'attrape le menton.

— Tu es hilarant.

— Alors, dis-moi.

— C'est la radio. La radio publique de Green Mountain a besoin d'une remplaçante aux actualités pendant le congé de maternité d'une des animatrices. La personne qu'ils avaient recrutée s'est désistée.

— La radio publique, dis-je lentement. Ils ne font pas dans le superficiel. Ça pourrait te plaire. Pas aussi glamour que la télé. Qu'est-ce que tu en penses ?

Son visage se transforme lentement, affichant un immense sourire.

— C'est une idée *merveilleuse*. Je n'aurai jamais à craindre qu'ils ne filment que mon décolleté. Le producteur exécutif est une femme. Ils partagent certains contenus avec WBTV.

— Alors, c'est une bonne chose ?

Je n'ai toujours pas compris si elle était emballée ou déçue.

— C'est incroyable. D'accord, ce n'est que temporaire, mais c'est un pied dans la porte. Lane semble penser que ce genre de boulot mène souvent à une embauche permanente.

— Bébé, vraiment ?

Je la saisis et l'embrasse avec ferveur.

— Tu vas accepter ?

— Oui. Et ils veulent que je commence dès que je pourrai déménager.

— C'est formidable. Cette station a pignon sur rue au Vermont, tu sais. Tout le monde est toujours en voiture dans les régions rurales. Je pourrai t'écouter en attendant d'arrêter les méchants.

Je caresse son genou lisse, puis je me détends contre les coussins.

— Alors, on peut prendre un camion et t'emmener dans le Vermont maintenant ?

— Presque, dit-elle. J'ai tellement hâte !

— Moi aussi. Mais je trouve un inconvénient majeur à ton nouveau boulot.

— Quoi donc ?

Elle a déjà reporté son attention vers mon bas-ventre, ses doigts effleurant les poils qui descendent sous mon nombril.

— On ne peut pas dessiner d'organes génitaux masculins à la radio.

— Que tu crois, pouffe Skye. N'oublie pas que je suis surdouée.

Nous éclatons de rire tous les deux jusqu'à ce que je n'y tienne plus et l'embrasse à nouveau.

Merci d'avoir lu *Étincelles* !
Inscrivez-vous à la liste de diffusion de Sarina pour en savoir plus sur ses nouvelles parutions.

AUTRES TITRES DE SARINA BOWEN

Série Étoiles du Nord

Renouveau

Incartade

Série Ivy Years

Notre Année Trouble, Série Ivy Years, t. 1

Notre Année Cachée, Série Ivy Years, t. 2

L'Homme de l'année, Série Ivy Years, t. 3

L'Heure de vérité, Série Ivy Years, t. 4

L'Heure de gloire, Série Ivy Years, t. 5

Série Grand Nord

Amertume

Ancrage

Secrets

Accidentelle

Avec Elle Kennedy

Attirance

Confidence

REMERCIEMENTS

Merci au procureur du Vermont, Heidi R., pour sa sagesse ! Et merci au sergent Lisa F. d'avoir répondu à toutes mes questions. Vous êtes d'une aide précieuse. S'il reste des erreurs sur les forces de l'ordre dans ce texte, c'est entièrement ma faute.

Merci au Vermont de m'offrir un paysage si riche où écrire.

Et merci à vous, mes lecteurs, de faire de mes livres un succès.

Avec amour,

Sarina